Edition Hochfeld

Widerwillig übernimmt der LKA-Ermittler Johannes Bucher einen Vermisstenfall. Es geht dabei um die junge Münchnerin Anne Blohm, die ein Jahr Auszeit genommen hat, um von München nach Santiago de Compostela zu pilgern. Schon nach wenigen Wochen reißt jeder Kontakt zu ihr ab. Eine Postkarte von der Loire ist das letzte Lebenszeichen. Gerade als Bucher sich auf den Weg nach Frankreich machen will, wird auf einem Autobahnparkplatz im Münchner Norden das Bein einer jungen Frau gefunden. Immer stärker lastet der Erfolgsdruck auf Bucher, denn er weiß: Diesmal muss er einen Fall nicht nur aufklären, sondern ihn auch zu einem guten Ende bringen.

J. M. Soedher, 1963 in Bad Königshofen (Unterfranken) geboren, lebt heute in Augsburg und Lindau (Bodensee). Mit seinen zwei Krimireihen um LKA-Ermittler Bucher und den Lindauer Bodenseekommissar Schielin hat er zwei glaubwürdige Ermittlercharaktere entworfen, die eine große Leserschaft begeistern.

Weitere Informationen auf der Autorenwebsite unter:
www.soedher.de

Buchers vierter Fall

Marienplatz de Compostela

Edition Hochfeld

Von J. M. Soedher sind bisher erschienen:

in der Reihe Bucher ermittelt:
Der letzte Prediger
Requiem für eine Liebe
Im Schatten des Mönchs
Marienplatz de Compostela

in der Reihe Schielins Fälle:
Galgeninsel
Pulverturm
Heidenmauer
Hexenstein
Inselwächter
Hafenweihnacht

Rotkreuzplatz da Vinci

1. Auflage
Oktober 2013

Umschlag: Verlag Edition Hochfeld, Foto: Mariensäule
mit Frauenkirche, München
Lektorat: Dr. Gotlind Blechschmidt;
Co-Lektorat: Anja Hartmann
Satzherstellung: Fotosatz Amann, Aichstetten
Gesamtherstellung: CPI, Ebner & Spiegel, Ulm
Printed in Germany

ISBN: 978-398114643-2-0
www.edition-hochfeld.de

Dem Toren ist es wie ein Spiel, Schandtat zu verüben,
und Weisheit zu üben dem verständigen Manne.

Sprüche 10,23

Vermisst

Die Stimme klang sanft und mitfühlend. »Aber das tut doch noch gar nicht weh.« Es war der einzige Satz, den er seit Tagen gesprochen hatte. Vielleicht träumte sie deshalb so oft davon: *Aber das tut doch noch gar nicht weh.* Immer wieder hörte sie es, hallend und kalt. *Aber das tut doch noch gar nicht weh.*

Es kostete sie viel Kraft, diese Worte von sich fernzuhalten. Starr lag sie da. Ihr Geist löste sich von den Schrecken des Traums und entließ sie in eine trostlose Wirklichkeit.

Ob ihre Karte angekommen war? Und wichtiger noch – konnte jemand mit dem, was sie geschrieben hatte, etwas anfangen, den Inhalt deuten? Sie ließ den Gedanken sein, denn ihre Hoffnung war nicht groß.

Nur langsam entstieg sie dem Dämmerzustand, in den sie nicht hatte fallen wollen. Das Unbehagen darüber, dass es doch geschehen war, erfasste ihr Gemüt nicht ausnehmend heftig. Vielleicht hatte es ja etwas Gutes. Lethargie war in ihrem bisherigen Leben nur ein Wort gewesen – jetzt konnte sie einen erlebten Zustand damit verbinden. Einen Zustand, gegen den sich ihr Inneres allerdings immer wieder zur Wehr setzte. Eine Aufgeberin war sie nicht.

Im Wachwerden erinnerte sie sich an die Träume, die diese bunten Bilder mit den kräftigen Farben zu ihr gebracht hatten. Vor allem Grün war es gewesen. Lebenssattes Grün.

War sie in dieser Traumhandlung in der Natur unterwegs oder war es nur ein virtueller Farbteppich gewesen? Sie versuchte sich zu erinnern, streckte dabei die Beine aus und bewegte vorsichtig die Hüfte. Es tat weh.

Menschen hatten in ihrem Traum keine Rolle gespielt, wenngleich Gestalten zugegen gewesen waren; doch ohne erkennbare Gesichter, und mit Körpern, denen keine Persönlichkeit zuzuordnen war, wie man das machen konnte, wenn man sie gut kannte, und wusste, mit welcher Eigenart sie dastanden, welche Dynamik ihr Gang besaß, wie sie ihren Kopf oder ihre Hände bewegten.

Nein, in ihrem Traum waren es nur die Farben gewesen, die wirklich lebten, während diese entmenschlichten Wesen weiter keine Funktion erfüllten, als nur die, eine Ahnung von Angst und Düsternis in das farbenfrohe, virtuelle Sein zu legen.

Sie begann damit ihren gesamten Körper zu dehnen, zu strecken, alle Extremitäten und Muskeln zu belasten und wieder zu entlasten. Das Dröhnen in ihrem Kopf war verschwunden. Zunächst hatte sie sich nicht getraut in sich hineinzuhören, vor lauter Angst, diese betäubende Dumpfheit könnte immer noch da sein und sich erneut in ihr ausbreiten, wie ein zäher, lähmender Brei. Gerade jetzt, wo sie alle ihre Sinne, alle ihre Kraft brauchte.

Boden und Wände fühlten sich kalt an und die dünne Matte auf dem Boden hatte auch nur ihr Körper leidlich angewärmt. Es war das Letzte gewesen, was sie beschafft hatte, bevor sie zur großen Tour aufgebrochen war.

Sie sah den Typen, der ihr die Matte verkauft und alle ihre Vorteile aufgezählt hatte, wieder vor sich. In seiner Jack-Wolfskin-Uniform hatte er dagestanden, und das mitten in München, in einem klimatisierten modernen Kaufhaus. Drollig. »Mit der können Sie sogar auf der Straße schlafen«, hatte er mit ernstem Gesicht gesagt.

Jetzt lag sie hier. Die Augen hatten sich schnell an das Dunkel gewöhnt, überraschend schnell, und viel schneller als die Seele dazu bereit war. Das schmuddelige Grau brachte ein wenig Helligkeit. Schwarze Furchen an den Wänden zeigten die Stellen, an denen Wasser herabrann. Ganz am Anfang hing ihr der schimmlige Muff in der Nase, aber auch daran hatte sie sich inzwischen gewöhnt. Trotz der Situation schaffte sie es, eine gewisse Nüchternheit zu bewahren und ihr Körper gehorchte den Gesetzen der Physik und nicht dem Diktat ihrer Emotionen. Es war gut, dass der Körper, solange er gesund war, die Naturgesetze achtete, den Regeln der Physik folgte und sich keine Individualitäten erlaubte. Das tat jener Teil, den man Persönlichkeit nannte, zur Genüge und verschaffte einem Probleme, mit seiner ständigen Gier nach Individualität. Tiere kamen ihr plötzlich in den Sinn und sie schob den Gedanken mit Macht zur Seite, denn er machte sie schwach. Diese Augen.

War es Tag, oder war es Nacht?

Sie kroch zur Wasserflasche. Die Kettenglieder klirrten am blanken Boden. Auch das erschreckte sie nicht mehr.

Einen Schluck. Mehr erlaubte sie sich nicht. Lange spülte sie den Mund und achtete auf den Moment, an dem das Wasser durch die Kehle rann.

Sie sprach laut einige Worte, die keinen Sinn ergaben, nur um ihre eigene Stimme zu hören. Dann kroch sie wieder zurück auf die Matte und lehnte sich an die Wand. Nun, da sie ihre Beschäftigung mit sich selbst zu Ende gebracht hatte, war Zeit und Raum für die Umgebung. Von oben her kamen wieder die metallischen Schläge und das Vibrieren des Bodens. Das harte metallische Geräusch klang wie der Schlag einer gesprungenen Glocke. Sie selbst befand sich in einem Keller. So viel wusste sie. Es musste ein großes Gebäude sein mit mächtigen Maschinen, die über ihr eine mechanische Arbeit verrichteten.

Sie schloss die Augen und begann mit dem Programm. Was konnte man tun, in der Dunkelheit, in Gefangenschaft, in der Einsamkeit, dem Tod nahe? Was konnte man tun? Sie rezitierte leise Gedichte, Liedstrophen, dumme Texte aus Poesiealben und wunderte sich, wie viel sie noch aus den Ecken ihres Gedächtnisses zusammenkramen konnte. Einst auswendig gelernt, weil man musste, weil man beeindrucken wollte, weil man lieb sein wollte – jetzt zeugte es einen zynischen Nutzen.

Ein Geräusch drang durch die Betongänge, ein Geräusch, das sie inzwischen kannte. Der lange Metallschlüssel, den er immer dabeihatte, war gegen die Metalltür gestoßen. Für einen Moment wurde ihr Atem flach und kurz, sie zog die Beine an und drückte ihren Rücken gegen die Wand, dass es schmerzte. Über den Schmerz fand sie zu sich selbst. Auch das eine neue Erfahrung. Sie biss die Zähne zusammen und kippte nach vorne auf die Knie. So war es möglich, ohne Zuhilfenahme der Hände aufzustehen. Soweit es die Kette erlaubte, entfernte sie sich von der Wand. Sie musste ihn stehend empfangen, das verschaffte ihr ein Mindestmaß an Kontrolle. Und ihre Stimme musste klar und streng klingen, ohne bösartigen oder boshaften Schwung. Das hatte sie herausgefunden. Was sie noch nicht wusste, war, wie weit sie gehen konnte. Heute wollte sie es ausprobieren.

Er trat in den Raum und wich ihren Blicken aus. Er wollte heute auch etwas ausprobieren.

Handschrift

Johannes Bucher saß im schmucklosen Büro seines Abteilungsleiters Hans Weiss.

Dessen Stimme hörte er wie von fern und er tat sich schwer dem Gespräch die erforderliche Aufmerksamkeit zu schenken. Weiss berichtete von einer vermissten Frau.

Was hatten denn sie im Landeskriminalamt mit einer vermissten Frau zu tun? Das war doch wohl die Aufgabe der zuständigen Kripo vor Ort.

Immer wieder entglitten ihm die Gedanken und führten ihn in den sommerlichen Garten, der das alte Haus über dem Lech umgab. Jetzt, im Juni, blühte alles, was konnte, ungezügelt. Unzählige Farbpunkte leuchteten aus einem fetten Grün, darüber lag der würzig-süße Duft von frischem Gras, Blütenstaub und Nektar, der einen Leichtigkeit verspüren ließ. Auch diesen Morgen hatte das Geschrei des Buchfinken wieder alles übertönt. Seit das Jahr warm geworden war, schmetterte er sein eintöniges kurzes Lied in unendlichen Wiederholungen in die Morgendämmerung. Manchmal ertappte Bucher sich dabei, wie er die einfältige Melodie summte oder leise pfiff. Es gab Tage, an denen der Kerl richtig nervte. Pünktlich um vier Uhr dreiundzwanzig erscholl sein Gesang und dann murmelte Bucher etwas von seiner Dienstwaffe daher und dem großen Kaliber. Es war endlich richtig Sommer geworden. Auch im Garten hoch über dem Lechbogen. Die Wärme hatte jede Ecke, jeden Winkel erobert. Jetzt, im Juni, lag über allem die Süße der Lindenblüten – sogar hier in der Stadt wehte sie einen an.

Heute Morgen, noch vor der Fahrt nach München, hatte er den Rosen, den Lilien, dem irischen Mohn und den Akeleien noch einen kurzen Besuch abgestattet. Ein solches Verlangen hatte er bisher nie verspürt, doch in diesem Jahr, das bisher vor allem grau und regnerisch dahergekommen war, empfand er die Natur anders – als hätte er mit einem Mal einen persönlichen Bezug zu diesen Pflanzen bekommen und es war ihm kaum vorstellbar, es könnte ein guter Tag werden, ohne zu schauen und zu riechen, bevor es nach München ging.

Außerdem war Miriam für einige Tage unterwegs und somit lag die Verantwortung für Haus und Garten auf seinen Schultern. Eine nicht geringe Motivation besondere Fürsorge zu zeigen.

Die Stimme von Hans Weiss erreichte ihn aus weiter Ferne: »Santiago de Compostela … Pilgerin … die Eltern … Kollegen .. verschwunden.«

Er streckte seine Beine, verrückte den Stuhl und setzte sich aufrecht hin. Ganz ungewollt atmete er laut dabei aus; viel lauter als es höflich gewesen wäre, denn diesem lauten Hauchen konnte durchaus entnommen werden, wie weit entfernt sein Geist doch war. Wer es weniger wohlwollend auslegte, hätte sogar ein gewisses Genervtsein feststellen können.

Weiss unterbrach und fragte: »Alles in Ordnung?«

Bucher lächelte und seine kurze Bewegung mit der Hand signalisierte, dass er ganz bei der Sache war. Eine junge Frau wurde von ihren Eltern vermisst.

Weiss bestätigte und kramte in einem hohen Papierstoß nach jenen Notizen, von deren Inhalt er die ganze Zeit gesprochen hatte.

»Da ist es ja«, murmelte er, »das Haus verliert nichts.« Er reichte Bucher zwei Notizzettel herüber, auf denen in ordentlicher Schreibschrift die Daten vermerkt waren. Eine so gleichmäßige und schwungvolle Schrift traute man den groben Weiss'schen Pranken gar nicht zu.

Bucher warf einen kurzen Blick auf den Namen und die Adresse – es war ganz in der Nähe. Er faltete die Zettel zusammen und steckte sie in die Innentasche seines Jacketts.

Weiss deutete auf Buchers Brust. »Nicht vergessen, ja. Ich möchte, dass ihr euch umgehend darum kümmert. Du brauchst auch gar nicht auf die Zuständigkeit verweisen, die eigentlich beim Präsidium München liegt. Das haben die hohen Herrschaften bereits geklärt.«

»Soso, geklärt. Wir sind auch Münchner«, bemerkte Bucher.

»Ja, aber andere. Die Kollegen werden euch selbstverständlich unterstützen. So – das war's. Ist wirklich alles in Ordnung mit dir?«

»Ja, alles in Ordnung. Ich war vorhin nur in Gedanken woanders.«

»Hab ich gemerkt, hab ich gemerkt. Zu Hause …? Miriam … auch okay?«

Bucher sah ihn fragend an.

Weiss hob die Hände. »Wollte nur fragen, nur fragen, ganz ohne Hintergrund. War ein schöner Abend, neulich bei euch beiden. Hat uns gefallen, sehr idyllisch und ruhig. Mir persönlich wäre es aber zu einsam und zu viel Land rundherum … diese Weiden, der Wald und unten der Fluss – das macht mich unruhig, ob du es glaubst oder nicht … bin halt in der Stadt groß geworden und brauche das … das Summen und Brummen und das ganze Leben hier, meine Heimat ist und bleibt Sendling. Aber ist schön geworden, die alte Hütte da draußen, und ihr habt viel Platz …« Weiss zwinkerte bei den letzten Worten mit den Augen.

»Weiß schon, was du meinst«, entgegnete Bucher und stand auf, »aber jetzt kümmere ich mich zuallererst um deine Vermisste.«

»Heiratet ihr eigentlich irgendwann?«

Bucher traf die Frage unvermittelt und unvorbereitet. Er sah Weiss erstaunt an.

»Nur so eine Frage, halt so, ist mir nur so durch den Kopf gegangen«, beschwichtigte der und wechselte schnell das Thema.

»Ach und noch was – Armin Batthuber.« Er ließ eine bedeutungsvolle Pause entstehen.

»Ja, was ist mit ihm?«, fragte Bucher.

»Dafür, dass er der Jüngste in deinem Team ist, hat er eine ganz schön große und freche Klappe.«

»Armin?«

»Tu nicht so, als ob du nicht Bescheid wüsstest. Man sollte

meinen mit dem ganzen Piercing wäre seine Zunge etwas gezügelter unterwegs.«

»Ist halt so.«

Weiss schüttelte energisch den Kopf und wedelte energisch mit dem Zeigefinger über seinem Kopf herum. »Nein, das ist nicht *halt so*, vielmehr ist das so, weil er von dir Rückendeckung erhält, wenn es eng wird. Brems ihn mal, ja!«

»War denn was Konkretes?«

Weiss zögerte. »Er hat dem Maier von der Auswertung ein Päckchen auf den Tisch gelegt; ›zur dienstlichen Verwendung‹ stand drauf.«

»Und?«, fragte Bucher, jetzt ganz bei der Sache, »was war drin?«

Weiss musste ein Grinsen unterdrücken. »Ein Paar Thrombosestrümpfe und die Gebrauchsanweisung dafür, in der stand, es sei ungesund stundenlang bewegungslos vor dem Schreibtisch zu verharren – er könne die Dinger bei Dienstschluss ja wieder abnehmen.«

Bucher senkte den Kopf und lachte leise vor sich hin.

Weiss hatte das auch gefallen und im ganzen Haus wurde darüber geredet. Jetzt aber sagte er: »Egal, wie berechtigt oder spaßig – das geht nicht! Der Maier hat einen Riesenaufstand gemacht.«

Bucher sah auf. »Soso, hat er.«

»Hat er, und du weißt, was ich meine.«

Für Weiss war das Gespräch beendet und er senkte den Kopf über die ausgebreiteten Unterlagen auf seinem Schreibtisch, so als wäre Bucher bereits gar nicht mehr im Zimmer.

*

Johannes Bucher trat vom Büro in den düsteren Gang hinaus und brauchte einen Augenblick, bis seine Augen an das Dunkel gewöhnt waren. Die ehemals grauen Betonwände waren im Lauf des Jahres mit Farbe bemalt worden und die Hausmeister hatten die Kunstwerke, die seit Jahrzehnten im Reifenlager unter der Tiefgarage verstaubten, an der Wand angebracht. Bei manchem der Werke waren intensive Diskussionen darüber entstanden, wo sich jeweils *oben, unten, links oder rechts* befänden. Soweit er gehört hatte, war in einem Falle sogar die Entscheidung eines Sachgebietsleiters erforderlich gewesen, weil sich die Arbeiterschaft darüber nicht einig werden konnte und sogar in Streit miteinander geraten war.

Er schlenderte an der *Galerie der Unempfindsamkeit,* wie er sie nannte, entlang und verspürte Sehnsucht nach der alten, schmuddelgrauen und kunstfreien Betonwand. Zwangskunstkauf war auch keine Lösung.

Von draußen drang Dröhnen bis hierher. Findige Verwaltungsbeamte hatten wieder eine Schwachstelle am Bau gefunden, die es ihnen erlaubte ein neues Eurograb zu eröffnen.

Er fuhr mit dem Aufzug in den Keller, querte durch monströse unterirdische Gängen bis zu seinem Bürotrakt und fuhr dort die drei Stockwerke nach oben. Im kahlen Gang angekommen, hörte er die Stimmen von Lara Saiter und Alex Hartmann aus dem Besprechungsraum, in dem der belebende Duft von Kaffee vermischt mit den dezenten Noten von Laras neuem Parfüm ein wohltuendes Raumklima schaffte.

»Und, was hat er wollen, der Herr Weiss?«, fragte Alex Hartmann, setzte die große Kaffeetasse an und linste mit neugierigem Blick über deren Rand. Mit einem Schwenken des Kopfes versuchte er die langen widerspenstigen Lockensträhnen daran zu hindern, in die Tasse zu hängen.

Bucher ließ die Frage zunächst im Raum stehen und genoss für einen Augenblick die Ruhe hier oben. Nicht einmal der alte Kühlschrank klapperte und der Baulärm schaffte es sowieso nicht bis hierher. »Er hat mich gebeten einer Sache nachzugehen«, sagte er schließlich.

»Ja, wenn er dich gebeten hat, dann betrifft es uns ja nicht und wir können in aller Ruhe das Wochenende genießen«, kam es knarzig von Hartmann.

Lara Saiter lehnte entspannt im Stuhl und sah die ganze Zeit zum weiten Fenster hinaus, so als ginge sie das alles schon nichts mehr an.

»Es geht um eine vermisste Frau«, ergänzte Bucher.

Hartmann reagierte wie erwartet. »Soso – vermisste Frau. Sind wir inzwischen schon für Vermisste zuständig. Und nächste Woche regeln wir den Verkehr auf der Nymphenburger Straße, oder was?«

Bucher beschwichtigte seinen Unmut, mit dem er gerechnet hatte. »Die Sache ist einigen Herrschaften ein Anliegen, so jedenfalls hat es Weiss ausgedrückt. Es ist ja nichts Großes, was uns überfordern würde, zudem haben wir den letzten Fall abgeschlossen. Gut – Babette ist im Urlaub und der Kleine kommt erst nächste Woche wieder von seinem dreidimensionalen Kurs zurück, aber ich übernehme das.«

Ohne ihren Blick vom Fenster zu lassen, fragte Lara Saiter: »Wer genau wird denn vermisst?«

»Eine junge Frau, Ende zwanzig. Sie hat sich vor einem Monat verabschiedet, um eine Pilgerreise nach Santiago de Compostela zu beginnen.«

»Von München aus … zu Fuß?«, Laras Stimme klang neugierig, so als könnte das auch für sie etwas Interessantes sein.

Bucher wunderte sich darüber »Ja, Pilgern. So hat man es mir gesagt. Zumindest hat sie ihren Job aufgegeben und ein Jahr für diese Reise eingeplant. Die Tour hat sie auf dem Marienplatz begonnen und seit etwa zehn Tagen gibt es keinen Kontakt mehr mit ihren Eltern.«

Hartmann schnaubte und fuchtelte mit den Armen durch die Luft. »Ja glaub ich es denn!? Eine erwachsene Frau begibt sich auf Pilgertour nach Spanien und kaum meldet sie sich ein paar Tage lang nicht, landet der Fall nicht nur bei der Polizei, nicht nur bei der Kripo, nein – das Landeskriminalamt soll sich höchstpersönlich darum kümmern. Johannes! Das geht doch nicht, also bitte! Vielleicht ist sie genau aus diesem Grund auf Tour gegangen – weil sie mal Ruhe haben wollte vor ihren Eltern, mal keinen Kontakt, einfach mal abschalten, offline gehen … tsss. Was sind das für Eltern, he? … Politik, Wirtschaft, Bayerischer Rundfunk? Warum geht man denn Pilgern? Doch nur, um die ganze Sippschaft mal hinter sich zu lassen – Ruhe, Stille, Frieden. Bei mir wäre das jedenfalls so.«

Bucher hatte ihn ausreden lassen. Der Kern dessen, was

Hartmann da gesagt hatte, war auch ihm schon durch den Kopf gegangen. »Nein, keine Politiker, auch keine Leute mit Einfluss. Weiss hat mir nur gesagt, es seien besondere Umstände. Ich werde einen Termin mit den Eltern vereinbaren, gleich morgen wenn es geht, und dann sehen wir weiter.«

Lara wendete den Blick vom Fenster ab und drehte sich Bucher zu. Sie schüttelte leicht den Kopf, so als wolle sie lästige Gedanken loswerden, und Bucher vermisste den sanften Schwung ihrer langen schwarzen Haare, die sie sich hatte abschneiden lassen. Nun leuchteten ihre funkelnden Augen noch intensiver, noch gefährlicher. »Ich komme mit dir.«

Hartmann verzog den Mund und widmete sich mürrisch einem Stoß Unterlagen, den er aus dem Büro mit hierher gebracht hatte. Er wollte sich nicht mit Vermisstenfällen abgeben müssen. Dazu war er nicht ins Landeskriminalamt gekommen. Andererseits konnte er sich nun nicht mehr auf die Berichte konzentrieren, denn seine Fantasie zeigte ihm immer wieder das Bild einer einsamen Landstraße, in der Ferne eine junge Frau, einen Rucksack auf dem Rücken und einen Stock in der Hand. Es ließ ihn nicht los und während seine Haltung vorgab, ernsthaft und konzentriert zu studieren, sinnierte er über den Vermisstenfall. Bucher schwatzte mit Lara Saiter über den Stand der Hausrenovierung, über das bevorstehende Wochenende und andere belanglose Dinge.

Hartmann richtete sich auf und schob die Akten zur Seite. »Wann war denn der letzte Kontakt und von wo aus?«

Bucher sah ihn irritiert an. »Was meinst du?«

»Die Pilgerin! Wann hatte sie den letzten Kontakt und von wo aus … wie weit war sie denn gekommen … weiß man das?«

Bucher vermied es zu grinsen und eine hämische Bemerkung fallen zu lassen, denn er spürte, wie ernst es Hartmann war. »Zuletzt hat sie sich aus Lindau am Bodensee gemeldet. Sie ist von München über den Ammersee und weiter über Schongau, Füssen und Scheidegg bis dorthin gelaufen. Wohl die klassische Route.«

»Mhm, klassische Route … wie heißt sie, die Pilgerin?«

»Anne Blohm.«

»Hat sie ein Handy dabei?«

»Ja, aber sie hat es ausgeschaltet.«

»Ist die Zellortung schon aktiviert?«

Bucher hob beschwichtigend die Hände. »Hey, hey, langsam, Alex. Wir werden erst einmal mit den Eltern reden und haben bisher noch keine Maßnahmen getroffen … Informationen sammeln. Wie gesagt, ich denke, der Fall wird schnell erledigt sein.«

Hartmann schien aufgebracht. »Pilgern. Wieso geht man eigentlich pilgern? Könnt ihr mir das vielleicht beantworten, wart ihr schon mal pilgern? Das ist doch so ein Mittelalterding, Mensch! Mittelalter, ja … blankes Mittelalter! Jetzt rennen sie plötzlich alle betend durch die Gegend, als wäre die Pest wieder im Land und könnte dadurch vertrieben werden.«

Lara Saiter zwinkerte Bucher zu. Beide verneinten Hartmanns Frage. Keiner von ihnen war jemals pilgern. Bucher meinte: »Das ist im Moment eben wieder ganz modern und dient wohl dazu, Abstand von den Dingen zu gewinnen, die einen tagein, tagaus beschäftigen – dieser ganze Alltagskram halt. Und wenn man das vergessen hat, ist der Geist für Gott frei, oder so ähnlich. Manche Menschen bringt eine solche Pilgerreise auf einen Berg der Verklärung – also geistig und …«

Hartmann unterbrach Buchers holprigen Versuch. »Berg der Verklärung? Wieso dann die Mühe bis nach Compostela zu hatschen, wenn die klassische Route über den Ammersee führt? Da hätte ich meinen *Berg der Verklärung* in Kloster Andechs schon erreicht gehabt. Passt doch alles: ein Berg, entfernt vom Alltag, geistreiche Getränke, die die Seele reinigen und Platz für den *lieben Gott* schaffen.« Er lachte fies, schnappte seine Unterlagen und ging. »Oh Mann … pilgern.«

*

Bucher nahm an diesem Abend nicht den direkten Weg nach Hause, sondern fuhr mit dem Zug nach Augsburg, um für seinen Freund Peter Manner etwas abzuholen, was er ihm an die Osterseen bringen wollte. Dort hatte er endlich seine Reha angetreten, nach langem und immer energischerem Zureden.

Die Abendzüge waren prall gefüllt. Es war heiß, muffig und eng in den Waggons. Wie hielten die Leute das nur aus, Tag für Tag in diesen Zügen nach München zu pendeln?

Einer dieser *modern nomads*, in klassischer Uniform – dunkler Anzug, helles Hemd –, kam mit seinem kleinen Rollenköfferchen den Gang entlang, blieb bei Buchers Sitzreihe stehen, blickte abwechselnd den freien Sitz, dann wieder Bucher an; ohne einen Ton zu sagen, kein Wort kein Gruß, kein *bitte*, kein *danke*. Bucher stand auf und ließ ihn an den Fensterplatz. Der Unbekannte schmiss sein Jackett in die Ablage und führte in der Folgte drei laute Telefonate. Reden konnte er also und Deutsch noch dazu. Kurz nach Pasing beendete er das letzte Gespräch, packte hektisch ein iPad aus und stöpselte die weißen Kopfhörer an.

Bucher lehnte im Sitz und dachte an die vermisste Pilgerin Anne Blohm. Was würde er morgen bei ihren Eltern über sie erfahren können? Der ICE zischte in Richtung Augsburg und wenn man wollte, konnte man die unbändige Kraft dieses Dings im Sitz spüren.

Etwas lenkte ihn nach einer Weile ab, denn neben ihm im Sitz ruckelte, strampelte und zuckte es. Anfangs war Bucher nur das laute Schnaufen aufgefallen, dann wackelte es ab und an und schließlich war der Unbekannte, etwa auf der Höhe von Mammendorf, richtig energisch geworden. Wie wild fuhr er mit seinen Fingern über die glänzende Tabletfläche, wischte hektisch nach links, rechts, oben unten. Er seufzte, biss die Zähne aufeinander, strampelte sogar manchmal mit den Füßen und schnitt hässliche Grimassen. Bucher lehnte sich ganz zurück und schielte auf das Display. Da hüpften Figuren herum, kleine süße Monster, die weggeschossen, erschlagen, in Gruben gestürzt, oder von anderen Viechern gefressen wurden. Bucher folgte dem wahnsinnigen Treiben eine Weile.

Ein paar Sitze weiter, auf der Gangseite, saß einer, der sein Tablet mit beiden Armen von sich hielt und es wie einen

Steuerknüppel oder ein Lenkrad bewegte. Soweit zu erkennen war, flog er. Äußerlich erwachsen wirkende Menschen taten dergleichen. Der neben ihm war sicher Ende dreißig. Ende dreißig!

Er selbst war vierzehn gewesen, als sein Vater in diesem Alter war und so enthemmt infantil wie seinen Sitznachbarn hätte er sich seinen Vater niemals vorstellen können und wollen. Kurz vor Augsburg zerrte der Kerl die Kopfhörer herunter und führte ein kurzes Telefonat. »Hey, Level zehn. Muss noch drei Stunden fahren, jetzt wird's dann echt ätzend.«

Bucher stieg auf und verabschiedete sich, ohne eine Antwort zu erhalten. Langeweile war es also. Eine große Langeweile hatte einen Teil der Erwachsenenwelt erfasst. Das wäre nicht weiter schlimm gewesen, wenn sie nicht offen zur Schau getragen würde.

*

Die Eltern von Anne Blohm hatten selbstverständlich Zeit für einen Termin. Schon durch das Telefon hindurch war die Aufregung zu spüren – die unnatürlich langen Pausen, die Frau Blohm beim Sprechen entstehen ließ, gefolgt von schnell dahingeworfenen Worten und Sätzen, mit denen sie möglichst viel sagen und erklären wollte, um die Situation zu nutzen – da sich die Polizei doch endlich meldete, sich endlich kümmerte, um die Last und den Kummer, den sie mit sich schleppten.

Bucher ahnte, worin der Grund für diese den Redefluss immer wieder unterbrechenden Pausen lag: Es waren die Momente, in welchen sie realisierte, mit wem sie da sprach und – worüber. Kein böser Traum, sondern die Wirklichkeit – die Wirklichkeit ihres Lebens und nicht die eines anderen Menschen, oder die eines Films.

Ihre Stimme zitterte leicht. Ja – sie sprach mit der Polizei über das Verschwinden ihrer Tochter. Ihre Tochter war wirklich verschwunden.

Am nächsten Tag, Samstagvormittag, gleich um zehn Uhr, sollte Bucher kommen.

Die Blohms bewohnten eines dieser großen alten Häuser mit quadratischem Grundriss und stolzem Walmdach, wie es viele gab, zwischen dem Grünwaldpark und Südlicher Auffahrtsallee. Das zeigte schon Google Maps.

Lara meinte das Gebiet gehöre zum Stadtteil Nymphenburg, Bucher bestand darauf, dass es noch Neuhausen war. Schon die kurze Fahrt vom Marsplatz über Rotkreuzplatz in Richtung der Auffahrtsallee brachte einen in eine andere Welt.

Gleich hinter dem Rotkreuzkrankenhaus, auf Höhe der Waisenhausstraße, stockte der Verkehr. Bucher beugte sich in Richtung Lenkrad und betrachtete die Fassaden, die sich aus dem dunkelgrünen Blätterdach der Linden und Erlen erhoben. Da streckten sich Volutengiebel, strenge Barockformen und Türmchen einem bayerisch-blauen Himmel entgegen und machten eine solche Lust an Dekoration und Lebensfreude sichtbar, dass er einen Augenblick überlegte, ob er sich nicht doch würde vorstellen können, hier in der Stadt zu wohnen.

Es ging weiter und er konzentrierte sich wieder auf den Verkehr. Ein Taxifahrer schoss links vorbei und schnitt ihn beim Einscheren.

Bald darauf waren sie da.

Ein gepflegter wilder Garten mit Kirsch- und Apfelbäumen umfasste das Haus. Blühende Rosenbüsche, Staudenbeete mit blauem Rittersporn und gelborangenen Lilien ließen die Augen wandern.

Ein Paradies; es hätte ein Paradies sein können.

Obwohl es sommerlich warm war und im Schatten einer Linde Gartenmöbel standen, wurden sie ins Haus gebeten. Das Düstere, Beklemmende, das zu besprechen war, duldete keine Sommersonne, kein Vogelgezwitscher, kein fideles Lachen von Kindern, wie es aus einem entfernten Grundstück in Bruchstücken herüberschallte.

Das Wohnzimmer war quadratisch angelegt. In der Ecke lag einsam und traurig leer eine Hundedecke.

Ein gepflegter Dielenboden zog feine Linien, die Wände verstrahlten mattes Weiß und waren mit Gemälden geschmückt: oberbayerische Landschaften – Seen, Weiden, Kühe, im Hintergrund schneebedeckte Gipfel. Über die Jahrzehnte hin gut erhaltene Erbstücke, wie es Bucher vorkam. Auch das Mobiliar war alt; jedes Stück mit Geschichte und Geschichten behaftet.

Es roch nach Kaffee. Helles Kaffeegeschirr stand am Tisch bereit. Schlichte Eleganz, deren Quelle in Frau Blohm zu finden war, die die Begrüßung übernommen hatte und in unaufdringlicher Weise den dominanteren Part des Ehepaars ausmachte. Ihre glatten grauen Haare fielen bis zur Schulter und auch ihr Mann war bereits vollständig ergraut. Bucher wunderte sich, denn die beiden waren seiner Schätzung nach höchstens Anfang, Mitte fünfzig.

Alles was er bisher gesehen hatte, war stimmig: Garten, Haus, Einrichtung – es passte zu den beiden Menschen, die ihre Unsicherheit und Angst hinter beklommener Höflichkeit verbargen. Als sie das Wohnzimmer betreten hatten, war sein Blick kurz zu Lara gegangen, deren Lippen sich zu einer kurzen enttäuschten Bewegung verleiten ließen. Er wusste, was ihr suchender Blick nicht hatte finden können – Fotos. Auch er hatte am Sideboard, an der Wand und in der Vitrine nach Familienfotos gesucht, was es ermöglicht hätte, sich in unauffälliger Weise schon vor Beginn des Gesprächs ein Bild von Anne Blohm und ihrer Familie zu machen.

Vom Wohnzimmer aus öffnete eine breite gläserne Schiebetüre den Zugang in den Garten. Sie war geschlossen. An der Wand daneben zog eine Büchervitrine Buchers Interesse auf sich. Kein profanes Möbel, sondern eine Weihestätte, ein heiliger Ort der Literatur. Hinter dünnen, fleckenfreien Glasscheiben ruhten die leinengebundenen Ausgaben europäischen Literaturschaffens. Von grauen, sandfarbenen, blauen und roten Buchrücken leuchteten in goldenen Lettern Autorennamen und Titel. So etwas machte immer noch Eindruck, und ganz besondere Ausstrahlung hatten jene Bände, die abgegriffen waren und damit ihre rege Benutzung dokumentierten.

Bucher hatte einen umständlichen Weg zu dem ihm zugewiesenen Stuhl gewählt und war fast um den ganzen Tisch herumgelaufen – nur, um einen Blick auf diese Bücher zu erhaschen. Oben links las er Tolstoi, Gogol, Dostojewski, Scholochow, Bakunin und rechts unten erfassten seine Augen die französische Ecke mit Victor Hugo, Dumas, Baudelaire, Ronsard, und – große Überraschung – Camus. Buchers Gedanken verließen für einen Augenblick München. Der gute alte Camus lag in einem schlichten Grab unter provenzalischer Sonne in Lourmarin, eine Rose vertrocknete auf dem hellen Steinriesel um die Grabplatte.

In diesem Haus hier wirkte eine Ordnung, die einerseits so strikt war, einem aber andererseits nicht als aufdringlich, aufgesetzt oder antiseptisch erschien. Bucher zweifelte für einen Moment: Lag Hartmann vielleicht richtig mit seiner schnoddrigen Bemerkung, dass es das Recht einer erwachsenen Frau war, für eine gewisse Zeit einer solchen Ordnung oder dem ordnenden Geist zu entkommen, mehr noch zu entfliehen und sich damit der elterlichen, mütterlichen Kontrolle und Sorge zu entziehen? Und waren das nun Bücher, in diesem Glasschrein – Bücher, die wirklich dem Lesen dienten, oder ging es lediglich um die Schaffung einer Bildungsaura?

Als sie schweigend um den Tisch saßen, bemerkte er bei sich eine eigenartige Hemmung das Gespräch zu eröffnen. Derlei Skrupel hatte er bislang nicht verspürt und während er zusah, wie sich Kaffee und Sahne in der Tasse miteinander vermischten, wurde ihm deutlich, dass er es bisher immer mit Hinterbliebenen zu tun gehabt hatte. Seine bisherigen Gesprächspartner hatten allesamt einen Menschen durch Tod verloren und dieser Fakt, diese Wahrheit, machte das Reden an sich, das Fragen und Insistieren einfacher, weil die Beteiligten von dieser Tatsache wussten. Hier jedoch saß er Angehörigen gegenüber, hinter deren Furcht immer noch eine große Hoffnung fortlebte. Der Mensch, um den es ging – er konnte noch am Leben sein. Eine neue Situation für Bucher, ein unbekannter Raum, in den er vorsichtig eintreten wollte. Ein wenig schämte er sich für den kurzen Gedanken, der ihn erfasste, dass es einfacher wäre, wenn Anna Blohms Tod schon feststünde. Der Kaffee tat gut.

Lara Saiter war weit entspannter, wie er ihrer Körperhaltung und dem unbefangenen Ernst entnehmen konnte, mit welchem ihre Augen den Kontakt zu Frau Blohm suchten. Sie sagte so unaufgeregt schlicht, wie es Bucher in dieser Situation nie fertiggebracht hätte: »Erzählen Sie uns doch bitte von Ihrer Tochter.«

Frau Blohm sah ihren Mann fragend an und suchte nach Worten. Es gab so viel, was sie erzählen wollte. Womit sollte sie beginnen? Sie atmete laut aus und in ihrer Stimme schwang die Angespanntheit mit. »Ja, ich weiß gar nicht, wie ich das alles sagen soll. Es ist so, dass wir unsere Tochter vermissen. Sie ist vor einem Monat zu einer Pilgerreise aufgebrochen … sie wollte nach Santiago de Compostela und hatte ein Sabbatjahr dafür genommen. Wir haben sie in München am Marienplatz verabschiedet und seit nun über zwei Wochen haben wir nichts mehr von ihr gehört …«

Während sie sprach, hatte sie mit ihrem Blick für jede ihr wesentlich erscheinende Angabe die stumme Zustimmung ihres Mannes gefordert, der mit dezentem Nicken ihre Rede begleitete.

Unerwartet wendete sie sich ganz Lara Saiter zu und sprach leise, aber mit einem Hauch von Entrüstung in ihrer Stimme: »Ich weiß, was Sie denken … Sie denken, wir sind kontrollsüchtige Eltern, die ihrer Tochter keinen Freiraum lassen, die ständig alles von ihr wissen müssen, wissen wollen … aber, so ist das nicht. Es ist anders …«

Lara Saiter stritt nichts ab, rechtfertigte sich nicht und fragte stattdessen: »Was ist anders?«

Frau Blohm erstummte an der Nüchternheit der Frage. Ihr Mann antwortete mit fester Stimme. »Wir hatten ja schon mal Kontakt mit der Polizei … für uns eher unbefriedigend. Sie müssen wissen … wir haben unseren Sohn vor nun fast zwei Jahren durch einen Unglücksfall verloren. Es ist eine schwierige Zeit gewesen und natürlich empfindet man gegenüber dem anderen Kind … also unserer Tochter gegenüber, eine größere Verantwortung … da ist dann mehr Angst, wenn Sie verstehen. Man ist nicht mehr so unbefangen. Anne wusste

das und wir haben uns daher noch öfter gesehen oder miteinander telefoniert. Als sie vor einem Monat abgereist ist, war das für uns ein schlimmer Abschied und sie hat sich fast jeden Tag gemeldet. Das war aber keine Forderung von uns und wir wussten, es würde im Laufe der Zeit so sein, dass die Kontakte weniger werden würden. Das wäre ja auch für uns gut gewesen. Aber zwei Wochen gar nichts von ihr zu hören – das ist anders und sie würde das niemals tun, weil sie eben weiß, wie es uns geht. Aus diesem Grund sind wir in Sorge. Wir haben überall angerufen, in Lindau, in Bregenz in der Schweiz – Krankenhäuser, Polizei, Feuerwehr, Kirchengemeinden, bei ihrer Freundin, wo sie hätte übernachten wollen. Nirgends ist sie aufgetaucht. Es muss etwas passiert sein! Wie gesagt, wir haben auch schon mit Ihren Kollegen hier in München gesprochen, aber die meinen, es sei noch kein Grund vorhanden tätig zu werden. Wir sind da völlig anderer Auffassung …«
Herr Blohm, der bisher ohne äußere Regung gesprochen hatte, konnte den folgenden Satz nicht sprechen, ohne die Arme zu heben und seine Hände zu Fäusten werden zu lassen: »Können Sie sich vorstellen, was in uns vorgeht?«

Bucher sah ihm schweigend in die Augen. Niemand, niemand konnte sich vorstellen, was in den beiden vorging. Trotz der Situation waren die beiden äußerst kontrolliert – trotz der zermürbenden Situation. Er spürte, wie die Vermisstenangelegenheit Gewicht bekam. Viel wusste er noch nicht von dieser Anne Blohm, aber das Haus, in dem er sich befand, diese Räume, dieser Garten, in welchem sie aufgewachsen war, all das sagte ihm, dass diese Frau es niemals geschehen lassen würde, ihre Eltern zwei Wochen lang im Unklaren über ihren Aufenthalt zu lassen. Er fragte: »Wo hat Ihre Tochter denn übernachtet auf der Wanderung, wissen Sie das?«

Frau Blohm hatte ihre Sprache immer noch nicht gefunden und wirkte wie versteinert. Ihr Mann erklärte: »Sie wollte nicht in Hotels oder Pensionen übernachten, sondern in richtigen Pilgerunterkünften, auf der Isomatte in Pfarrämtern und so … Sie verstehen?«

Bucher signalisierte, dass er verstanden hatte. »Und hier in München ... wohnt Ihre Tochter hier?«

»Nein. Sie hatte eine Wohnung drüben, in Haidhausen, am Weißenburger Platz, die sie für ein Jahr an einen Professor aus Kanada untervermietet hat: Er forscht für ein Jahr an der Uni ... ich weiß nicht was genau.«

Bucher holte sein Notizbuch hervor und wendete sich Frau Blohm zu. »Sie sprachen von einem Sabbatjahr, Frau Blohm. Wo war Ihre Tochter beschäftigt?«

»In der Leitung einer wohltätigen Einrichtung.« Sie nannte ihm Adresse und Ansprechpartner und fügte leise hinzu: »Sie war da erst ein gutes Jahr. Zuvor hat sie in einer Münchner Privatbank gearbeitet und hätte da eine gute Karriere machen können, aber ... sie wollte etwas für Menschen tun, direkter für und mit Menschen wollte sie arbeiten. Aus diesem Grund hat sie gewechselt.« Es klang entschuldigend, wie sie es sagte.

»Hat sie früher schon einmal eine größere Reise gemacht, oder eine Auszeit genommen, oder ist das jetzt das erste Mal?«

Frau Blohm schien irritiert und antwortete zögernd, so als sänne sie währenddessen weiter über den Sinn der Frage nach. »Nein. So etwas hat sie vorher noch nie gemacht. Urlaub eben ... irgendwie ganz normal halt ...« Ihr Blick suchte den ihres Mannes.

Bucher fragte nach: »Was hat sie denn bewogen auf diese Pilgerreise zu gehen? Sie hatte ja erst eine neue Arbeitsstelle angetreten ... ein Jahr ... hat es ihr dort nicht gefallen, gab es Schwierigkeiten?«

»Nein, Schwierigkeiten gab es nicht«, schloss Frau Blohm diesen Gedanken sofort aus, »... ja, was hat sie bewogen, diese Reise anzutreten?« Frau Blohm schien dafür keine Antwort zu haben.

Bucher wurde konkreter: »War sie besonders religiös, hat sie sich in letzter Zeit vielleicht in ihrem Verhalten verändert, gehörte sie einer bestimmten Kirchengemeinde an ... einer besonderen religiösen Gruppe vielleicht?«

»Sie meinen, sie wäre in einer Sekte gewesen?«

»Das meine ich nicht, Frau Blohm. Viele gehen nach dem

Abitur für eine Weile ins Ausland … ein Auslandssemester, oder Ähnliches. Ist ja ein guter Zeitpunkt in den Phasen zwischen Schule und Studium oder Berufsausbildung. Es muss doch einen Grund geben, wenn ihre Tochter jetzt, da sie schon fest ins Berufsleben integriert ist, für ein Jahr auf Pilgerreise geht. Ich finde das schon außergewöhnlich und frage mich nach dem Beweggrund dafür.«

Herr Blohm antwortete: »Sie war für ein Jahr in den Staaten, das war noch in der Schule, elfte Klasse damals. Ist schon lange her. Und während des Studiums hat sie … zwei Semester waren das, glaube ich … in Montpellier studiert. Sie war immer gerne im Ausland und hatte auch sprachlich keine Probleme, aber … was sie letztlich zu dieser Pilgerfahrt bewogen hat … ich muss gestehen, ich weiß es nicht. Im Grunde stellen wir uns dieselben Fragen wie Sie.«

Seine Frau stimmte müde zu. »Ja, so ist es. Ich weiß das auch nicht. Im Grunde genommen haben wir das auch nie hinterfragt, verstehen Sie? Und was das Religiöse angeht … nein, das nicht … wir sind ganz normal in unserer Kirchengemeinde hier … die Kinder haben wir evangelisch erzogen … mein Mann ist katholisch. Anne ist aber sicher ein religiöser Mensch, durchaus. Auch ihre Entscheidung, also in den sozialen Bereich zu gehen, hat bestimmt damit zu tun. Sie ist sehr engagiert … für Menschen, für Tiere … ein sehr empathischer Mensch.«

»Die Organisation einer solchen langen Pilgertour erfordert doch einigen Aufwand. Hatte Ihre Tochter in dieser Hinsicht Beratung, gab es vielleicht eine Gruppe von Gleichgesinnten … wie hat sie das organisiert?«

Das Ehepaar Blohm sah sich fragend an. Er antwortete zögernd: »Soweit ich weiß, hat sie alles, was sie brauchte, aus Büchern und aus dem Internet herausgezogen. Von einer Gruppe oder anderen Leuten, mit denen sie sich da ausgetauscht hätte, ist mir nichts bekannt.« Seine Frau signalisierte Zustimmung.

Bucher berührte ein heikles Thema. »Hat der Tod des Bruders eine Rolle gespielt?«

Herr Blohm vollzog eine langsame Bewegung mit dem Kopf, die ausdrückte, dass Buchers Vermutung wahrscheinlich sein konnte. Mehr aber nicht.

Seiner Frau war der Schmerz darüber anzusehen. Der Oberkörper sank leicht nach vorne, die Schultern zogen nach innen. Die Hände lagen gefaltet auf der Tischplatte.

Lara Saiter übernahm, und stellte die unangenehme Frage, die Bucher auch auf der Liste hatte. »Hat Ihre Tochter in der Vergangenheit einmal unter Erschöpfungszuständen gelitten, unter Depressionen vielleicht ... nahm sie regelmäßig Medikamente ... ich meine hier vor allem Psychopharmaka?«

Frau Blohms richtete sich abrupt auf und sah Lara Saiter aufgebracht an. »Aber nein, wie kommen Sie auf so etwas? Natürlich nicht!«

Lara Saiter ließ nicht locker. »Sind Sie sich da sicher, Frau Blohm? Diese Frage müssen wir stellen.«

Herr Blohm antwortete: »Ist schon recht, ist schon recht. Aber es gab da wirklich nichts, überhaupt nicht. Nach dem Tod unseres Sohns ging es uns allen nicht gut. Aber Depressionen ... Sie meinen doch damit, ob sie vielleicht selbstmordgefährdet war, nicht wahr? Also nein. Überhaupt nicht, wirklich nicht.«

Es klang glaubhaft. Sie zählte nun mit ruhiger Stimme auf, was sie benötigten: Fotografien der Tochter, alle persönlichen Daten, eine Liste ihrer Freunde, der Arbeitskollegen. Sie hielt kurz inne, als ihr bei der Frage nach einer Beziehung die Vergangenheitsform auf den Lippen gelegen hatte. Nun fragte sie: »... ja, und noch etwas: Lebt Ihre Tochter in einer Beziehung?«

Das *lebte* blieb stumm.

Frau Blohm antwortete: »Nein, nicht mehr. Sie hat sich vor einiger Zeit von ihrem Freund getrennt, was wir sehr bedauert haben.«

»Fiel das in etwa in den Zeitraum, als sie ihre Anstellung aufgab?«, wollte Bucher wissen.

»Nein. Das ist nun schon einige Monate her und hat damit nichts zu tun.«

Bucher nahm die Antwort zur Kenntnis und war irritiert, wie sicher Frau Blohm geklungen hatte, so als ob ihr alle Beweggründe im Leben ihrer Tochter vertraut wären.

Lara Saiter ließ keine Pause mehr entstehen: »Wir benötigen nähere Angaben über den Exfreund, und noch etwas: Wovon hat sie gesprochen, als sie zuletzt miteinander telefonierten, bitte versuchen Sie sich an die Details dieses Gesprächs zu erinnern. Es muss nicht jetzt sofort sein. Nur – falls Ihnen etwas einfallen sollte in den nächsten Tagen, dann notieren Sie sich das bitte.«

Frau Blohm sah fragend zu ihrem Mann. Waren ihm Details des letzten Telefonats präsent? Er regte sich nicht.

Die sachlichen Fragen und das stumme Verfassen der Notizen hatte eine weniger emotionale Atmosphäre entstehen lassen. Herr Blohm erzählte mit einem Mal in teilnahmsloser Weise: »Es war ein kurzes Gespräch gewesen. Das weiß ich noch. Sie war in Lindau angekommen, wo sie bei einer Freundin übernachten wollte. Die beiden kannten sich vom Studium her. Sie wollte von dort weiter in die Schweiz. Zu Fuß am Bodensee entlang nach Bregenz und weiter über St. Margrethen und Rorschach. Darüber haben wir geredet … über die Route. Sie hatte dann vor, ein Stück mit dem Zug zu fahren. Deswegen passt das ja auch gar nicht, das passt nicht mit der Karte zusammen, verstehen sie?«

Lara Saiter sah ihn fragend an. Sie verstand nicht, was nicht passen sollte. Von welcher Karte sprach er?

Er stand mühevoll auf und sprach weiter: »Es ist da noch etwas, was wir Ihnen noch nicht gesagt haben. Wir verstehen das nicht.«

Bucher drehte sich um und verfolgte, wie er etwas aus einer Schublade des Sideboards holte. Eine Ansichtskarte. Blohm trug sie mit beiden Händen zum Tisch. Er berührte sie so vorsichtig, als handelte es sich um ein Schälchen aus chinesischem Eierschalenkristall und legte sie vor Bucher hin. »Vor einigen Tagen hat uns diese Postkarte von Anne erreicht.«

Bucher vermied den Blickkontakt mit Lara Saiter. Er musste sich zusammenreißen. Da saßen sie hier, stellten Frage um

Frage und dann tauchte plötzlich eine Ansichtskarte auf – von der Vermissten. Aus Frankreich! Seine Anspannung fiel in sich zusammen. Gerade noch hatte er Fragen notiert, die er stellen wollte. Viele Fragen. Im Geiste hatte er Aufträge für Batthuber und Hartmann formuliert, eine Vorstellung von dem entwickelt, was er und was Lara Saiter als Nächstes tun würden – und nun kamen sie mit einer Ansichtskarte der Tochter daher. Er war aufgebracht. Dafür war ein Sommersamstag zerschlagen worden. Er hätte im frischen Gras liegen können, oder sonst was. Hartmann hatte recht gehabt. Nur aus Höflichkeit nahm er die Karte zur Hand und betrachtete das Motiv. Er brauchte nicht auf der Rückseite nachzusehen, welches Motiv da abgebildet war – es war die Loire, breit und ruhig, wie sie an Orléans vorbeifloss. Die alte Brücke war zu sehen und hinter mittelalterlichen Häuserfluchten ragten die zwei markanten, eckigen Türme der Kathedrale Sainte-Croix auf.

Anne Blohm war ganz schön weit gekommen in den letzten vierzehn Tagen.

Er drehte die Karte um und erfasste schnell die wesentlichen Informationen: Eine französische Briefmarke und eine unruhige Schreibschrift versahen den hellen Karton; der Poststempel datierte auf den vierten Juni.

Bucher reichte die Karte an Lara Saiter weiter und fragte matt: »Handelt es sich zweifelsfrei um die Schrift Ihrer Tochter?«

»Aber natürlich, es ist die Schrift unserer Tochter, ganz sicher ...«, sprach Frau Blohm schnell und erregt, »aber sie ist sehr ungleichmäßig. So schreibt sie eigentlich nicht.«

»Vielleicht hat sie sie im Zug geschrieben, an einem engen Bistrotisch«, wehrte Bucher ab.

Lara Saiter empfand ähnlich wie er und beide überlegten unabhängig voneinander, wie sie aus der Situation herauskommen konnten. Lara fragte: »Was passt denn Ihrer Meinung nicht zusammen, Frau Blohm. Es ist doch ein gutes Zeichen, Ihre Tochter ist in Frankreich und hat Ihnen eine Karte geschrieben. Es ist ihre Schrift, wie Sie zweifelsfrei festgestellt haben. Weshalb freuen Sie sich nicht darüber?«

Es war Frau Blohm anzusehen, wie sehr sie sich konzentrieren musste, um ruhig zu bleiben und die Frage korrekt zu beantworten. Ihre Stimme zitterte. »Erstens wollte Anne nicht nach Orléans, sondern hatte eine andere Route geplant. Und sie wollte auch viel länger in der Schweiz bleiben. Meine Schwester lebt in Bern und wir haben Freunde in Nyon am Genfer See. Dort wollte sie Station machen, hat sich dort aber überhaupt nicht gemeldet«, sie musste zweimal tief atmen, um weiterreden zu können und deutete auf die Ansichtskarte in Lara Saiters Hand, »… und dann dieser Text. So etwas schreibt unserer Tochter nicht, alles ist falsch, nichts passt. Diese Karte da beruhigt uns nicht, vielmehr bestätigt sie unsere Sorge.«

Lara Saiter las stumm, während Frau Blohm weiter erläuterte: »Die Rechtschreibfehler – es ist völlig unmöglich, gibt mit *ie*. das fehlende *d* von *den*, das ist uns völlig unverständlich, wirklich völlig unverständlich. Und der Text selbst macht doch auch inhaltlich keinen Sinn.«

»Hatte Ihre Tochter eine Schreibschwäche? Das gibt es ja«, meinte Bucher.

»Nein«, kam es energisch, fast verzweifelt von Frau Blohm, »Anne hatte keine Schreibschwäche, nein, die hatte sie nicht, und sie hatte auch keine Depressionen und sie nahm keine Medikamente …« Herr Blohm legte eine Hand auf den Arm seiner Frau. Sie zog ihn heftig weg und sprach langsam und mit weniger Empörung weiter. »Sie hat ein Volontariat in einer Redaktion gemacht und sehr viel geschrieben. Sie war eine erstklassige Schülerin, vor allem Sprachen lagen ihr. Nein, das ist doch völlig unmöglich, dass sie so einen Unsinn schreibt So etwas … so etwas hätte sie niemals geschrieben.«

»Aber es ist die Schrift Ihrer Tochter?«, insistierte Bucher kühl.

»Ja.«

Herr Blohm war wieder aufgestanden und hatte einige Fotos geholt. Er legte sie auf den Tisch und deutete auf eine Aufnahme, die eine junge Frau zeigte. »Wir haben das am Marienplatz gemacht, am Tag, als sie aufgebrochen ist.«

Bucher sah eine junge Frau mit schulterlangen, dunkelbraunen Haaren. Sie lachte fröhlich in die Kamera, hatte Trekkingstiefel an, einen eher kleindimensionierten Rucksack vor den Füßen liegen und stützte sich auf einen Wanderstab. Die braunen Beine waren schlank und muskulös. Ein frischer, sportlicher Typ. Ja – es war in der Tat schwer vorzustellen, dass eine solche Frau *giebt* schreiben würde. Dennoch fielen ihm jede Menge kritische Fragen ein, die er auf eindringliche Weise hätte stellen müssen: Wie war das Verhältnis innerhalb der Familie beschaffen – gab es vielleicht Streit, Verärgerungen? War es möglich, dass ein so geordnet durchs Leben gehender Mensch wie Anne Blohm plötzlich der Liebe wegen Eskapaden lieferte? Es war nicht der Augenblick für derlei Fragen. Jetzt nicht. Es ging um Grundsätzlicheres: War die Besorgnis des Ehepaars Blohm ernst zu nehmen und bestand Handlungsbedarf?

Lara Saiter las den Text laut vor. Zweimal. »*Ihr Lieben, wie schön ist es hier am Fluss und ich will bald in Lanac sein, dann weiter zu en Lava-Landschaften der Auvergne. Es giebt so viel Schönes hier. Bis bald, liebe Grüße Anne.*«

Wenig Persönliches, fand Bucher. Nur Beschreibungen der Reiseroute. In der Tat ein eigenwilliger Text, aber was stand nicht sonst für krudes Zeug auf Ansichtskarten. »Hat sie zuvor schon Postkarten geschrieben?«, wollte er wissen.

»Nein. Anne schreibt für gewöhnlich keine Postkarten … eher Briefe, so richtig altmodisch.«

»Haben Sie solche Briefe von ihr hier?«

»Ja, sicher … es sind gar nicht wenige.«

»Wir benötigen mindestens einen davon. Ich möchte Sie bitten uns geeignete herauszusuchen.«

Lara hatte ihm die Karte zurückgegeben und er las den seltsamen Text selbst. Er versuchte sich vorzustellen, wie ein Mensch beschaffen war, der dergleichen schrieb. Was war hier los? Was sollte er machen?

Seine Augen fuhren über die Worte, er dachte an den Garten, draußen vor dem Haus, die Bücher in der Vitrine, die Ausbildung Anne Blohms – es passte wirklich kaum zusammen. Er sah Lara Saiter in die Augen. Sie blickte ernst drein. Weitermachen – nicht abbrechen, sagten ihre Augen. Sie brauchten mehr als nur Briefe. Er verlangte Dokumente, Listen, Fotos und Blohm suchte alles Verlangte im Haus zusammen und legte es auf den Tisch.

Derweil befragte Lara Saiter Frau Blohm über den Freundeskreis ihrer Tochter, insbesondere über die engsten Freundinnen und über die weitere Verwandtschaft der Familie. Die Großeltern mütterlicherseits lebten noch und die Mutter von Herrn Blohm. Alle in München.

Es klingelte an der Tür und das *Dingdong* lähmte die schweigsame Arbeit im Haus. Herr Blohm sah hinaus in den Gang, als käme von dort ein Geist.

»Ah«, rief seine Frau, wie aus einem Schlaf erwacht, »Tampa, das ist Tampa«, und eilte zur Tür, als könnte sie dort allem entkommen, was sie quälte.

»Unser Hund«, erklärte Blohm, »ich hatte ihn mit auf einer Baustelle und er hatte sich ein Stück Draht in die Pfote getreten. Das musste beim Tierarzt operiert werden. Jetzt bringen sie ihn zurück.«

Bucher ging ein paar Schritte in den Gang, wo im Wechsel freudiges Winseln und Bellen zu hören war. Ein dunkelbrauner Hund mit glänzendem Fell schaffte ein Zentrum der Freude am Eingang. Alles an ihm wackelte und wedelte. Die vordere rechte Pfote steckte in einer Klettschürze. Ein junger Mann versuchte den Hund abzuleinen, was sich schwierig gestaltete, weil er Kreisel und Achter lief und so abwechselnd den jungen Kerl oder Frau Blohm fesselte. Als es endlich gelungen war, sprang das Tier voller Freude an seinem Frauchen hoch, die begeistert juchzte und das Tier zu beruhigen versuchte. »Langsam Tampa, vorsichtig … nein, nicht so wild.« Ihre Stimme klang nun frei und unbeschwert.

Der Mann, der *Tampa* gebracht hatte, war zur Seite getreten und hatte bei einem Blick in den Gang Bucher entdeckt. Zielstrebig ging er auf ihn zu und reichte ihm ein Kuvert und eine Packung. »Hier die Creme, zweimal am Tag die Pfote einreiben, das nimmt die Entzündung und ist schmerzlindernd. In ein paar Tagen ist das wieder gut. Im Kuvert sind Rechnung und der Impfpass … ach ja, und hier noch drei Tabletten, wenn die Betäubung nachlässt, gegen die Schmerzen.«

Bucher hatte die Sachen verdutzt entgegen genommen. Der schmächtige Kerl war schon wieder beim Hund und streichelte ihn.

Blohm war zu Bucher gekommen, um ihm die Sachen abzunehmen, während seine Frau den jungen Mann verabschiedete und danach ihre ganze Aufmerksamkeit dem Hund schenkte.

Blohm erklärte: »Anne hat ihn gebracht, kurz nach dem Tod unseres Sohnes. Ein Straßenhund. Jetzt ist er der König hier. Ich kann mir das gar nicht mehr ohne ihn vorstellen; gerade die letzten zwei Tage, an denen er weg war, ist es mir wieder bewusst geworden, wie leer der Tag dann ist. Keine Aufgaben, keine Spaziergänge, man redet auch weniger. Ich schimpfe ihn gerne, wissen Sie, so gemütlich halt, und er mag das, wenn ich ihn angrantele und aus der Firma erzähle, oder sonst was, das mir nicht passt, so wie wir Münchner halt sind.«

Bucher lächelte. Ja, so waren sie, die Münchner, gutmütige Grantler.

*

Im Auto, auf dessen Dach die Sonne lag, hatte sich eine gewaltige Hitze angesammelt. Bucher ließ für einen Moment die Türen offen stehen. Lara Saiter wartete, bis der erste Hitzeschwall entwichen war, und fragte über das Autodach hinweg: »Und, was meinst du zu der Sache?«

Er überlegte eine Weile, bevor er antwortete: »Mysteriöse Angelegenheit, in jeder Hinsicht. Ich kann das alles noch nicht zu einer Geschichte zusammenfügen, aber ich nehme es durchaus ernst. Das sind keine hypersensiblen Leute, die die Polizei holen, nur um ihre Tochter unter Kontrolle zu bringen. Ernste Sache, wie ich finde, sehr ernst.«

»Dann sind wir ja einer Meinung.«

Er setzte Lara Saiter am Rotkreuzplatz ab, wo sie noch einige Besorgungen erledigen wollte. Er selbst fuhr direkt ins Amt zurück, wo ihn ein verwaister, stiller Bürogang erwartete. Er lagerte die Listen und Fotos, den Brief und die Postkarte – alles was sie mitgenommen hatten – in seinem Rollschrank. Das Zeug hatte nichts zu Hause bei ihm zu suchen, denn dann würde vom restlichen Wochenende nichts bleiben. Der Sonntag sollte nur Miriam gehören und sonst niemandem.

Eine Kopie des Ansichtskartentextes steckte er allerdings ein.

Über das Wochenende hinweg befielen ihn immer wieder romantische Vorstellungen, Bilder und Gefühle, die in Zusammenhang mit dem Pilgern standen. Von München bis nach Santiago de Compostela wandern, unterwegs sein? Das führte einen ja mitten durch Frankreich – und vor allem diese Vorstellung erzeugte berührende Momente in ihm. Losgelöst zu sein von allen Dingen, auf einsamen französischen Landstraßen dahin gehen, vorbei an Sonnenblumenfeldern und stillen Bauernhöfen, von wo böses Hundegebell drang, dazu das Geschnatter und Gackern von Enten, Hühnern, Gänsen, Perlhühnern – ab und an ein klappriger Citroën, der einem entgegenkam. Dazu die alten Städte mit ihren fiebrigen bunten Märkten. Er konnte die Sehnsucht nach einer solchen Reise fühlen, von der man nicht erholt, sondern als ein anderer Mensch zurück kehren wollte. Läuterung.

Es war allerdings ein Weg, den man nur alleine gehen konnte. Er entschloss sich zum Genuss und vollzog seine Frankreichreise über die freien Tage hinweg auf andere Weise. Zu dem herrlichen Sommerhimmel gehörten Musik, gutes Essen und Wein. Er pilgerte in den Keller und startete in der Champagne, es kam später ein gekühlter Weißer aus Sancerre dazu, ein alter Potensac aus dem Médoc begleitete am Abend ein zartes Lammfilet, bevor der Sonntagabend mit Ziegenkäse und einem fetten Gigondas beschlossen wurde.

*

Der folgende Montagmorgen fühlte sich gut an. Ein blauer Himmel lag über dem fruchtbaren Land zwischen Lech und Ammersee. Drunten an der Lechschleife schwärzte ein noch tiefer Schatten das Wasser, doch in den Baumwipfeln reflektierten bereits die ersten Sonnenstrahlen. Mit Beginn der Morgendämmerung war ein aufgeregtes Vogelkonzert entstanden, das fürs Erste endete, als die Sonne den rosa Schleier hinter sich gelassen hatte und gleißend hell am Himmel stand. Die Kühle aus den Senken und die leuchtende Glut am Himmel erzeugten jene lebensfreundliche Stimmung, wie sie nur ein solcher Sommermorgen vermitteln konnte.

Miriam hatte Bucher an der S-Bahn in Herrsching abgesetzt und war dann weiter in die Redaktion gefahren. Er hockte am Fenster, sah hinaus, in die vorbeifliegende Landschaft, an der er jeden Hügel, jedes Haus, jeden Baum kannte, und lauschte den verstummten Klängen nach, die ihn das Wochenende über begleitet hatten – die sanften Töne, die Vladimir Horowitz dem Piano entlocken konnte. Gab es einen anderen Pianisten, der mit solch entschiedener Zärtlichkeit die Tasten bewegen konnte? Ihm fiel keiner ein. Diese uralte Scheibe *Horowitz at Home* war fast den ganzen Sonntag gelaufen, bis Miriam eingeschritten war, die CD weggenommen hatte und Neil Young laufen ließ. Auch gut. Der schwingende Beat von *Ramada Inn* stieß ihn an, fegte alle trüben Gedanken hinweg und hatte ihn wippend durchs Haus ziehen lassen: *and every morning comes the sun … she loves him so … he does what he needs to …*

Das war nun Vergangenheit und er lauschte der Diskussion zweier jungen Typen über die Deltas von Messung und Schätzung. Es waren wohl Ingenieure.

Als Pasing hinter ihnen lag und der Blick auf den Nordwesten der Stadt frei wurde, lag ein farbiger Schimmer auf der Westseite des Olympiaturms. Hier in der staubigen Luft der Stadt erzeugte der Schein der Sonne immer noch warme Farben. Auf allen Kirchtürmen und Dächern schillerte es und weit hinter den Glasfassaden des Arnulfparks stand ein grelles Orange in hartem Kontrast zum tiefen Blau im Zentrum des Firmaments, an dem der Glanz der letzten Sterne verging.

Der Fall Anne Blohm hatte ihn übers Wochenende nicht in dem Maße beschäftigt, wie er es zuvor erwartet hatte. Ein paar Mal hatten sich Fragen in die Entspanntheit gedrängt; am Samstagabend, als er in der Küche werkelte und die Erdbeeren wusch, die sein Nachbar Engelbert vorbeigebracht hatte, da waren ihm Szenen aus dem Blohm'schen Wohnzimmer präsent geworden. Am Sonntag, als er im sommerwarmen Schatten der Erle ein wenig auf der Liege hinter dem Haus gedöst hatte, rumorte der eigenwillige Text der Postkarte in ihm. Da war er entgegen seinem Vorsatz in die Küche gegangen und hatte einige Zeit den kopierten Text studiert. Er konnte ihn beinahe schon auswendig. Je länger er die Worte betrachtete und versuchte Bezüge herzustellen, setzte sich die Meinung in ihm fest, Anne Blohm habe mit ihren Worten eine Botschaft formuliert. Lanac ergab rückwärts gesprochen Kanal. Tja – Kanal. Das brachte seine Gedanken auch nicht weiter und er gab auf, weil er die Erholung des Sonntags brauchte.

Erst jetzt wieder, auf dem Fußweg von der Hackerbrücke hinüber zum Büro, erfasste ihn die bedrängende Stimmung wieder, diese Fragmente des Schreckens, die vor ihm aufgezuckt waren, als er dem zugehört hatte, was die Blohms erzählt hatten.

Er richtete den Blick auf und sah hinunter ins Gleisbett, wo die Lichtreflexe auf den Schienen tanzten. Die Hackerbrücke war voller Menschen. Autokolonnen stauten sich vor den Ampelanlangen. Radfahrer zwängten sich durch das Gemisch aus Fußgängern und Fahrzeugen, das an der Arnulfstraße entstanden war. Alle waren in Eile.

*

Die drei anderen waren bereits in ihren Büros beschäftigt und Batthubers Stimme war bis in den Gang zu hören. Er berichtete Hartmann von seinem Kurs.

Was war es noch mal gewesen? Irgendwas mit *dreidimensional* und *Scannen mit Lasern*. Genau das Richtige für ihn. Vielleicht war es ja mal zu gebrauchen. Bucher hockte sich an den PC und wollte vor der Besprechung googeln, wo genau Lanac lag. Es dauerte länger, als er erwartet hatte.

Später dann informierte er über den *Fall Anne Blohm,* holte das Foto vom Marienplatz hervor und eine Portraitaufnahme, die reihum gingen; danach folgte die Ansichtskarte.

»Ich bin ja eher so italienmäßig unterwegs. Wo liegt dieses Orléans genau?«, richtete sich Batthuber an Bucher.

»Gar nicht weit von Paris entfernt, im Süden, an der Loire. Ein herrliches Städtchen mit großer Geschichte.«

»Mhm, Jungfrau und so … hab ich schon mal gehört …«, sagte Batthuber.

»Tal der Könige«, ergänzte Bucher.

»Tal der Könige?«, wiederholte Batthuber, »ist das nicht in Ägypten?«

Bucher schnaufte. »In Frankreich gibt es auch ein *Tal der Könige* – der Abschnitt der Loire zwischen den Städten Gien und Angers. Er wird so genannt, wegen der vielen Schlösser und Prunkbauten und der Orgien, die dort gefeiert wurden … Renaissance … Franz der Erste … Katharina von Medici … Diane de Poiters – schon mal davon was gehört?«

»Mhm«, kam es ungläubig, »haben wir den Fall bekommen, weil du ein halber Franzos bist?«

Bucher sah den Kleinen irritiert an. Mit einer solchen Frage hatte er nicht gerechnet. Batthuber erklärte schnell, dass das ja möglich sein konnte, wegen seiner Orts- und Sprachkenntnisse – und so.

»Und so …«, mokierte Buche sich.

Hartmanns Gedanken waren bereits einige Schritte weiter. »Gab es Streit zwischen Anne Blohm und ihren Eltern?«

Lara Saiter antwortete. »Nein, gab es nicht. Jedenfalls hat sich der Eindruck nicht aufgedrängt. Wir haben da aber auch nicht insistiert, beim ersten Kontakt … du verstehst.«

Hartmann knurrte und zählte auf: »Sie kündigt ihren Job, gibt ihre Wohnung ab, geht auf Pilgerreise, meldet sich zum letzten Mal telefonisch aus Lindau, dann kommt fast zwei Wochen lang nichts und auf einmal diese Postkarte da … aus Frankreich … zweifelsfrei von ihr geschrieben … mit Rechtschreibfehlern und einem den Eltern unsinnig erscheinenden Text … und ihre Verwandtschaft in der Schweiz hat sie auch nicht besucht, wie es sich gehört hätte … so ein böses Mädchen aber auch«, er sah auffordernd in die Runde, »na! Fällt euch dazu nichts ein? Also für mich liegt es durchaus im Bereich des Möglichen, dass es da Zoff gab und sie sich deshalb für einige Zeit nicht von unterwegs gemeldet hat und dann so ein böses Kärtchen schreibt. Vielleicht ist die Karte ja eine Art Botschaft, so nach dem Motto: *Ihr könnt mich mal*. Das ist doch nicht völlig abwegig, oder?«

Nein, das war nicht abwegig, dachte Bucher. Er suchte Unterstützung bei Lara Saiter, die ihre Hände gefaltet an die Nasenspitze gelegt hatte. Sie sah in einen fernen Raum und dachte nach.

Hartmann hakte nach. »Diese Variante mit dem Streit, die habt ihr also nicht explizit abgefragt, oder?«

Bucher bestätigte nochmals. »Nein Alex, das haben wir nicht. Es war wirklich nicht die passende Situation, um da gleich mit der Verdachtsnummer daherzukommen. Aber dein Ansatz könnte durchaus in die rechte Richtung gehen. Das mit dem Familienstreit, da müssen wir wirklich noch mal ran, aber mein Gefühl sagt mir, dass an der Vermisstengeschichte wirklich was dran ist.«

Batthuber meldete sich. »Entführung und Erpressung scheiden ja wohl aus und wie ihr gesagt habt, hatte sie gerade keinen Lebensgefährten. Vielleicht hat sie ja ihre große Liebe getroffen und die machen nun verrückte Sachen, oder so.«

»Verrückte Sachen … oder so«, wiederholte Bucher und schüttelte missbilligend den Kopf.

»Suizid ist unwahrscheinlich, habt ihr gesagt?«, fragte Hartmann dazwischen. Bucher bestätigte stumm.

Batthuber blieb unbeeindruckt. »Das einzig Objektive ist

doch diese Karte. Ein französischer Druck, französische Briefmarke und Stempel … und ziemlich versifft, wie ich finde. Unten ist die Tinte verlaufen. Schaut aus, als hätte es draufgeregnet. Was machen wir damit?«

Lara Saiter nahm die Karte zur Hand und drehte sie. »Eine daktyloskopische Untersuchung wird wenig bringen. Zuerst kommt die Handschriftenanalyse dran und vielleicht lassen sich die Vertriebskanäle ermitteln, die Einwurfstelle kriegen wir über den Poststempel und unter der Briefmarke finden sich vielleicht ein Fingerabdruck oder irgendwelche DNS-Spuren. Da denken die wenigsten dran – an die Klebefläche.«

Bucher stimmte zu. Wie oft hatten sie schon auf der Klebeseite von Tesa oder Paketband verwertbare Spuren gefunden. Wieso sollte es bei einer Briefmarke nicht anders sein? Mehr war im Moment nicht möglich.

»Da ist noch etwas, was mit dieser Postkarte zusammenhängt«, sagte Bucher.

Die anderen sahen ihn gespannt an, denn er hatte langsam gesprochen und nachdenklich. »Ich habe vorhin in Google Maps recherchiert, nach diesem Lanac, der Ort zu dem sie wollte. Also – in ganz Frankreich habe ich kein Lanac gefunden. Es gibt keine Stadt, kein Dorf, mit diesem Namen!«

Die anderen sahen sich fragend an. Buchers Meinung festigte sich: »Diese Postkarte … mit der stimmt irgend etwas nicht.«

»Okay, wie machen wir dann weiter?«, kam es von Hartmann.

Bucher hatte bereits die nächsten Schritte festgelegt. Das Ehepaar Blohm musste nochmals befragt werden. Hartmann und Batthuber sollten das Gespräch mit ihnen führen – vorsichtig und einfühlsam –, wie er betonte. Er selbst wollte sich um die kriminaltechnische Auswertung der Postkarte kümmern, während Lara Saiter den Freundes- und Kollegenkreis Anne Blohms eruieren sollte. Batthuber oblag die leidige Aufgabe, den Fall im System zu erfassen, mit Aktenzeichen, Suchanfragen in allen Recherchediensten und Datenbanken, Vorbereitung der internationalen Ermittlungsersuche für Österreich, die Schweiz und Frankreich. »Das volle Programm eben«, konkretisierte Bucher den Auftrag. Und er brauchte eine Übersicht jener Vermisstenfälle der letzten fünf Jahre, die ein Muster zum Fall Anne Blohm aufwiesen. Ohne Gemütsbewegung nahm Batthuber die tagefüllenden Aufträge an.

*

Bucher schnappte Ansichtskarte und Referenzbrief von Anne Blohm und begab sich in den nächsten Gebäudetrakt zur Kriminaltechnik. Eine Baustelle im Haus zwang ihn auf eine umständliche Route durch trübe Gänge und weite Flure. Der Fall Anne Blohm bereitete ihm zunehmend Unbehagen, ohne dass er das an einem bestimmten Fakt hätte festmachen können.

Anständig klopfte er an der Tür und wartete auf das »Herein«.

Friedemann Beck saß am Schreibtisch und blickte interessiert zur Tür. Er trug seine Brille wie gewohnt auf der vordersten Nasenspitze, sodass seine Augen über den silbernen Rahmen hinweglinsen konnten.

Bucher begrüßte ihn übertrieben freundlich und setzte sich unaufgefordert auf einen freien Bürostuhl. »Ich kam gerade zufällig vorbei und dachte, ich besuche mal meinen alten Freund Friedemann Beck und frage, wie es ihm so geht.«

Beck nahm seine Brille langsam ab, legte sie auf die Fläche vor der Computertastatur und sank im Stuhl nach hinten. Er lächelte listig. »Was willst du?«

»Fragen, wie es dir geht«, antwortete Bucher unschuldig, »was macht die Gesundheit, spielst du noch Schach, Kinder und Frau gut beisammen?«

Friedemann Beck kratzte sich am Kinn. »Gesundheit okay, Schach spiele ich noch und meine Kinder sind inzwischen erwachsen. Wie die Zeit vergeht, nicht wahr? Du könntest mich aber nach meinen zwei Enkelchen fragen.«

Bucher strahlte ihn an. »Ich gehe davon aus, den Enkelchen geht es prächtig, bei so einem Opa.«

»Was willst du?«, wiederholte Beck trocken.

Bucher ließ seinen Blick auffällig über den Schreibtisch gleiten. »Kaum was los bei euch im Moment. Werden denn keine Schecks mehr gefälscht, Unterschriften nachgemacht und Erpresserschreiben mit der Hand geschrieben? Ist die Welt so gut geworden?« Er griff in die Innentasche seines Jacketts und holte die Plastiktüte hervor, in der sich Postkarte und Brief befanden. Er deutete auf das Motiv der Karte. »Schau mal, schönes Foto, nicht wahr? Frankreich, Loire, kriegt man gleich Sehnsucht, oder?«

Beck blieb unbeeindruckt. »Ich bin eher der Italientyp. Mit den Franzosen hab ich es nicht so.« Das war fies, weil er Buchers familiären Hintergrund kannte. Der freute sich über den Seitenhieb und erklärte: »Ist von einer jungen Frau, die auf Pilgerreise war. Sie hat ein Sabbatjahr eingelegt und wollte zu Fuß nach Santiago de Compostela. Seit zwei Wochen ist sie verschwunden.«

Beck rümpfte die Nase. »Compostela? Das hat dieser Komiker mit seinem Buch verbrochen. Alles Volk rennt nun auf ehemals einsamen Pilgerwegen umanand und plärrt nach jeder Etappe ins Handy, um der Welt von den tief gehenden spirituellen Erfahrungen zu berichten. Ätzend! Und wenn die Füße brennen und Blasen werfen, ist das kurz vor dem Einsatz eines Rettungshubschraubers. Grässlich … grässlich. Und kaum zurück, jammern alle gleich wieder von Burn-out und so. Ahh.«

Bucher nickte nur, um einer Grundsatzdiskussion über den Zustand der Gesellschaft aus dem Wege zu gehen und führte das Gespräch wieder zu seinem Anliegen zurück. »Keine große Sache, Friedemann. Ich brauche kein Gutachten, kein Schreibkram für dich, verstehst du? Nur eine mündliche Aussage von dir, ob diese Postkarte wirklich von Anne Blohm, so heißt die junge Frau, geschrieben worden ist. Ich habe Vergleichsmaterial dabei.« Er wedelte freundlich mit dem Brief. »Es geht uns nur darum, den Ermittlungsansatz richtig wählen zu können. Mehr nicht. Im Grunde musst du nur mal kurz drüberschauen.«

Bucher grinste, obwohl er seine letzten Worte vom *kurz*

mal Drüberschauen bereute. Jetzt nur keine Fehler eingestehen.

Beck rührte sich nicht. Nur seine Hand wies aus dem Fenster auf das gegenüberliegende Gebäude. »Da drüben gibt es ein Stockwerk, da sitzen hoch bezahlte Leute, die nichts anderes machen, als *Geschäftsprozesse definieren*«, die letzten beiden Worte sprach er verächtlich aus, »und die haben auch einige solcher Geschäftsprozesse für uns in der Handschriftenanalyse erstellt. Du kannst dir das im Intranet ansehen – Dreiecke, Pfeile, Vierecke, Kreise und so –, verkappte Kandinskys, die Typen. Einer dieser Prozesse nennt sich *Antragsmanagement* – dieser Prozess besteht aus dem Dreieck *Aktenzeichen*, dem Viereck *Ermittlungsbericht* zweifach, dem Kreis *Untersuchungsantrag*, ebenfalls zweifach. Die geometrischen Formen sind mit einem Pfeil der anzuwendenden Reihenfolge nach verbunden. Im gesamten Intranet habe ich keinen Geschäftsprozess finden können, der da lautet: *Ich schau mal locker flockig vorbei und lege dem Kollegen Arbeit auf den Schreibtisch zum kurz mal Drüberschauen*. Glaube mir, Johannes, so einen Geschäftsprozess gibt es nicht, weil es ihn nicht geben darf. So haben die das erklärt. Ehrlich. Das ist verboten. Ich darf das gar nicht machen.«

Bucher sah bedrückt drein und ließ einen gequälten Laut hören. »Mhm, Friedemann. Ja, kenne ich doch, dieses Geschäftsprozessflussdiagramm. Aber hast du auf dieser Grafik nicht den großen, dicken Pfeil gesehen, der in der Mitte war, und der alle Kästchen, Kreise und Dreiecke durchzogen hat? Ein weißer Pfeil auf weißem Grund und beschriftet ist er mit: *Wirklich wichtig* – rote Schrift auf rotem Grund. Schau da noch mal nach. Außerdem gibt es ja auch noch so was wie Kollegialität und Solidarität. In welcher Gesellschaft leben wir denn inzwischen? Gerade du als Psychologe solltest doch Verständnis aufbringen.«

»Verschon mich«, sagte Beck und hob energisch den Arm. Als er ihn senkte, griff er nach der Ansichtskarte.

Gewonnen, dachte Bucher, und meckerte weiter. »Ich kann

doch auch nichts dafür, dass du hier in diesem hässlichen Büro hocken musst, nur weil dir die Aufklärung von Verbrechen am Herzen liegt. Mit einem Psychologiestudium, einem abgeschlossenen noch dazu, hättest du doch ganz andere Möglichkeiten, Mensch! Du könntest im ersten Stock einer Villa am Starnberger See sitzen, den Blick aus Kreuzrahmenfenstern hinaus in die oberbayerische Weite gerichtet, die nur von wildromantischen Bergketten begrenzt ist. Vor oder hinter dir stünde eine Couch von *Rolf Benz* oder *lignet roset*, und auf selbiger läge ein Wirtschaftsführer, Politiker, Künstler, oder sonst ein so psychisch kranker wie solventer Mensch; dieser würde dir davon berichten, welche Nöte es in ihm entfacht, anderen Menschen überlegen zu sein, ihnen dennoch die Hand reichen zu müssen, weil es sich so gehörte, und wie furchtbar es für ihn war, als Kind immer nur grüne Lutscher bekommen zu haben, wo es doch rote oder orangene hätten sein sollen, weil diese Farben ihm schon damals besser gestanden hätten – der Dominanz wegen. Viele solcher und andere vergleichbare Leiden könntest du heilen. Ja! Du siehst mich fragend an? Natürlich geht das. Ganz einfach. Sogar ich weiß, wie man da verführe. Du könntest zum Beispiel auf ein frühkindliches, traumatisches Frühkindtrauma hinweisen und dessen sexuelle Bedeutung für das Leben vor Augen führen; könntest sagen, dass er unbedingt mit der blonden Russin weitervögeln muss, weil ihn dies letztendlich«, Bucher hob mahnend den Finger, »das Wort letztendlich ist wichtig, weil es zum einen auf den Patienten oder Mandanten nicht zu heftigen Druck ausübt, dir andererseits Zeit gibt weiterhin Rechnungen zu schreiben. Also – die Russin und so, sie wird ihn letztendlich zur Einsicht, zur Katharsis leiten –, und einen Tag später schreibst du eben jene Rechnung mit einem angemessen hohen Eurobetrag, bevor du dich endlich auf deiner Segeljacht entspannen kannst, die von lauen Winden über einen der Seen hier in der Gegend getragen wird. Deine Kinder studierten derweil weit weg, in Montpellier oder London, deine Frau wäre mit Freundinnen beim Trommeln in der Toskana und du könntest mit dieser Filmstudentin die oberbayerische Natur genießen. Ja, das alles wäre denkbar, Friedemann. Stattdessen sitzt du hier an abgeschabten Büromöbeln, beginnst damit, den stummen Anordnungen von Pfeilen, Kreisen und Vierecken zu folgen und hast den Blick auf eine lärmende Müllhalde namens Innenhof. Es ist schrecklich.«

»Daktyloskopisch schon gesichert?«, fragte Beck nüchtern. Buchers Ausführungen bereiteten ihm innerlich große Freude.

»Nein, das bringt uns nichts. Das Ding ist voll mit Daktspuren. Aber wir werden unter der Briefmarke nachsehen und die Flecken im Papier analysieren lassen. Was den Poststempel angeht, haben wir bereits Kopien gefertigt. Hochauflösende Scans. Das Ding scheint echt zu sein.«

»Ich kann das Original also behalten?«

»Kannst du.«

»Mündliche Auskunft an euch, was das Ergebnis angeht, und ich gebe das Zeug dann an die Waschmittelabteilung weiter?«

»Rrrichtig, an die Chemiker. Die sind bereits informiert und beschaffen gerade die Formel des Briefmarkenklebers. Ich vermute, es handelt sich um die alte Variante, du weißt schon – Zunge. Das wäre natürlich ganz ideal für DNS.«

Bucher war schon auf dem Weg zur Tür, da rief ihm Friedemann laut nach: »Vergiss die Verabschiedung vom Dottore Voolcke nicht, ja! Du warst ja auch einer von seinen Patienten. Wir zählen auf dich! Und Stammtisch ist demnächst auch wieder, falls du dich daran erinnerst! Warst schon eine Ewigkeit nicht mehr da! Die Kohle für das Abschiedsgeschenk treibt übrigens unsere Ayurveda-Queen ein, da gibt's kein Entrinnen!«

*

Zurück im Büro bearbeitete und ergänzte Bucher den Datensatz *Anne Blohm.* Eine beinahe rituelle Tätigkeit, die keine besondere intellektuelle Energie erforderte; eher so wie Bügeln, Unkraut jäten, Fenster streichen oder Auto waschen.

Es war für ihn insofern ein bedeutsames Tun, weil er dabei über die jeweiligen Sachverhalte ganz unbewusst reflektierte, nach Fehlern, nach Mustern, nach Schnittstellen oder nach bisher Unterlassenem suchte.

Das Telefon klingelte und riss ihn aus der Konzentration. Weiss war dran und wollte wissen, ob er kurz vorbeischauen konnte.

Er konnte.

Bucher holte die anderen zusammen. Weiss knurrte ihnen einen Gruß entgegen und nahm nur Laras Hand, die er lange hielt und gespielt ernst fragte: »Na, Mädchen, sind sie gut zu dir?«

Sie lachte. Niemand hätte sich trauen können Lara Saiter mit *Mädchen* anzusprechen. Niemand. Einzig Weiss durfte sich das erlauben.

Er wurde schnell wieder dienstlich, setzte sich an die Längsseite des Tisches und lehnte den angebotenen Kaffee mit der Begründung ab, bereits genug zu schwitzen. »Und, was habt ihr?«

Bucher berichtete knapp vom Besuch bei den Blohms.

»Mhm, die Sorge der Leute ist also nachvollziehbar. Gibt es Schwachstellen?«

Das war der Part von Hartmann, der seine Bedenken hinsichtlich der Vermisstenvariante äußerte.

»Ja, das muss man ausermitteln, vollkommen klar. Was habt ihr veranlasst?«

Lara Saiter zählte alle bisher getroffenen Maßnahmen auf.

»Mhm, ihr habt also eine Entscheidung getroffen – volles Programm.« Es klang zufrieden.

»Volles Programm«, bestätigte Bucher.

»Ist halt Ausland«, traute sich Batthuber auch was zu sagen.

»Ja, läuft alles auf Frankreich hin raus, stimmt«, sagte Weiss nachdenklich, »ist aber im Moment kein Problem. Ich wollte nur wissen, wie es grundsätzlich aussieht. Bin jetzt in der Besprechung und wollte dort was halbwegs Qualifiziertes dazu sagen können.«

Er richtete sich auf, wünschte frohes Schaffen und eilte davon.

Batthuber war angefressen. »Hat der was gegen mich, oder was?«

»Dein freches Maul nervt ihn«, sagte Bucher ungerührt.

»Ich hab doch gar nichts gesagt!«, echauffierte sich Batthuber.

Routinearbeiten bestimmten den Fortgang. Lara hing den halben Vormittag am Telefon und arbeitete sich durch die Liste mit Telefonnummern der Freundinnen von Anne Blohm. Keine wohnte mehr in München. Erst im letzten Telefonat erhielt sie einige spärliche Auskünfte und wusste nicht so recht, wie sie das in einen kurzen Vermerk fassen sollte, was die Freundin aus Paderborn ihr erzählt hatte.

Hartmann und Batthuber mieden die Nymphenburger Straße, die von Lieferfahrzeugen zu einem Stauzentrum verwandelt worden war, und unterfuhren die Donnersberger Brücke. Am Rand der Südlichen Auffahrt, im Schutz der Betonverstrebungen, stand ein Streifenwagen. »Da steh'n sie, die Wegelagerer«, brummte Hartmann, »Rotlichtverstöße. Muss man echt aufpassen hier, hat schon einige von uns erwischt, da kennen die nix.«

Batthuber nuschelte etwas Unverständliches.

*

Der Besuch der beiden Kriminalpolizisten vom Samstag hatte eine große Unruhe in die Seelen des Ehepaars Blohm gebracht und ihre Gefühle über den Nachmittag hin mächtig aufgewühlt. Nicht ein einziges Wort hatten sie nach dem Fortgang der beiden Polizisten darüber austauschen können, aus Angst vor der Verzweiflung, die sie beide erfasst hatte, und die sie sich hätten gestehen müssen. Das durfte nicht sein, das durften sie einander nicht zumuten.

Sie war in den Garten gegangen, hatte hier und da gezupft, geschnitten, die Rosen betrachtet, ohne die vollendeten Farben zu bemerken oder die betörenden Aromen des Sommers aufzunehmen.

Ihr Mann hatte den sonnigen Tag bis zum Abend im Arbeitszimmer verbracht, wo er Unterlagen sortierte und Arbeitsaufträge abheftete. Dinge eben, die keiner gesteigerten Gestaltungskraft bedurften. Sein Büro hätte es ebenso gut erledigen können.

Am Abend hatte sich eine Beruhigung ihrer Innenleben eingestellt. Noch immer waren sie voller Sorgen und Befürchtungen und ein dunkler gewordener Schatten lag über ihrem Leben, weil der Besuch der Polizisten die Skrupellosigkeit der Wirklichkeit deutlich gemacht hatte. Es war aber auch ein leises Gefühl von Hoffnung dazugekommen. Beiden war es unmöglich, darüber zu sprechen, obschon die Sehnsucht danach, sich endlich der Verzweiflung hinzugeben, fast übermächtig wurde.

Der zarte Schimmer von Zuversicht schenkte ihnen in den folgenden Nächten einige Stunden tiefen, erholsamen Schlaf und sie wurden daraus nicht von bösen Träumen geweckt, sondern vom energischen Tagesbeginn der Vögel in ihrem Garten und den Forderungen, die Tampa stellte.

Mit Anspannung hatten sie dem angekündigten Besuch der beiden Polizisten entgegengesehen. Gab es vielleicht schon Erkenntnisse? Frau Blohm hatte wartend am Fenster gestanden und durch den grünen Spalt der Ligusterhecke hinaus auf die Parkfläche vor der Garage gesehen und sich gefragt, ob sie den Mut zu ihrer Frage haben würde, was mit Anne geschehen sein könnte?

Und dann war das Auto vorgefahren und diese beiden Männer waren ausgestiegen. Ein recht junger Kerl in lockerer Kleidung war dabei. Sie fühlte eine Enttäuschung. Die Zwei am Samstag hatten ihrer Vorstellung von Kriminalpolizei entsprochen. Der Mann mit den kurzen dunklen Haaren, Jeans,

Jackett, und diese exotisch anmutende Frau im schwarzen Hosenanzug und der schönen Perlenkette. Eine Spur zu chic, wie sie zuerst empfunden hatte, aber der dezente Lippenstift und ihre tiefe, ruhige Stimme hatten sie versöhnt. Lange Haare hätten ihr besser gestanden.

Die beiden Männer, die sie nun an der Tür empfing, waren völlig andere Typen, ganz andere Kerle. Der Ältere trug wilde, ungezähmte Locken auf dem Kopf, hatte eine leuchtend rote Hose an und ein dunkelgrün kariertes Jackett. War das denn modern? Der junge Bursche mit den zu langen Haaren, der ausgewaschenen Jeans und dem funkelnden Brillanten im Ohr entsprach gar nicht ihrer Vorstellung von Landeskriminalamt. Bei der Begrüßung war sie fast erschrocken, als sie im Mund des jungen Kerls ein Blitzen wahrnahm. Ein Piercing in der Zunge – unglaublich. Sie hatte die beiden ins Wohnzimmer gebeten und wahrnehmen müssen, wie sie sich ganz ohne Hemmung umgesehen hatten. Ihre Blicke waren überall hingewandert – suchend, prüfend, kategorisierend. Es machte sie unsicher. Der Ältere hatte sich endlich ihr zugewandt und die Worte »Schön hier« gesagt.

Ihr Mann war noch oben im Arbeitszimmer und sie hörte seine Schritte auf dem Dielenboden. *Schön hier* ging ihr durch den Kopf. Das war kein Kompliment, denn das *schön* war unpassend und das *hier* entwertete es grundlegend. Der Kerl, der sich als Hartmann vorgestellt hatte, hätte mit einer abfälligen Attitüde ebenso sagen können: *ganz nett hier.*

Frau Blohm war konsterniert. Es stand diesen Polizisten doch nicht zu Gebot, sich über das Wohnumfeld fremder Menschen zu äußern. Noch bevor ihr Mann im Wohnzimmer gestanden hatte, deutete dieser Hartmann gleich nach dem »Schön hier« auf den Tisch und fragte: »Hier?« So als ob er das Sagen hätte und bestimmte, wo es langging Auch der junge Kerl bewegte sich mit einer unangenehmen Selbstverständlichkeit. Sie fühlte sich unwohl und empfand die Anwesenheit der beiden in keiner Weise beruhigend, vielmehr als Bedrohung. Ihr Mann hatte das alles nicht mitbekommen und saß ruhig am Tisch. Sie spürte Verlorenheit und hatte sich doch Unterstützung von der Polizei versprochen – und nun das.

Hartmann und Batthuber wussten, wem sie gegenübersaßen. Noch am Nachmittag hatten sie ein Dossier über die Familie Blohm recherchiert. Blohm stammte aus einer alten Münchner Handwerksfamilie – Schreiner und Tischler – und leitete den mittelständigen Familienbetrieb mit Sitz in Pasing. Frau Blohm war die Tochter eines Kunstprofessors, der im Nymphenburger Schloss als Kurator gearbeitet hatte. Das Haus hier war ihr Elternhaus. »Alter Münchner Bürgeradel«, hatte Hartmann auf der kurzen Fahrt zu Batthuber gesagt, »vermögend, vernetzt, versichert.«

»Sohn tödlich verunglückt, Tochter vermisst – kein gutes Karma«, meinte Batthuber.

Hartmann hatte das Mitgefühl verwundert, das in Batthubers Worten mitschwang. Er hätte eher etwas Bissiges von ihm erwartet.

Er sagte: »Wir werden ein wenig frech sein, Kleiner, auch wenn das unangenehm ist, aber nur so kann man ein paar Gefühle oder Versprecher rauskitzeln.«

Kaum in der Wohnung, hatte er den großen Wohnraum inspiziert und musste Bucher recht geben, der von sachlicher Gemütlichkeit gesprochen hatte. Ihm fiel die Polizeischule wieder ein und der emotionslose Kerl mit den wässrigen Augen und den dünnen langen Haaren, der versucht hatte Psychologie zu vermitteln; auch die vier Grundtypen von Fritz Riemann. Den Nähetyp, der es gemütlich liebte, weiche Stoffe und warme Farben bevorzugte. Der Distanztyp mit seiner Vorliebe für schwarzes oder weißes Leder und klare Formen. Der Dauertyp mit seinem Faible für Antiquitäten und der Abneigung gegenüber exzentrischem Design, der so ganz anders war als der Veränderertyp, bei dem es vor allem trendig sein musste und Hingucker in knalligen Farben eine Rolle spielten. Ja, Herr Psychologe, ging es Hartmann durch den Kopf, während er das Angebot von Kaffee oder Wasser abschlug: Was würdest du mit deinen vier Typen hier in dieser Wohnung anfangen?

Hartmann war der Überzeugung, es gab einen fünften Typ – den Traditionstyp. Ein Typus, der kein eigenes Schema entwickelte, sondern in überkommenen Umgebungen samt ihrer Werteordnung lebte. Dieses Haus, dieser Garten und selbst ein großer Teil der Möbel, sie stammten von vorigen Generationen. In diesem Haus wurde nicht nur gewohnt und gelebt, hier wurde eine Tradition gepflegt und daran gearbeitet sie weiterzugeben. In jedem Stück Holz, jedem Gemälde, jedem Möbelstück steckten die Überlieferungen einer Familie, die Kriege, Inflationen und andere Niederlagen überstanden und all dies im familiären Gedächtnis verinnerlicht hatte. Das machte sie so stark, so duldsam und beinahe unerschütterlich. Es sei denn, die Hand wurde an die Wurzel gelegt – den Fortbestand.

Hartmann lächelte Frau Blohm sanft an. Diese Frau war eine perfekte Hüterin des familiären Gedächtnisses. Wo sonst kam diese Beherrschtheit her, diese Selbstkontrolle. Sie saß ruhig und geordnet am Tisch, war perfekt gekleidet – sie ließ sich nicht etwa gehen, was man auch hätte verstehen können. Alles stand für sie auf dem Spiel – nicht allein das Schicksal ihrer Tochter. Die Umstände betrafen auch den Fortbestand der Familie.

Hartmann begann das Gespräch betont sachlich. Er verdeutlichte, dass sie sich noch ganz am Anfang ihrer Ermittlungen befanden, sprach in groben Zügen die bisher getroffenen Maßnahmen an, und kam darüber zu den neuen Fragestellungen, die sich für sie ergeben hätten.

Frau Blohm lauschte aufmerksam seinen Ausführungen. Dieser Hartmann sprach von ganz allgemeinen Dingen, ihren Routinearbeiten, von Sucheinträgen und Ermittlungsersuchen, von Kriminaltechnik. Es gab also noch nichts Konkretes.

Ihr Mann nickte bestätigend zu dem Gesagten und es nervte sie. Wieso tat er so, als könne er mit dem zufrieden sein, was da gesprochen wurde? Es war doch – nichts.

Hartmann richtete seine erste Frage an Blohm. »Wie würden Sie Ihr Verhältnis zu ihrer Tochter bezeichnen?«

Herr Blohm sah ihm vertrauensvoll in die Augen und hob die beiden muskulösen Arme in einer unbestimmten Geste von der Tischplatte.

Frau Blohm fand die Frage indiskret und schaltete sich ein: »Wie meinen Sie das, Herr Hartmann?«

Sie erwartete im Grunde keine Antwort; eher noch wollte sie diesen Polizisten in die Schranken weisen.

Hartmann stellte die Frage neu, nun an beide gerichtet. Es klang mitleidslos. »Hatten Sie ein offenes, ein vertrauensvolles Verhältnis zu Ihrer Tochter, oder war es eher belastet, gab es da Schwierigkeiten? Haben Sie sich oft gesehen, oder eher selten? Hat sie mit Ihnen wichtige Entscheidungen ihr Leben betreffend besprochen, oder nicht, und wie hat sich der Tod Ihres Sohnes auf die Beziehung zu Ihrer Tochter ausgewirkt und sie unter Umständen verändert?«

Frau Blohm musste schlucken. Was wollte dieser Kerl? Sie sprach energisch. »Ich verstehe nicht, worauf sie hinauswollen, Herr Hartmann. Selbstverständlich hatten wir ein gutes, ein offenes und vertrauensvolles Verhältnis zu unserer Tochter.«

Hartmann nickte. Sie hatte ihre Stimme noch unter Kontrolle, obwohl sie sich angegriffen fühlte, und sie formulierte noch schlüssig. Eine starke Frau. Andere hätten hier schon geheult oder beleidigend reagiert.

Bucher hatte ihm das Foto von Anne Blohm gezeigt und sie als offenen, frischen Typ bezeichnet und gemeint, sie würde auf dem Foto noch etwas anderes ausstrahlen. Hartmann hatte es sofort gesehen: Willensstärke und Dominanz, und er entdeckte es gerade wieder: in den engen Augen der Mutter.

Er sagte: »Sie hatte sich vor einiger Zeit von ihrem Freund getrennt … Sie waren nicht einverstanden damit. Gab es Diskussionen darüber?«

Er sagte es lapidar, ohne besondere Betonung, wodurch es lauernd und gefährlich klang. Frau Blohms Gesicht hatte im

Nu die Farbe ihrer Haare angenommen, tiefe Schatten legten sich unter ihre Augen und ihre Stimme klang dünn und zittrig. »Natürlich gab es Diskussionen, aber eben Diskussionen ... geordnet und sachlich ... nichts anderes. Was wollen Sie denn mit ihren fürchterlichen Fragen? Ich dachte die Polizei kümmert sich um unsere Tochter, um den Fall, und hilft uns ... stattdessen ...«

Hartmann lenkte ein. Es machte keine Freude grausam zu sein. »Es tut mir leid, wenn meine Fragen verletzend erscheinen, Frau Blohm. Wir bemühen uns, alles zu erfahren und gerade was die Beziehungen innerhalb von Familien angeht, bleiben uns solche Fragen den Angehörigen gegenüber nicht erspart. Das gehört zur Routine.«

Ihr Mann fragte: »Was glauben Sie, ist mit unserer Tochter geschehen? Sie haben mit solchen Fällen doch ständig zu tun.«

Was sollte Hartmann darauf antworten? Gerade mit solchen Fällen hatten sie im Grunde nichts zu tun, denn Vermisstensuche war gerade nicht ihr Job. Sie hatten eher mit vollkommen Toten zu tun. Er blieb ungefähr. »Ich kann Ihnen leider nichts dazu sagen, Herr Blohm. Ich habe keine Vorstellung darüber, was passiert sein könnte. Wir sind noch am ganz Anfang unserer Ermittlungen.«

Frau Blohm erklärte in gefassten Worten, dass sie ein sehr enges Verhältnis zu ihrer Tochter hatten. Hartmann wendete das Gespräch auf objektivere Themen, fragte nach Mailaccounts, Facebook, Bank- und Kreditkarten und Handynummern. Das war halbwegs unverfängliches Terrain. Als er aber zum Ende hin die Frage stellen musste, wie man DNS-Material und Fingerabdrücke ihrer Tochter bekommen könnte, fielen alle Barrieren. Die Eltern liefen weinend im Hause herum, wechselten Räume, gingen nach oben, kamen herunter, verschwanden im Keller, tauchten wieder auf.

Hartmann und Batthuber saßen betreten im Wohnzimmer und warteten. Es war schrecklich – für alle.

Anne Blohm hatte sich vor ihrer Abreise nicht nur von ihrer Wohnung auf Zeit getrennt. Sie hatte ihren Besitz auf das

Nötigste reduziert und ihren Eltern gegenüber von *Reduktion* gesprochen. Was geblieben war an Kleidung, Geschirr, Geschenken und Erinnerungen, fand in wenigen Umzugskisten Platz, die sie im elterlichen Keller eingestellt hatte, wo sie für das Leben nach der Reise aufbewahrt wurden. Ein anderer Teil lagerte im Keller der Wohnung am Weißenburger Platz.

Im Auto schnauzte er Batthuber an. »Was war das denn für eine Nummer. Hatte ich dir vielleicht Redeverbot erteilt!? Hättest schon auch mal eine Frage stellen können. Ich bin doch kein Alleinunterhalter!«

Batthuber zeigte sich unbeeindruckt. »Ich wollte dich beim Herauskitzeln nicht stören. Außerdem habe ich mich in der Bude umgesehen.«

»Umgesehen ... Bude«, äffte Hartmann ihn nach, und vollzog einen etwas waghalsigen Spurwechsel am Rotkreuzplatz. Der Porsche Cayenne hinter ihnen hupte aufgebracht. Es war Feierabendzeit und herrlichstes Sommerwetter. An den Tischen vor *Bohne und Malz* war kein Platz mehr frei und viele interessante Sonnenbrillen saßen herum. Aus den U-Bahnaufgängen strömten die Menschen in das Warme und Helle und vor dem Eingang zum Kaufhof waren Buden aufgestellt, wo sich Leute drängten. Kinder hopsten aufgeregt und hielten ihre Eistüten wie Trophäen. Hartmann wäre gern dabei gewesen. Er konzentrierte sich wieder auf das Fahren und fragte mürrisch: »Und was hast du gesehen beim Umsehen?«

»Die hatten keinen Fernseher und keine Stereoanlage im Wohnzimmer stehen.«

»Wow! Echt gut beobachtet. In solchen Häusern existieren Musik- und Fernsehzimmer – so ist das, Kleiner! Die müssen nicht mit einem Fünfzigzöller Plasma im Wohnzimmer protzen.«

»Und sie haben die Fotos weggeräumt.«

»Welche Fotos?«

»Familienfotos eben, so wie man sie rumstehen hat in Wohnzimmern, in Silberrahmen, gerade so, wie es in Häusern mit Musikzimmer üblich ist.«

»Wie kommst du darauf?«

Hartmann hob die linke Hand vom Lenkrad, verzichtete aber doch auf den Stinkefinger. Der Cayenne donnerte vorbei und schnitt sie, als er auf die rechte Spur wechselte.

»Arschloch«, bellte Hartmann.

Batthuber sprach unbeeindruckt weiter: »Auf jeder freien Fläche in diesem Raum stand doch etwas herum: ein Blumenstrauß, eine Skulptur, eine Vase oder sonst so Zeugs. Nur auf dem Sideboard nicht. Lara hat das doch schon gesagt. Auf der Holzoberfläche waren leichte Schatten zu erkennen. Da müssen über längere Zeit Fotorahmen gestanden haben. Als Blohm die Unterlagen mit den Daten für die EC-Karte und den anderen Kram geholt hat, habe ich in diesem Sideboard einen ganzen Stapel mit Bilderrahmen gesehen. Muss ja nichts bedeuten.«

Hartmann knurrte: »Ja, muss nichts bedeuten. Es gibt eben Zeiten, in denen kann man sie nicht ertragen, die fröhlichen, die vertrauten Gesichter, das schöne Wetter und die gute Stimmung auf den Fotos. Da ist das alles Teil einer Vergangenheit.«

Batthuber kramte in der Seitenleiste und suchte etwas. Hartmann forderte ihn auf.: »Komm, ruf die andern an. Wir gehen noch zusammen in den Biergarten. Am liebsten wäre mir der Flaucher. Daheim sterben d'Leut und da kennst du schon alle. Ein Bier, was essen, im Schatten der Bäume sitzen, all die andern Leut. Es tut uns gut.«

Batthuber grumelte unpassend altersklug: »All die andern Leut, ja. Das ist ja gerade das Problem.«

Gemeinnutz

Bucher fuhr am nächsten Morgen bei Sonnenaufgang über die Donnersberger Brücke. Im Bayerischen Rundfunk meldeten sie für die ganze Woche Biergartenwetter und in den Baumärkten im weiteren Raum um München war die Holzkohle ausverkauft, was *Bayern 1* eine Meldung wert war.

Hartmann hing gelassen im Drehstuhl und unterhielt die anderen. »War schön gestern Abend, so ein kleiner Munich-Workout im Flaucher. Da kommt man vielleicht auf Zeug. Habe mich gestern auch noch ein wenig mit dem Pilgern befasst. Das ist ja der blanke Wahnsinn. Einfach so wandern geht ja gar nicht mehr. Was habe ich das früher als Kind gehasst, wenn das Frühjahr gekommen ist, und mein Alter die ganze Familie in die Berge getrieben hat. Rein anziehmäßig lief damals ja gar nichts, was in Richtung modisch gegangen wäre. Ich hatte eine Lederbuchs, knarzige Wanderschuhe aus Leder und einen kleinen Rucksack, in dem eine Flasche mit Holundersaft war – neben der Brotzeit und einem trockenen Hemd zum Wechseln. Und so sind wir losgestiefelt – fast jedes Wochenende: Hirschberg, Alplspitz, Ammergauer Alpen, Benediktenwand, Hoher Peißenberg, Tegelberg – was weiß ich nicht alles. Meinem Bruder hat das gefallen, dem Schleimer. Ist ja auch nichts aus ihm geworden, aus dem Herrn Lehrer, dem. Man ist halt gelaufen und hat so lange das Maul gehalten und wenn man bockig war, gab's ne Schelln. Heute fängt das Drama ja schon viel früher an – bei den Klamotten. Ohne expeditionstaugliche Kluft geht's gar nicht. Wenn ich so durch die Stadt laufe, dann frage ich mich schon, was die ganzen Typen in ihrem Outdoor-Outfit machen. Sollten wirklich mal Außerirdische bei uns aufschlagen, dann würden sie an ihren Heimatstern funken: »Wir sind bei den *Jack Wolfskins* gelandet und ein paar *Northfaces* laufen auch noch rum!«

Die anderen lachten, Hartmann holte Luft. »Und dann die Überhöhung – Sinn muss es machen, das Laufen! Als würde die Fortbewegung zu Fuß als solche nicht schon Sinn genug machen. Rumhatschen geht ja gar nicht mehr, wenn man sich nicht zuvor Gedanken darüber macht, was es *mit einem machen soll*, was sich durch das Wandern in seinem Leben ändern muss, was man gespürt hat, und was man nicht mehr spürt und welche Gefühle man dabei hat. Da gehen die Leute zum Wandern, und machen sich schon vorher völlig fertig, falls sie vielleicht mal nicht die große Welterkenntnis dabei haben, sondern einfach gedankenverloren und völlig unreflektiert durch Zeit und Raum stiefeln. Bei diesem Selbsterkenntnisstress gewinnt man doch keinen Abstand mehr von sich selbst und vom Alltag, da wird doch alles nur schlimmer, oder? Und was es alles gibt! Pilgern alleine und Wandern gibt's ja gar nicht mehr. Ein Lebensfeuerweg im Kleinwalsertal, wo man sein Lebensfeuer reaktivieren kann, indem beim Wandern die Lebensrhythmen synchronisiert werden. Ha! Da wüsste ich ganze Abteilungen hier im Haus, die man da mal hinschicken sollte, um den Rhythmus mal etwas zu heben. Im Südschwarzwald gibt's den Philosophieweg. Da begleiten einen Tafeln mit Gedichten und philosophischen Sprüchen beim Wandern – wie nett! Wandern mit Heidegger: *Das Denken ist kein Mittel für das Erkennen. Das Denken zieht Furchen in den Acker des Seins.* Das wäre dann eher was fürs Ministerium. Irgendwo, ich hab vergessen wo, weil es ein unwichtiger Ort war, außerhalb von Bayern halt, da gibt es einen Wald-Skulpturen-Weg. All die schönen Bäume, und die stellen Skulpturen auf. In Murnau haben sie einen Meditationsweg. Da sind zwölf Stelen mit meditativen Impulsen aufgestellt. Früher war da der Staffelsee, im Sommer war auf dem Lindenbichl Zeltlager, da wurde gebadet, geschrien, versenkt, geknutscht, Lagerfeuer gemacht – herrlich war's. Meditative Impulse! – man sollte die Gegend heute eher meiden. Es gibt auch Barfußwanderwege, Wassererlebniswanderrouten, und, und, und … das ist ein riesiger Markt geworden und wer so ein Zeug nicht bieten kann – der kriegt anscheinend keine

Wanderer mehr, die wandern wollen. Man glaubt es nicht. Lebensberatung wohin man schaut. Nirgends lassen sie einen damit in Ruhe.«

Die anderen hatten amüsiert zugehört. Mit einem Stöhnen schloss Hartmann seinen Monolog ab und berichtete vom Besuch bei den Blohms. Eine blaue Plastikbürste mit herrlich glatter Oberfläche und Haare von Anne Blohm hatten sie mitgebracht. Die Kriminaltechnik kümmerte sich schon um DNS und daktyloskopische Spuren.

»Jetzt haben wir eigentlich alles so weit erledigt. Sollen wir jetzt hier rumhocken und warten? Das ist doch Mist«, räsonierte Hartmann, der aufgekratzt war, »jetzt müsste es doch in Frankreich weitergehen, oder liege ich da falsch?«

»Die Ermittlungsersuche liegen vor«, stellte Bucher lakonisch fest, und blätterte eine Rechercheliste durch.

»Das dauert doch Ewigkeiten, das ist Dienstweg, Mensch. Gibt es keine Möglichkeiten das zu beschleunigen?«

Lara Saiter schüttelte den Kopf. »Das ist Frankreich, Alex. Was sollen wir da anfangen?«

Bucher nahm den Blick von den Unterlagen und sah zu Hartmann. »Deine skeptische Haltung den Fall betreffend scheint sich vollkommen verflüchtigt zu haben. Du machst ja mächtig Dampf.«

»Ja, so ist es. Ich denke, da ist was passiert und habe so ein komisches Gefühl, ein ganz komisches Gefühl, sag ich dir.«

»Und in welche Richtung geht das Gefühl?«

»Weiß noch nicht. Aber ich glaube, das wird ein ganz blöder Fall, wie das immer so ist, wenn es läppisch losgeht, wenn man denkt, da ist eh nichts dahinter … sind wir gar nicht zuständig … und so. Mit einem Mal kriechen dann plötzlich die Monster und Dämonen aus allen Ecken hervor.«

Ihr Gespräch wurde durch das höfliche Klopfen am Türrahmen unterbrochen. Friedemann Beck stand da und grüßte in den Raum. Er hielt einige Blatt Papier in der Hand und fragte, ob er störe.

Auf den Blättern waren Fragmente von Anne Blohms Handschrift herausvergrößert worden. Insbesondere die Buchstaben *m*, *e* und *f* hatte Beck isoliert.

Anhand der Kopien erklärte er ihnen die Ergebnisse seiner Analyse. Die Postkarte war zweifelsfrei von Anne Blohm geschrieben worden. Doch er hatte noch einige interessante Informationen. Obwohl beide Schriftstücke von der Probandin verfasst worden waren, gab es signifikante und durchgängige Unterschiede, die das Schriftbild betrafen. »Der Brief, den sie an ihre Eltern geschrieben hat und der mir als Vergleichsprobe vorliegt – auf dem befindet sich die wirkliche Schrift von Anne Blohm. Sie ist Rechtshänderin und hat eine zügige, in den Endungen energische Schrift mit mäßiger Höhendivergenz – also sehr gleichmäßig. Eine geübte Handschreiberin. Die Übergänge zu den Buchstaben *e* sind gebunden und insgesamt ist eine Vertikalneigung von zwölf Grad vorhanden. Der Text auf der Postkarte, den hat sie zweifelsfrei auch geschrieben, aber in einer konstant anderen Schriftausrichtung. Der Postkartentext steht extrem aufrecht. Der Brief ist erst ein halbes Jahr alt. In so kurzer Zeit ändert man nicht grundlegend seine Schreibschrift.«

»Was denkst du, woher das rührt?«, fragte Lara Saiter und betrachtete eine der Kopien genauer.

»Hat für mich den Eindruck, als hätte sie allein mit der rechten Hand geschrieben.«

»Mach ich auch so«, kam es sofort von Batthuber, »ich nehme zum Schreiben auch nicht beide Hände.«

Beck lachte. Bucher schnaufte.

Beck erklärte weiter. »Das schon. Rechtshänder fixieren mit der linken Hand die Schreibunterlage. Damit bestimmt sich die Schriftneigung. Bei der Karte hat sie das nicht getan. Das meine ich, mit nur rechts.«

»Vielleicht hat sie unter beengten Bedingungen geschrieben – Pilgerherberge, oder so«, meinte Bucher.

»Nein. Dann sähe es anders aus. Die Veränderung ist fundamentaler. Sie hat auch nicht während einer Bus- oder Eisenbahnfahrt geschrieben. Das würde man durch Ausreißer nach oben oder zur Seite hin erkennen, die sind aber nicht vorhanden. Die Karte wurde unter stabilen ruhigen Verhältnissen von ihr gefertigt, allerdings nur mit der rechten Hand. Aber gut. Da müsst ihr euch nun Gedanken darüber machen. Was mir aber auch aufgefallen ist – im Grunde genommen dürfte sie diese Postkarte gar nicht geschrieben haben.«

»Wie meinst du das nun wieder?«

»Habt ihr den Brief gelesen?«

»Nein, nur so drübergesehen.«

»Die Frau, die diesen Brief an ihre Eltern geschrieben hat, verfügt über eine sehr ausgeprägte Sprachfähigkeit. Es ist ein prosaischer, liebevoller Stil. Fast habe ich mich ein wenig geschämt, diesen sehr persönlichen und herzlichen Brief zu lesen. Diese Frau würde niemals eine Postkarte mit einem derartigen Text verfassen, das halte ich für ausgeschlossen, sowohl inhaltlich wie orthografisch.«

»So weit waren wir schon«, meinte Hartmann, »das ist den Eltern ja auch aufgefallen.«

Beck stand auf und verabschiedete sich. »Tja, dann wünsche ich euch viel Erfolg. Ich würde mich freuen, wenn ihr mich ein wenig auf dem Laufenden halten würdet. Die Sache interessiert mich. Das Original ist schon bei den Chemischen, ich brauchte ja nur die Kopien. Das Ergebnis von dort sollte heute kommen. Euer Weiss ist ganz schön hinterher, was ich mitbekommen habe.«

Mit Becks Weggang löste sich auch die Besprechungsrunde auf und jeder ging seiner Arbeit im Büro nach. Es wurde telefoniert, recherchiert, Mails wurden auf den Weg gebracht und mittags gingen Bucher und Hartmann zum Essen ins Bellini. Lara Saiter hatte für die Mittagszeit eine Verabredung im Arnulfpark und Batthuber vertrug das Kantinenessen.

Die beiden nahmen den etwas längeren Weg über Blutenburg- und Elvirastraße, wo es wesentlich ruhiger zuging als die paar Meter weiter in der Nymphenburger Straße, wo zur Mittagszeit Autos, Radfahrer und Fußgänger den Raum eng machten. Gerade im Dreieck von Basic, Wappen-Apotheke und Edeka, also rund um die U-Bahnausgänge der Maillingerstraße, herrschte Hochbetrieb.

Für die Mittagszeit blieb die Arbeit als Gesprächsthema ausgespart, um der Perlhuhnbrust, für welche sich beide entschieden hatten, den angemessenen Genuss zukommen zu lassen. Es war wohltuend unter der alten Linde, im Garten. Hohe Buchenhecken schirmten zur Nymphenburger hin ab und vermittelten etwas Verwunschenes, Einsames – mitten in der Stadt.

Hartmann erzählte vom Wochenende mit seiner Patchworkfamilie. Er war immer noch mit dieser Blonden zusammen, die er einige Fälle zuvor kennengelernt hatte. Das Strohfeuer, das Bucher damals vermutete, war zu einer beständigen Glut geworden. Er hörte Hartmann nur noch ganz aus der Ferne zu, denn ihm war bewusst geworden, dass auch er bei diesem Fall Miriam kennengelernt hatte. Hartmann riss ihn mit einer Frage aus seinen Gedanken. »Das ist doch so, oder nicht?«

»Mhm, ja«, antwortete Bucher zustimmend, ohne zu wissen, worum es ging.

Die Perlhuhnbrust war vorzüglich, Hartmann zufrieden, und über München spannte sich ein blauer Wittelsbacher Himmel auf.

»Ich war grad ganz woanders«, sagte Bucher.

Hartmann lachte und kippte den letzten Tropfen Espresso wie einen Schnaps hinunter.

Verloren

Die Tage waren verloren und die Zeit ein bedeutungsloses Etwas. Sie hatte lange geweint. Die seltenen Geräusche, die aus ferner Nähe zu ihr drangen, verrieten den Tagesbeginn.

Es war zum Verrücktwerden! – und doch war sie es noch nicht geworden – verrückt. Weshalb eigentlich nicht? Verrücktwerden hätte einem die Verantwortung für sich selbst genommen und es so einfacher gemacht.

Nein, sie wusste es, warum: Verrückt war sie nicht geworden, weil sie andere Fähigkeiten und Methoden, Fantasie und Erinnerungen hatte, um ihre Seele zu hindern am Erdulden nicht zu ersticken. Wenn ihre Zeit schon nicht mehr in die Zukunft führte, dann musste sie die Vergangenheit benutzen, um sich eine Gegenwart zu schaffen – eine, die erträglich war.

Bevor sie geweint hatte, war er da gewesen und sie hatte ihn herrisch behandelt, dabei seine Unsicherheit gespürt, was ihr geholfen hatte ihre Angst zu unterdrücken. Er war dann in der hinteren Kammer verschwunden und sie hatte das Klirren von Metall vernommen, was ihr die Kraft aus der Mitte ihres Körpers entzogen und sie bittere Angst hatte spüren lassen.

Jetzt lag sie, ausgeweint und voller Schmerzen, an die Wand gelehnt, suchte eine Position, die die Muskeln entspannte und ging in Gedanken spazieren. Es war jetzt die Zeit, da der Garten zu Hause in voller Blüte stand. Zu Hause. Das Wort erschien ihr und ließ sie dumpfen Seelenschmerz fühlen – zu Hause.

Sie lag hier auf einer alten Holzliege, ein ausgefranstes Polster diente als Matratze, es gab ein schmuddeliges Kissen für den Kopf, eines, das sie sich unter die Kniekehlen schob. Sie hielt die Augen geschlossen und lauschte ihrem Atem nach, bis sie ihren ganzen Körper spürte und ruhig wurde. Sie träumte sich in jenen Garten, der ihr immer Zuflucht gewesen war, und ließ ihre Gefangenschaft hinter sich: Der Himmel war leuchtend blau. Ein Sonntagnachmittag. Ruhe war eingekehrt. Von Ferne ein Lachen, ein Motor surrte, Geschirrklappern aus Küchenfenstern, Musikfetzen – ein Klavier. Weiße Wolken glitten über ihr dahin. Der Spitzahorn und die Pyramideneiche reckten sich dem Blau zu. In ihren Wipfeln fing sich ein leiser Hauch und ließ Zweige und Blätter winken. Sie spürte den Anflug von Frische auf der Haut und genoss ihn. Im alten Rosenbusch, der alle Blüten verloren hatte, hüpften die Mönchsgrasmücken herum, die Männchen mit der schwarzen Kopfplatte und dem wundervollen, flötenden Gesang, immer am Morgen und am späten Nachmittag und meistens kam er aus dem alten Jasmin. Der Dost breitete sich aus wie Unkraut und schwenkte seine rosa Dolden hin und her. Weißer, violetter und rosafarbener Phlox leuchtete aus dem Grün. Sie ging das Spalier entlang – verblühte Lilien, Entenschnäbel, Rosen, Sonnenhut. Einige Dahlien waren schon erblüht und das Chinaschilf stand prächtig in der Mitte des Beetes. Sie roch an Sweet Juliet, ihrer Lieblingsrose, und bald strömte die fruchtige, belebende Süße in sie ein. Eine Ringeltaube gurrte müde und aus dem Geäst klopfte der Specht. Sanft fuhren ihre Hände durch die Stängel und Blüten. Ein schönes Gefühl. Der Wind frischte auf und der Garten begann in wiegenden Bewegungen zu tanzen. Sie folgte dem ewigen Wandern der Wolken – und schlief darüber ein. Und sie schlief lange und träumte vom zuvor erinnerten Garten, von den Blumen und vom Wind, der immer heftiger wurde. Dunkle Wolken zogen heran und es wurde immer wärmer und schwül und bald war von fern Donner zu hören. Mächtig rollte er heran. Erste Tropfen fielen und es klirrte. Woher kam dieses Klirren, hier im Garten?

Sie schreckte auf und empfand zuerst den Schmerz in den Gelenken. Sie roch wieder den Muff – nach all dem Blütenduft. Voller Angst und mit kurzem, gepresstem Atem krabbelte sie hinunter auf den Boden. Die Kette hing immer noch am rechten Bein und hielt sie zurück. Wenigstens war sie nun so lang, dass sie um die Ecke kam, zur Dusche und zur Toilette. Auch die Liege war ein Luxus, im Vergleich zur Isomatte.

Draußen, im Schlachthaus, wie sie es nannte, rasselte wieder blanker Stahl.

Wie lange hatte sie geschlafen? War sie mit ihrem Versuch etwa zu weit gegangen? Was präparierte er da draußen? Sie hatte ein Telefonat mitgehört, in dem er sie lobte. Er hatte stolz geklungen, als er die Worte gesprochen hatte, und dennoch war der Art, wie er sprach, eine devote Haltung zu entnehmen. Es gab also noch jemanden, der von ihr wusste, der nach ihr fragte.

»Sie macht sich gut, sehr gut«, hatte er gesagt.

Wen interessierte das, wie sie sich machte und aus welchem Grund?

Er hatte sie ein paar Mal nach oben gebracht, in eine seltsame Art von Labyrinth. Den zentralen Zickzackgang war sie auf und ab gegangen, hatte die Schächte, Kamine, Nebengänge und Räume erkundet. Ein verrücktes Konstrukt. »Schau dich ruhig um und mache dich damit vertraut«, hatte er gesagt.

Tränenflüssigkeit

Vom Mittagessen zurück im Büro, kontrollierte Bucher seine Anrufliste. Weiss hatte mehrfach versucht ihn zu erreichen. Er begab sich auf den Weg zu ihm. Bewegung tat seinem Rückgrat gut, vor allem das Treppensteigen. Wenn man die Stufen in der Körperhaltung nahm, wie es die Physiotherapeutin gesagt hatte, wirkte es wie eine Anwendung. Die Aufzüge waren sowieso ständig von den Umzugsunternehmen belegt, die seit Jahren ein feines Auskommen gefunden hatten – sozusagen im wirtschaftlichen Wirbelbereich der behördlichen Umstrukturierungen, die sich als Dauerzustand etablierten. Was sollte man auch mit all dem Personal anfangen, das einem die Politiker vor jeder Wahl in die überquellenden Gebäude stopften. Es wurde hin und her, rauf und runter, von drüben nach hüben gezogen, dass es eine Freude war. Bisher war Bucher verschont geblieben und auch an Weiss traute sich keiner so recht ran.

Er winkte Bucher mit freudiger Geste an den Schreibtisch, als der in seiner Bürotür auftauchte, und fing an in den Papierstapeln seines Schreibtisches nach etwas zu kramen. »Gerade habe ich es noch gehabt, gerade war es noch da.«

Bucher setzte sich und wartete.

Er klang zufrieden, als er es gefunden hatte. »Ja, hier … alles fertig, alles unterschrieben, und es kann losgehen, mein Lieber. Wir schicken dich auf einen Kongress.«

Bucher lachte hämisch. Das konnte nur ein Witz sein und der Form halber fragte er: »Auf welchen denn?«

Weiss hielt die Papiere so weit weg, wie sein Arm es zuließ und fokussierte. Langsam las er vor: »*Bekämpfung der internationalen Kraftfahrzeugkriminalität*, eine Woche … ist doch eine prima Sache.«

Buchers Arm fuhr über den Schreibtisch und seine Finger forderten die Dokumente, die er sogleich erhielt und mit fassungsloser Miene feststellte, dass Weiss keinen Spaß gemacht hatte. *Bekämpfung der internationalen Kraftfahrzeugkriminalität*, stand da schwarz auf weiß. Und sein Name.

»Sag mal, geht's noch? Was soll denn das?«

Weiss machte ein unschuldiges Gesicht. »Was denn?«

Bucher hob die Formulare hoch. »Ja das!«

»Andere würden sich darüber freuen. Eine Woche Kongress, Mensch! Nicht Lehrgang, Kurs oder Schulung – Kongress! Kongress, das ist *Urlaub* und kommt gleich nach *Tagung*, die nur Erholung ist.«

»Was habe ich denn mit Kfz-Verschiebung zu tun?«, fragte Bucher ärgerlich.

Weiss zog Luft durch eine Zahnlücke, was fies klang. »Nichts, natürlich. Der Kongress wird von Interpol veranstaltet. Zwei von unseren Leuten sind dabei – in Lyon.«

Bucher sah nach. Tatsächlich. Lyon. Eine Woche.

»Lyon?«

»Liegt doch in Frankreich, oder?«, murmelte Weiss.

»Das schon.«

»Na also. Beschaffe dir ein Auto bei der Fahrstaffel und ein Tankkärtchen dazu. Abrechnung der Spesen, wenn du wieder hier bist. Du kennst unseren bescheidenen Finanzrahmen, also halte dich möglichst daran.«

Bucher war fassungslos. »Ich kann da doch nicht ermitteln. Das ist Frankreich.«

»Ermitteln, ermitteln ... niemand verlangt von dir dort zu ermitteln. Wie kommst du nur auf so was? Es spricht doch aber nichts dagegen, wenn du ein bisschen rumfrägst, Informationen einholst, und so.«

»Und so ...«, wiederholte Bucher, »alle sagen inzwischen *und so*, wenn sie nicht konkreter werden wollen oder können.«

Weiss hob seine Hände wie ein Markthändler, der seine Unschuld zeigen will. »Bitte ... konkreter als Lyon geht es nun wirklich nicht. Du hast ja die Wahl – eine Woche lang Kfz-Verschiebung in Lyon, oder eine Woche ein wenig herumfragen. Sobald die Ermittlungsersuche durch sind und die Franzosen übernehmen, werden wir bitten, dass einer unserer Leute die Nachforschungen … sagen wir … begleitet. Und dann ist es kein Schaden nicht, wenn der schon vor Ort ist, denn Zeit wollen wir nicht verlieren.«

*

Bucher nahm einen längeren Weg zurück ins Büro, wo er im Moment nicht ruhig hätte nachdenken können. Er fuhr mit dem Aufzug hinunter in den Keller und streifte durch die Katakomben, wo einem kaum Leute begegneten. Ein paar Elektriker, Hausmeister, die Putzfrauen und ab und an ein anderer Wissender, der die kontemplative Aura der dunklen Gänge auch zu schätzen wusste.

Heute war er ganz alleine. Die Variante, die Weiss da eingeführt hatte, war ihm noch gar nicht in den Sinn gekommen – selbst nach Frankreich zu fahren und *Informationen* einzuholen, wie Weiss es ausgedrückt hatte. Natürlich waren das Ermittlungen – mitten in Frankreich. Er ging am Sozialwerk vorbei und ließ seinen Blick zerstreut über die Pinnwand gleiten, wo ein bunter Zettelwirrwarr über Verkäufe, Wohnungen, Sonderangebote und Tauschmöglichkeiten informierte.

Was war an diesem Fall so besonders, dass man sogar bereit war, ihn halb legal nach Frankreich zu schicken – eine nicht ganz unproblematische Angelegenheit, wie er fand. Er erinnerte sich an Probleme mit Dienstreisegenehmigungen zu Zeiten eines Kundermanns, und jetzt – Kongress in Lyon. Er nahm die Treppe nach oben und musste grinsen – der Kundermann. Was wohl aus ihm geworden war, der inzwischen einen Doppelnamen hatte und irgendwo Verwaltungsrecht unterrichten musste?

Wieder im Licht des Tages angekommen, schnupperte er einer Duftwolke nach, die aus der Kantine kam und kein Hungergefühl in ihm provozieren konnte. Er eilte über den Hof zur Fahrstaffel.

Die Begrüßung mit Robert und Peter war kurz und herzlich und jeder wartete auf die Gelegenheit eine wohlmeinende Gehässigkeit loszuwerden. Bucher wedelte mit den Papieren und erklärte mit wichtiger Miene ein Auto für Frankreich zu brauchen.

Robert strich nachdenklich mit der Hand über seinen Mund, danach über seinen Bauch und meinte in Richtung Peter, der auch überlegte. »Wir hätten den alten Citroën noch drunten stehen. Müsste nur der Keilriemen neu drauf.«

Ehe Peter eine Antwort geben konnte, fuhr Bucher dazwischen. »Ich habe nicht nach Ersatzteilen gefragt, sondern ich brauche ein Auto, fahrtüchtig und verkehrssicher und zuverlässig.«

Peter tat seine Bemerkung mit einer Handbewegung ab, die sagte, er solle sich in das Fachgespräch einfach nicht einmischen. »Frankreich ... Frankreich. Soll sicher nicht auffallen, dass da ein deutscher Polizist unterwegs ist«, meinte er zu Robert.

Der knurrte. »Ah, ist schwierig gerade ... nicht auffallen ... müsste verbeult sein, die Kiste, so ein kleiner Heck- oder Seitenschaden ... schaut schlecht aus. Die vom MEK legen nur noch Totalschäden hin, aber allweil hier herinnen rummosern und Fahrertraining fordern.«

Peter grinste. »Gib ihm den alten Ducato, da kann er richtig Wein einladen und Ziegenkäse!«

Roberts Augen leuchteten. »Da möchte man gleich selbst losfahren.«

Er ging an die hohe Regalwand mit den Fahrzeugpapieren, stöhnte über die Anstrengung des Daseins und die schlechte Welt. Eine dunkle Kunstledermappe kam zum Vorschein. Er blies einmal darüber, als ob da Staub zu entfernen wäre, und wischte die Oberseite mit der blanken Hand ab. »Schweren Herzens, aber eine unserer besten Wagen. BMW, fünfdreissig, Touring, x-drive.«

Peter fuhr ihn an. »Dieses scharfe Schwert kannst du dem Passatfahrer doch nicht geben, bist du wahnsinnig!?«

Bucher erhob matten Einspruch, weil er über seinen Passat nichts kommen lassen wollte.

»Ach hör auf«, wiegelte Peter ab, »... wie oft haben wir die

Kiste in den letzten Monaten überbrücken müssen, dass sie anspringt, he!? Und das bei zwanzig Grad – plus!«, er machte das Startgeräusch nach. »Oing, oing, oing, oing, chchchdede chchchdededede.«

Bucher war es ja selbst schon peinlich gewesen. Er suchte nach einer Verteidigung und Babette fiel ihm ein. Die hatte auch schon mal Hilfe für ihren Renault R4 geholt und er führte es zu seiner Verteidigung an. Ein Fehler.

Die beiden schüttelten den Kopf und Robert trat einen Schritt zurück, bevor er sprach, so als müsse er seine Distanz zu Buchers Einlassung auch sichtbar werden lassen. »Die Babette hat Benzin im Blut … erstklassige Fahrerin … neulich erst wieder die Testfahrt mit dem Benz nach Memmingen. Hat schon nach ein paar Kilometern gesagt – wir waren noch nicht an Gilching vorbei –, er hätte einen zu weichen Arsch, der Benz. Oder Peter, war's nicht so?«

Peter bestätigte. »Hat einen zu weichen Arsch, eindeutig. Merkt die sofort.«

»Eben. Und ihr R4, das ist ein Auto mit Seele, und sie liebt ihn. Du hast einen Passat und willst nur mit ihm rumfahren.«

Bucher fragte sich still, was man sonst mit einem Auto machen sollte, als nur herumfahren, traute sich aber nicht seine Gedanken auszusprechen, denn noch immer drohte ihm ein alter Citroën mit Keilriemenschaden. Er mochte seinen Passat, trotz der Macken, und zog es vor zu schweigen.

Robert brachte seine Stellungnahme zum Abschluss. »Damit auch du es verstehst, Johannes – dein Passat, das ist sozusagen Scheiblettenkäse, und der R4 von der Babette, das ist mindestens ein Salers oder Morbier oder ein Brie de Meaux, klar?«

Bucher verstand jetzt ganz genau, nickte freundlich und langte nach der Kunstledermappe mit den Fahrzeugpapieren.

»Kannst du überhaupt Automatik?«, keilte Peter dazwischen.

»Sicher«, kam Buchers überzeugend klingende Antwort, und er wedelte zum Abschied mit dem Mäppchen.

Auf dem Weg nach oben erinnerte er sich an seine letzte

Fahrt mit einer *Automatik*. Er hatte mehrfach gekuppelt und einmal hatte es ihn dabei derart in den Sicherheitsgurt geschmissen, dass er längere Zeit Schulterschmerzen spürte. Aber er konnte Automatik.

Oben im Büro legte er die Fahrzeugpapiere am Schreibtisch ab und sann darüber nach, was er tun sollte. Die Sache mit Frankreich hatte seine Gedanken auf Abwege gebracht, die wenig mit dem Fall zu tun hatten.

Lara telefonierte. Hartmann war mit Batthuber unterwegs. Ein Blick aus dem Fenster zeigte ihm die Dächer von Neuhausen. Orléans tauchte vor ihm auf, die Loire, wild und weit. Es gab schöne Inseln zum Baden und die Loire war mächtig und voll ruhigem Gemüt. Sie brachte Wärme mit sich. Das Leben an ihren Ufern verging gemächlich und war lebenssatt. Satt von den Früchten, dem Wild und dem Wein – Pouilly, Sancerre, Vouvray. Mit der Isar war das anders. Sie kam von Bergen herunter, von Gipfeln, die lange Monate Schnee sahen. Schnell und sprudelnd brauste sie über den Kies und kühlte die Stadt, die das brauchte, weil ständig in Aufregung.

Er musste seine Gedanken zurück zu Anne Blohm zwingen.

Die hatte ihre Reise sehr genau geplant und vorbereitet – ein Managementtyp eben. Aber sie hatte noch etwas anderes gemacht – sie hatte diese Pilgerfahrt nicht von irgendwo in München begonnen: Sie war an den Marienplatz gefahren, hatte sich nochmals mit ihren Eltern getroffen, unter der Mariensäule fotografieren lassen, und war von dort auf die Reise gegangen. Ein ganz bewusster Start. Nicht einfach so losgegangen. Wenn er nun nach Frankreich fahren würde, verließe er sein Haus über dem Lech, räumte die Koffer ins Auto und führe los. Das wäre sein Startpunkt. Wäre Miriam da, würde er sich lange von ihr verabschieden. Anne Blohm hatte nicht ihr Elternhaus oder ihre Wohnung, sondern den Marienplatz gewählt. Da zog es ihn hin. Dort wollte er die Spur aufnehmen.

Machte es einen Unterschied für seinen Weg, ob er mit der

U1 bis zum Sendlinger Tor fahren würde und durch die Sendlinger Straße zum Marienplatz lief, oder mit der S-Bahn von der Hackerbrücke direkt in die Kellergewölbe des Marienplatzes fuhr? Eigenartige Fragen, die ihn da beschäftigten.

Lara Saiter stand plötzlich in der Tür und er fuhr zusammen, als sie ihn ansprach. Sie hatte weitere Informationen erhalten. Anne Blohm hatte bis vor einem Jahr bei einer Bank gearbeitet und war dort sehr erfolgreich gewesen. Der Direktor hatte heute zurückgerufen und war von der Angelegenheit sehr betroffen gewesen. Er bedauerte sehr, dass sie die Bank verlassen hatte, denn eine glänzende Karriere hätte vor ihr gelegen.

Bucher meinte: »Um Geld kann es ihr nicht gegangen sein, sonst wäre sie dort geblieben.«

Sie informierte ihn im Gehen von den anderen beiden, die auf dem Weg zu Anne Blohms letzter Arbeitsstelle unterwegs waren. Sie selbst wollte sich die Wohnung am Weißenburger Platz ansehen. Es musste schön sein da drüben. Sicher lagen der Platz und die Straßen im sanften Hauch der blühenden Linden, die dem Fassadenkreis eine grüne Borte verpassten. Dazu das sanfte Rieseln des Brunnens.

Bucher murmelte etwas von Marienplatz und machte sich auf den Weg, dessen kürzeste Route ihn zunächst über die Kantine führte. Nur noch wenige Gestalten saßen drin. Am letzten Tisch, ganz in der Ecke und mit Blickrichtung zur nahen Wand, erkannte er die Gestalt von Peter Nehbel. Der war sonst eher gesellig. Bucher ging die Tischreihe entlang und blieb vor ihm stehen, sah die einsame, kleine Espressotasse vor ihm und blickte auch zur Wand. Da war nichts Besonderes zu erkennen.

Er fragte ohne Besorgnis in der Stimme, eher auffordernd: »Alles klar?«

Nehbel sah erst jetzt seitlich zu ihm hin, ob wohl er ihn zuvor bemerkt haben musste. An seinem resignierten Gesichtsausdruck änderte sich nichts. Er knurrte und sah dann wieder zur Wand.

Bucher wartete.

Endlich hörte er ihn mürrisch sagen: »Servus … du hast es gut – deine Opfer sind tot und du musst nicht mehr mit ihnen reden.«

Bucher rückte einen Stuhl heran und setzte sich. »Hey, hey! Wie bist du denn drauf? Machst schon noch in Wirtschaftskriminalität, oder?«

»Mhm.«

»Und was ist zur Zeit so angesagt, in der Branche?«

»Gold«, lautete die knappe Antwort, »Gold aus Afrika.«

»Klingt nach Blut und Schweiß – afrikanisches Gold.«

Peter atmete gequält und lange aus, lehnte sich zurück und erzählte. »Gerade war so ein Opfer bei mir und hat erzählt, wie schlimm er betrogen worden ist. Ein Geschäftsmann. Stell dir vor – ein Geschäftsmann! Vor zwei Jahren hat er auf *wehwehwehAfrikanischeGeschäftsfreundeUndNochMehrBekanntschaftende* jemanden kennengelernt …«

Bucher richtete sich auf. »Wie … im Gazellenweb … jemanden kennengelernt … Geschäftsmann?«

Peter bestätigte. »Genau. Und die Dame hat ihm beim Chatten ihre schlimme Lebensgeschichte erzählt und noch eine viel schlimmere Geschichte dazu. Bei der es um siebzig Kilogramm Gold ging, die sie nach Deutschland bringen wolle. Einmal hätte es damit schon fast geklappt, aber da ist sie entführt worden und die Missionsstation hat sie freikaufen müssen. Dann haben böse Menschen das Gold nach Südamerika bringen wollen, doch ihr Onkel, ein Diplomat, hat das gerade noch verhindern können. Nun will sie es endlich nach Deutschland bringen … oder wollte …«

Bucher lachte bitter. »Das sind vielleicht Schrottstorys.«

Peter beugte sich nach vorne und sagte mit ernster Stimme. »Die ist noch harmlos gegen all den anderen Schrott. Auf jeden Fall hat mein *Geschäftsmann* dieser schwarzen Perle aus Ghana in den letzten drei Monaten mit drei Überweisungen knapp dreiundfünfzigtausend Euro zukommen lassen … über Western Union … stell dir das mal vor … ein Geschäftsmann … in den Offshorebereich … Geld transferiert … und das nicht nur in Erwartung der fetten Millionen aus dem

Goldgeschäft, an welchem er selbstverständlich anteilsmäßig beteiligt gewesen wäre …

»Selbstverständlich«, betonte Bucher.

»… sondern auch noch mit der Tussi herumzuhüpfen«, führte Peter fort.

»Ne!?«, entfuhr es Bucher, »der hat das wirklich geglaubt? Das Gold, die schöne afrikanische Maid?«

»Wenn ich es dir sage.«

»Gibt's doch nicht.«

»Und wie es das gibt. War gerade oben gesessen, mit seinem weißen Hemdkrägelchen und ich habe darauf verzichtet ihm zu sagen, dass sein *Kontakt* mit Sicherheit kein Erotikanschubser war, sondern ziemlich sicher der dreiundzwanzigste Sohn eines Stammeskönigs mit etwa hundertdreißig Kilo auf den Rippen, der eben auch sehen muss, wo er bleibt, mit seinen sieben Frauen, und so. Und mit dem tollen Internet geht der Blick eben bis nach Taufkirchen, wo ein vereinsamter Geschäftsmann alleine vor einem Flachbildschirm sitzt und sich auf die große, weite Welt freut.«

»Das war aber jetzt nicht rassistisch«, fragte Bucher.

»Rassistisch? Wieso? Willst du mal die rassistische Version hören?«

Bucher stand auf und hielt sich die Ohren zu. Dabei sagte er »Nein, nein, nein, ich muss eh weiter und was arbeiten. Nur eine Frage. Wieso musst du so einen Pipifaxfall bearbeiten? Seid ihr nicht ausgelastet?«

Peter stöhnte. »Weil auf meiner Münchner Landkarte viele, viele rote Punkte aufleuchten, wo die schwarze Perle zugeschlagen hat – Giesing, Bogenhausen, viermal Nymphenburg, Gern, Taufkirchen, Ismaning … ich weiß nicht, was die im Chat so geschrieben hat, es muss aber besonders Münchner angeregt haben. Jetzt habe ich das Sammelverfahren an der Backe und die Typen fühlen sich echt als Opfer, die fühlen sich betrogen, stell dir das mal vor. Die hatten über Wochen wirklich die Illusion von Gold und einer afrikanischen Schönheit – daran kann man sich doch auch freuen?«

»Na ja … fünfzigtausend für eine Illusion? Ganz schöne Stange Geld.«

Peter stand nun auch auf. »Da gibt es noch viel teurere Illusionen, sag ich dir. Und wie lautet die schöne Frage auf dem Betrugslehrgang: *Wie viel Kilo Blei braucht man für einhundertsiebzehn Kilo Gold?*«

*

Die U-Bahn fuhr ein. Die Türen öffneten sich, begleitet vom gewohnten Zischen. Der Fahrer sprach nuscheliges Bayerisch. »Zusteign … auf geht's da hintn … zruckbleim … nächster Halt … Schdieglmayrpltz.«

Bucher nahm vom Hauptbahnhof aus die S-Bahn. Es kam selten vor, dass er am Marienplatz unterwegs war. Heute erlebte er die Katakomben in seltener Einsamkeit. Er fühlte sich wohl im Gewölbe, dessen warmes Orange einen im Sommer kühlte und im Winter wärmte. Die Rolltreppe am Ausgang zur Kaufinger Straße schob ihn mitten hinein in die Menschenansammlung. Oben angekommen wimmelte er Flyerverteiler ab, die hier den günstigen Platz für sich entdeckt hatten. Als er sich nach Süden wendete und sein Blick über den Platz ging, war er überrascht. Wie lange war er schon nicht mehr hier gewesen? Eine lange Zeit, eine viel zu lange Zeit, denn diese Münchner Wohnstube kam ihm groß und großartig vor. Nichts erschien im altbekannt.

Die temporäre Einsamkeit des Gewölbes war dahin. Es wimmelte und wuselte. Über allen fotografierenden und filmenden Smartphones und iPads, über all den Einzelnen, den Gruppen und Paaren, schwebte strahlend – und mit echtem Gold überzogen – Maria auf ihrer Säule. Ein fröhliches, babylonisches Sprachgewirr hing wie ein Dunst über dem Platz, und die Blicke der Menschen tasteten das Erker-, Säulen- und Türmchengewirr der grandiosen Fassade des alten Rathauses ab. Ein Inder hielt ein iPad weit über seinen Kopf und filmte voller Glück im Gesicht ins Rund.

Aus der Kaufingerstraße blinkte ihn die kalt leuchtende Symbolfläche eines angebissenen Apfels an. Darunter, hinter zart getönten Glasscheiben, war ein ameisenhaftes Gewirr zu erkennen. Alle Altersstufen drängten sich, um ihre Finger über sanfte Glasoberflächen streichen zu lassen. Der Reiz lag wohl darin, dass dieses Streicheln eine sofort wahrnehmbare Wirkung erzeugte. Programmfenster bewegten sich geschmeidig, visuelle Effekte verzauberten die Augen. Schon aus der Ferne war der Erregungszustand zu spüren, den das alles auf die Menschen ausübte.

Bucher schlängelte sich über den Platz und suchte den Ort, an welchem Anne Blohm sich hatte fotografieren lassen. Er hatte die Stelle bald gefunden und blickte in Richtung Mariensäule. Dahinter erhoben sich die wundervollen Kuppeln des Doms, wie es sie schöner, bayerischer, wärmer und erotischer auf der ganzen Welt nicht mehr geben konnte. Die Stelle war beliebt für Fotografien. Eine amerikanische Reisegruppe posierte und machte schnell Platz für eine Gruppe Chinesen, dahinter standen die nächsten schon an.

Peter fiel ihm wieder ein: *Du hast es gut, deine Opfer sind tot.*

Gleich um die Ecke war der Dallmayr. Er hätte ein Döschen *foie gras* besorgen können, oder *Rilettes*, die ein wenig billiger waren. Er ließ es sein. Für den Fall *Anne Blohm* hatte er sich von hier mehr Inspiration erwartet. Nun stand er da, wie ein Fremder in der eigenen Stadt, betrachtete die Leute, die ihre Fotoapparate und Smartphones weit von sich oder weit über sich hielten und in diesen Körperhaltungen ein bizarres Bild abgaben. Und er? Seine Aufgabe war es, einer vermutlich toten Frau nachzuspüren. Das Gefühl, das er mit dem Besuch hier hatte generieren wollen, stellte sich nicht ein: die Ahnung einer Spur, oder etwas Sublimes in dieser Richtung. Nein – er stand hier, bewunderte die goldglänzende Maria und seine Gedanken kreisten um Morbier, französische Gänseleberpastete, Rosé und Rotwein.

Er nahm die nächste S-Bahn bis zur Hackerbrücke –

aus der Traum. Eisenkonstruktion, Stahlnieten, Glasfronten, kühle Realität.

*

Anne Blohm hatte in einem Büro am Stefan-George-Ring gearbeitet.

Wie Hartmann inzwischen herausgefunden hatte, war sie jeden Tag mit der S-Bahn hinaus nach Daglfing gefahren, und er hatte den Wunsch verspürt, diesen Weg, den sie während der letzten Monate täglich zurückgelegt hatte, kennenzulernen. Ohne es zu wissen leitete ihn ein ähnlicher Wunsch wie Bucher und er erhoffte sich eine Erkenntnis davon, die ihn dieser Frau, ihrem Alltag, ihrem Denken näherbringen sollte.

Batthuber setzte ihn an der Hackerbrücke ab und er nahm die S8 Richtung Flughafen. Das klang nach großer weiter Welt und konnte doch an einem Ort wie Daglfing enden. Dort wollte er sich an der Firma mit Batthuber treffen, der mit seinem Vorhaben nichts anfangen konnte.

Die Züge waren mittags nicht so vollgestopft, wie das am frühen Morgen üblich war, wenn die ganze Stadt auf den Beinen war, Groß und Klein auf Straßen und Wege drängte und in den müden Gesichtern noch die Träume oder Schrecken der Nacht verfangen waren. Wie das nur die Menschen aushielten – jeden Tag aufs Neue diese Wucht, die diesem Rhythmus innewohnte?

Hartmann hockte sich auf eine der harten Polsterbänke und sah in den langen Schlauch der neuen S-Bahnzüge. Der Hauptbahnhof leuchtete in mattem Rot. Dann ging es ruckelnd weiter durch den Tunnel, bis münchenblaue Säulen auftauchten – Karlsplatz. Das Rattern der Räder, Zischen der Druckluft und Knarzen der Wagenkupplungen erfüllte das Innere der Waggons. Siebzigerjahreorange – Marienplatz.

Die Gesichter der Mitfahrenden waren jetzt, auf der Höhe des Tages, frischer und neugieriger, die Gespräche waren lauter, und sogar Lachen war zu hören. Das gab es am Morgen nur selten, und wenn es denn zu dieser Unzeit geschah, verbreitete es Beklommenheit, denn in der Frühe gab es nichts zu lachen; wenn da gelacht wurde, war es gefährlich und der war gefährlich, der lachte. Grüne Borten tauchten auf – Isartor.

Hartmann ließ seinen Körper die vibrierenden Bewegungen spüren. Am Rosenheimer Platz blitzte das Gelb auf. Namen waren nicht erforderlich. Man musste nur die Farben kennen, um zu wissen, an welcher Stelle man sich unter der Stadt befand. Nach dem Rosenheimer Platz kamen das Tageslicht und die Bürobauten.

In Daglfing stieg er aus. Ganz alleine stand er da und sah sich auf dem einsamen Bahnsteig um. Die S8 verlor sich im Flirren über den Gleisen. Es war still. Drei Spatzen hüpften zeternd herum und sammelten Brosamen. Er kam sich vor, als hätte man ihn an einem einsamen amerikanischen Highway ausgesetzt.

Die Sonne brannte herunter und die Wärme reflektierte in heißen Schwällen vom Teer. Eine solche Gottverlassenheit fast mitten in der Weltstadt mit Herz? Und die entschwindende S-Bahn fuhr zu diesem Flughafen, wo die pochenden, *never-sleeping-hearts* der Welt erreicht werden konnten; in deren Hinterhöfen es genauso einsam war, wie in Daglfing.

Er ging die Treppe hinunter in den tristen Durchgang, in dem die Schritte hallten, und hinüber zur Daglfinger Straße, passierte dort die im Schatten der Bäume geparkten Autos und kam auf den Trampelpfad, den er bei Google Maps bereits entdeckt und als kürzeste Strecke zum Bürogebäude identifiziert hatte. Ein Güterzug schlich müde quietschend vorbei, beladen mit Traktoren. Der Weg wand sich durch verwildertes Buschwerk. An den wenigen freien Stücken war der Blick auf einen Hang zu erkennen. Brennnesseln breiteten sich aus und Schmetterlinge tänzelten aufgeregt umher. Er roch die Frische, die aus den schattigen Flecken drang. Das Aroma erinnerte ihn an seinen Schulweg in Giesing und er musste grinsen, als ihm einfiel, wie sie damals auf dem Nachhauseweg versucht hatten, einander in die Brennnesseln zu stoßen.

Immer auf dem Nachhauseweg. Eine Lehrerin hatte es einmal beobachtet und am nächsten Tag streng gesagt: *Schubsen – das lernt man schon im Kindergarten – macht man nicht!* Was wohl aus ihr geworden war? Er, der Schubser, war Bulle geworden.

Eine Frau mit Kinderwagen und zwei Hunden an der Leine kam entgegen.

Einige Minuten später tauchten die Bürobauten des Stefan-George-Rings auf. Von der S-Bahn aus hatte er sie schon gesehen. Dunkle Glasfronten. Der Weg brachte ihn auf eine freie Wiesenfläche, wo mehrere Hunde spielten und Frauchen und Herrchen plauschend im Schatten einer Erle standen. Hinter ihnen die grünen Flächen des Zamilaparks, aus dessen Übersichtlichkeit das ausgelassene Geschrei einer Kindergruppe drang.

Am frühen Morgen ging es hier sicher wuseliger zu. Er erinnerte sich noch an den Zwergenaufstand, den es gab, als Schörghuber das städtische Gelände erhielt und in der Presse vom Baulandgeschenk die Rede war – und heute? Was war heute?

Er kam am Hintereingang eines Chinarestaurants vorbei, wo neben der Metalltür ein Haufen leerer Kartons herumlag. Auf einem las er *BelgiumMeatCompany*. Ein Münchner Chinese bezog also sein Fleisch aus Belgien, dem europäischen Bermudadreieck für Lebensmittelimporte schlechthin.

Die Hintereingänge mancher Restaurants waren manchmal mitteilsamer als ein Blick in Speisekarte, Küche oder Topf.

Er trat bald darauf vom Schotterweg auf festen Straßengrund. Jenseits der Schienen drängte ein Schrottplatz bis nahe an das Gleisbett. Die nächste S-Bahn rauschte vorbei.

War das der Weg, den Anne Blohm jeden Tag erlebt hatte? Ein wildromantischer Pfad entlang der Bahnlinie, gesäumt von Brennnesselinseln, Wiesenflecken, Gärten und Bahngleisen, der sein Ende an einer sterilen Glasfront fand. Das passte nicht zu dem Bild, das er sich von der Frau gemacht hatte. Konnte sie hier, in dieser Umgebung glücklich gewesen sein?

Batthuber wartete bereits und empfing ihn mit der Frage, ob ihm diese umständliche Variante hierherzukommen nun wirklich was gebracht hätte. Hartmann knurrte etwas Unverständliches und ging ohne darauf zu antworten in die blinkende und blitzende Empfangshalle, in der niemand empfing. Er klingelte zweimal bei der IBS gGmbH, wobei er länger auf dem Knopf blieb, als es höflich gewesen wäre.

»Wir erwischen aber auch immer die Pfaffen, Mensch«, ätzte Batthuber, der seine Kippe ausgetreten hatte und eilig nachgekommen war.

»Mhm, na ja … irgendwie schon«, brummte Hartmann.

Aus dem Lautsprecher der Türsprechanlage knarrte ein grelles: »Hallo!?«

Hartmann antwortete mit einem kaum verständlichen Genuschel. »Kriminalpolizei … wir hatten angerufen.«

»Wie bitte?«, kreischte es aus dem Lautsprecher.

»Kripo!«, bellte Hartmann unfreundlich und grinste Batthuber an.

Ein Surren gab die Tür frei und sie fuhren mit dem Aufzug in den fünften Stock. »Brav bleiben, Kleiner«, mahnte er anschließend..

Die Büros der IBS gGmbH, *gemeinnützigen GmbH für integrative Betreuung und Sozialisierung* lagen in einem der üblichen Bürobauten, wie sie in der ganzen Stadt zu finden waren, bevorzugt entlang der Schienenstränge. Die Architektur war zweckmäßig, die Bauwerke hatten allesamt blanke Mauern, glänzende Glasfronten und verströmten in ihrem Inneren den gleichen sterilen Geruch, was an den gleichen blanken Granitböden, belastbaren Teppichen, abgedämpften Wandfarben, den Kunstwerken identischer Qualität und den Kaffeemaschinen lag, die einen würzigen Dampf absonderten. Dazu kamen die Aromen gepflegter Kleidung, teurer Parfüms, anregender Deos und Ströme von Rasiergewässern.

Hartmann hatte die Beheimatung dieser wohltätigen Einrichtung an anderer Stelle erwartet als auf der Etage eines gesichtslosen Verwaltungsbaus, zwischen Finanzdienstleistern, Immobilienverwaltern und IT-Trainingszentren. Er war auf

Baracken gefasst gewesen, vor denen fertige Jungs und nuttige Mädels herumlungerten, dazwischen engagierte Jeans- und Sweatshirtträger mit Ohrring und Piercing, die der Gesellschaft einen sozialen Dienst erwiesen. Nichts dergleichen. Er landete stattdessen ganze Welten entfernt von der Frontlinie zu erhöhtem Förderungsbedarf und sozialen Reanimierungsversuchen.

Da hatte selbst ihre alte asbestentsorgte Sechzigerjahrebude in der Maillingerstraße mehr Charme.

Eine distanzierte Blonde nahm sie an der Aufzugtüre in Empfang. Ihre Gestik wirkte gehemmt und erinnerte an eine reparaturbedürftige Automatenpuppe. Einige Male warf sie den Kopf harsch ins Genick, schaute dann wieder für einen Augenblick zur Seite, während sie ihre erlernten Floskeln loswurde. Überhaupt mied sie den Blickkontakt und sprach ihre knappen Sätze in bestimmtem Ton, wobei sie es nicht fertigbrachte, eine freundliche oder höfliche Stimmlage zu treffen. Sie vermittelte das Gefühl sich persönlich gestört zu fühlen und brachte die beiden mit rabiatem Gang durch den breiten Flur in das hinterste Büro, wo zwei Männer warteten, die an einem langen Besprechungstisch saßen und ihr Gespräch unterbrachen. Ein Mittfünfziger mit langen grauen Haaren stand gebeugt an einem Stuhl und fixierte sie mit falschem Lächeln. Sein Oberkörper deutete Verbeugungen an, während er Belangloses dahersagte. Er hatte sich als Rudolf Siebl vorgestellt und schien hier der Chef zu sein.

Der andere war klein, hatte eine gedrungene Gestalt und die wenigen Haare kurz geschoren. Aus seinem Gesicht blickte ein andienendes Grinsen.

Hartmann hatte nach dem Eintreten ins Büro in einer spiegelnden Glasfläche eines der Gemälderahmen gesehen, wie dieser Typ eine kurze, hämische Kopfbewegung in seine Richtung vollzogen und Siebl dabei zugezwinkert hatte. Er wurde ihm als ein Herr Buntzl vorgestellt.

Hartmann nahm es amüsiert zur Kenntnis; sie unterschätzten ihn also. Ein wenig wollte er die Rolle des Harlekins spielen, die ihnen seine Kleidung scheinbar vermittelte; er legte also ein nichtssagendes Dienstlächeln auf, blickte immer wieder zur Seite, als sei er nicht ganz bei der Sache und brauche Zeit zur Reflektion.

So unterbrach er zunächst auch nicht das von Siebl und Buntzl vorgetragene, belanglose Geschwätz, obwohl es ihm seine Zeit stahl. Sie redeten, als bestünde gar kein Interesse daran zu erfahren, aus welchem Grund die Polizei im Hause war. Eigenartig. Sie erzählten von Zuschüssen, die ihren Projekten verweigert worden waren und warum und wie sie dagegen vorgehen wollten, mit welcher Unterstützung seitens der Presse gerechnet werden konnte. Hartmann hörte zu und wartete.

Siebl beendete das Gerede nach einer Weile, nicht ohne Buntzl dumm dastehen zu lassen. Als der gerade einen Satz beendet hatte, sprach er mit bösartiger Liebenswürdigkeit: »Ja nun gut. Ich denke das interessiert die Herren vom Landeskriminalamt nicht und wir sind gespannt, was Sie zu uns führt.«

Hartmann fiel Siebls analytische Stärke auf, wie er versuchte mit jedem Wort, jeder Betonung, jeder Phrase seine Alphaposition zu zementieren und zu zelebrieren. Einer dieser Souveränität ausstrahlenden Anzugträger, die sich selbst gerne reden hörten, die in ihrer Welt ein *Jemand* waren und über eine gewisse Reputation verfügten – man kannte Leute, unterhielt Beziehungen, wusste, was man wert war und machte es mit jedem Ton, jeder Geste deutlich. Hartmann lächelte hintersinnig. Wusste dieser Siebl überhaupt von den vielen anderen Welten um ihn herum, in denen er nichts galt, in denen sein Wissen um die Dinge nichts wert war. Wie würde es sein, wäre er seiner Welt beraubt?

Erst jetzt fiel Hartmann auf, dass die Blonde immer noch im Raum war. Sie stand an der Tür und schnaufte genervt, wie eine pubertäre Göre. Hartmann kannte das von seiner Tochter. Doch die durfte das, ja sie musste sogar so sein, denn mit vierzehn war das normal.

Siebl klang gequält, als er sich an Frau Gnotze wandte. »Frau Gnotze, was ist denn noch?«

Ihre Stimme war gellend und strömte eine latente Aggressivität aus. »Ja nun, ich also habe noch jede Menge Arbeit. Ich muss noch die Musterausschreibung für ganz Bayern fertig bekommen und weiß nun auch nicht wie … werde ich hier denn gebraucht? Ich denke doch eher nicht … und die Verträge muss ich auch noch durchgehen … es ist einfach schwierig mit diesem wenigen Personal, noch dazu, wo es die Qualifikation betreffend Fragen gäbe …«

Siebl nickte wissend und winkte sie mit einer lässigen Handbewegung hinaus. Sie wurde nicht gebraucht und durfte sich ihrer Musterausschreibung für ganz Bayern widmen.

Seltsamer Laden, dachte Batthuber, hielt aber die Klappe, so wie es Hartmann verlangt hatte.

Der kam nun ohne Umschweife zur Sache, nannte den Namen Anne Blohm, erklärte in groben Zügen die Umstände ihres Verschwindens und erläuterte, dass es einige Fragen gab, deretwegen sie hergekommen waren.

Siebl und Buntzl nahmen die Information professionell auf. Ersterer fragte: »Welche Fragen haben Sie denn zu stellen? Vielleicht wissen Sie es noch nicht, aber Frau Bohn ist nicht mehr hier beschäftigt. Sie hat vor einigen Wochen gekündigt.«

Hartmann zeigte sich erfreut. »Sehen Sie, Herr Siebl. Das ist nun schon eine gewichtige Information für uns.« Er kritzelte etwas in sein Notizbuch und Batthuber machte ein ernstes Gesicht dazu. Hartmann notierte: *Kein Erschrecken, keine Trauer, kein Mitleid, keine Frage nach dem Schicksal von Anne Blohm*

Dann fuhr er fort. »Ich muss gestehen, ich hatte von einer wohltätigen Einrichtung etwas anderes erwartet – bevor ich hierhergekommen bin. Womit genau sind Sie hier befasst – *Pädagogik, Integration, Sozialisierung*?«

Siebl beugte sich nach vorne. Einige Strähnen seiner langen, schon stark ergrauten Haare glitten dabei sanft über die Schulter. »Steht Ihre Frage in Zusammenhang mit Ihrer Aufgabenerfüllung, oder ist das ein rein privates Interesse?«

Hartmann war nicht unvorbereitet. Das schlaffe Äußere

dieses Menschen, der aussah wie eine müde weißhaarige Krähe, hatte ihn nicht von den schmalen, funkelnden Augen ablenken können, hinter denen die Hinterlist hauste. In sehr sachlichem Ton erläuterte er die Bedeutung von Hintergrundermittlungen im sozialen Umfeld als eine grundlegende Maßnahme kriminalistischer Arbeit.

Siebls Gesichtsausdruck verriet nicht, ob er mit den Ausführungen zufrieden war. Er beantwortete nun aber die Frage. »Wir helfen jenen Menschen, die durch widrige Lebensumstände aus ihrer Lebensbahn geworfen worden sind. Insbesondere konzentriert sich unsere Arbeit darauf, dass sie wieder Fuß fassen können, in dieser Gesellschaft, deren Geschwindigkeit nicht alle aufnehmen oder mit ihr mithalten können.«

Hartmann konterte mit Schärfe. »Okay, das ist eine unterstützenswerte Sache. Es bedeutet auch, dass alle Faulen und Nichtsnutze sich in anderen Einrichtungen befinden.«

Buntzl, der still dagesessen hatte und in Gedanken irgendwo im Puff war, wie Hartmann vermutete, schrak auf und sah ihn mit geweiteten Augen an.

Siebl blieb unbeeindruckt. »Wir haben zwei Ausrichtungen: Jugendliche, die im Berufsleben nicht Fuß fassen können, und Erwachsene, denen wir Hilfestellung geben, um zu einem halbwegs geordneten Leben zurückzufinden. Das geschieht auch an zwei unterschiedlichen Orten, unseren Intensivzentren. Falls Sie den Eindruck haben, es handele sich dabei um soziale Streichelzoos, so täuschen Sie sich. Wir sehen unsere Hauptaufgabe darin, gerade den Jugendlichen Grundkompetenzen zu vermitteln: Frustrationstoleranzen, Disziplin, Selbstachtung.«

Siebl hatte erkannt, wen er mit Hartmann vor sich hatte. Der fragte: »Worin bestanden Anne Blohms Aufgaben?«

»Sie hatte hervorragende Referenzen und sollte hier den Geschäftsbereich Finanzen übernehmen.«

»Sollte?«

Siebl lächelte matt. »Sie hat diesen Bereich verantwortet, ja …«

»… aber sie war nur ein gutes Jahr bei Ihnen beschäftigt«, unterbrach ihn Hartmann, um etwas nervig zu werden.

»Ja. Sie hat sich nicht sonderlich wohlgefühlt und wollte dann eben diese Reise unternehmen … Selbstfindung vielleicht … eine Form der Glaubensäußerung … ich weiß es nicht.«

»Mit wem hatte sie hier im beruflichen Umfeld engeren Kontakt?«

»Es gab da keine engere Beziehung, wenngleich ich *enger* nicht recht definieren kann.«

Hartmann ließ es sein, Erklärungen zu suchen, denn die schlaue Krähe wusste genau, was er mit seiner Frage gemeint hatte. Er legte eine Kunstpause ein, sah dabei nachdenklich auf seinen Notizblock. »Also ich verstehe das nicht. Aus welchem Grund diese Trennung von Verwaltung und diesen Kursen, Projekten, Therapiegruppen … ich weiß nicht, wie das benannt wird, Sie wissen, was ich meine? Das ist hier am Rande der Stadt in einem modernen Bürokomplex und damit doch recht entfernt von den zwei Orten, an denen diese soziale Arbeit stattfindet. Verzeihen Sie die Frage eines Laien, aber aus welchem Grund hat man sich für die räumliche Trennung entschieden?«

Siebl sah ihn scharf an. »In der räumlichen Trennung finden sich auch erhebliche Aspekte von Effektivität. Man ist nicht abgelenkt und mit Dingen befasst, die nicht zum eigenen Verantwortungsbereich gehören, zudem entknotet die Distanz gewisse Schwierigkeiten im Umgang mit Mitarbeitern, zwischenmenschliche Probleme entstehen erst gar nicht.«

»Gab es denn zwischenmenschliche Probleme, die dadurch gelöst wurden?«, wollte Hartmann wissen.

Erstmals ließ sich Buntzl hören. Mit süffisantem Grinsen lispelte er: »Unsere Frau Gnotze hat gewisse Schwierigkeiten das Miteinander betreffend. Sie ist hier gut aufgehoben.«

Hartmann war von der Antwort überrascht. Mit einer so offen dargestellten Häme hatte er nicht gerechnet. »Kam es auch zu Konflikten zwischen Frau Gnotze und Frau Blohm?«

»Natürlich«, Siebl antwortete schnell, um Buntzl aus dem Gespräch zu nehmen.

Der meldete sich anschließend in anzüglicher Weise: »Wobei das gewiss nicht an Frau Blohm gelegen hat. Mit Frau Gnotze hat jeder Konflikte.«

Siebl strafte ihn mit einem zurechtweisenden Blick aus den Augenwinkeln.

Batthuber nutzte die Unterbrechung, fragte nach der Toilette und verließ den Raum.

Hartmann ignorierte es und fragte: »Waren die Konflikte mit Frau Gnotze der Grund für ...«

Siebl unterbrach ihn. »Nein, nein, Frau Blohm hatte auch Probleme mit unserer Organisationsform als solcher, mit unserer strategischen Ausrichtung ... und so war es bald deutlich, dass wir getrennte Wege gehen würden. Das geschah auch einvernehmlich.«

»Strategische Ausrichtung?«, fragte Hartmann.

»Wir sind eine gemeinnützige GmbH und planen langfristig. Das ist hinsichtlich unserer Finanzierung aus verschiedenen Förderbereichen erforderlich. Wir waren mit Frau Blohm unterschiedlicher Auffassung in wesentlichen konzeptionellen Bereichen«, er sah Hartmann unglücklich an, wie ein Lehrer, der nicht weiß, wie er ein im Grunde einfaches Wissen einem unverständigen Schüler vermitteln sollte. »Sehen Sie, Frau Blohm kam aus dem Führungsbereich einer Privatbank und war da sehr erfolgreich gewesen. Aus welchem Grund auch immer hat sie sich zu einem Wechsel in den sozialen Bereich entschieden und in unseren Strukturen existieren andere Abhängigkeiten, sind andere Methoden erforderlich, und diese unterschiedliche Welt des Herangehens hat ihr Probleme bereitet. So etwas geschieht nun mal und sicher finden Sie in Ihrem Umfeld ähnliche Beispiele.«

Hartmann nickte und verzichtete darauf konkretere Angaben darüber zu verlangen, welche Methoden und Abhängigkeiten Siebl meinte. Seine Fragen dienten auch mehr dem Zweck, zu beobachten, wie sich die beiden Kerle verhielten. Siebl verbarg hinter der aufgesetzten Souveränität höchste

Aufmerksamkeit und Konzentration und versuchte Hartmann zu hindern, mit seinen Fragen tiefer in die Materie ihres Arbeitsumfeldes einzudringen. Buntzl übernahm die Funktion des Beobachters, darauf beschränkt, die eine oder andere Bemerkung fallen zu lassen. Beide waren sich trotz einzelner Irritationen einig, das spürte Hartmann, aber sie waren einander nicht grün. Es existierte also ein gemeinsames Interesse, das sie zu Verbündeten machte. Keiner fragte nach dem Schicksal von Anne Blohm, nach ihren Angehörigen. Kein Wort des Bedauerns, nicht einmal routinierte Betroffenheit. Und das in der Zentrale einer Betroffenheitsfabrik.

Hartmann entschied sich für eine Provokation. »Mhm, gemeinnützige GmbH ... wo liegt da der Schwerpunkt?«

»Das hatte ich Ihnen schon erläutert«, sagte Siebl distanziert und streng.

»Ja, sicher – ich meinte, ob der Schwerpunkt auf *gemein* oder auf *nützig* liegt?«

Noch bevor einer der beiden etwas erwidern konnte, lachte Hartmann laut auf. »Ha! Sie verstehen schon – kleines Späßle, gell.«

Er ließ einen dunklen Zug über sein Gesicht gleiten und legte sofort eine Frage nach. »Hat Frau Blohm von ihrer Reise erzählt ... vielleicht von Leuten, die sie treffen wollte, mit denen sie etwas plante?«

Siebl überlegte nicht lange. »Nein, also ich weiß da nichts davon.«

Buntzl sagte gar nichts, zog nur die Schultern hoch und wölbte die Lippen.

»Wo hatte Frau Blohm denn ihr Büro?«

»Frau Gnotze hat es inzwischen.«

»Ach ja. Mhm. War das ein Aufstieg für Frau Gnotze, der Weggang von Frau Blohm?«

Siebl stöhnte und wiegte den Kopf. »Bitte, vergessen Sie Frau Gnotze ... und, nein, es war kein Aufstieg für sie.«

Buntzl hakte grinsend ein. »Aber sie empfindet es natürlich so, unsere Frau Gnotze.«

Hartmann kam im Moment nicht weiter. Er stand auf, verbreitete eine aufgeräumte Stimmung und ließ den Blick über die Wände gleiten, wo die üblichen expressionistischen Kunstdrucke eine Aura verbreiten sollten – nur welche? Er fragte sich, ob es im Sinne von Kandinsky gewesen sein konnte, wie heutzutage sein *Blau* an Tausenden Bürowänden verkam. Auch Franz Marc war so ein schlimmes Schicksal beschieden. Kein Angestelltenbüro ohne ein blaues Pferd. Das hatte seinerzeit noch für Skandal gesorgt, als es im Original durch München transportiert worden war. Lange her. Andere Zeiten.

Er fixierte den Kandinsky und ließ ein euphorisches »Schön« hören, als hätte er es zum ersten Mal gesehen.

Siebl meinte: »Ich male selbst.« Ein wenig Stolz klang mit.

Hartmann nahm den Ball auf und deutete überrascht auf den Druck und sagte theatralisch irritiert: »Das ist von Ihnen!?«

Siebl lächelte wohlwollend. »Nein, das ist von Kandinsky.«

Hartmann packte die Chance beim Schopf etwas Persönliches von diesem Kerl zu erfahren und setzte die Show fort. »Und was ist von Ihnen, hier … was?« Er tat einige Schritte im Büro und suchte einen Siebl, von dem er wusste, dass es ihn nicht gab. Kandinsky, Münter, Jawlenski. Die kleine Ausgabe des Lenbachhauses hing herum, als Billigdruck hinter Ikea-Rahmen.

Siebl erklärte mit Ernst in Stimme und Haltung. »Ich zeige meine Bilder nicht.«

Hartmann tat enttäuscht. »Nicht? Aber wieso nicht?«

»Weil ich das nicht mag.«

»Ahh … sind sie nicht gut genug, Ihre Bilder, zum Herzeigen?«

Siebls Miene bekam eine überraschende Strenge und er sprach schneller, als es seine Entrüstung erlaubt hätte. Er verlor wegen diesen dummen Bullens die Argumentationslinie. »Das meine ich nicht … das meine ich nicht damit. Es geht in der Kunst nicht wirklich um gut …«

Hartmann war gnadenlos. »Ja, aber wenn man malt und traut sich nicht es zu zeigen, dann hält man es doch nicht für gut genug, dann fehlt einem doch die nötige Eitelkeit, der Mut, der dazugehört … die Risikobereitschaft in Kauf zu nehmen zu scheitern … weil man nicht von sich selbst überzeugt ist und sein Werk im Grunde für mittelmäßig oder spießig hält. Ist es nicht so?« Er ließ nur eine kurze Pause entstehen und log dann: »Ich dachte ja auch mal ich müsste malen, habe es dann aber aus eben diesen Gründen sein lassen – nicht gut genug für fremde Augen und Sinne.«

Siebl war blass geworden und sagte mit tonloser Stimme. »Ich denke, man muss das differenzierter betrachten, wie gesagt … es geht um Kunst.«

Hartmann tat wie abwesend, sah aus dem Fenster, während er zitierte:

Zu jubeln ziemt nicht: kein triumf wird sein ·
nur viele untergänge ohne würde.
des schöpfers hand entwischt rast eigenmächtig
unform von blei und blech · gestäng und rohr.

Siebl unterdrückte seinen aufkeimenden Zorn und hob fragend die Hände. Das war besser, als etwas zu sagen, denn seine Stimme hätte seine emotionale Lage preisgegeben.

»Stefan George«, erklärte Hartmann, »Stefan George … kennen Sie doch sicher, wenn Sie schon hier am gleichnamigen Ring arbeiten, oder?«

Er wartete keine Antwort ab. Wozu auch. Keiner von diesen Typen hatte jemals Stefan George gelesen, denn sie gehörten zu jenen, die der erkrankten Welt ihr Fieber zufügten. Während er den Gang entlangging, murmelte er leise vor sich hin:

… Der alte Gott der schlachten ist nicht mehr.
Erkrankte welten fiebern sich zu ende
In dem getob. Heilig sind nur die säfte …

Die laute Stimme von Frau Gnotze war bis in den Gang zu hören; sie telefonierte, und es war nicht angenehm für ihren Gesprächspartner.

Buntzl schloss mit schnellen Schritten zu Hartmann auf und präsentierte ein selbstgefälliges Grinsen. Sanft lispelte er ihm zu: »Na aber … ein Polizist, der malt und Gedichte rezitiert … was soll man davon halten?«

Halt's Maul, dachte Hartmann und schwieg.

Batthuber kam ihnen entgegen.

Unten im Auto fragte Hartmann: »Wieso bist du raus?«

»Habe mich umgesehen. Sind wirklich nur ein paar Leute da. Ganz hinten ist noch ein Büro für die Sekretärin, ist eine dünne Rothaarige. Daneben war noch ein Raum, da saß ein älterer Typ drinnen, aber der hat gepennt. Ich wollte ihn nicht wecken und habe die Rothaarige ein bisschen was gefragt: nach den zwei Standorten, an denen aus Gescheiterten wieder ordentliche Menschen gemacht werden.«

»Und weiter?«, ließ Hartmann nicht locker.

»Ist dir auch aufgefallen, dass die alle Türen offen stehen haben. Nur als wir gekommen sind, wurde die Tür zu Siebls Büro geschlossen.«

»Mhm, ja und?«

»Die Sekretärin, die hat nur geflüstert, den Finger auf den Mund gelegt und hinaus in den Gang gedeutet, in Richtung dieser Gnotze, diesem blonden Trampel, die hat doch nen Schuss, oder? Sie hört wohl mit, was so im Sekretariat los ist. Die Rothaarige hat einmal telefoniert, und plötzlich schreit die Gnotze aus ihrem Büro heraus, was sie so und so und nicht anders bräuchte. Ja hör mir auf, sind das Umgangsformen. Komische Truppe, oder was meinst du? Ein Schleimer, ein Schläfer, eine Wahnsinnige …«

»… und eine grauhaarige, schlaue Krähe«, ergänzte Hartmann, der an Siebl dachte.

»Dieser Siebl«, sagte Batthuber, »der scheint eine ziemliche Nummer zu sein. Im Sekretariat lag eine Zeitschrift herum, da war er auf dem Titel abgebildet. Und an der Wand hing ein eigener Jahresplaner für ihn. Der hat jede Menge Vorträge und Reden zu halten. Hab es fotografiert.« Er kramte sein Smartphone hervor und wischte mit den Fingern. »Vor drei Wochen eine Rede vor der Diakoniegesellschaft Sozialisationsinstanzen und ihre Bedeutung für den kriminellen Entwicklungsverlauf, die Woche darauf dann bei der Caritas in Paderborn: Reintegrationsprozesse und die alte Idee der Resozialisierung, und jetzt am Wochenende war er im Sozialreferat München mit Sozialisation und Sozialkontrolle. Und so geht das quer durchs Jahr.«

Hartmann ließ einen anerkennenden Laut hören. »Na ja, blöd ist er nicht ... wo ist eigentlich diese Außenstelle für diese Erwachsenenintegration, oder wie immer das heißt, hast du das wenigstens herausbekommen?«

»In der Nähe vom Euroindustriepark ... links von der Heidemannstraße.«

»Passende Gegend, da gleich in der Nähe vom Industriepuff. Na, dann auf zum Leierkasten.«

*

Siebl hatte Buntzl im Gang nachgesehen, und an seinem Gehabe diese hündische Anbiederung wahrgenommen, mit der er Hartmann zum Aufzug begleitete. Ekelhaft. Dieser Buntzl war ihm schon immer suspekt gewesen. Ein quadratischer Kretin mit aufgesetzter Freundlichkeit; diese devote Höflichkeit und stete Zuvorkommenheit, der man nicht entkommen konnte, gegen die man nichts sagen konnte. Er hatte einmal gehört, wie er in ärgerlichem Ton zur Sekretärin gesagt hatte, er sei nicht hier, um in seinem Büro zu verkommen. Karriere wollte er also machen, der Buntzl.

Siebl verzog den Mund zu einem schiefen Grinsen. Ja, es war es eine gute Idee gewesen, diese Gnotze einzustellen. Schon beim ersten Gespräch hatte er das gewaltige Konfliktpotenzial erkannt, das sie einem bot, diese latente Aggressivität in ihrer Persönlichkeit. Die Zeugnisse und der andere Kram waren halbwegs in Ordnung und er hatte sie genommen. Sie war mit Buntzl zunächst ganz gut ausgekommen. Die beiden hatten sich sogar geduzt, was Siebl nie hat verstehen können. Ausgerechnet diese beiden. Aber die Freundschaft hatte nicht lange gehalten und es war eingetreten, was er erhofft hatte – sie waren in erbitterten Streit über Nichtigkeiten geraten. Er hätte vermitteln sollen, was er auch getan hatte. In Einzelgesprächen hatte er jedem seine Unterstützung versichert und die Schwächen des jeweils anderen als ihm bekannt benannt. Dann gab es ein gemeinsames Gespräch, in welchem einander verziehen und das Engagement für gemeinsame Ziele beschworen wurde. Am Abend dann hatte er ein wenig Cognac zu viel getrunken, vor lauter Behagen.

Seither schwelte der Konflikt zwischen den beiden auf hoher Temperatur, wie ein Vulkan, immer in der Lage zu einer Eruption zu gelangen. Die Gnotze war beschäftigt und Buntzls Ambitionen waren entscheidend gehemmt; eine Eskalation des Konflikts schadete seinem Fortkommen, der Status quo hinderte einen Fortgang ebenso. Siebl hatte ihn mit der Dame sehr elegant schachmatt gesetzt.

Er lächelte. Dame? Damit war Frau Gnotze zwar nur schwer zu assoziieren, aber auch beim Schach war die Dame für die Grausamkeiten zuständig, der König im Grunde ein bewegungsloses Etwas, um das sich jedoch alles drehte. Wie im richtigen Leben.

Er wendete sich um und sein Blick fiel auf die geöffnete Tür des Büros, wo die Rothaarige saß. Er war gespannt, wie lange sie da noch aushalten würde. War wohl ein zäher Typ. Auch so eine selbstbewusste junge Frau, der man kaum näherkam. Sie hatte etwas Schnippisches in ihrem Blick und manchmal, wenn sie telefonierte, dann lachte sie auf eine ihn störende frivole Weise.

Anne Blohm, ja das war eine ganz besondere Frau gewesen.

Er ging zurück ins Büro und erinnerte sich ihrer lebensfrohen Ausstrahlung, wenn sie den Gang entlanggekommen war. Die Energie, die in jeder ihrer Bewegungen zu erkennen war und dabei diese freundliche Leichtigkeit. Den anderen beiden, Buntzl und Gnotze, war sie auf den ersten Blick unsympathisch gewesen, noch viel ärger, als er es erwartete hatte. Ihre Intelligenz, ihr Selbstbewusstsein und die ihr gegebene natürliche Autorität waren sofort als die Eigenschaften einer Konkurrentin aufgefallen. Und – sie stammte aus einer alten Münchner Familie, hatte Umgangsformen.

Siebl hatte sie eigentlich gemocht, mehr als ihm gelegen gewesen war. Trotz ihrer Hingabe an ihren Beruf, ihren Altruismus, der ihn bisweilen abgestoßen hatte. Leiden mochte er sie – und mehr –, aber nur bis zu dem Augenblick, in welchem er erkannte, mit welcher Selbstverständlichkeit sie die Zügel in die Hand nahm und von Doktor Schott immer häufiger zu strategischen Entscheidungen hinzugezogen wurde. Ab diesem Zeitpunkt hatte er Frau Gnotze von der Leine gelassen und sie leistete gute Arbeit. Ein braves Mädchen als grausame Dame.

Er kontrollierte, ob die Bürotür korrekt geschlossen war. Dann trat er ans Fenster und holte sein Handy hervor. Manche Gespräche führte er niemals über das Diensttelefon. Er traute diesen Telefonanlagen nicht und der Rothaarigen schon gar nicht. Es dauerte lange, bis das Gespräch angenommen wurde. Währenddessen wurde ihm ein lastender Schatten fühlbar, der sich auf sein Gemüt legte. Die Ahnung eines Unheils, das schon in seiner Welt war.

Solange die Polizisten dagewesen waren, hatte er sich darauf konzentrieren müssen, einen abgeklärten Eindruck zu hinterlassen. Jetzt rasten seine Gedanken und er bemerkte, wie sein Gaumen trocken wurde. Seine Stimme klang rau und böse und obwohl er unterdrückt sprach, klang es wie geschrien: »Wo bist du?!«

Als nicht sofort eine Antwort kam, presste er die Frage nochmals hervor. Speichel flog von seinen Lippen. »Wo bist du!?«

In Befehlston hackte er jedes einzelne Wort betonend heraus: »Du … kommst … heute … Abend … nach … Hause! … Nein! … du kommst nach Hause, oder ich hole dich, ja ich werde dich holen … duuu … !«, er unterbrach seinen Redefluss, der ihn geradewegs in einen Wutanfall steuerte und nahm das Handy vom Ohr, hielt es von sich weg, als bekäme er damit Abstand zu der Person, mit der er verbunden war. Er atmete seine Wut aus und schloss die Augen dabei. Seine Brust schmerzte. »… die Polizei war hier … ja hier bei mir. Anne Blohm ist weg … verschwunden …« Er lauschte in den Hörer in Erwartung einer Reaktion. Die Gedanken gerieten ihm durcheinander, er redete nur noch, formulierte nicht mehr: »Sie ist verschwunden … warst du … ich werde dich nicht mehr schützen … hör mir zu! … warst du …? Jetzt quatsche nicht ständig dazwischen … ich sage dir, wenn …« Seine Stimme changierte zwischen dem Ausdruck von Verzweiflung und Drohung. Er drehte den Kopf zur Tür, dann wieder zum Fenster. Eine S-Bahn brachte Menschen zum Flughafen, glückliche Menschen. »Ich warne dich … ich warne dich … duuuu!« Das letzte Wort hatte er lange und drohend ausklingen lassen, bevor er zornig das Gespräch wegdrückte. Sein Atem ging heftig. Draußen, vor den Fenstern, war es Sommer. Die Baumspitzen wiegten sanft in einer lauen Brise.

Die Stimme Buntzls erschreckte ihn. Als er sich umdrehte, stand er in der halb geöffneten Tür.

Siebl suchte nach Beherrschung und verzichtete darauf ihn anzusprechen. Mit einem arroganten Heben des Kopfes forderte er ihn auf zu reden.

Buntzl ließ ein kurzes Grinsen über sein Gesicht laufen, bevor er beflissen meldete, die Polizisten hätten das Gebäude verlassen.

Siebl musste lauter schnaufen, als er es hätte hören lassen wollen, bewegte sich zu seinem Schreibtisch und entließ Buntzl mit einer generösen Handbewegung. Der zog sich zurück, nicht ohne noch eine Frage zu stellen, bevor er die Türe schloss: »Wie geht es eigentlich Ihrem Sohn, Herr Siebl? Habe ihn schon lange nicht mehr gesehen.«

Siebl nickte gedankenverloren, ohne etwas zu sagen oder den Blick in Richtung Tür zu wenden. Erst als er hörte, wie das Schloss klackte, warf er einen aufgebrachten Blick in diese Richtung.

Was hatte dieser widerliche Kerl mitbekommen?

*

Immer noch stehend ergriff er den Telefonhörer und drückte eine Wahltaste.

Die Leitung wurde sofort unterbrochen. Siebl stöhnte genervt und wählte mit der Hand. Er wartete. »Ja, hier Siebl, kann ich bitte Doktor Schott sprechen, es ist dringend und er hat die Aus-Schaltung aktiviert.

Eine Frauenstimme erklärte stoisch: »Herr Siebl, die ist aktiviert, wenn Herr Doktor Schott ungestört sein möchte und im Moment ist gerade seine Frau hier … ich gehe davon aus …«

»Es ist dringend!«, unterbrach Siebl derb.

Schotts »heilige« Marianne nervte ihn schon immer ihrer mütterlichen Art wegen. Er fand, sie plusterte sich auf. Chefsekretärin! Diese Marianne war es nicht nur – sie lebte diese Funktion. Ob Schott sie auch anders gebrauchte?

Ohne ihre Verärgerung hörbar werden zu lassen, antwortete sie: »Ich werde fragen. Sie müssen so lange warten.«

Siebl hörte beiläufig die Klaviermusik der Telefonanlage, die sie zugeschaltet hatte. »Blöde Kuh!«, bellte er in den Raum.

Soso, Schotts Frau war also wieder in der Firma und er wollte ungestört sein.

Richard Claydermann presste seine Füße noch weitere Takte auf die Klavierpedale, bis endlich eine ruhige Männerstimme das Gesülze unterbrach. »Schott!«

Siebl nahm den Hörer wieder ans Ohr und sagte ohne Begrüßung: »Die Polizei war da.«

Sein Gegenüber war von der unhöflichen, direkten Art und Weise irritiert und schwieg.

Für ein paar Sekunden bereute es Siebl, seinen Unmut nicht gezügelt zu haben, doch hielt er stand.

»Polizei?«, fragte Schott schließlich, »weswegen?«

»Anne Blohm.«

»Anne Blohm?«, kam es überrascht.

Siebl war von der Frage Schotts irritiert. Mehr noch von der Pause, die danach eintrat. Was verwunderte Schott so sehr?

Schott sprach erst nach einigen Sekunden weiter. Die Situation zwang ihn wirklich zum Überlegen. »Ich dachte, das hätte sich erledigt? Sie hat uns doch verlassen und wir haben eine Vereinbarung …«, er unterbrach, beinahe erschrocken, und fragte, »was ist denn da noch?«

»Das Problem ist auf andere Weise zurückgekehrt. Sie ist verschwunden … auf dieser Pilgerreise, die sie unternehmen wollte.«

»Verschwunden? Einfach so verschwunden? Das kann doch gar nicht sein. Niemand verschwindet einfach so.«

»Ja eben doch. Und jetzt war die Polizei hier und hat nach ihr gefragt.«

Schotts Stimme nahm wieder Siebl vertraute Modulationen an. »Nun, das halte ich doch für eine logische Vorgehensweise der Beamten, oder gibt es konkrete Vorwürfe in unsere Richtung, vielleicht …?«

Siebl unterbrach sofort: »Nein, nein, gar nicht … überhaupt nicht … das nicht. Es war nur allgemein, was sie gefragt haben, ich dachte nur, es wäre wichtig die Information unverzüglich an Sie weiterzugeben. Man weiß nicht, was daraus werden kann und wie es auf das Unternehmen einwirken könnte. Mir ging es nur darum, rechtzeitig zu informieren.«

Er wartete auf eine Antwort, lauschte aber nur in diesen blöden Telefonhörer. Schott schwieg beharrlich. Siebl sprach daher weiter: »Wir sollten vielleicht noch einmal reden, über das weitere Vorgehen die Firmen betreffend. Ich halte es für im Moment äußerst ungünstig …«

Ein klares, deutliches, von Emotionen freies »Nein« stoppte seine holprigen Erklärungsversuche.

»Nein. Wir haben es besprochen und es bleibt dabei. Dieses Nein gilt nicht für ein Treffen, für ein Gespräch, das ich auch für erforderlich halte. Mache einen Termin mit Marianne aus, aber nicht zu schnell, ich bin gerade sehr in Gedanken und eingebunden in andere Dinge, die meine ganze Aufmerksamkeit und Konzentration erfordern, du verstehst.«

Die letzten Worte waren keine Frage. Sie waren als Feststellung zu verstehen.

Doktor Schott legte auf, ohne eine weitere Erklärung abzugeben.

Siebl sank in den Bürostuhl, rollte nach hinten, bis die hohe Lehne an die Wand stieß. Er sah hinaus in die Weite.

Was für ein beschissenes Leben, dachte er, was für ein beschissenes Leben.

*

Batthuber fuhr auf der Denninger Straße entlang. Eine Stadtflucht wie jede andere. Nur wer es wusste, ahnte den kleinen Park, die Tennisplätze, von denen das Ploppen der Aufschläge über die Grasflächen drang, bis es in der Geräuschkulisse der Stadt verschwand.

»Was war denn das mit dem Gedicht da vorhin. Wusste gar nicht, dass du auf so was stehst?«, stellte er fest und sah fragend zu Hartmann.

»Ich steh da nicht drauf«, stellte der fest.

»Ja, aber …«

»Nix aber … ich hatte einen Lehrer, der ist auf diesen George voll abgefahren und wir sollten das lernen, auswendig. Das eine Gedicht ist mir hängen geblieben und ich weiß nicht, wie viele Gehirnwäschen es bräuchte, bis ich den Scheiß vergessen könnte. Es war das erste Mal, dass ich es gebrauchen konnte. Mehr nicht.«

Batthuber nickte. Muss ein cooler Lehrer gewesen sein.

»Und? Haste so was auch in der Birne?«, fragte Hartmann.

Batthuber rollte an eine rote Ampel heran und überlegte. Dann sagte er: »Tue es, oder tue es nicht. Es gibt kein Versuchen.«

Hartmann wartete. »Kommt da noch was?«

»Von allen Gedanken befreie deinen Geist.«

»Interessant. Und von wem ist das?«

»Von Joda. Er sagt es zu Skywalker. Rückkehr der Jediritter.«

Hartmann schüttelte den Kopf. »Fahr! Es ist grün!«

*

Batthuber parkte den Wagen kurz darauf vor einer doppelreihigen Kolonne von Müllcontainern, hinter denen das Dach einer Baracke vorlugte. Es sah verkommen aus. Randlage extrem.

»Ja also, da haben wir es doch, das Intensivzentrum«, sagte Hartmann. Siebls Worte waren ihm eingefallen.

Im Umfeld der Müllcontainer roch es faulig. Ein Schwarm Fliegen surrte über einem der Container. Sie gingen einen gepflasterten Weg entlang an die Nordseite der Baracke, wo es Schatten gab, und stießen auf einen Mann, der auf einer Holzbank saß, ein Bein angewinkelt auf die Sitzfläche gestellt hatte und locker an der Barackenwand lehnte. Er rauchte und blies den Qualm langsam und genüsslich in den blauen Mittagshimmel. Dabei sah er den verwirbelnden Schwaden nachdenklich zu. Von den Schritten, die er hören musste, ließ er sich nicht stören. Er trug eine graue Sporthose, dazu ein grünes Trägershirt, das seinen dürren Körper sichtbar werden ließ. Sein Adamsapfel stand spitz und weit hervor, graue Stoppeln glänzten am Kinn und die dünnen Arme waren an den nicht tätowierten Stellen braun. Die grauen, strähnigen Haare reichten weit über die Schulter; ein Gummiband hielt die schütter gewordene Mähne zusammen. Für Hartmann sah er aus wie ein alter Indianer.

»Na, Meister, gutes Zeug?«, fragte Hartmann forsch, aber freundlich, vor allem, ohne es drohend klingen zu lassen.

Langsam nahm der Dürre die Selbstgedrehte aus dem Mund und richtete die Augen auf die beiden. Seine Zunge befeuchtete die Lippen, bevor er antwortete. »Auch mal probieren?«

Hartmann lachte. »Ne, danke, für mich und meinen Kollegen nicht … und selbst … Pause gerade?«

Der Indianer nahm noch einen tiefen Zug, stippte die Kippe in den Kies vor der Baracke.. »Ja, Pause, das braucht man.«

Hartmann ging einen Schritt auf ihn zu. »Alleine hier?«

»Im Moment schon, ja.«

»Wen könnte man hier sprechen, wenn man Fragen hat?«

»Du frägst doch schon einen *man*«, lautete die Antwort.

»Ich meine Fragen zur Einrichtung selbst, also zu dieser Firma. Wir waren schon bei den Herren Siebl und Buntzl.«

»Ja dann …«, ließ er Hartmanns Frage verklingen und sein braunes, faltiges Gesicht bekam einen abweisenden Zug.

Hartmann versuchte sein Alter zu schätzen und kam zu keinem Ergebnis. Er konnte genauso gut Ende vierzig sein wie Ende sechzig. Irgendwo zwischendrin würde es sich bewegen.

Batthuber schaltete sich ein. Er wählte einen distanzierteren Ton als Hartmann. »Wir haben Fragen zu einer Frau Anne Blohm. Sagt Ihnen dieser Name etwas?«

Der Indianer sah Batthuber scharf an. »Was ist mit Anne?«

»Sie kannten sie also?«

»Was heißt kannte? Ich kenne sie. Was ist mit ihr?«

Hartmann überließ Batthuber die Angelegenheit, ging ein paar Schritte weiter und betrachtete interessiert die Baracke, warf einen Blick in den Gang und durch die Fenster, hinter denen sich eine Art Lehrsaal befand, mit Magnettafel und Flipchart. Geometrische Formen klebten an der Tafel, Pfeile, Striche und Zahlen.

Batthuber hatte inzwischen seinen Dienstausweis hervorgeholt und mit kurzen Worten erklärt, in welcher Angelegenheit sie unterwegs waren.

Der Dürre nahm erschrocken den Fuß von der Bank und sah Batthuber an. »Verschwunden, die Anne? Das gibt's doch nicht.«

Er fuhr mit der Hand mehrmals über sein Gesicht, schüttelte den Kopf und nahm mit zitternden Händen den Tabaksbeutel zur Hand. Die langen knochigen Finger hatten im Nu aus Feinschnitt und Papier eine Zigarette fertig. Hektisch saugte er den ersten Zug in die Lunge hinunter. Es besserte seinen Zustand nicht.

Batthuber gab ihm Zeit. Hartmann war von seiner kleinen Tour wieder zurückgekommen.

»Woher kannten Sie Anne Blohm?«

»Sie war ab und zu hier bei uns, hat sich umgesehen, sich gekümmert …«

»Worum gekümmert?«

»Ja um alles. Sie war doch die Einzige, die das hier wirklich interessiert hat, die mit den Leuten geredet hat, Mensch …!« Mit einem zornigen Ruck, den man diesem Körper nicht zugetraut hätte, stand er auf und lief einige Schritte umher.

»Und was haben Sie für einen Job hier?«, fragte Batthuber.

»Den Leuten was Vernünftiges beibringen, das ist mein Job hier. Bin gelernter Zimmermann … Meister … auch wenn man das nicht so auf den ersten Blick sieht. War viel unterwegs in der Welt, Baustellen und so … da wird man flexibel, kriegt viel mit, und so.«

»Und was machen Sie hier?«

Er knurrte und spuckte ein paar Fäden Tabak zur Seite. »Das Konzept ist gar nicht schlecht, den Leuten was beizubringen. Habe ne Truppe mit jungen Leuten, die sollen eine praktische Ausbildung erhalten und später vielleicht mal ne Lehre auch abschließen, das können die dann in verkürzter Zeit in einem Betrieb machen, is' so, weil die Zeit hier angerechnet wird. Wir bauen verschiedene Sachen aus, reparieren Dachstühle, manche Sachen für Firmen … inzwischen wieder vernünftiges Zeug, das wirklich gebraucht wird«, er fluchte leise, »letztes Jahr, da haben wir vielleicht einen Scheiß zusammenbauen müssen, Kisten, Kästen, Decken, und noch dazu ganz schön komplizierte Dinger, aber Zeug eben, das nun wirklich niemand braucht, aber wenn die studierten Herrschaften sich einmischen, dann kommt eben so ein kopfgesteuertes Zeug raus. Schade um das gute Material. Kostet doch alles Geld!? Ich selbst mag es Häuser zu bauen und ich hätte Fertighäuser aus Holz bauen wollen, wo mal Menschen drin wohnen, aber … Didaktik nennen sie es. Na ja.«

Batthuber stimmte zu. Die Kopfgesteuerten, die Materialverschwendung, unnützes Zeug. Er war Beamter im Landeskriminalamt, aber bei dem Thema hätte er gut mitreden können. Er fragte: »Hat Anne Blohm mit Ihnen über ihre Reise gesprochen?«

»Ja schon. Hat sich sehr gefreut darauf, die Kleine, sehr gefreut. Ich fand's schade, dass sie wegwollte, hatte das aber schon geahnt. Sie hatte viel Ideen und ganz schön Power, ey!«, er lachte, laut, doch es stürzte schnell zusammen, Tränen traten ihm in die Augen und ein beängstigender Hustenanfall suchte ihn heim. Es dauerte, bis er weitersprechen konnte. »Das hat den anderen Schranzen doch nicht gepasst. Aber egal … was ist denn jetzt, was macht ihr denn jetzt, Mensch!?«

»Wir stellen Fragen, das ist jetzt erst mal dran. Hatte sie mit anderen Leuten hier engeren Kontakt?«

Er schüttelte den Kopf. »Ne … mit mir eigentlich … was man halt so redet. Befreundet waren wir nicht, ja, aber ich mochte sie. Sie war freundlich. Die anderen, die sind arrogant. Bin froh, wenn ich die nicht sehen muss, diese Blödmänner. Diese Gnotze … kennst du die Gnotze schon!? Die hat doch nen Schuss die Alte, oder? Weißt du, die lebt mit ihrer Mutter zusammen …«

Hartmann lächelte vielsagend und schwieg. Ihn verwunderte die Verachtung, mit der er den letzten Satz gesprochen hatte.

»Na ja, die machen sich doch ein feines Leben mit dem Unglück anderer Menschen … oder nicht?«

Batthuber notierte Adresse und seinen Namen, Günter Hirzinger. Er wohnte in der Au.

*

Am späten Nachmittag setzten sie sich auf der Dienststelle zusammen. In der Ecke des Besprechungsraumes stapelten sich noch Umzugskisten mit dem sichergestellten Material des letzten Falles. Überwiegend Akten und Zeitschriften. Hartman fläzte in seinem Stuhl und hatte eines der Magazine gegriffen. Er las darin.

Bucher erzählte von seinem Besuch am Marienplatz.

Hartmann hörte mit halbem Ohr zu und fragte in Richtung Batthuber: »Raum für verbotenen Sex … beginnt mit *S*.«

»Sakristei«, warf Batthuber nach hinten.

»Separee, du Heini«, parierte Hartmann und schrieb Buchstaben in das Heft.

Batthuber moserte was von Zweckbestimmung, von verboten und erlaubt.

Lara Saiter sah die beiden zornig an. »Könntet ihr den Mist bitte mal sein lassen. Wer schon ein Blättchen so nennt …«

Hartmann richtete sich auf und sah auf den Magazintitel, auf dem über einer wenig bekleideten Blondine *Bongo* stand. Er schmiss das zerfledderte Heftchen zurück in die Kiste.

Lara Saiter berichtete von der Wohnung Anne Blohms, wo sie nichts hatte finden können, was ihr kriminalistisches Interesse erregt hätte. Sie hatte schon bei den Blohms angerufen und nach den Unterlagen gefragt; der ganze Schriftverkehr von Arbeitgebern, Versicherungen, Zeugnisse, Bankunterlagen – das gesamte formelle Schwemmgut eines Lebens. Das Treffen mit dem Exfreund hatte einen bedrückenden Eindruck bei ihr hinterlassen. Die beiden waren zuletzt vor mehreren Monaten zusammengekommen und er konnte überhaupt nichts sagen. Er war für eine Firma längere Zeit im Ausland gewesen, was noch überprüft werden musste, aber insgesamt kam wenig Information bei dem Treffen auf. Wenigstens die Kontaktdaten einiger Freundinnen waren herausgesprungen.

»Und du …«, wendete sich Hartmann an Bucher, »… du fährst jetzt wirklich nach Frongreisch?«

»Ja, genau das werde ich tun.«

»Was willst du dort? Es ist hier schon schwierig eine Spur aufzunehmen. Glaubst du, da unten jemanden zu finden, der sie erkennt, wenn du Fotos von ihr rumzeigst? Und wo willst du da anfangen?«

»Hat schon das ein oder andere Mal geholfen, die Nummer mit dem Foto, oder?«

»Was hast du genau vor?«

»Ich werde rund um Orléans alle Pilgerherbergen, Pensionen und Campingplätze abklappern, Läden und Postämter, Bahnhöfe und Busstationen.«

Hartmann knurrte. »Ach so. Das internationale Ermittlungsersuchen ist draußen und du bist sozusagen vorauseilender Ermittler.«

»Genau so.«

Hartmann schüttelte resigniert den Kopf. »Es gibt keinen Hinweis, einfach nichts, was nur annähernd nach Spur riecht. Anne Blohm war eine junge, attraktive Frau, intelligent, erfolgreich im Job, hatte ein ganz normales Umfeld – eine behütende Familie, ätzende Kollegen und sie hat sich auf eine Pilgerreise begeben, so wie andere eine längere Reise unternehmen. So! Völlig unauffälliges Leben – geordnet, sortiert, fast ein wenig langweilig, wie es Tausende andere Leben auch sind.«

»Aber dieses Leben ist verschwunden, Alex, und das macht es mit einem Mal so besonders.«

Keiner verspürte Lust zu diskutieren, denn es gab nichts, worüber man hätte streiten können. Die Runde löste sich auf und alle schleppten eine andere Form von Resignation mit sich.

Bucher hatte dieses emotionelle Tal gespürt und es unterlassen, auf die zwei Akten hinzuweisen, die ihm aufgefallen waren. Es ging um eine Kara Schieg und eine Nora Bender. Ihre Fälle waren ihm in der Liste von Vermisstenfällen aufgefallen. Es war jetzt nicht der rechte Zeitpunkt über diese zwei Fälle zu reden. Er musste sie noch gründlicher recherchieren.

*

An diesem Sommerabend fuhr er mit einem Kopf voller Gedanken an Frankreich aus München hinaus. Kein Biergarten konnte ihn locken, nicht Flaucher, nicht Augustiner oder Hirschgarten. Zu viele Menschen, zu ausgelassene Stimmung.

Hinter Gilching und Germering stand die Sonne tief und immer noch voller Kraft. Ihr Schein zauberte einen flirrenden Schleier auf den Belag der A96. Der Wechsel aus grünen Weideflächen, Wäldern und weitem Ackerland verfloss zu einem impressionistischen Cocktail und bald sah er sich auf einsamen, französischen Autobahnen in Richtung Süden fahren, ließ Troyes und Sens hinter sich, wendete vor dem Moloch Paris ganz in Richtung Süden, passierte Montargis und das hässliche Städtchen Pithiviers, mit seinen grandiosen Gärten, in denen jetzt im Juni die alten Rosen ihre Pracht entfalteten. Mit seinen Eltern war er vor unermesslich vielen Jahren dort gewesen und hatte sich widerwillig durch gepflegte Rabatten und blühende Bögen geschleppt.

Er dachte an die Loire, an alte Fischerboote, die am Ufer dümpelten und Wasser fingen; an die Sommertage auf einer der freigeschwemmten Sandinseln bei La Chârité-sur-Loire. Das hatte ihn damals weit mehr interessiert, als das Schloss von Blois mit der zentralen Wendeltreppe, oder die Apokalypse von Angers, oder die unzählbaren Kirchen, die seine Mutter andächtig betreten hatte. Er lächelte bei der Erinnerung an diesen französischen Sommer voller Wärme, den sie einmal nicht am Meer verbracht waren, wie es sich eigentlich gehört hätte. Seine Erinnerungen zogen weiter, die Loire hinab. Ein Fluss, dessen Bedeutung in allem größer war als es der wohlklingende Name vermitteln konnte. Im Süden duckte sich die Sologne in den weiten Arm der Loire. Er spürte den holprigen Asphalt schmaler Landstraßen, sah hohes Gras über den brüchigen Teer hängen, an manchen Stellen noch die Aufschriften und Grüße der letzten Tour de France. Ja, die Sologne. Jagdland seit Menschengedenken, wo lang gestreckte, niedrige Landhäuser Schatten suchten und auf jeder Lichtung ein Weiher ruhte. Eine Tante lebte noch dort, in einem Häuschen am Waldrand, mit riesigem Garten und Teich. An die Mücken hatte er sich nie gewöhnen können.

Er erschrak, als er vor dem Haus angelangt war. Wie hatte er die vielen Kilometer von München hierher nur zurückgelegt, so gedankenversunken?

Miriam war noch nicht zurück. Ihr Auto stand nicht im offenen Stadel.

Während er in der Küche stand und Salat wusch, hörte er draußen den Fendt von Engelbert. Die Kolben tuckerten sanft und unverkennbar. Dazwischen lagen bekannte Stimmen. Er unterhielt sich vom Traktor herab mit Miriam, die aus ihrem Cabrio heraus etwas mit ihm besprach, und so weit er es erkennen konnte, wirkte ihre Unterhaltung eher geschäftsmäßig. Gleich darauf entfernte sich das Geräusch des Traktors in der Ferne und vom Stadel her drang das heftige Knirschen von Kies, was auf eine eher lodernde Stimmung bei Miriam hindeutete. Dieses harsche Bremsen signalisierte Gefahr. Bucher wollte sich also ruhig verhalten und möglichst nicht auffallen.

Gleich darauf stürmte sie ins Haus, warf ihm im Vorübergehen einen flüchtigen Kuss auf den Mund, kam kurz darauf von oben herunter, in einer alten Jeans und altem T-Shirt, ein Tuch verwegen als Kopftuch um die Stirn gebunden, darin die langen schwarzen Locken halbwegs gefangen. So eilte sie ohne weitere Erklärung hinüber, in die Scheune des Nachbarn, wo sie bald darauf mit dem zweiten Fendt herausbrauste. An dem hing ein *Ladomat*.

Bucher sah ihr nach, wie sie in Richtung Lech verschwand. Bald würde sie mit einer Fuhre Heu zurückkommen. Er stöhnte leise und schnitt sorgfältig die Schalotten. Woran es nur lag? Engelbert würde ihm nie einen seiner Fendts anvertrauen. Hatte es wirklich an seiner Treue zu diesem alten Passat zu tun, die ihn in Sachen Motorenwelt als nicht vertrauenswürdige Person erscheinen ließ? Musste man ein schniekes rotes Cabrio fahren, mit Sitzheizung und Automatik, schwarze lockige Haare haben und manchmal um die Kurve pfeifen wie verrückt, nur um einen Fendt 200 Vario anvertraut zu bekommen?

Er erwartete den Abend mit einem Glas Rosé, einem seelenberuhigenden Blick hinunter zur Biegung des Lechs – und freute sich auf Frankreich.

*

Siebl hatte die Unrast, die sich seines Gemüts bemächtigt hatte, nicht ablegen können. Wie ein Fiebernder war er früher als gewohnt und üblich nach Hause gefahren, was ihm den Feierabendstau am Mittleren Ring ersparte. Seine Frau tat überrascht, als er ins Wohnzimmer trat. Sie stand auf einem

Schemel am Bücherregal, das er von einem Schreiner hatte anfertigen lassen. Es reichte vom Boden bis zur Decke und nahm die Wand in ihrer gesamten Breite ein. Er sah, wie ihre Blicke suchend über die Buchrücken glitten.

Sie sprach ihn an, ohne den Blick von der Bücherwand zu lassen und er entnahm ihren Worten einen Hauch von Häme. »So früh schon mit der Arbeit fertig geworden, oder kommst du, mich zu kontrollieren?«

Er antwortete nicht, warf stattdessen den Schlüsselbund auf den alten Kirschholztisch, wo er beim Aufschlag laut schepperte und mit einem hässlichen Zischen über die Einlegearbeiten rutschte. Das mächtige Ding war ein Erbstück ihrer Großeltern. Er hasste das Monstrum: zu massiv, zu dunkel, zu sperrig, zu protzig, zu bürgerlich – zu sehr von ihrer Familie stammend. Immer ihre Geschichten, die er alle kannte – welche Tante, welcher Onkel welchen Stammplatz daran hatte, wo das Ding gestanden hatte, zu welchen Anlässen was gesagt worden war und welche Folgen es gehabt hatte. Geschichtsgeschichten ihrer Familie. Das hatte doch in diesem von ihm erdachten Haus nichts verloren. So war es.

Er trat an die breite Fensterfront und sah hinaus. Es war *sein Blick*. Das Grundstück hatte er damals ausgesucht und sich gewundert, weshalb es keiner hatte haben wollen. Nur der Randlage und ungewohnten Proportionen wegen? Es war mehrwinklig, durchaus eigenwillig geschnitten, und darum mit der vermeintlichen Schwierigkeit behaftet nur schwer ein Haus einplanen zu können. Dabei gab es nur eine einzige Möglichkeit, wie er es auf den ersten Blick gesehen hatte, als er dieses von Büschen und Unkraut bewucherte Stück Land gesehen hatte. Er sah sich sofort auf einer gemütlichen Couch vor einer breiten Fensterfront sitzen und hinausschauen. Ein Traum, den er – Rudolf Siebl – Wirklichkeit werden ließ. Das Haus ließ er entgegen allen gut gemeinten Ratschlägen der Architekten, seiner Frau und deren Verwandtschaft um seine virtuelle Couch herumbauen. Die anderen Räume hatten für ihn keine Bedeutung.

Er ließ sich in das weiche Leder fallen und sah hinaus – grüne Weiden, in der Ferne grasten zwei Kühe und ganz hinten im Dunst waren die Umrisse der Berge zu ahnen.

Er wendete den Blick kurz zur Seite, wo seit Kurzem ein großflächiges Ölgemälde die Wand über dem dunkelbraunen Sideboard füllte. Das Motiv zeigte einen Wiesengrund, Wäldchen, die sich am Horizont verloren. Kirchturmspitzen und rote Hausdächer waren nur angedeutet. Im Vordergrund stand ein Ochsengespann mit beladenem Heuwagen. Bauern rechten Heu zusammen. Es widerte ihn an, diese Ölromantik. Eines seiner Bilder hatte da gehangen, eines mit kräftigen Farben, mit Dynamik, Kraft und klaren geometrischen Formen.

Sie hatte gesagt, es wirke obszön auf sie, und kalt und roh. Eines Tages war es im Keller verschwunden.

Wozu brauchte man solche Landschaftsbilder von Heuernten und weidenden Kühen und sommerlichem Blau am Himmel, wenn einem der Blick aus dem Fenster genau das als Realität bot? Es war Bösartigkeit; die pure Bösartigkeit. Zu diesem Schluss war er gekommen.

Sie hatte derweil einige Bücher hervorgezogen, betrachtet, oberflächlich durchgeblättert und wieder zurückgestellt. Sie sagte laut: »Ich möchte nicht, dass du morgen ebenso unerwartet früh hier erscheinst wie heute. Ich werde schon am Vormittag wieder sein – und nicht alleine. Nach siebzehn Uhr kannst du kommen. Es wird ja wohl genügend Arbeit geben da in eurer Firma, wo ihr alles für die Rettung dieser unserer unsolidarischen Gesellschaft tut.«

»Ich bin hier zu Hause«, bemerkte er ohne Emotion in der Stimme. Er hatte es in Richtung der Weidelandschaft gesprochen.

»Du wohnst hier!«, stellte sie klar.

Er schwieg. Sollte er ihr erzählen, dass Tobi heute Abend kommen würde, dass er ihn herbestellt hatte? Nein. Er schielte hinüber, wo sie stand. Groß und schön und stolz. Jede ihrer Bewegungen schien überlegt zu sein. Konnte sie überhaupt einfach so herumstehen? Siebl zwang sich wegzusehen. Gleich wo und wie sie saß oder stand – immer hatte ihre Haltung die Anmutung einer Pose.

Wieder spürte er die Unruhe, den Ärger in sich.

Die Liebe zu ihr hatte er irgendwann von sich gestoßen, wie ein Ding, das einfach nicht mehr gebraucht wird und einem nur noch im Wege ist.

Ihr musste es gleich gegangen sein.

Er versank wieder in seinem Blick und die Zeit floss einfach so dahin. Später hörte er, wie sie mit ihrem Auto davonfuhr, an einen ihm unbekannten Ort, wo sie vielleicht jemanden traf, aber er interessierte sich nicht für den Ort und nicht für diese Person und nicht mehr für seine Frau. Ihr reichte der Blick aus dem Fenster nicht – der hatte ihr niemals gereicht. Immerzu diese Gesellschaft, das Gerede, die Diskussionen, Konzerte und Wichtigtuereien. Es kotzte ihn an. Einmal hatte er es auf so einer Gesellschaft laut gesagt, weil er zuvor getrunken hatte und nicht mit diesen Typen reden konnte, keinen Zugang zu diesen Leuten dort fand und wieder einmal herumgestanden hatte, als gehöre er nicht dazu. Und das hatte ihn rasend gemacht, die Erkenntnis, dass es genau so war: Er gehörte nicht dazu. Dabei wollte er nur seine Ruhe, aus dem Fenster schauen und an nichts denken müssen, mit niemandem reden müssen. Sie hätte sich doch zu ihm setzen können. Hätte sie doch.

Es wurde dämmrig. Er spürte den Schmerz unter den Rippen, ein ständiges Brennen und Stechen, das bis hinauf in die Schulter zog. Mühsam hob er sich aus dem Sofa, schleppte sich nach oben ins Badezimmer, holte zwei Tabletten aus dem Spiegelschrank und schluckte sie mit einem Schluck Wasser aus der hohlen Hand.

Mit Anne Blohm hätte er sich vorstellen können neu anzufangen. Mit ihr schon. Sie war eine Frau, die gut hätte dasitzen und aus dem Fenster sehen können, stundenlang. Sie strahlte Energie und Kraft aus und dennoch Ruhe. Das machte sie so souverän – und gefährlich für ihn.

Er wurde wieder unruhig, trotz der Tabletten. Sie brauchten eine Weile, bis sie wirkten.

Das grelle Leuchten moderner Autoscheinwerfer schlug durch die Fenster ins unbeleuchtete Haus, eine Autotür schepperte blechern.

Billige Kiste, dachte Siebl.

Der Motor drehte jaulend hoch und wieder blitzten die Lichtreflexe auf.

Tobi kam also wirklich nach Hause. Siebl wartete im Wohnzimmer hinter der Couch. Hinter ihm waren nur noch Schatten übrig geblieben von den Hügeln und Bäumen und Senken und Höhen. Kühe waren nicht mehr zu sehen.

Er hielt ein schweres Glas in der Hand. Whiskey. Laphraoig. Er mochte den Duft von Karbol. Viele sagten, es röche nach Zahnarzt und alten Hauseingängen.

Als sein Sohn im Wohnzimmer erschien, erschrak Siebl über den Zorn, den er in sich spürte, dieses Zittern und Beben, das äußerlich nicht zu erfassen war, und welches ihn doch ganz und gar erfüllte. Er blickte böse zu der Gestalt hinüber, zu diesem Menschen, der so gar nichts von ihm hatte. Der kahl rasierte Schädel mit den dunklen Stoppeln, die silbernen Ringe in Augenbrauen, Ohren und Lippen, dazu die schäbige Kleidung – Turnschuhe, Jeans, T-Shirt –, alles schmuddelig. Er haftete seine Augen an den provozierende Blick, der ihn traf.

Wie war er stolz gewesen, damals, als er dieses Kind, diesen Sohn, zum ersten Mal in den Händen gewiegt hatte. Damals war auch ein Zittern und Beben in seinem Leib zu spüren gewesen: der Stolz, eine Zukunft in Händen zu halten, die eigene Zukunft. Das pure Glück.

Was war daraus geworden? Siebl musste schlucken und schmeckte einen schalen Geschmack. Als er atmete, wurde ein lautes Schluchzen hörbar.

»Ist Mam nicht da?«, klang die Stimme rau und unfreundlich. Eine Tasche, die wie ein Sack über seiner Schulter hing, flog mit einer widerborstigen Bewegung auf den Parkettboden neben der Türe. Tobias Siebl schaute an seinem Vater vorbei.

Wie jämmerlich der aussah, in seinem dunkelgrauen Anzug, dem hellen Hemd und den grauen Haaren, die er trug wie eine Königskrone und die ovale Armanibrille auf der Nase.

Siebl nahm einen kleinen Schluck Whiskey, um das Schale und Bittere mit noch Bittererem wegzuspülen. Danach knallte er das Glas mit lautem Klirren auf den Beistelltisch. Er hielt es aber weiter in der Hand und ließ es nicht los.

Drüben, wo sein Sohn stand, schimmerte mit einem Mal die sportliche Gestalt von Anne Blohm. Fast hätte er die Hand an die Stirn gelegt, um besser sehen zu können, und wusste doch, dass ihm sein Hirn etwas vorgaukelte – eine Fata Morgana, die Frische verhieß, in der Lebenswüste seines Heims. Er lachte bitter auf, was wie ein Husten klang. Da drüben stand sein Sohn, der so gar nichts hatte, was einen Vater wie er es war bestätigen konnte. Das Versagen warf einen Schatten auf das eigene Leben, stellte die eigene Lebensleistung infrage, isolierte ihn. Seit Langem ging er nicht mehr zu Veranstaltungen, zu Treffen, wo er auf Leute traf, die von ihren Söhnen erzählten, die sonst was machten, studierten, Kinder zeugten, heirateten. Siebl schnaufte und sein gepresster Atem ließ ein abstoßendes Geräusch entstehen.

Mit zwei langen Schritten trat er hinter der Couch hervor. »Anne Blohm ist verschwunden«, sagte er drohend und mit leiser Stimme, so als ob noch jemand im Haus wäre, der nicht hören durfte, was er da sprach.

Tobi Siebl grinste ihn fies an und ließ seiner Häme freien Lauf. »Du scheinst ein Problem mit Frauen zu haben. Alle laufen davon.«

Siebl vollzog die Schritte langsam, doch mit einer wilden Entschlossenheit im Blick, wie dies sein Sohn noch niemals erlebt hatte. Es lähmte ihn, obwohl er erkannte, welche Besessenheit ihn gleich erreichen würde. Sein Grinsen war einem erschreckten, fragenden Blick gewichen. Er starrte auf das Whiskeyglas in der Hand seines Vaters.

Der schrie jetzt. »Was ... hast du mit ihr gemacht!?« Die zwei letzten Schritte beschleunigte er und mit wilder Wut schlug er zur. Das Glas flog an die Wand und hinterließ einen hässlichen Fleck. Der Schlag hatte seinen Sohn gegen den Türrahmen gedrückt. Noch immer überraschte ihn der Angriff. Damit hatte er nicht gerechnet. Reden, Gespräche, Therapien – das waren die Methoden seines Vaters –, aber doch nicht Zuwendung.

Rudolf Siebl hatte der erste Schlag jede weitere Hemmung genommen. Er spürte wieder das Brennen unter dem Brustbein, doch es machte ihm diesmal keine Angst, sondern beförderte die gewalttätige Lust auf Entladung. Jetzt war der Augenblick gekommen, um Vergeltung zu üben, für die erlittenen Enttäuschungen und Verletzungen, für seine ohne Lohn gebliebenen Bemühungen als Ehemann, als Vater, als Mann.

Er schrie, doch die Wut und der Atem, den er brauchte, weil er wie verrückt um sich schlug, ließ nur ein raues, bösartiges Röcheln entstehen. Speichel flog ihm von den Lippen, und er spürte, wie er sich immer weiter von dem Rudolf Siebl entfernte – diesem arrivierten, vornehmen, in dunkelgraue Anzüge gekleideten Mann mit silbergrauem Haar, der die Geschicke einer sozialen Einrichtung lenkte. »Was hast du mit ihr gemacht!?«, spuckte er hervor, und seine Fäuste trommelten auf diesen Versager ein, der untätig an der Wand stand, sich duckte, die Hände zum Schutz erhob und das tat, was er am besten konnte – nichts. Er setzte sich weder zur Wehr noch versuchte er zu entkommen. Ein Feigling.

Siebl hatte das Wort kaum gedacht, da spürte er einen harten Schlag an den Rippen, begleitet von einem kurzen, stechenden Schmerz. Er taumelte und in kurzer Folge kamen weitere Einschläge. Schnell, gezielt und gekonnt. Seine Hände schlugen ins Leere und vor ihm stand sein Sohn. Geduckt, das Gesicht hinter den Fäusten in Deckung, die Augen schmal und kalt, nach dem nächsten Ziel suchend.

Siebl hob instinktiv die Arme, um den Kopf zu schützen, was den Körper freigab. Schläge prasselten gegen den Brustkorb und keuchend trieb ihn sein Sohn quer durch den Raum, auf den Tisch zu. Als Rudolf Siebl mit der Hüfte gegen die Tischplatte stieß, warf er sich verzweifelt nach vorne und umklammerte seinen Sohn, versuchte die Haare zu erwischen, zu kratzen, zu beißen.

Wie zwei wild gewordene Käfer, mit allen Extremitäten gegeneinanderschlagend, wälzten sie sich, spuckten, heulten, keuchten, quiekten und schrien.

Alles was jemals gewesen, war vergessen und jedes Ding, jeder Gedanke, der die beiden hätte einen können, war getilgt. Es gab nur noch Hass, wilden ungezügelten Hass aufeinander.

Siebl hatte ein Ohr seines Sohnes in die Hand bekommen und automatisch griffen die Finger in den Widerstand, der ihnen das Piercing bot.

Tobias Siebl schrie laut auf, spürte den zweiten Schmerz nicht, der entstand, als er sich aufrichtete und mit dem Kopf gegen die Tischplatte stieß. Am Hals und am Nacken fühlte er klebrige Wärme und in einem weiten Bereich um das Ohr ein hässliches Brennen. Mit einer eruptiven Bewegung seines gesamten Körpers schlug er die Faust in die Seite seines Vaters und spürte, wie dessen Leib darunter zuerst erzitterte, dann erschlaffte. Stöhnend und wild vor Schmerz suchte er einen weiteren Schlag zu setzen, doch traf er nur die Hüfte und Rudolf Siebl entkam, indem er sich hinter das Tischbein rollte, wo er japsend liegen blieb. Er lachte hustend.

Sein Sohn drückte die Schulter gegen das blutende Ohr und blieb für einige Momente wie paralysiert liegen. Ein Gedanke lähmte ihn: Wann war er seinem Vater jemals körperlich so nahe gekommen wie heute?

Er wischte die Betrachtung zur Seite und krallte beide Hände in die Unterschenkel seines Vater und nichts anderes fiel ihm ein, als zuzubeißen. Der Knochen unterhalb des Knies war zu groß und er glitt ab. Der feine Stoff der Hose milderte den Biss, doch Siebl schrie erschrocken auf und strampelte sich frei.

In beiden Körper tobte der Wille der Gewalt, doch die Kraft dafür war verbraucht.

»Was hast du mit ihr gemacht?«, zischte Siebl
»Hättest sie auch gerne gefickt, he!?«

Es war das *auch*, das Siebls Wut neu entfachte, doch es reichte nur noch zu einem müden Schlag ins Leere.

Zu dem Blut, mit dem beide inzwischen beschmiert waren, kam der Schweiß, der aus allen Poren drang und sich zu einer glitschigen, klebrigen Schicht vermischte.

Der Hass der beiden aufeinander war durch den Ausbruch in Gewalt nicht milder geworden. Das Gegenteil war der Fall: Er hatte vollständigen Besitz von ihnen ergriffen.

Alfons Zenner war nichts heilig. Für ihn gab es nur jene Bereiche, die vom Gesetz geschützt waren, und solche, die vom Gesetz verfolgt wurden. Er mochte die Nacht und war noch niemals darüber beleidigt gewesen, wenn ihn jemand Bulle genannt hatte. Während andere Kollegen alles taten, um den Nachtdiensten zu entkommen, war er einer, der ohne die erlebte Nacht gar nicht mehr sein konnte. Er liebte die breiten leeren Straßen, die ihn in diesem Zustand an Amerika erinnerten, wo er einige Male gewesen war – die Dachauer, Nymphenburger, die Verdi, die Pippinger und die Landshuter; sie gehörten ihm, wenn es dunkel war. Er hatte die roten Rücklichter einsamer Fahrzeuge im Blick, den Kaffee in den Nachttankstellen und im Morgengrauen den Duft der Bäckereien, die noch selbst buken und nicht nur verkauften; solche, wie es sie immer weniger gab. Dazu diese Geräuschlosigkeit – denn Stille war es nicht, und natürlich das Gefühl etwas zu bedeuten für die Menschen, die in ihren Betten lagen und schliefen.

Die Nachtdienste schienen ihm nichts anhaben zu können. Auch darum war er respektiert auf seiner Dienststelle. Er war das, was man eine Instanz nennen durfte; einer, von dem unzählige Schrullen und Geschichten erzählt wurden, obwohl keiner der Erzähler selbst dabei gewesen war. Manchmal bemerkte er, wie ihn einer der Jungen anstarrte, so als käme er von einem anderen Stern, und er fragte sich, welche Story gerade wieder die Runde machte.

Alfons Zenner selbst erzählte keine Geschichten. Er war schweigsam, sah meistens streng drein, was ihm mit seinem braunen, ledergegerbten Gesicht nicht schwerfiel. Die Falten, die vom Mund aus schräg über das Gesicht strichen, waren so tief und dunkel, dass man sie gut für Narben halten konnte. Seine Person vermittelte Sicherheit und die Schweigsamkeit machte ihn zu einem, mit dem man gerne unterwegs war – in der Nacht.

Er schaute an der Aral-Tankstelle am Grünwaldpark vorbei und holte ein Eis, wie immer vor Mitternacht, wenn italienische Temperaturen das Gefühl von Süden und Freiheit und Lust in die Stadt brachten. Die junge Kollegin war müde vom Frühdienst, weil sie mittags nicht geschlafen hatte, so wie er es ihr seit Monaten predigte. Sie hatte es wieder vorgezogen an der Isar in der Sonne zu liegen, um ihren Körper Typen bebalzen zu lassen. Beides ermüdete.

Alfons Zenner kam damit zurecht. Es störte ihn auch nicht, wenn sie schnarchte, solange sie den Kopf nicht an die Seitenscheibe hing, was einen schlechten Eindruck machte. Das gehörte auch dazu – richtig schlafen können. Er hatte es ihr beigebracht.

In der Tankstelle wurde die Abrechnung gemacht. Er stand an einem der Stehtische und schaute über die Zeitschriftenfront. Was es nicht alles zu lesen gab? Was passierte nur mit all diesem bunten Papier? Gaben die Leute wirklich Geld für Blättchen wie *Gamesworld*, *Men's Health*, *Bongo*, *Am Erker* oder für *Psychologie der Frau* aus? Unvorstellbar, im Grunde. Überhaupt, dieses ganze Psychozeugs – wozu? Gott hatte die Erde geschaffen, die vier Elemente, den Tag, die Nacht, Mann und Frau, den FC Bayern und die CSU. Es waren also schon genug Probleme in der Welt, wozu brauchte es da noch diese Psychozeitungen?

Er lutschte am Nachtdienst-Magnum und lächelte der dürren Schwarzhaarigen zu, die er schon so lange kannte und immer noch mit *Frau Berani* ansprach. Sie lächelte zurück und sortierte Zigarettenschachteln in die Regale.

Wie konnte man überhaupt an so einer konspirativen Stelle eine Tankstelle betreiben? Wo es keinen Durchgangsverkehr gab, vielleicht einmal jemanden, der sich verfahren hatte und zufällig Sprit brauchte. Konnte das der Grund sein für den familiären Ton, der hier herrschte? Die meisten Kunden wurden mit Namen angesprochen, an der Kasse hielt man einen Ratsch, und er selbst wurde mit einem freundlichen Grüß Gott begrüßt, wenn er am Morgen seinen Espresso schlürfte.

Wenn ein Fremder den Shop betrat, nahm er ihn in die Zwinge seiner dunklen Augen, musterte die Gestalt, die Kleidung, die Schuhe – die viel mehr verrieten als der coolste Anzug; er suchte in den Spiegelungen der Zigarettenregale nach dem Gesicht: Mann, Frau, blond, schwarz, lockig, rasiert, unrasiert, Piercing, Verletzungen, Brille? Dann warf er einen Blick nach draußen. Passten Typ und Auto zueinander? Das ging schnell, wie nebenbei.

Ja. Fremde fielen hier auf, in der Tankstelle. Wenn einer ohne Auto oder Moped kam, dann regte es sein kriminalistisches Interesse an: In welche Richtung verschwand der Typ? Ohne Auto. Die sah er sich genau an: »Grüß Gott, Personenkontrolle, ihren Personalausweis, oder ein anderes Ausweispapier bitte!« Höflich, aber bestimmt. Klare Ansage. Hatte ihm schon manchen Fang eingebracht. Wer ging auch zu Fuß in eine Tankstelle, da hatte man doch nichts zu suchen, Mensch. Das war doch blöde!

Die Blöden werden die Ersten sein. Er lachte kurz auf, als er es weiterdachte. Die Straßen waren übersichtlich geworden und der 3er Touring schnurrte sanft durch Münchens Nacht. Alfons Zenner fuhr sanft, um beide nicht zu wecken: nicht die Stadt und nicht die Kollegin.

Am Vormittag war es hektischer gewesen und immer wenn in der Morgenschicht der Wurm drin war, bedeutete es für die Nacht nichts Gutes. So war es eben. Wie Vollmond. Bei Vollmond krochen die Irren aus ihren Löchern. Vielleicht hatten diese Sterne ja wirklich Einfluss auf das, was geschah. Vielleicht war es auch das Wetter, die Isobaren, was ihm als Ursache vernünftiger erschien, obwohl seine Beobachtungen noch nicht zu einem schlüssigen Ergebnis geführt hatten. Wenn der Teufel los war, dann war er es völlig gleich, ob es draußen regnete, schneite, stürmte, oder die Sonne schien. Jedenfalls gab es Tage, da war ein Unterschied festzustellen am Verhalten der Menschen.

Heute Morgen, da hatten sie ihm diesen Raub auf die Augen gedrückt, wie er es ins Büro des Chefs geschrien hatte, *auf die Augen gedrückt*, diesen Mist. Der Chef hatte auf seine verbalen Grobheiten keine Reaktion gezeigt und so getan, als tippe er etwas in den Computer – gerade der!

Danach hatte er die Frau in sein Büro geholt und der Chef war wie zufällig dazu gekommen, weil er, Alfons Zenner, so aufgebracht gewesen war und öfters die Worte *Scheiß* und *Pack* und *Deppenstrudel* gebraucht hatte. Das hatte den Chef beunruhigt – die Ausdrucksweise also solche – und nicht etwa die Lautstärke oder der emotionale Ernst. Der Chef sprach nie von *schlecht drauf*, *gut drauf*, *freundlich* oder *ärgerlich*. Für ihn lag das Elend der Welt an den Emotionen der Menschen. Das war der Satz, den er in der Woche mehrmals loswurde.

Zu viel davon war nix und zu wenig war auch nix. Und genauso ein Chef war er auch – von nix zu viel und von nix zu wenig.

Alfons Zenner ertrug ihn. Er hatte schon viele Chefs gehabt. Auch den würde er einmal gehabt haben.

Aber es ärgerte ihn, dass die von der Kripo sie hängen ließen, und dass es diesen Uniformständer nicht beeindruckt hatte, er nicht interveniert hatte. Er hatte im Büro gestanden und hatte mit der Frau geredet, als handelte es sich um eine Bankangestellte, Verkäuferin, Krankenschwester, oder um eine sonst irgendwie normale Frau. Alfons Zeller hatte freundlich dabeigestanden, hatte nicht mehr geschrien, keine schlimmen Worte mehr gebraucht, artig seine Fragen gestellt und die Frau hatte sie beantwortet und dabei so getan, als wäre sie eine Frau, wie eine Verkäuferin, Bankangestellte oder Krankenschwester.

Als er sich an den Computer gesetzt hatte, um alles Besprochene in eine Vernehmung zu verwandeln, war der Chef zufrieden gegangen. Alfons Zeller war aufgestanden und hatte die Türe zu seinem Büro geschlossen, sich wieder an den Tisch jenseits des Computers gesetzt und die Frau lange stumm angesehen, bis ihr verdorbener Blick dem seinen ausgewichen war, zum Fußboden und zum Gewerkschaftskalender hin.

Er hatte leise gesprochen: »Und du glaubst wirklich, ich mache jetzt unschuldiges weißes Papier mit dem Scheiß schmutzig, den du da gerade von dir gegeben hast!? Das glaubst du doch nicht im Ernst, oder?«

So hatte er begonnen und seine Falten im Gesicht waren für den Augenblick zu echten Narben geworden. Die Frau hatte sich nach hinten umgesehen, wo die Türe geschlossen war und hinter der der Chef verschwunden war – wieder mit anderen Emotionen befasst.

Alfons Zenner war wütend geworden, denn er kannte die Frau und die Familie, aus der sie stammte, die jetzt keine Familie mehr war.

Er plärrte ein halblautes »Hey! Was nun!?« über den Tisch und lehnte sich im Stuhl zurück. Die Frau bekam ein weinerliches Gesicht.

Er sah angewidert zur Decke. »Hör mir bloß auf hier rumzuplärren, ja! Das ist das Letzte, was ich jetzt brauchen kann. Kommst hierher und erzählst so ne Scheiße!« Er schlug mit der flachen Hand auf den Tisch, was einen lauten Knall erzeugte. Er hatte nicht an den Ehering gedacht.

Sie zuckte zusammen.

»Justament wie Frau Drogentussi aus der Apotheke kommt, wo sie die Wochenration Subsidingsdadrogen abgeholt hat, wird sie doch von bösen Menschen überfallen, die ihr auch noch die Geldbörse wegnehmen, in der zweihundert Euro waren, he! Man glaubt es nicht, wie schlecht die Welt ist, nicht wahr?« Er beugte sich nach vorne. »*Das* wäre ja nicht schlimm gewesen, gute Frau! Aber dann zur Polizei zu gehen und diesen verlogenen Käse erzählen … mich damit zu belästigen! … Falsche Adresse bei mir, Lady. Du willst doch nur ein Aktenzeichen für deinen *personal coach,* oder wie die Sozialfuzzis sich jetzt wieder nennen, nur um wieder ne neue Wochenration zu kriegen, he!? Willste die wieder verscherbeln, wie die andere auch, oder was, und dann wieder hier auftauchen und auf Opfer machen!? Also, wer hat das Zeug gekriegt!? Wer waren die Typen, denen du das Zeug gegeben hast?« Er war lauter geworden, sah zum Fenster hinaus und sprach zu sich selbst. »Am hellsten Vormittag mitten auf der Leonrodstraße ein Raub, und keine Zeugen … hältst du uns für blöde!?«

Die Frau hatte sich nicht getraut auch nur eine Träne zu vergießen, geschweige denn zu antworten. Sie legte ein kurzes Geständnis ab. »Was soll ich denn machen, ich muss doch meine Miete irgendwie zahlen …«

Alfons Zenner hatte gelacht. »Miete … Standmiete am Straßenstrich, oder was!? Verschon mich damit, ich habe nicht den Bruchteil einer Sekunde Mitleid mit dir! Mit deinen Eltern und Geschwistern hattest du auch keines. Also lass das Gewinsel und verschwinde. Du kannst wiederkommen, wenn dir die Namen der Typen eingefallen sind. Und wenn es dir schlecht geht, weil du Stoff brauchst, oder du unter ner Brücke pennen musst, oder sonst was … es ist mir egal … verstehst du – egal!«

Die Frau hatte ihn böse angesehen und mit den oberen Zähnen die untere Lippe im Zaum gehalten, nicht dass ihr doch noch ein paar Flüche oder Beleidigungen herausgerutscht wären. Draußen hatte sie dann doch geweint, aber nicht wegen dem Bullen, sondern weil sie nicht wusste, wie sie es dem Schorschi erzählen sollte, dass sie kein Aktenzeichen hatte, wo der die Sachen doch schon anderweitig verplant hatte und sie nicht wusste, ob Schorschi so freundlich sein würde wie der Polizist.

Zenner hatte den Staatsanwalt angerufen, ihm danach einen kurzen Bericht gefaxt. Eine Seite. Auf der war kurz und knapp dargelegt, dass der Zeugin im Rahmen einer eingehenden Befragung Zweifel hinsichtlich ihrer Wahrnehmungstiefe gekommen waren und sie nochmals überlegen wolle, was genau geschehen sei. Das reichte, um das Verfahren gleich totzumachen. Dem Chef hatte er später am Gang berichtet, die Zeugin müsste sich über Details des Tathergangs noch klarer werden, insbesondere über die zwei männlichen Täter.

Erledigt! So machte man das.

Dann war er nach Hause gegangen und hatte sich wie immer in das Kellerabteil zurückgezogen, das schalldicht ausgekleidet war. Da konnte er tagsüber schlafen, ohne von den Zwillingen gestört zu werden, die zum Glück seines Daseins nachgekommen waren. Die zwei anderen waren schon fast erwachsen. Ausgeschlafen in den Nachtdienst kommen, das war notwendig. Wer die paar Stunden, die einem zwischen Früh- und Nachtdienst zur Verfügung standen, verblödelte, der würde es bereuen. Spätestens ab Mitternacht begann die Zeit der Reue.

Am allerschönsten war die Zeit kurz bevor die Stadt ihren Rhythmus wiederaufnahm, bevor die Morgendämmerung begann und die Geräusche lauter wurden. Nur eine kurze Zeitspanne. Doch in dieser holte Alfons Zenner das kleine weiße Ding aus der Tasche, setzte die Kopfhörer in die Ohren und ließ die Musik laufen: Bereichsstreife nannte er es; seine Kollegen sprachen von der Parkrunde, weil er dann zwischen Hirschgarten, Botanischem Garten und Nymphenburger Park herumkurvte, und alle wussten: Da durfte er nicht gestört werden.

Was sie nicht wussten, das betraf die Musik, die er dabei hörte. Gerüchte gingen darüber genug herum. Niemand konnte genauere Angaben machen, denn Zenner sprach nicht davon und Gerede war ihm eh gleich.

Vielleicht kannten die meisten Dvořák gar nicht. Symphonie Nummer eins, Rafael Kubelik, mit den Berlinern vor

Jahrzehnten eingespielt und immer noch unerreicht. Das mit den Berlinern, das hatte ihn nicht sofort zugreifen lassen, als er oben beim Ludwig Beck stand und die CD in der Hand hielt. Er kam sich ein wenig komisch vor damit an die Kasse zu gehen. Berliner – wenn man doch Münchner in München war.

Am Morgen, im Streifenwagen, da lief nur der erste Satz der Ersten – dreizehn Minuten und vierunddreißig Sekunden. Das reichte aus, denn in diesen dreizehnvierundreißig steckte eine komplette Sinfonie mit einem bombastischen Finale. Und die paar Minuten musste der Funk eben auf ihn warten, musste München auf ihn warten. Er wartete auch oft, auf S-Bahnen, auf U-Bahnen, Straßenbahnen, Busse oder die Entscheidung eines Chefs. Oft länger als knappe vierzehn Minuten.

Er fuhr seine Runde, etwas schneller als erlaubt, aber mit viel Emotion. Dem Chef wäre es zu viel gewesen, an Emotion. Von fahren zu reden war weniger zutreffend, vielmehr versetzte ihn die Musik in einen Zustand des Schwebens; er schwebte vorbei am Schloss Nymphenburg, schwang unter der Donnersberger Brücke hindurch, wippte über die Gleise des Rangierbahnhofs und an den alten Kasernen zwischen Infanterie- und Schwere-Reiter-Straße vorbei.

Es war, als hätte dieser Antonin Dvořák diesen Satz nur für ihn geschrieben, damals bereits von einem Polizisten wissend, der ein paar Mal die Woche seine Stadt angemessen erfühlen wollte.

Verrückt, wie viele Arten von Gefühlen dieser Dvořák gekannt hatte, und wie mutig er einen hinführte, in die Sackgassen, vor die Abgründe, in die Nöte – und das alles nur, um mit wenigen Takten all diese Mühsale und Plagen wiederaufzulösen, sie als im Grunde nichtig erscheinen zu lassen und einen dadurch das Gefühl zu geben, Teil des Glücks zu sein. Die Berliner konnten es schon, musste Zenner zugeben.

Er wusste selbst nicht mehr wie es zugegangen war, aber nach Motörhead, Black Sabbath und Dreamtheatre war er in eine Lebensphase geraten, in der ihn andere Töne anzogen.

Mit Mozart hatte er nicht lange rumgetan – zu zart. Bach war ihm zu klar gewesen – das war er selbst – und Beethoven musste wirklich ziemlich verrückt gewesen sein. Das war seine unerschütterliche Meinung, nachdem er alle Streichquartette an einem verregneten Wochenende durchgehört hatte. Diszipliniert war er drangegangen, so als wäre es Dienst, weil er es gelesen hatte, in der Zeitung.

Dann war ihm Dvořák untergekommen.

Noch immer dröhnte der letzte Paukenschlag in ihm, seine Kollegin war wach geworden und er war mit dem Wagen die Dachauer rausgefahren. Am Funk wurde Verstärkung gerufen. Ein Unfall *ohne*. Unproblematische Sache im Grunde. Doch es war im Norden, nicht ihr Dienstbereich und ging sie somit nichts an. Zenner nahm den Funkruf zur Kenntnis, die Kollegin griff sofort den Hörer und meldete sich eifrig. Er drehte den Kopf zur Seite und sah angesäuert hinüber zur Mercedes-Glasfront, wo es silbern blinkte, dass einem das Auge über und über davon wurde. Er sagte nichts, aber das musste er ihr schon noch abgewöhnen. Die halbe Nacht pennen und sich dann bei der ersten Gelegenheit am Funk ranschleimen.

Sie ahnte, was er dachte, und suchte sich zu entschuldigen: »Ist doch nur ein kleiner Unfall ohne Personenschaden. Ist schnell gemacht und außerdem sind wir über die A99 doch gleich da.«

Er sah sie an: »Doch gleich da? Zu der Zeit kommt nur noch Abfall und Arbeit, da schmeißt man sich nicht in die erste Reihe, Mädchen. Ein Unfall, auch noch in einer anderen Galaxie, ohne Fremdbeteiligung, ohne Personenschaden … was glaubst du, was das sein kann? Nur Mist.«

Ein erster heller Schimmer tauchte über Pasing auf und die Sterne strahlten in tiefem Blau. Zenner gab Gas.

Auf dem Parkplatz an der Münchner Nordachse der A99 standen zwei abgestellte Lkw mit Münchner Kennzeichen herum. Die Fahrer hatten die Nacht zu Hause verbracht und würden am Morgen von hier aus starten. So war das üblich. Trotzdem fragte die Kollegin die Kennzeichen über Funk ab: kein Bestand.

Zenner ließ den Wagen langsam an den Lastern vorbeirollen, hellwach und immer gewärtig in eine *Lage* zu kommen. Solche läppischen Sachen kurz vor Schichtende gefielen ihm am allerwenigsten.

Ein Stück weiter vorne war ein Pkw zu erkennen. Er zog den Wagen nach rechts, um die Stelle in den Scheinwerferkegel zu stellen. Das Fernlicht zeigte einen Ford Mondeo, blau, Augsburger Kennzeichen.

Die Fahrertür stand offen. Eine Person war da auf dem Fahrersitz. Nur die Beine waren zu erkennen, die auf den Asphalt hingen. Zenner stoppte den Wagen. Sicherheitsabstand. »Das ist Scheiße«, sagte er und stellte den Wahlhebel der Automatik auf *Rückwärts*.

Die Kollegin wiederholte schuldbewusst: »Scheiße, ja.« Jetzt tat es ihr leid, die Sache aufgerissen zu haben. Sie gab das Kennzeichen durch, ließ den Halter des Mondeo ausgeben und ihn nach Fahndungen überprüfen.

Sie warteten auf das Ergebnis.

Zenner blinkte zweimal mit dem Fernlicht auf und schaltete das Blaulicht ein. Aufgeregt zuckten blaue LED-Sequenzen in den noch dunklen Tag. Keine Reaktion. Die Beine rührten sich nicht. Der Kerl – den Beinen nach musste es ein Kerl sein – zeigte keine Reaktion. Er hing irgendwie komisch im Sitz, saß nicht und lag nicht. Jeder normale Mensch hätte sich jetzt gezeigt und seine friedlichen Absichten deutlich gemacht.

Eine müde Stimme schnarrte am Funk die Abfrageergebnisse herunter: »Mondeo ohne Bestand. Halter ein Bernhard Joschek, siebenunddreißig, zweimal Körperverletzung, dreimal Eigentumsdelikte, einmal Hausfriedensbruch, aktuell ohne. Gelegenheitskrimineller ... sollte einsachtzig groß sein, schulterlange, braune Haare, glatt. Tätowierung rechter Unterarm ... Schlange mit Speer. Habt ihr den vor euch?«

»Werden wir gleich wissen«, raunte Zenner. Die Kollegin

gab durch, dass sie außerhalb gingen, um die Person zu kontrollieren, die bisher auf Ansprache nicht reagiert hatte.

Die Stimme am Funk klang nun wach. »Schicke Verstärkung vorbei, sobald verfügbar.«

Zenner legte ein gehässiges Grinsen auf. So – jetzt mussten die Kollegen die Bäckerstreife abbrechen und würden hektisch versuchen möglichst schnell in die Nähe zu kommen.

Sie verließen das Fahrzeug, jeder die Pistole in der Rechten, in der anderen Hand die Maglite. Die kühlen Lichtstrahlen leuchteten die Umgebung aus. Die Kollegin sicherte in Richtung der Lkw, die jetzt in ihrem Rücken waren. Da war niemand. In den Büschen längs der Parkspur war nichts Auffälliges im Scheinwerferkegel zu erkennen. Eine Amsel flog zeternd auf und verschwand im Dunkeln des Buschwerks. Von den Autobahnfahrspuren dröhnten die vorbeifahrenden Autos unangenehm laut.

Zenner bewegte sich im Halbbogen auf die Fahrerseite zu, um einen möglichst frühen Einblick in die Fahrertüre zu bekommen. Die Kollegin nahm die Beifahrerseite ins Visier. Das Fernlicht des Streifenwagens leistete gute Arbeit. Jetzt erkannte er mehr. Die Front des Mondeo war aufgeworfen, die Motorhaube stand nach oben weg. Wer immer am Steuer gesessen hatte, war gegen eine der Mülltonnen gefahren, die an festen Stahlträgern hingen. Die Dinger hielten einiges aus, was auf die massiven Betonfundamente zurückzuführen war, die die Träger aufnahmen.

Zenner sprach die Person mit seiner lauten und klaren Stimme an. »Hallo! Polizei!«

Keine Reaktion.

Er sah nun die rechte Hand, wie sie leblos und leer im Schoß des Mannes hing. Ein kurzer Blick hinüber zur Kollegin, die die Maglite aufblitzen ließ. Die Beifahrerseite war sauber. Er ging einen schnellen Schritt weiter und hatte so vollen Einblick. Ein Mann hing schlaff im Fahrersitz, war aber nicht bewusstlos. Er hatte die Augen geöffnet, die allerdings nicht auf den Lichtstrahl der Lampe reagierten, wie es der Fall hätte sein müssen. Entschlossen ging Zenner zur Fahrertür. Die Beschreibung, die sie erhalten hatten, passte. Es musste Bernhard Joschek sein. Von seiner Stirn tropfte Blut. Eine Platzwunde, nicht weiter schlimm, wie Zenner schnell realisierte. Gurt nicht angelegt und beim Aufprall gegen das harte Kunststofflenkrad geknallt.

Die Kollegin hatte inzwischen den Schlüssel von der Beifahrerseite aus abgezogen und öffnete den Kofferraum: leer.

Von Joschek kam nur unverständliches Gemurmel. Zenner ließ es sein, ihn anzusprechen und schnupperte. Es roch überhaupt nicht nach Alkohol und nirgends lagen Flaschen herum. Vielleicht Drogen? Über Funk verständigten sie einen Krankenwagen und Abschlepper. Die Anspannung ließ nach und selbst Zenner spürte nun Müdigkeit. Sie ließen Joschek hocken so wie er war, nachdem sie keine Verletzungen hatten feststellen können. Mit derlei Kundschaft waren sie vertraut. Während die Kollegin notierte, was es festzuhalten galt und Fotos fertigte, marschierte Zenner um das Auto. Eine kühle Morgenbrise wehte eine Wolke Uringestank aus dem Wäldchen über den Parkplatz. Dahinter lag die Panzerwiese und auf der andere Seite der A99 war der Schleißheimer Flughafen.

Wie war der Typ in diesem Zustand hierhergekommen? Wenn er von Augsburg die Autobahn genommen hatte, hätte es in seinem Zustand schon viel eher krachen müssen, denn hier war wirklich viel Platz und er hatte noch nicht einmal die Müllkiste fehlerfrei passieren können.

Der Gestank des Mülls war um die Motorhaube herum besonders dominant. Es war an der Zeit, das Ding wieder mal zu leeren.

Zenner ging nach vorne und leuchtete den Boden ab, wo der Unrat verstreut neben und unter dem Motorblock herumlag.

Was die Leute alles wegschmissen. Im Dreck aus Mülltüten, Fastfoodabfall und Windeln lag ein fast neu aussehender Trekkingstiefel … Damengröße. Zenner stellte den Lichtstrahl enger ein und ging einen Schritt näher heran. Er blieb abrupt stehen. »Verdammte Scheiße«, sagte leise, dann lauter, »ja verdammte Scheiße ....«, er leuchtete unter den Mondeo. Nichts. Joschek hing noch immer benommen im Sitz. Zenner rannte zurück zum Streifenfahrzeug, das noch immer blinkend und blitzend vor den Lastern stand. Die Kollegin sah ihn fragend an. »Verdammte Scheiße«, lautete sein Antwort, »ich hab's doch geahnt, ich hab's doch geahnt!«

*

Bucher war müde und schlich durch den Gang, seinem Büro entgegen. Er hatte am Abend zuvor seine Sachen für Frankreich gepackt und hatte danach mit Miriam die halbe Nacht hinter dem Haus gesessen. Sie hatte vom Ärger in der Redaktion erzählt und wie gut ihr die Heuernte getan hatte, die ihr das Gefühl gegeben hatte, etwas Sinnvolles, Nachhaltiges an diesem Tage verrichtet zu haben. Sein Fall und die bevorstehende Reise nach Frankreich hatte ihn von früher erzählen lassen, wie sie die Verwandtschaft besucht hatten, wo er als Kind mit staunenden Augen in den Küchen gehockt hatte, wo von morgens an für die Familienessen gearbeitet wurde, die vom Abend bis in die Nacht dauerten. Eine Flasche *Johannisberg Rotlack* begleitete ihren Abend unter dem leuchtenden Sternenhimmel und beinahe wären sie über dem Reden und Schauen eingeschlafen, wenn es Miriam nicht gefröstelt hätte. Es würde eine lange anstrengende Fahrt bis an die Loire werden. Gegen Abend wollte er in Orléans sein.

*

Am nächsten Morgen im Büro, wunderte er sich über die Stille. Wo waren die anderen? Lara saß im Büro, den Telefonhörer in der einen und in der anderen einen Autoschlüssel, mit dem ihre langen Finger spielten. Er wollte im Vorübergehen ein gedehntes »Moorgen« hören lassen, doch als sie ihn aus den Augenwinkeln wahrgenommen hatte, winkte sie hektisch und der Autoschlüssel klapperte mit einem unangenehm hellen Geräusch. Ihrer Körperhaltung war die Anspannung anzusehen. Er wartete. Das Telefonat war an sein Ende gekommen. »Ja, gut … wir brauchen die DNS noch heute … danke.« Sie beendete mit einem lauten Kuss.

»Was gibt es denn, dass du so charmant am Telefon bist?«

Sie stand auf und warf noch einen Blick über den Schreibtisch. »Jedenfalls nichts, was zu einem guten Frühstück passen würde.«

»Oh. Unseren Fall betreffend?«

Sie machte eine unentschlossene Miene. »Nicht so ganz klar. Alex und der Armin sind schon draußen, wir haben eine Fundstelle.«

»Eine Fundstelle? Wo?«

»Draußen an der A99, der Parkplatz zwischen Feldmoching und Neuherberg, in der Nähe der Allianz-Arena.«

Lara Saiter fuhr, weil es schnell gehen sollte und Bucher ihrer Meinung nach ein zu devotes Verhalten der Straßenverkehrsordnung gegenüber praktizierte.

Das Blaulicht war aus dem Fahrzeuginneren nur dann zu sehen, wenn sie dicht auf den Vordermann auffuhr und im Lack kleine blaue Blitze zu erkennen war.

Ein oranges Fahrzeug der Straßenmeisterei sperrte den rechten Fahrstreifen weit vor der Parkplatzeinfahrt ab. Im Nu hatte sich im morgendlichen Berufsverkehr ein Stau gebildet. Großes Aufgebot befand sich im Einsatz. Überall blinkte und blitzten gelbe und blaue Lichter. Lara steuerte den Wagen an zwei Lastern, einem Abschleppwagen und Krankenwagen vorbei, und rollte langsam bis zu den rot-weißen Absperrbändern vor. Ein Streifenwagen fiel auf, der mitten in der Durchfahrt stand. Die Spurensicherer waren schon bei der Arbeit. Zwischen den Fahrzeugen schlichen weiße Overalls herum. Es wurde gefilmt, fotografiert, notiert, vermessen. Lara sah eine blonde Kollegin, die auf dem Beifahrersitz des Streifenwagens saß. Ihr Streifenpartner lehnte, halb hockend, an der breiten Stoßstange eines der Laster. Ein athletischer Typ mit braunem, tief zerfurchtem Gesicht. Er warf ihnen einen ernsten, forschenden Blick zu.

Bucher stieg aus und suchte zunächst einen Platz am Rande des Geschehens, wo er die Arbeit der Kollegen nicht störte. Er wollte sich einen Überblick verschaffen. Die Details kamen noch früh genug. Lara hatte Hartmann vorne am Mondeo ausgemacht und ging zu ihm hin. Als er sie kommen sah, deutete er wortlos auf den Bereich um die Front des Autos. Sie ging ein paar Schritte weiter und bekam den fauligen Gestank des Mülls in die Nase. Eine Nummerntafel der Spurensicherer zeigte *Spur 1* an und ersparte ihr langes Suchen.

Aus dem Gewirr von Plastiktüten und Dreck ragte ein Trekkingstiefel hervor. Erst auf den zweiten Blick war das Bein zu erkennen, dessen Stumpf in einer sorgfältig mit Klebeband umwickelten Plastiktüte enden musste. Das war also der Fund. Ein Bein.

Batthuber kam und kniete neben ihr nieder. Zusammen studierten sie das Fundstück. Er erklärte: »Trekkingstiefel. Das war das Zauberwort. Wir hatten es in der Vermisstendatenbank als Schlagwort eingegeben und als die Kollegen den Fund erfasst haben, hat es bei uns gleich geklingelt. Ist schon cool, diese Vernetzung, oder?«

Sie antwortete nicht. Ihr lief ein Schauder über den Rücken. Es war ein schlankes, muskulöses Bein, das da in dem Stiefel steckte. Die braune Haut war an den offenen Stellen deutlich zu erkennen. Sie sah Anne Blohm vor sich, auf dem Foto, vom Marienplatz. Das passte, so auf den ersten Blick.

Sie stöhnte gequält und richtete sich auf. Bucher kam dazu und inspizierte ebenfalls den Fund. Er hatte die gleiche Assoziation wie Lara. Jetzt wurde es doch noch ein richtiger Fall.

Er winkte Hartmann her und sie gingen ein Stück abseits. Hartmann berichtete über die bisherigen Maßnahmen. Die Rechtsmedizin war schon informiert. Sie wollten das Fundstück selbst abholen. Der komplette Müll kam auch mit. Er musste nach weiteren Spuren durchsucht werden. Er und Batthuber würden das übernehmen. Die DNS-Prüfung war schon veranlasst, um letzte Gewissheit über die Person zu erlangen. Auch Hartmann war das Foto von Anne Blohm gegenwärtig. Er wies über die Fundstelle. »So wie das Zeug da verstreut liegt, muss sich das Bein im oberen Bereich des Behälters befunden haben. Wir müssen rauskriegen, wie oft die Dinger hier geleert werden. Der Kleine macht das.«

»Ansonsten Spuren sichern, wie üblich und dann heißt es warten – auf die heilige DNS.«

»Ist der weitere Umkreis hier schon abgesucht worden?«, wollte Bucher wissen und sah hinüber zu der Buschreihe.

»Ja. Die Spusi ist schon durch bis zum Zaun in Richtung Panzerwiese und bis zur Autobahn auf der Nordseite. Bisher ohne Ergebnis.«

Von hinten war lautes Schimpfen zu hören. Die Fahrer der Laster waren inzwischen angekommen und wollten ihre Tour beginnen, was ihnen von Alfons Zenner untersagt wurde. Einer der Fahrer plärrte in Richtung der Fundstelle und fuchtelte wild mit den Armen. Bucher nutzte die Unterbrechung und machte eine Runde um den Mondeo.

»Was ist mit dem Fahrer?«

»Festgenommen. Ist im Schwabinger Krankenhaus, unter Bewachung natürlich. Der Typ muss derart unter Drogen gewesen sein – der war zu gar nichts mehr fähig. Die Spusi hat ihn komplett mit Klebeband abgezogen und ihm die Klamotten noch hier an Ort und Stelle ausgezogen. Die liegen einzeln verpackt in hübschen Plastiktütchen.«

»Was ist das für ein Typ?«

»Jotschke oder Joschek heißt er, ist aus Augsburg, arbeitet bei einem Kurierdienst, hat aber gerade Urlaub … kein Geld, keine Papiere, kein Führerschein … nichts dabeigehabt. Nur das Handy. Komische Sache.«

»Hübscher Urlaub«, meinte Lara Saiter, die dazugekommen war und die letzten Worte mitgehört hatte.

»Das Auto kommt doch zu uns, zur Spurensuche?«, fragte Bucher.

»Ja sicher, der Abschlepper weiß Bescheid«, murmelte Hartmann.

Vorne bei den Lastern war es wieder ruhig geworden. Bucher fragte: »Die Kollegen, die das hier gefunden haben … das sind die zwei da vorne, die Blonde und der Schwarzhaarige?«

Hartmann bestätigte. »Ja, den Kollegen kenne ich übrigens. War mit ihm in Bruck draußen auf der Schule.«

Bucher war ganz in Gedanken und schwieg. Keiner unterbrach ihn. Er fragte ganz in Gedanken: »Gut. Sind schon Ergebnisse von den anderen Parkplätzen eingelaufen?«

Hartmann sah ihn fragend an. »Andere Parkplätze?«

»Ja, andere Parkplätze. Ich sehe hier nur ein Bein, da fehlt doch noch was. Könnte doch sein, dass da jemand mehr zu verteilen hatte und nachdem der Mondeo clean ist …«

Hartmann fluchte und beschimpfte sich selbst als Idioten, während er die Nummer der Einsatzzentrale wählte und veranlasste, dass die Müllkästen aller Parkplätze in und um München von den Streifen zu kontrollieren seien. Bisher hatte man nur ein Bein.

Batthuber bekam es mit und sah verdrossen drein. Da hätten sie auch draufkommen können. Er informierte darüber, dass zwei Hundeführer mit Leichensuchhunden unterwegs seien, um das Gelände noch einmal genau abzusuchen.

»Okay, dann ist ja alles am Laufen.« Bucher fühlte sich einstweilen ausreichend im Bilde und ging wieder zurück zu seinem Beobachtungsposten, wo er niemandem im Weg war. Jeder hier wusste, was zu tun war. Er brauchte den Abstand auch, um nachdenken zu können. Es war eine verrückte Situation, denn wenn das hier Anne Blohms Bein war, wie passte das dann zu Frankreich? Zu dieser Ansichtskarte aus Orléans?

Alfons Zenner hatte die ganze Zeit am Laster gestanden. Er hatte schon viel erlebt in den Jahren auf Streife, und dabei schreckliche Dinge sehen müssen, was ihn meinen ließ, er wäre abgestumpft. Hier aber grauste es ihn. Er hatte nicht nur ein Bein gefunden – er hatte das Bein einer Frau im Müll gefunden. Jemand hatte es genau dahin geworfen – in den Müll. Er lenkte sich damit ab, das Geschehen rundherum genau zu beobachten.

Die zwei Zivilen waren ihm aufgefallen, die gerade gekommen waren. Der schnieke Typ im Anzug mit der eleganten Schwarzhaarigen. Die beiden waren irgendwie anders als die Kripoleute, die er so kannte, irgendwie ganz anders. Sie bewegten sich, als gehörten sie nicht dazu, eher unauffällig, standen aber doch vom Zeitpunkt ihres Erscheinens an im Zentrum des Geschehens. Wie Magnete zogen sie die Leute auf sich.

Er bewegte sich vorsichtig in Richtung Hartmann, der in der geöffneten Fahrertüre seines Dienstwagens stand und gerade ein Telefonat beendet hatte. Im Moment notierte er etwas. Zenner stupste ihn vorsichtig an und wies mit dem Kopf zu Bucher: »Was'n das für einer?«

»Unser Chef, Johannes Bucher, Erster Kriminalhauptkommissar«, erklärte Hartmann nebenbei.

»Soso, Chef …«, murmelte Zenner, »was auch sonst … iss'n Lackaffe, gell, so'n Emotionsmensch … so'n Schmerzfreier, oder?«

Hartmann sah ihn konsterniert an: »Was redest denn du für einen Schmarrn, sag mal? Hast auch was von den Drogen ab gekommen, die in der Mondeoluft rumschwirren, oder bist du noch im Fundschock, oder was?!«

Hartmann klang mehr als ärgerlich. Zenner presste die Lippen aufeinander und zuckte entschuldigend mit den Schultern. »Na, ich dachte nur, wie er so dasteht in seinem feinen Jackettchen … und nichts tut, der Herr Bucher … Bucher … mhm … noch nie gehört.«

Hartmann schrieb einige Stichpunkte in das Notizbuch und sprach abwesend weiter: »Er beobachtet … darin ist er unschlagbar und er sieht Dinge, die andere nicht, oder nicht so sehen, deswegen ist er Chef … außerdem ist er halber Franzose.«

Alfons Zenner lachte bitter: »Halber Franzos … sag ich doch – Lackaffe.«

Hartmann warf ihm einen bösen Blick zu. »Es ist glaube

ich besser, wenn du heimfährst und dich ausschläfst, du redest nämlich einen rechten Schmarrn daher und ich will nicht, dass du hier jemanden von meinen Leuten blöd anmachst.«

Alfons Zenner hob entschuldigend die Hände. »Hey, erstens bin hellwach, zweitens würde ich niemals einen von *unsere Leit* blöd anmachen ... nur noch eine Frage, Alex, alter Kumpel: Wer ist diese schwarzhaarige Amazone da drüben am Lkw? Hat die so viel PS, wie es aussieht?«

»Frag sie doch, sie heißt Lara.« Hartmann ließ ihn stehen und suchte einen Kollegen der Spurensicherung.

Zenner hätte sich noch entschuldigen wollen. So wie es geklungen hatte, war es ja gar nicht gemeint gewesen.

Lara Saiter hatte ihn bei Hartmann entdeckt und kam freundlich auf ihn zu. »Ein echter Held des Schichtdienstes ... immer noch auf den Beinen ... Respekt.«

Er nickte ihr zu und zog es vor zu schweigen.

»Und, was meinen Sie zu der Sache?«, fragte sie.

Er ging einen halben Schritt zurück und sah sie fragend an. »Wozu?«

»Ja zu der Sache hier. Sie waren doch derjenige, der das hier aufgerissen hat, nicht wahr?«

»Wieso fragen Sie mich?«

»Wen soll ich sonst fragen ... Ihre Oma?«

Jetzt grinste er. Das gefiel ihm, das Freche. Nach den PS musste er nun nicht mehr fragen. Er war nur zu müde, um frech mitspielen zu können. Dass jemand von diesen Leuten ihn, den Trachtler, nach seiner Meinung fragte, das war schon ungewöhnlich.

»Tja ... ist schwierig ... ich mache ja so Zeug wie ihr nicht. Ich heiße übrigens Zenner, Alfons Zenner.«

Sie reichte ihm die Hand. »Ich heiße Lara ... Lara Saiter. Also was denkst du, was hier heute Nacht geschehen ist.«

Sie meinte ihre Frage wirklich ernst und zickte nicht rum, duzte ihn und wollte seine Meinung hören. Natürlich hatte er sich Gedanken darüber gemacht, was mit diesem Mondeo und dem Joschek passiert sein konnte. Er wies mit dem Daumen über seine Schulter zum Wäldchen hin. »Eure Leute haben da hinten ein benutztes Präservativ gefunden. War von heute Nacht. Die Location hier ist ab und zu ein Treff für Parkplatzschlampen. Ich vermute mal, der Joschek hatte hier ein Date mit einer der Ladys und die hat ihm irgendwie *Vergiss-mein-Nicht* verabreicht. Das machen die manchmal – liquid ecstasy –, Partydroge. Dient als sexuelle Stimulanz und das Pack verwendet es in den Discos als K. O.-Tropfen. Nicht zu riechen, nicht zu schmecken, wie auch immer. Der Joschek war nicht besoffen, aber total von der Rolle, hatte kein Geld und nichts dabei, außer dem Handy. Ich denke – die Schlampe hat ihn ausgenommen und ist dann abgehaut. Das Handy hat sie natürlich dagelassen. Keine Nutte klaut heutzutage noch ein Handy, wo das jeder Heini orten kann.«

»Klingt logisch«, meinte Lara Saiter, »und das Bein?«

»Kann mir nicht vorstellen, dass der Typ was damit zu schaffen hat, echt nicht. Okay, er hat in seinem Wahn den Kübel umgefahren. Der Notruf kam von ihm selbst. Das ging halt noch, bevor ihn das Zeug voll von der Straße genommen hat. So stelle ich mir das vor. Mit dem Bein hat der nichts zu tun.«

»Mhm …«, Lara Saiter konnte keine Lücke in seiner Variante entdecken.

»Darf *ich* jetzt noch eine Frage stellen?«, wollte er wissen.

»Sicher.«

»Aus welchem Grund taucht hier das Landeskriminalamt auf. Ich meine – das ist doch nur ein Bein … also du verstehst doch, dass mich das interessiert … wieso ihr, und auch noch so früh am Tag, wo doch jeder weiß, dass ihr Schnarchzapfen seid? Das wäre doch eigentlich ein Fall für unsere Mordkommission.«

»Wir sind an einer Vermisstensache dran. Das Recherchesystem hat uns automatisch informiert, als bei der ersten Aufnahme durch die Einsatzzentrale als Fundmarker *Trekkingstiefel* eingegeben worden war – deshalb wir. Alles Routine.«

Zenner fragte verwundert. »Vermisstensache? Seit wann macht ihr denn Vermisstensachen?«

Sie lenkte ab. »Oje, das ist eine lange Geschichte …«

Er ließ nicht locker. »Welche junge Frau wird denn vermisst? Von hier … Münchnerin?«

Lara Saiter überlegte, ob und was sie ihm sagen wollte und konnte. Von Batthuber hatte sie gehört, dass Zenners Streifengebiet eigentlich der Münchner Westen war und er bei der Sache hier am Parkplatz nur ausgeholfen hatte. Sie sagte: »Es geht um eine junge Frau … sie heißt Anne Blohm, stammte aus Neuhausen, eurem Dienstbereich, wohnte aber drüben beim Ostbahnhof.«

Alfons Zenner ging einen Schritt auf sie zu und packte ihren Unterarm, so als wolle er verhindern, dass sie davonliefe. Er wiederholte den Namen. »Anne Blohm … Anne Blohm? Die Tochter vom Installationsgeschäft Blohm?«

Lara Saiter sah ruhig auf ihren Unterarm, der von der großen Hand Zenners umschlossen lag. Er war bleich geworden, ließ ihren Arm los und entschuldigte sich.

»Schon in Ordnung … du kennst die Familie?«

Er reagierte nicht auf die Frage und – sah sie wirklich richtig? Dieser kräftige Kerl taumelte leicht? Fast hätte sie ihn am Hemd gepackt, um ihn zu halten.

Er antwortete zerfahren: »Ja, ich kenne die Familie und Anne Blohm. Ich hatte vor einiger Zeit mit ihr zu tun, der Bruder ist bei einem Unfall ums Leben gekommen ist … Genickbruch … vom Fahrrad über die Motorhaube und an der A-Säule aufgeschlagen … keine Chance. Der Autofahrer hatte Schuld … boohh … es war Albrechtstraße, Ecke Lothstraße. Ich hatte Dienst und habe den Unfall aufgenommen. Der Vater ist damals dazugekommen … war auf dem Nachhauseweg von der Bezirksversammlung … und eure hohen Herrschaften waren auch dabei. Es ging damals um Baumaßnahmen und so … bei euch wird doch ständig gebaut, na ja, kannst dir ja vorstellen, was da los war, an der Unfallstelle mit dem Vater. Hab ich nicht vergessen.« Er legte die Hand an sein kantiges Kinn, auf dem die ersten Stoppeln zu sehen und zu fühlen waren. »Und jetzt auch noch die Tochter, ach du lieber Gott, das sind Schläge.«

*

Ohne dass es die Leute am Autobahnparkplatz wahrgenommen hätten, stand die Sonne klar und strahlend am Himmel. Es würde ein heißer Tag werden.

Den ganzen Vormittag über zogen sich die Routinearbeiten hin. Hartmann und Batthuber leiteten die Absuche im weiteren Bereich des Parkplatzes. Das Wäldchen an der Panzerwiese wurde vollständig abgekämmt, darüber hinaus die weiteren Bereiche rundherum. Während ein Hubschrauber das Gelände zur Nachsuche überflog, überkam die Teilnehmenden eine flattrige Unruhe.

Batthuber hatte von den Stadtwerken einen Lage- und Leerungsplan per Mail erhalten und sie fuhren alle weiteren Parkplätze im Norden der Stadt an.

Lara Saiter beaufsichtigte den Transport des Mondeo und war danach in die Rechtsmedizin gefahren. Die DNS-Probe wurde bereits analysiert; den Bericht und würden sie heute noch erhalten.

Am Nachmittag trudelten sie nach und nach in der Maillingerstraße ein. Hartmann und Batthuber hatten etwas vom Chinesen mitgebracht und machten sich gleich hungrig über die Pappkartons her. Asiatische Glutamataromen dampften empor.

Lara Saiter öffnete skeptisch eine der Pappschachteln und roch vorsichtig am Inhalt. Ihr Blick strafte Hartmann. »Wo habt ihr denn das her? Aus dem Fressnapf?«

Hartmann hatte den Mund voll und war somit unfähig eine Rechtfertigung zu geben. Batthuber sah sie teilnahmslos an.

Sie stocherte mit der Gabel herum. »Bei diesem Sommerwetter … haben die keinen Salat, die Chinesen?«

Hartmann schluckte viel zu schnell, als es ihm guttat, nur um ihr antworten zu können. »Doch, aber die chinesische

Vorstellung von Salat würde dir überhaupt nicht zusagen. Iss! Das hier ist prima, von der Garküche in der Dachauer, in der Einfahrt zum Hinterhof, wo nur die Kenner hingehen.«

Lara nuschelte etwas Unverständliches und probierte. Gar nicht so schlecht.

Bucher hatte sich der Speise gegenüber ebenfalls distanziert verhalten und probierte vorsichtig einen Bissen. »Hühnchen? Na dann glauben wir es halt.«

Lara moserte weiter: »Die Bude, von der ihr neulich mal geholt habt, haben sie inzwischen dichtgemacht.«

Batthuber verteidigte nun: »Das war kein Chinese, sondern ein Laote, und was heißt da dichtgemacht, vorübergehend unter Artenschutz gestellt ist sie worden …«

Hartmann fiel ein: »… wegen der vielen seltenen Keime, die man gefunden hat.« Er sah erschrocken hoch: »Du hast doch keine Probleme gehabt, oder?«

»Nein, das nicht. Aber immer dieses asiatische Zeug. Mir ist mal wieder nach so einem richtigen, in Paprikasoße dümpelnden Südländer-Typ-Zwei-Schnitzel …«

Bucher schüttelte sich. »Boah!«

»Was hast du? Ist doch was Feines und schließlich sind im Zigeunerschnitzel keine Zigeuner, genauso wie in Schweineschnitzeln kaum Schwein ist, so schaut's aus. Die zwei Typen mit ihrer Fernostphase bringen noch mal Schlangen und Skorpione an.«

Bucher lachte böse. Hartmann und Batthuber schwiegen und löffelten stumm weiter.

Keiner wollte anschließend Kaffee, als Hartmann in die Runde fragte und sich dem entgeisterten Blick von Lara Saiter ausgesetzt sah. »Sag mal Alex, hast du gar keinen Kreislauf oder wenigstens etwas Ähnliches? Draußen hat es über dreißig Grad, wir essen hier totes Tier … Kohlenhydrate, Eiweiß … und jetzt willst du auch noch Kaffee draufschütten?«

»Ich weiß ja, ein Cognac wäre verträglicher …« Er setzte ein Kännchen auf, denn der Tag konnte sich in die Länge ziehen und allein schon der Duft – dieses Würzige, Belebende –; es tat einfach gut.

»Was machst du jetzt, Johannes?«, fragte Lara Saiter in Richtung Bucher.

»Abwarten. Was denn sonst. Warten, bis wir das Ergebnis der DNS haben.«

»Ich meine mit Frankreich.«

»Ja, ich weiß.«

»Also kein Plan.«

»Im Moment kein Plan ... das ist richtig. Nur abwarten.«

Sie ließ ihn in Ruhe, denn er gab sich alles andere als redselig. Das war ihr schon heute Morgen am Parkplatz aufgefallen..

Bucher wusste im Moment überhaupt nicht wie es weitergehen sollte, denn seine Gedanken kreisten ständig um das Bein, und darum, was mit dem restlichen Körper geschehen sein konnte. Um die Stimmung nicht abflachen zu lassen, fragte er: »Erzähl mal von der Rechtsmedizin. Ein bisschen was werden die doch schon rausbekommen haben, so informativ vorab.«

Lara Saiter überlegte, ob ein Kaffee, wenigsten ein kleiner, jetzt nicht vielleicht doch guttäte. Sie wollte Hartmann den kleinen Triumph aber nicht gönnen.

»Na ja, bisher halt nur die erste Sichtung. Von der Toxikologie natürlich noch gar nichts. Der Stumpf wurde unterhalb des Kniegelenks abgetrennt. Der Dottore meinte, die Verletzung sei nur ein paar Tage alt.«

Bucher war überrascht, wie die andern auch. »Das hätte ja bedeutet, vor ein paar Tagen hätte das Opfer noch gelebt.«

Lara Saiter hob die Hände. »Unter Vorbehalt. Wenn das Bein in einer Tiefkühltruhe gelagert war, würde das keinen zeitlichen Schluss zulassen ... aber ... so wie er gesagt hat ... Frischfleisch.«

»Und die Plastiktüten, das Klebeband?«, fragte Hartmann und setzte sich mit der Kaffeetasse an den Tisch.

»Sorgfältig eingewickelt und verpackt ... mit Paketklebeband umwickelt. Das geht nach der Toxikologie zu den Daktyloskopen. Vielleicht gibt's ja Fingerspuren, oder ein

Härchen klebt irgendwo, eine Schuppe, Speichel, man wird sehen.«

»So blöd kann der doch nicht gewesen sein«, meinte Batthuber.

Hartmann nahm einen Schluck Kaffee und sah verzückt drein. »Könnte schon sein, dass der Typ uns den Gefallen getan hat; übrigens – an keinem anderen Parkplatz rund um München ist bisher etwas gefunden worden ... Null und nichts. Wir sind im Norden ja auch noch mal alles abgefahren. Bisher haben wir also nur das Bein. Der Typ konnte ja auch nicht damit rechnen, dass da ein Druggie gegen die Kiste knallt und die scharfen Kanten des gerissenen Metallkorbs sein Päckchen aufschneiden.«

Bucher wollte wissen, welche Informationen zu Strümpfen und Trekkingstiefeln vorlagen.

Lara Saiter war vom Essen müde geworden und bemerkte die Trägheit, die es erzeugt hatte. Sie musste überlegen. »Es war ein Falke Trekkingstrumpf, Größe neunundreißig bis zweiundvierzig und Hanwag Trekkingstiefel Größe neununddreißig, aktuelles Modell. Individuelle Merkmale gab es nicht: Keine Narben, keine Tätowierungen und es waren noch alle Zehen vorhanden. Das würde auf Anne Blohm passen. Du sag mal, Alex ... war da was drin in dem Essen?«

»Hühnchen.«

»Nee, ich meine *Schlagmichtot*, oder so was in der Art, boah, bin ich jetzt müde. Aber vielleicht kommt es auch von deinem Hemd, da darf man nicht allzu lange hinsehen, auf dieses würfelige 3D-Muster aus grünen, lilanen und blauen Flächen. Wer das entworfen hat, sitzt inzwischen auch in einer Zelle, vielleicht auch Gummizelle, und ich muss sagen zu Recht. Das Ding wirst du niemals in eine Kleiderkiste werfen dürfen. So wie die Farben leuchten, ist das sicher radioaktiv. Der Einnäher würde mich echt interessieren.«

Hartmann ging nicht darauf ein. Stattdessen stellte er die überraschende Frage: »Wer fährt zu den Eltern?«

Bucher stützte seinen Kopf auf den Händen auf. »Wieso fragst du?«

»Ich mach's«, sagte Hartmann mit einem seltenen Ausdruck verlegener Hast und seine Stimme klang durchsichtig dabei.

»Gut. Aber wir warten das Ergebnis der DNS noch ab.«

»Eh klar.«

*

Auf dem Gang waren Schritte zu hören und bald darauf erschien das Gesicht von *Doktor Klaus* in der Tür. »Hallo, störe ich gerade?«

»Ne, komm rein«, lud Lara Saiter ihn ein.

Er setzte sich dazu und legte einige Blätter Papier ab.

»Hast du was für uns?«, fragte Bucher.

»Jo! Von den Psychos habe ich ja diese Postkarte bekommen, die inzwischen bei der Daktyloskopie auch durch sein müsste … habt ihr von denen schon was?«

»Nein.«

»Na ja, wie immer – die Letzten beim Liefern und die Ersten beim Jammern … aber egal.« Er nahm seine Papiere wieder auf. »Auf dieser Postkarte war die Tinte in einigen Bereichen durch Feuchtigkeitseinwirkung verschwommen und ausgewaschen. Es handelt sich übrigens um Waterman-Tinte, reinblau, ohne Rußzusätze, also nicht dokumentenecht. Hält nur gute hundert Jahre auf hohem Niveau. Wenn ihr mal eine Dynastie gründen wolltet und Dokumente verfasst, die in einigen Jahrhunderten von euren Nachfahren noch gelesen werden sollen, dann verwendet bitte andere Tinte, Pelikan hat da noch was im Angebot mit echten Rußpartikeln … ich schreibe nur damit … und bitte nicht dieses Fichten- und Pappelpapier, das in die Drucker kommt, sondern Bütten … aber lassen wir das. Wir haben diese Verschwemmungen am unteren Kartenrand extrahiert und mit den umliegenden reinen Bereichen abgeglichen. Es steht zweifelsfrei fest, dass es sich bei der Feuchtigkeitseinwirkung weder um Regenwasser, Trinkwasser oder sonstige künstliche Feuchtigkeitsquellen handelt, allerdings war es Wasser und keine andere Flüssigkeit.«

»Ja vielen Dank denn auch für die schnelle Überbringung dieses grandiosen Ergebnisses, welches unsere Ermittlungen enorm befördern wird«, ätzte Hartmann und führte die Tasse zum Mund.

»Ich war noch nicht fertig …«

»Was für eine Flüssigkeit?«, fragte Lara Saiter ungeduldig.

»Tränenflüssigkeit«, kam es schnell, »sie besteht aus achtundneunzig Prozent Wasser, hat einen Salzgehalt von etwa einem Prozent und lässt sich dadurch sehr gut von Meerwasser unterscheiden, in dem so um die dreieinhalb Prozent enthalten sind. Darüber hinaus, haben wir die für Tränenflüssigkeit typischen Lipide und andere Stoffe nachgewiesen – kurz und gut: Tränen sind wissenschaftlich sehr gut nachweisbar, und das ist es doch, was ihr braucht, oder? Noch mehr gewünscht?«

Bucher und die anderen schwiegen. Mit Tränenflüssigkeit hatte keiner gerechnet.

Doktor Klaus fuhr fort, weil er das Schweigen als Aufforderung interpretierte mehr zu erzählen. »Also am äußeren Oberlid des Auges sitzt die sogenannte Tränendrüse, deren Job es ist durchweg Flüssigkeit zu produzieren, völlig unabhängig davon, ob es uns nun zum Heulen ist, oder nicht. Pro Tag ist das grob ein Fingerhut voll – bei Männern.«

»Und bei Frauen?«, fragte Hartmann lauernd.

Doktor Klaus war nicht zu stoppen: »… wir Menschen stammen nämlich von Lebewesen ab, die früher im Wasser lebten, und zwar im Salzwasser. Damals war das Meer aber noch nicht so salzig wie heute. Man glaubt, dass unsere Tränen genau so salzig sind, wie es das Meer früher … also zu Urzeiten … einmal war, interessant, nicht?.«

»Tränenflüssigkeit«, wiederholte Lara Saiter leise, »Tränenflüssigkeit. Das wird ja immer monströser.«

*

Der Nachmittag war mit lustlosen Arbeiten vergangen, die sie in ihren Büros verrichteten. Zeit für den Schreibkram. Bei jedem Klingeln des Telefons in Lara Saiters Büro unterbrachen sie ihre Arbeit, lauschten in den Gang hinaus und warteten. Es wurde spät und in den trüben Gängen wurde es zusehends einsam. Draußen in der Stadt hatten sich die Staus entlang des Mittleren Rings bereits wieder aufgelöst, als Lara Saiter ein kurzes Telefonat führte, auflegte und einige Minuten verstreichen ließ, denn sie wartete noch auf die Mail, die der Anrufer zugesagt hatte. In der Zwischenzeit recherchierte sie mit einigen der Daten, die sie erhalten hatte. Die anderen würden sich wundern. Sie versammelte sie und verkündete: »Die DNS-Ergebnisse sind gekommen. Es steht zweifelsfrei fest, dass es sich um – Nora Bender handelt.«

Die anderen sahen sich an.

Sie nickte ernst. »Ja … so ging es mir auch. Die Beprobung mit dem Material von Anne Blohm hat gar nicht erst stattgefunden, denn die Ergebnisse haben schon bei der ersten Standardrecherche ein zweifelsfreies Ergebnis geliefert. Also«, rief sie in die verdutzten Gesichter, »wir haben das Bein von Nora Bender gefunden … aber wartet nur ab, es kommt noch heftiger. Ich habe die Akte noch schnell durchgesehen. Sie wurde vor knapp drei Monaten von ihrem Lebensgefährten als vermisst gemeldet. Seinen Angaben zufolge befand sie sich auf einer Pilgertour und wollte in mehreren Etappen – so im Lauf mehrerer Jahre immer wieder ein, zwei Wochen – bis nach Santiago de Compostela kommen.«

Bucher sah in ihre Miene und überlegte, was dieser wissend-auffordernde Blick ihm sagen sollte. Er kam nicht drauf. »Was ist noch, Lara?«

Sie kniff die Augen zusammen und ließ ihn nicht mehr aus dem Blick. »Es ist eine Standardvermisstenmeldung. Die Kollegen haben alle Formblätter hübsch ausgefüllt und beigegeben, was die Angehörigen abgeliefert haben. Du wirst es nicht glauben! Es ist nur ein kleiner Vermerk, und eine Kopie – für uns ein Volltreffer: Der Lebensgefährte hat eine Postkarte aus Frankreich erhalten«, ihre Augen schwenkten kurz zum Bildschirm, »… aus Toulouse.«

»Toulouse?«, wiederholte Bucher überrascht, »aus welchem Grund denn Toulouse. Den Angaben ihres Freundes nach, wollte sie die Route doch in mehreren Etappen und auf Jahre hin angelegt unternehmen … Toulouse? Mhm … wieder Frankreich. Irre Stadt, mit diesen dunkelroten Backsteinbauten. Man hat ständig das Gefühl es sei Sonnenuntergang und warm ist es da eh … Toulouse … Orléans ….« Bucher war, wie die anderen auch, für den Moment ratlos.

Hartmann meldete sich zu Wort. »Sieht ja auf den ersten Blick aus wie eine Kopie unseres Falles *Anne Blohm.*«

Bucher fluchte leise. »Oje oje oje – eine Kopie, natürlich … verdammt! Ich befürchte, wir haben einen dritten Fall, zum Teufel!«

»Einen dritten Fall?«, kam es von Batthuber.

Bucher machte eine entschuldigende Geste. »Ja, ein dritter Fall. Ich habe euch das schon sagen wollen, aber es hat nicht gepasst … und dann diese Frankreichgeschichte … zum Teufel! Ich hatte doch die Vermisstenakten durchgearbeitet und da sind mir zwei weitere Fälle aufgefallen, die ein ähnliches Muster aufwiesen, wie es der Fall Anne Blohm zeigt. Von Postkarten stand da allerdings nichts, aber es waren ja nur die Aktenauszüge. Wie auch immer, ich wollte mir die Fälle nochmals genauer ansehen, aber jetzt in Kürze: Im Oktober letzten Jahres verschwand eine Kara Schieg und im März diesen Jahres Nora Bender und im Juni nun Anne Blohm. Die Ähnlichkeiten sind wirklich auffallend: jeweils der gleiche Typ – um die dreißig, sportliche Erscheinung, glatte, brünette Haare, nicht über schulterlang. Alle drei mit vergleichbarer Sozialisierung, gut ausgebildet, und sie wohnten in München. Diese Kara Schieg ist von ihrem Bruder im Oktober letzten Jahres vermisst gemeldet worden. Ihre Eltern leben nicht mehr. Daran erinnere ich mich noch«, er stöhnte, »ja sicher sind das drei Fälle! Wir müssen die Schnittstelle suchen, die die drei miteinander verbindet.«

Hartmann ächzte. »Drei Fälle!? Das klingt nach enorm viel Arbeit, denn die Kollegen haben das nur mit den Grunddaten aufgenommen.«

»So ist es«, bestätigte Bucher, »aber heute gehen wir da nicht mehr ran. Feierabend, Schluss, aus. Kopf freibekommen und morgen früh gehen wir die drei Akten durch«, er wandte sich an Batthuber, »du besorgst die noch, komplett.«

»Wir müssen die Angehörigen von Nora Bender informieren«, meinte Lara Saiter.

Bucher hatte auch überlegt, ob sie noch heute dort hätten auftauchen sollen. Aber es war schon spät, sie alle standen unter den vielen Eindrücken, die verarbeitet sein wollten. Da mussten die Angehörigen die zusätzlichen Stunden der Ungewissheit noch aushalten. »Ich weiß, Lara. Auch das machen wir erst morgen. Das war zu viel heute.«

*

Es war Nacht und nur wenige Autos waren auf der Autobahn in Richtung Lindau unterwegs. Bucher sah die vielen beleuchteten Fenster und ab und zu den Schatten einer Gestalt; schnell, im Vorüberfahren. So viele Menschen, mit so unterschiedlichen Leben.

Er ließ die Lichter der Stadt hinter sich, passierte bei Stegen den Ammersee, ohne einen Gedanken an das weiche, warme Wasser zu verlieren oder an den Biergarten am Ufer zu denken, wo auf den Tischen die Kerzen leuchteten.

Er rollte dahin und dachte an Anne Blohm, die eine Karte aus Orléans geschrieben hatte und an Nora Bender, an Toulouse und an das Bein im Müll – im Münchner Norden. Wie sollte das alles zusammenpassen?

Ein Passfoto von Kara Schieg war in schlechter Qualität auf einem der Ausdrucke zu sehen gewesen. Ihr Gesicht tauchte vor ihm auf. Gab es von ihr auch eine Karte aus Frankreich? Bei Anne Blohm und Nora Bender war der Verlauf fast identisch. Beide hatten zuletzt in Deutschland mit ihren Angehörigen Kontakt gehabt. Dann riss er ab und kurze Zeit später erhalten sie eine Ansichtskarte aus Frankreich. Danach völliger Abriss des Kontaktes. Verrückte Sache. Oktober, März, Juni – mehrere Monate zwischen den einzelnen Vermissungszeitpunkten und alle drei kamen nur bis in die Gegend von Lindau.

Bucher drehte das Radio aus und überholte einen Lkw. Weit vor ihm erkannte er die Rücklichter eines Autos. Platz genug, um nachzudenken.

Aus Sicht des Täters war es doch völlig unsinnig bei dieser sommerlichen Hitze ein Leichenteil, mehrere Leichenteile oder gar eine komplette Leiche aus Frankreich bis nach München zu schaffen – nur um dort die Entsorgung zu betreiben. Frischfleisch – hatte Lara gesagt. Das passte im Fall Nora Bender nicht zum Zeitpunkt ihres Verschwindens. So ein Transport würde nur mit Kühlung funktionieren. Aber aus welchem Grund sollte sich ein Täter diesem Risiko aussetzen? Frankreich war doch ein viel weiteres und wilderes und einsameres Land und viel geeigneter, um in Ungestörtheit und Abgeschiedenheit Leichen zu entsorgen. Weit günstiger und sicherer als ausgerechnet die direkte Umgebung des dicht belebten, pulsierenden Großraums von München. An der A99. Wer tat so etwas? Das konnte nur jemand sein, der in München zu Hause war, der sich hier sicher und geborgen fühlte – für den München eine Komfortzone darstellte. Toulouse, Orléans … Er sah sich auf schmalen Kanalwegen dahinrollen, Angler standen im Gras, flache Boote dümpelten in der Sommersonne, das Land ringsum ein einziger Garten.

Mindelheim reflektierte ein Autobahnschild in grellen Lettern. Er nahm die nächste Ausfahrt, wendete und fuhr wieder in Richtung München zurück. Diesmal lauschte er der Musik von Joni Mitchel und achtete jetzt auf die Ausfahrt Landsberg-West. *a case of you* lag ihm noch in den Ohren, als er spät zu Hause ankam.

Leise schloss er die Tür auf. Miriam schlief bereits und hatte das Licht in der Küche brennen lassen. An Schlaf war nicht zu denken; zu sehr war sein Verstand mit der Not und der Pein des Falles befasst. Im Bett liegend, würden ihn düstere Träume auf einem halben Schlaf durch die Nacht reiten. Das kannte er und fand es besser, dem zu entgehen.

Er schnitt ein paar grobe Stücke vom Bergkäse ab, dazu einen Ranken Schwabenlaib, nahm zwei Tomaten mit. Die

Weinflasche klemmte er unter den Arm. Im Garten hinter dem Haus setzte er sich unter den Sternenhimmel. Fenster und Türen standen offen, sodass die leisen Pianoklänge von Jean-Phillipe Collard zu hören waren. Fauré. Der Moulin Haut Laroque war zwar noch jung, doch genau der fette, fruchtige, schwere Wein, der in eine solche Sommernacht passte, wenn einem Wärme und Sternenhimmel alleine keinen inneren Frieden bereiten konnten.

Er ließ sich in den Klappstuhl sinken. Das Polster fühlte sich nur während der ersten Minuten feucht an, so lange, bis sich die Körperwärme durchgesetzt hatte. Immer wieder drangen die Geister des Falles in sein entlegen von der Welt gelegenes Idyll. Der Trekkingstiefel im Müll ließ ihn nicht los. *Was macht der Kerl so lange mit den Frauen? Wo hält er sie gefangen? Warum tut er es? Hat er ein primär sexuelles Motiv? An welchem Ort bekommt er Kontakt zu den Frauen? Er musste sie irgendwo gefangen halten, anders war es nicht möglich die vielen Wochen zu überbrücken.*

Er schüttelte sich, als würde er die Fragen damit loswerden können und konzentrierte sich auf das Essen, auf den Geschmack des Käses, schmeckte dem Wein nach. Doch die Fragen, die ihn beschäftigten, ließen keinen rechten Genuss aufkommen. Nicht am Essen, nicht am Wein, nicht an der Musik. Direkt über ihm stand das Sternbild des Schwans. Allein mit der entsprechenden Menge Wein konnte man es zum Leben erwecken. Dann blickte man in das Firmament und sah die weiten Flügel schlagen – sanft und doch mit unendlicher Kraft. So zog er nach Süden, der Schwan – und ein unruhiges Gemüt zog in den Schlaf.

Verlaufen

»So gut war noch keine ... so gut war echt noch keine. Du bist ja voll drauf, hey!« Er konnte sich gar nicht beruhigen und seine Stimme war voll ehrlicher Bewunderung und Respekt.

Bedachtsam legte er die Kette an ihren Fuß. Anders als sonst, wenn er sie losgemacht hatte. Sie fühlte eine Fremdheit zu ihrem Körper, wenn die Kette entfernt war. Dieser Druck am Bein fehlte und es war ungewohnt, sich frei und ohne Einschränkung bewegen zu können. Wie schnell man sich doch an Zustände gewöhnen konnte.

Ihr Herz schlug immer noch schnell und heftig und sie wartete insgeheim darauf, dass es aufhörte zu schlagen. Doch es pochte unverdrossen weiter – hart und unerbittlich. Es ist nicht einfach, zu sterben, dachte sie.

Er hatte Angst vor ihr bekommen in den letzten Tagen. Ihre Hände hatte er nicht losgebunden, sondern nur einen längeren Strick genommen; der ermöglichte es ihr, die Arme nun bis auf Schulterbreite auszudehnen. Alles tat ihr weh, alles. Er brachte eine neue Matratze, frische Decken, Wasser und – Pizza. Sie hätte sich am liebsten durch den warm riechenden Karton hindurchgefressen, wenn ihr tobendes Herz es nicht unmöglich gemacht hätte zu kauen und zu schlucken.

Er ging, hielt an der Stahltür inne und sah zurück. Sie nahm es aus den Augenwinkeln wahr. Alle Kraft nahm sie zusammen und richtete sich auf. »Geh!«, sagte sie immer noch atemlos, aber streng. Die Muskeln im rechten Bein begannen zu zittern, was vom Stromschlag herrühren musste, der sie jäh erwischt hatte, als sie sich an die Wand im Durchgang gelehnt hatte, um dem Pendel auszuweichen. Dieses fiese Ding hatte sie nicht getroffen, weil sie auf den Rücken gefallen war. Sie hatte dagelegen und gewartet, bis es seine monströse Kraft verlor und nicht mehr mit Energie gespeist wurde. Es war gewaltig, hing an massiven, fettig glänzenden Eisengliedern und war hoch oben unter dem Dach auf Trägern montiert. Ein alter Werkhallenkran.

Es war gut gegangen und im Grunde gab es ein einfaches Rezept: Die Angst musste überwunden werden; es brauchte Mut, um liegen zu bleiben und die Schneide über sich hinwegsausen zu lassen. Nur nicht aufstehen vor Angst und wegrennen. Das messerscharfe Metall war von einem blechernen Schutz überdeckt. Sobald der entfernt würde, wäre es ein makabres Schneidewerkzeug. Unvorstellbar, was geschehen würde, käme man unter seine Gewalt.

Der zweite Stromschlag war eher ein Kitzeln in den Händen gewesen, als sie im Schacht die Eisenleiter nach oben kletterte. Die vierte oder fünfte Sprosse, also schon ein gutes Stück vom Boden entfernt, war geladen. Den Reflex, sich fallen zu lassen, hatte sie unterdrückt und es eine Stufe höher probiert, wo zum Glück kein Strom angeschlossen war. Oben, auf dem Holzboden, war sie bis nach vorne zum Abstieg gelaufen. Aber nur, um zum hintersten Tor zu sehen, das offen stand und den Blick auf die Bäume, Büsche und saftiges grünes Gras ermöglichte. Es war ein verlockender Gedanke, dieses Tor zu erreichen – die Freiheit. Doch was würde sie da vorne wirklich erwarten? Was auch geschehen mochte – niemals, niemals würde sie durch dieses Tor ins Freie treten. Niemals. Es musste einen anderen Weg geben. So viel hatte sie schon gelernt. Es gab immer einen anderen Weg. Am Abstieg dann ragten scharfe Klingen aus dem Holz und sie tat so, als würde sie es nicht schaffen nach unten zu kommen. Sie rannte so lange auf dem oberen Boden herum, bis er entnervt abbrach und sie den Weg durch den Tunnel zurückgehen ließ. Dafür musste er einen Schacht öffnen, den er geschlossen hatte, nachdem sie hindurchgekrochen war. Obwohl sie ihn nicht sah, war klar: Er hatte Kontrolle über sie, wusste, in welchem Segment sie sich bewegte.

An die Träger unter der Decke zu gelangen, das war unmöglich. Viel zu hoch. Die Hitze in den Gängen und Räumen war schrecklich, nahm einem den Atem und sie war es letztlich, die einen durch die dunklen Kammern, Gänge, Schächte und Treppenkamine trieb – bis zum Pendel, wo es ihr bei den ersten Malen schlecht geworden war, als sie im Halblicht die schwarzroten Flecken am Boden sah und eine Ahnung bekam, was hier geschehen sein konnte. LEDs sorgten für grelle Lichtflecken und jenseits davon war es umso finsterer. Durch eine Luke hatte sie einmal das Ding gesehen, mit dem er die Heißluft in die Kammern blies. Ein Gasbrenner, wie sie in Bierzelten verwendet werden, wenn der bayerische Sommer eine Enttäuschung bereitete.

Einen zweifelhaften Schutz bot der zentrale Tunnel, der im Zickzack von einer Seitenwand zur anderen bis nach vorne zum Pendel führte. In ihm konnte man die engen Schächte, Höhlungen und Durchstiege umgehen, die voller Stromfallen und Nagelstellen waren. Das System wollte einen im Tunnel haben, denn dort erwartete einen ein menschlicher Gegner – und Waffen. Armbrüste lagen herum und einige Bolzen dazu. Ab und zu Speere. Sie bevorzugte die Armbrüste. Die Wendestellen des Tunnels boten Deckung. Wer es war, der da auf sie schoss, wusste sie nicht, sie hatte aber das Gefühl, er zielte absichtlich daneben. Es war günstig einige Bolzen zu sammeln, die im ersten Segment in den Räumen und Gängen verteilt lagen. Sie kannte die Stellen inzwischen. Dann konnte man nachladen.

Einige Male durfte sie alleine in den Tunnel, ohne Hitze. Nur um das Schießen zu üben. Sie mochte die Armbrust. Die Konzentration auf das Ziel – eines der großen Lochbleche an einer der Holzwände – ließ einen alles vergessen. Sie entdeckte dabei, eine gute Schützin zu sein; eine Schützin, die den Willen hatte ihren Schuss zu finalisieren.

Nach den Übungen gab es immer frisches Wasser und sie durfte duschen. In einem fensterlosen, dusteren Raum konnte sie dies tun – wirklich allein. Ein Trainingsanzug und frische Wäsche lagen anschließend im gekachelten Vorraum. Der Typ hatte sie wirklich in Ruhe gelassen und nicht herumgespannt. Das wunderte sie. Insgeheim gestand sie sich die Enttäuschung darüber ein, denn sie hätte es darauf ankommen lassen. Sie – das brave Mädchen aus gutem Hause, hatte fantasiert, wie sie ihn herumkriegen konnte. Alles hätte sie getan, um ihm die Kette um den Hals zu legen und zu würgen, bis kein Zucken mehr in seinem Leib zu spüren gewesen wäre. Aber er schien sich nicht für sie zu interessieren. Das machte ihr Angst. Obwohl sie posierte, ihren Körper ohne Scham zeigte, spürte sie, dass seine Blicke nicht die eines gierigen Mannes waren. Er sah sie an, wie ein Ding, wie ein geschlechtsloses Wesen.

Er konnte sich vermutlich gar nicht vorstellen, welche Lust sie hatte ein *Ding* für ihn zu sein, wenn es ihr eine Chance hätte bringen können. Niemals zuvor wären ihr Gedanken über Derartiges in den Sinn gekommen – warum auch, bei ihrem behüteten Leben. Jetzt wusste sie, was ein Mensch bereit war zu tun … für ein Glas Wasser. Der Hunger wäre es nicht gewesen, aber der Durst, der hatte sie ihre Haltung aufgeben lassen. Sie lachte laut auf, über ihre Gedanken: Welche Haltung denn? Welche Haltung aufgeben, wenn es darum ging zu überleben. Haltungen hatte da keinen Raum mehr; waren überflüssiger Luxus? Sie wollte trinken, weil sie durstig war – da gab es keine Haltung, die zu bewahren gewesen wäre. Es war im Grunde ganz einfach. Sie kroch zur Matratze, ließ sich auf den Rücken gleiten und fühlte das Weiche. Im Geist zeichnete sie den Weg, den sie heute genommen hatte nach. *Noch keine war so gut wie sie gewesen*. Wo waren die anderen geblieben, die nicht so gut gewesen waren?

Sie verdrängte diese Gedanken und ließ sich auf die Seite fallen, wo der Pizzakarton lag. Sie brauchte Kraft für den nächsten Level.

Sie hörte ihn. Er spielte draußen weiter. Nicht weit entfernt musste er am Boden hocken, an eine Wand gelehnt und spielen. Sie hörte es an seinem Stöhnen, wenn ein Leben verloren ging, an seiner lauten Freude, wenn er einen Level geschafft hatte, und am Scharren seiner Füße auf dem Boden, die er wie ein Gleichgewichtsorgan einsetzte, wenn er mit den Fingern wie wild in alle möglichen Richtungen wischte. Dann strampelte er mit den Beinen herum.

Die Vorstellung bereitete ihr Ekel. Wie hatte sie ihm nur

jemals Wohlwollen entgegenbringen können? Er war nicht gut. Nein, das war er nicht, weder zu den Tieren noch zu den Menschen.

Ein Klingelton schnarrte laut und hallte durch die Räume. Die Stimme eines Komikers, der auf Migrationshintergrund machte und ein verhunztes *Telefon! krähte*. Infantil. Sie lauschte angestrengt, hörte aber nur die Schritte, die draußen vergingen – draußen, wo die Freiheit war.

Er meldete sich erst, als er sich von ihr unbelauscht wähnte, und nahm beim Sprechen eine ängstliche, ja devote Haltung ein. Obwohl niemand hier sein konnte, sah er misstrauisch um sich. »Ja, sie ist bald so weit, ja sie lernt schnell … sicher, sicher … muss sie auch, ja. Noch zwei, drei Tage, denke ich. Morgen mache ich den ersten ernsthaften Durchgang … ja, es geht ihr gut …«, seine Stimme wurde gepresster und einen Tick hysterischer, »wirklich, ja … es geht ihr gut. Sie isst auch und trinkt … alles … ja, ich lasse sie in Ruhe … natürlich!« Er presste die Lippen aufeinander und trat mit dem Fuß zornig in den Boden. »Tobi ist nicht hier, nein … was!? Das kann nicht sein … Nein ! Kann nicht sein … die Polizei? Da also auch? Das muss jetzt schnell gehen, ja.«

Er wurde leise, hörte zu und sah in die Sonne, als am anderen Ende aufgelegt wurde. Dann ging er wieder zurück und arbeitete weiter. Einige Seilzüge mussten justiert werden. Der Flaschenzug pendelte zu weit und die Stromversorgung musste auch noch überprüft werden.

Sie lag da, schmeckte der Pizza nach, schloss die Augen und ging in Gedanken durch die Gänge, Schächte, Tunnels und Kamine, in denen Gemeinheiten versteckt waren. Von den zwei Türöffnungen im Vorraum die rechte nehmen, diejenige, die ins Dunkel führte. Die hellere links brachte einen in eine Sackgasse, an deren Ende Nägel warteten. Sie stachen nicht tief ein, wenn man auf sie trat, und es blutete nicht arg. Aber es tat dennoch weh und der Schreck lähmte. Der Gedanke an den Schmerz störte ihre Gedanken und sie begann den Parcours von Neuem, mit großer innerer Distanz dem gegenüber, was ihrem Körper widerfahren konnte.

Die rechte Türöffnung, ins Dunkel gehen, die Stolperfallen überwinden. Hier konnte man langsam gehen. Dann schnell an der Wand entlang und in den Tunnel kriechen, der auf Hüfthöhe ansetzte, denn wenn man wartete, fielen die Eisenspäne herab, die sich überall festsetzten und in die Haut schnitten. War man zu langsam, dann war der Typ schneller und konnte den Durchgang mit einem Schieber versperren. Dann musste man wieder zurück und kam in den Bereich der Heißluft, die schrecklich auf der Haut brannte und ihr den Atem nahm. Einzig die Schnelligkeit und der Tunnel boten Sicherheit für einen kurzen Augenblick. Hinter ihm musste man auf der linken Seite in einen Schacht und nach oben klettern, bis in die oberste Ebene, wo sich eine weite Fläche öffnete und das viele Licht den Augen wehtat, die doch an das Halbdunkel gewohnt waren. Die alte Eisenkonstruktion überspannte kühn die Weite zwischen den Ziegelmauern. Das Gusseisen erinnerte an die Konstruktionen von Gustave Eiffel. Beidseits der Mittelachse war das Dach gekantet, wobei die Senkrechte mit langen Fensterbahnen versehen war. Das Glas war zwar von einer dichten, grauen Patina überzogen, doch schickte die strahlende Sonne genügend Licht hindurch.

Es gab keine Möglichkeit, die Dachkonstruktion zu erreichen, oder an die seitlichen Mauern zu gelangen. Glatte Holzwände verhinderten jeden Kletterversuch und schirmten die Seiten ab. Hier oben genoss sie für einen Augenblick das Gefühl frei zu sein, über den Dingen zu schweben. Hier stand ein großer Plastikbecher mit Wasser, in der Mitte der Fläche.

Nicht weit davon entfernt befanden sich zwei Löcher. Das rechte führte hinunter auf die Grundebene und in den großen Raum, wo das Pendel schwang. Das linke Loch endete nach einigen Windungen und Prüfungen wieder in einer Sackgasse. Wenn man zurückkrabbelte, kroch, kletterte, war der Strom mit einem Mal da. Im Dunkel war es möglich, das matte Schimmern der Metallkontakte zu erkennen.

Und das Pendel war ein tödliches Monstrum.

Sie drehte sich zur Seite. Wieso machte sie mit, bei diesem Spiel, aus welchem Grund? Ja sie hatte Durst, aber das war nur ein Teil ihrer Motivation. Treibender und energischer war sie getrieben von der Furcht; der Furcht vor dem, was passieren würde, wenn sie sich dem Spiel verweigern würde. Das hatte sie inzwischen erkannt – es war ein Spiel. Ein Spiel, bei welchem ihre Aufgabe ganz sicher darin bestand, das lichtumflutete Tor zu erreichen. Die anderen, die ihr unsichtbaren Spieler, hatten das Ziel, genau das zu verhindern. So einfach war es. Nur wusste sie nicht, wie viele Leben sie hatte und ob es ein Bonusprogramm gab und gegen wen sie spielen musste, denn sie musste spielen – die unbekannten anderen wollten spielen. Solange es möglich war, wollte sie mitspielen, denn das Einzige, was sie damit gewinnen konnte, war zugleich das Allerkostbarste für sie: Nichts war wertvoller als – Zeit.

Gewölbe

Bucher wachte im Morgengrauen auf. Die feuchte Kühle hatte ihm schneidend an die Schultern gegriffen, trotz der zwei Decken, die über ihn gelegt worden waren. Miriam.

Drunten, über der Lechschleife, waren die Baumwipfel von trüben Morgennebeln verhangen. Eine Bewegung, die er aus den Augenwinkeln wahrgenommen hatte, veranlasste ihn sich halb aufzurichten und hinüber zum Waldrand zu sehen. Über die Wiese schnürte ein Fuchs. Er hielt kurz an und schaute zurück. Ihrer beider Blicke trafen sich. Lange, so kam es Bucher vor, blickte ihm der Schlaue in die Augen, ernst und fordernd zugleich, bis er unaufgeregt seinen Weg fortsetzte und im Gebüsch verschwand. Hatte er gut gefressen?

Bucher richtete sich nun langsam auf, dehnte und streckte vorsichtig Muskeln und Gelenke, die sich eingefroren anfühlten. In der Küche klapperte es.

Miriam goss ihm Kaffee ein, tat warme Milch dazu, setzte sich schweigend an den Tisch und las Zeitung. Irgendwann fragte sie: »Was hat es gestern noch gegeben, dass du nicht nach Frankreich gefahren bist?«

»Wir hatten eine Fundstelle, deshalb hat es so lange gedauert.«

»Diese vermisste junge Frau?«

Er überlegte, was er sagen sollte, war aber zu müde, der Frage elegant auszuweichen. »Nein. Das Bein einer anderen. Es lag im Müll, auf einem Autobahnparkplatz im Münchner Norden.«

Sie verzog ihr Gesicht zu einer schmerzverzerrten Miene. »Ohh. Ich hatte schon an so etwas gedacht, als ich dich heute Morgen drunten auf der Liege sah. Der Buchfink hatte mich geweckt. Was wird jetzt?«

Er zuckte mit den Schultern. Was wird jetzt? Eine gute Frage.

*

Er machte sich müde auf den Weg in ein erwachendes München. Aus allen Richtungen strömte die Pendlerflut der der Stadt zu. Am Weißenburgerplatz prallten die Sonnenstrahlen auf den Glaspalast-Brunnen. Gleißende Wasserfäden sponnen sich über die Granitteller und schienen aus den Kronen der blühenden Linden selbst zu kommen, von denen ein süßer Duft in die Straßen des Viertels zog. Im Untergeschoss des Marienplatzes stoppte ein Mann und sonnte sich im warmen Orange des Tunnelbogens. Die Massen fluteten um ihn herum, einige verwundert, andere verärgert.

Lara Saiter empfing Bucher bald darauf mit der gleichen Frage, die Miriam ihm gestellt hatte: Was wird jetzt? Diese Frage von ihr gestellt, irritierte ihn. Er wich ihr aus, obwohl er schon einen Plan hatte.

Ein Blick in Hartmanns Büro zeigte einen verwaisten Schreibtisch. »Wo ist Alex?«, fragte er.

»Ach, du weißt das noch nicht? Ich dachte du hättest es an den Zeitungsständen schon gesehen.«

»Was weiß ich nicht, was hätte ich sehen sollen?«

Sie ging in ihr Büro, holte die Boulevardzeitung und warf sie auf den Tisch im Besprechungsraum. Batthuber kam dazu. Bucher brauchte eine Weile, um die Titelstory zu erfassen. Das riesige Farbfoto zeigte einen Müllhaufen und mittendrin war der Trekkingstiefel zu sehen. *Münchnerin zerhackt!* stand in handgroßen Lettern darüber. Bucher sah die anderen beiden fassungslos an. »Wie kann das passieren?! Es waren doch nur unsere Leute vor Ort!«

Batthuber zuckte mit den Schultern und angelte sich die Zeitung. Er kannte das Foto bereits und betrachtete es, als wäre von ihm eine Antwort auf Buchers Frage zu erwarten.

»Und Alex mischt die von der Redaktion jetzt auf, oder was?«, fragte Bucher.

Lara konnte ihn beruhigen. Hartmann hatte sie angerufen, als er schon auf dem Weg zu Anne Bohms Eltern war. Er musste jeden Augenblick wieder zurück sein.

Wie an jedem Tag war er mit der U-Bahn bis zur Maillingerstraße gefahren und hatte oben am Ausgang das Spalier an Zeitungsständern in Augenschein genommen. Ein Blick, der einem schnell die Lage der Nation vermittelte. Seit einigen Jahren war es beliebt von Schneekatastrophen zu titeln, wenn es schneite, und von Glutöfen, wenn die Sonne schien. Überschwemmungen waren mit Superlativen schon gar nicht mehr darzustellen.

Er hatte eine Weile gebraucht, bis er realisiert hatte, welches Foto da auf dem Titel der einen Zeitung abgedruckt war und sofort eines der Taxis gekapert, die gegenüber am Bio-Basic standen. Anne Blohms Eltern sollten nicht unvorbereitet damit konfrontiert werden und an ihren Gefühlen verzweifeln – denn es war nicht das Bein ihrer Tochter.

Blohm war fürchterlich erschrocken, als er Hartmann erkannte. Sein ganzer kräftiger Körper hatte sich im Bruchteil einer Sekunde verkrümmt und sich während der ganzen Zeit, in der Hartmann im Hausgang stand, nicht mehr entspannt. Seine Frau war beruhigter und dankbar um den frühen Besuch, der doch die Sorge um ihr Befinden zum Grunde hatte. Sie nahmen die Nachricht von dem Fund gefasst auf. Die Ungewissheit, die blieb, fühlten sie nun wie Zuversicht.

*

Als das Team bald darauf zusammenkam, sagte Bucher: »Du wirst deinen Freund, diesen … diesen …«

»… Zenner …«, ergänzte Hartmann.

»… genau den … Zenner … den wirst du mal ins Gebet nehmen müssen.«

»Kann mir nicht vorstellen, dass er was mit dem Foto zu

tun hat«, meinte Lara Saiter, »jeder hat doch heutzutage so ein elendes Smartphone und da ist ein Foto schnell gemacht. Wahrscheinlich dürfen wir froh sein, nicht schon als Serie auf *youtube* zu laufen – *the Ermittler.*«

»Ich meine ja gar nicht, dass Zenner das Foto gemacht hat und für ein paar Silberlinge an die Pressemafia verscheppert hat. Aber er war der Verantwortliche vor Ort; aber lassen wir das jetzt. Was haben wir zu den drei Vermisstenfällen Neues?«

Lara Saiter kramte ihren Notizblock hervor und erzählte von den Telefonaten, die sie geführt hatte. Der Freundschaftskreis von Anne Blohm hatte sich vor knapp einem Jahr zerstreut. Ihre *beste Freundin,* eine Verena, lebte inzwischen in Libourne, nahe Bordeaux. Sie war Außenhandelskauffrau und arbeitete in einer Weinhandelsfirma. Anne Blohm wollte sie dort besuchen. Die beiden hatten sich auf die gemeinsamen Tage gefreut und sie lachte nur, als Lara fragte, ob Anne Blohm eine depressive Phase durchlebte. Auch zwei andere Freundinnen hatten München verlassen. Eine hatte nach Paderborn geheiratet.

»Nach Paderborn geheiratet …«, wiederholte Hartmann, »… unverständlich, völlig unverständlich … das muss eine sehr große Liebe sein … Paderborn.«

Bucher zog ein Resüme: »Bruder verunglückt, Freundeskreis zerstreut, Beziehung beendet, erfolgreicher Job gegen Problem getauscht – da tut eine Auszeit schon gut.«

Lara stimmte zu. »Das sehe ich auch so. Aber noch mal zu dieser Paderbornerin, die etwas Interessantes gesagt hat. Sie war gar nicht so entsetzt über Anne Blohms Verschwinden und meinte, sie hätte Anne Blohm in letzter Zeit eigenartig gefunden.«

Hartmann sah auf. »Eigenartig? Sagte sie *eigenartig*?«

»Ja. Sie hatte bei den Telefonaten das Gefühl, Anne Blohm würde ihr etwas verschweigen … seit einem guten halben Jahr etwa. So ein Gefühl halt.«

»Hat sie Anne Blohm darauf angesprochen?«, wollte Bucher wissen.

»Nicht direkt, eher in so versteckten Fragen wie: *Ist alles in Ordnung, geht's dir wirklich gut, gibt es da was … einen Neuen …?* Anne Blohm soll dem ausgewichen sein.«

»Und die sogenannte beste Freundin in Frankreich, die hat das nicht so deutlich mitgekriegt?«, fragte Batthuber.

»Nein. Ich habe sie danach gefragt, aber sie hat das nicht so empfunden. Einer von den Typen in der Firma muss sie recht angeschleimt haben. Einen Namen habe ich aber nicht.«

Batthuber und Hartmann sahen sich an. Zeitgleich sagten sie: »Buntzl?«

Bucher war unzufrieden. »Das bringt uns alles nicht weiter. Von den Eltern ist nichts zu wollen. Die sind der Meinung, alles sei wunderbar gewesen im Leben ihrer Tochter und die Mutter betrauert den Schwiegersohn, den sie gerne gehabt hätte. Ich vermute, Anne Blohm hat ihre Probleme von ihren Eltern ferngehalten – um sie nicht zu belasten. Von ihnen werden wir nichts erfahren können, was uns weiterhelfen könnte.«

Lara Saiter hob den Zeigefinger, als wollte sie sich melden. »Na ja. Etwas habe ich schon noch. Ich kann im Moment nicht viel damit anfangen, aber es passt nicht zu Anne Blohm, jedenfalls nicht zu der Anne Blohm, wie wir sie bisher kennen.« Sie zog ein paar Fotografien aus dem Aktendeckel und schob sie Bucher zu.

Es waren düstere Aufnahmen von langen dunklen Schächten. Das wenige Licht auf den Mauern zeigte die Umrisse starker Steinquader, auf denen Mauerwerk, aufsetzte; grober Mörtel war zu erkennen: Katakomben. Auf einem der Fotos bestand der obere Bildrahmen aus dem Schwarz eines Bogengewölbes, hinter dem sich beleuchteter Raum ausbreitete. Nach links und rechts führten breite Gänge. Das Licht war gelblich warm. Eine unterirdische Halle. Bucher betrachtete das Foto lange, denn in der Wärme des Lichts waren die Umrisse von Körpern zu erkennen. Die harten Kontraste zwischen hell und dunkel lösten die Dreidimensionalität auf. Bucher suchte den Gestalten eine Information abzugewinnen. Es waren echte, lebende Menschen in einem sehr großen

Raum. Er reichte die Fotos an Hartmann weiter: »Was ist das, Lara?«

Sie hob resigniert die Hände. »Keine Vorstellung. Schaut aus wie in einem unterirdischen Kanalgewölbe, es ist aber keine Feuchtigkeit in den Lichtreflexen zu erkennen ... und diese mächtigen Hallen ... keine Ahnung?«

»Die sind nackt«, sagte Hartmann und hielt das Foto mit dem Lichtschein weiter von den Augen weg, »die tanzen da echt nackt herum, da ist keine Kleidung an den Umrissen zu erkennen. Also für mich sieht das aus wie eine dieser Hexenmessen, oder so was Ähnliches, eine Orgie vielleicht.«

Lara Saiter erklärte: »Die Fotos lagen in einem Kuvert unter den Aktenordnern, die Anne Blohm bei ihren Eltern deponiert hatte. Unser Fotolabor hat die Dinger schon gescannt und versucht auf ihnen etwas mehr sichtbar werden zu lassen, als auf den Abzügen zu erkennen ist. In einem Mäppchen habe ich außerdem Speicherkarten gefunden. Wenn wir Glück haben, befinden sich die Fotos im Original drauf. Ich finde diese Aufnahmen äußerst eigenartig. Sie strahlen eine Unheimlichkeit aus, etwas Dämonisches und das alles mit einem Schuss Erotik. Fast könnte man meinen, es handele sich um eine Inszenierung.«

Bucher und griff noch einmal nach den Fotos. »Eine dämonische Stimmung, und erotisch, genau so. Fast wie ein Motiv aus Dantes Inferno. Wo kommt dieses warme Licht her? Ich sehe keinen Rauch und in einem Gewölbe Feuer zu machen ist ja kaum vorstellbar. Wer immer die Aufnahme gemacht hat, stand in einem Gewölbegang, dann diese Halle und links und rechts wieder ein Gewölbe. Da ist kein Beton, nur Ziegel und altes Mauerwerk.«

»Ein alter unterirdischer Kanal, eine Gruft, eine Krypta oder ein offen gelassener Bunkergang«, warf Hartmann eine Reihe von Vermutungen in den Raum, »... und Feuer ist da keins. Viel zu gleichmäßig ausgeleuchtet, außerdem wäre dann da Rauch.«

Lara fragte: »Gibt es solche Katakomben überhaupt in

München? Nach Kanalisation sieht es wirklich nicht aus … alles trocken?«

»U-Bahn könnte sein. Da ist es trocken.«

»Aber überwacht, verschlossen, gewartet – sehr schwer, da unbemerkt reinzukommen, noch dazu so viele. Halte ich für ausgeschlossen«, sagte Hartmann, »außerdem ist da alles aus Beton. U-Bahn scheidet meiner Meinung nach aus.«

»So sorgsam wie diese Fotos verpackt waren, müssen sie Anne Blohm schon etwas bedeutet haben.«

Hartmann schob die Aufnahmen in die Tischmitte. »Vielleicht lag die Nicht-beste-Freundin mit ihrer Empfindung gar nicht so daneben und Anne Blohm hatte tatsächlich etwas zu verschweigen.«

Bucher sah auf die Fotos. »Sie muss sie nicht selbst fotografiert haben. Kann ihr auch jemand gegeben haben. Passt aber nicht zu ihr … du bleibst da dran, Lara, jaja.«

Sie nickte.

Batthuber übernahm und verteilte eine kompakte Zusammenfassung der Vermisstenakten Schieg, Bender und Blohm, anhand derer sie weiterarbeiteten. Bucher schrieb die Vornamen der Frauen in Rechtecke, darunter die Monate, in denen sie verschwunden waren, und begann dann unter jedem Namen die individuellen Daten und Merkmale aufzulisten. Zusammen mit den Fotos wurde aus der tabellarischen Übersicht eine erste, fragmentarische Darstellung der Persönlichkeiten. Alle drei waren um die dreißig Jahre alt, wohnten in München, waren unverheiratet, hatten keine Kinder, verfügten über eine gute Ausbildung, hatten beruflichen Erfolg, waren dadurch finanziell gesichert; auffallend war ihre körperliche Leistungsfähigkeit. Eine Zeit lang drehte sich ihre Diskussion um diese Gemeinsamkeiten. So recht brachte sie diese Feststellung aber nicht weiter.

Bucher begann von vorne. »Es handelt sich um den gleichen Frauentyp, vergleichbare Lebensumstände und Sozialisation. Das deutet auf eine Schnittstelle hin, die sie miteinander verbindet; die müssen wir finden. Doch zunächst einmal zur Chronologie: Kara Schieg verabschiedet sich am vierten

Oktober letzten Jahres, startet in München und nimmt die nördliche Route über St. Ottilien nach Augsburg. Von dort geht es auf dem schwäbischen Jakobsweg weiter zum Kloster Oberschönenfeld. Über Bad Wörishofen und Buchenberg will sie nach Lindau. In Buchenberg treffen Augsburger und Münchner Pilgerroute zusammen … dort ist der letzte persönliche Kontakt dokumentiert – am elften Oktober. Das wissen wir von ihrem Bruder, der die Vermisstenanzeige aufgegeben hat. Von Pilgern steht in den Unterlagen allerdings nichts. Das finde ich eigenartig. Wir müssen den Bruder kontaktieren und nach einer Ansichtskarte fragen – ob er eine erhalten hat.

»Ist schon notiert«, kam es von Lara.

Hartmann machte weiter. »Nora Bender begibt sich am fünften März auf Wanderschaft – mit einem Unterschied zu den beiden anderen: Sie startet nicht in München, sondern in Freising. Wir wissen inzwischen – es gibt zwei Routen: Aus Böhmen und Franken kommend, läuft alles auf Augsburg zu und von dort geht es nach Süden, wo Lindau das Ziel ist. Von München, Freising und aus dem Ober- und Niederbayerischen her geht es in Richtung Alpenrand und dort entlang bis nach Buchenberg, von wo alle Wege nach Lindau führen. Nora Bender telefoniert letztmalig am neunzehnten März mit ihrem Lebensgefährten von Scheidegg aus, einem kleinen Allgäuer Kurort nicht weit vom Bodensee entfernt. Insgesamt hatte sie zwei Wochen eingeplant und wollte am nächsten Tag von Lindau aus mit dem Zug zurück nach München fahren. Der Kontakt reißt ab und am achtundzwanzigsten März erhält ihr Lebensgefährte eine Postkarte aus Toulouse – zweifelsfrei von Nora Bender geschrieben, wie im Bericht vermerkt ist. Sie schreibt einen kurzen, belanglosen Text, in dem sie mitteilt, bis nach Compostela wandern zu wollen. Das ist für die Angehörigen verwirrend, denn damit lässt sie ihr bisheriges Leben vollständig hinter sich: Partner, Job, Familie, Freunde. Ihr Lebensgefährte meldet sie daraufhin als vermisst und die Kollegen nehmen die Anzeige nur auf, weil er sich recht aufgeführt hat.« Hartmann las den Text der Postkarte vor. »*Ihr Lieben, habe mich anders entschieden und freue mich an allem sehr. Werde bis Compostela weitergehen. Liebe Grüße …*«, Hartmann sah auf: »Toulouse?! Da wollte sie gar nicht hin. Und wir finden im Juni ihr abgetrenntes Bein im Münchner Norden?«

Lara Saiter machte es kurz. »Am neunten Mai startet Anne Blohm direkt am Münchner Marienplatz, nimmt die Route in den Pfaffenwinkel über Starnberg, Andechs, Wessobrunn und meldet sich telefonisch ein letztes Mal direkt aus Lindau. Am vierten Juni kommt eine Postkarte aus Orléans. Von ihr geschrieben, der Text verwirrend und inhaltlich nicht ihr zuordenbar, Tränenflüssigkeit im Karton nachgewiesen. Keine daktyloskopischen Spuren unter der Briefmarke, was nahelegt, eine andere Person hat sie spurenneutral aufgeklebt.«

Bucher stand auf und zog eine Linie an die Magnettafel. Er zeichnete die Monate von Oktober letzten Jahres ein, wie Zentimeterstriche auf einem Lineal. »Ende Oktober verschwindet Kara Schieg, Im März dann Nora Bender und im Juni schließlich Anne Blohm. Von Beginn ihrer Touren bis zum Verschwinden vergehen nie mehr als vier Wochen. Nach einem Monat haben die Angehörigen eine Ansichtskarte aus Frankreich vorliegen. Zwischen den Fällen liegen drei, vier Monate. Nora Benders Bein wird drei Monate nach ihrem Verschwinden gefunden. Bislang keine Erkenntnisse über Verwesungsspuren. Gehen wir von einem Täter aus, der sie tötet und zerteilt, und betrachten wir uns das Zeitdiagramm – was fällt euch auf?«

»Na, die lange Zeit zwischen Verschwinden und Auftauchen eines Leichenteils, zumindest bei Nora Bender.«

»Richtig. Und wonach fragen wir zuerst?«

Lara Saiter antwortete zuerst: »Was macht er mit den Frauen in der langen Zeit, bis er sie tötet? Es muss etwas Besonderes sein. Er scheint keiner von der schnellen Sorte zu sein. Ich denke, das *Warum* steht im Moment nicht im Vordergrund.«

Als Bucher der Frage nach dem *Warum* nachgegangen war, geriet er dabei zu einem Gespräch, dem er erst unfreiwillig, dann neugierig, in der S-Bahn gelauscht hatte. Zwei Männer am Sitz gegenüber unterhielten sich über die Messung der Temperatur von Getriebeölen. Dabei erfuhr er, dass die Temperaturanzeige im Fahrzeugcomputer nicht gemessen, sondern nur geschätzt sei. Einer der beiden erklärte, die Schätzung sei trotzdem so exakt wie eine Messung, weil genügend Rahmenparameter bekannt seien, die auf die exakte Temperatur schließen ließen. Das Schätzen sparte also einen zusätzlichen Sensor, Gewicht, Fehlerquelle, und so weiter.

Er war davon überzeugt, in einer ähnlichen Situation zu sein. Nur ging es ihm nicht um Geld oder Gewicht, sondern um Zeit. Ihn quälte eine böse Ahnung, und er wollte lieber gut schätzen, als zu lange auf ein exaktes Ermittlungsergebnis zu warten. Seine Rahmenparameter bestanden aus bislang bekannten Geodaten und seine Präferenz galt dem *Wo*.

»Das sehe ich ähnlich, Lara. Die Frage nach dem *Warum* wird uns im Moment wenig weiterbringen. Allerdings halte die Frage nach dem *Wo* für noch spannender. *Wo …!?* Wo hält er sie so lange Zeit fest? Darum geht es mir vordringlich. Wir müssen den Ort finden!«

Batthuber schnaubte laut. Hartmann hatte sich aufgerichtet.

Bucher blieb unbeeindruckt und äußerte sich gewagt. »Ich gehe davon aus, dieser Ort befindet sich in München, kann auch sein, dass es im näheren Umfeld ist. Aber München ist gesetzt, denn wir haben eine klare Zuordnung von Täter zur Tat und zum Opfer: Und das ist – der Ablageort des Beins von Nora Bender. So etwas traut sich niemand in fremder Umgebung. Der Typ, der das getan hat, ist aus München!« Bucher fixierte Batthuber. »Haben wir inzwischen die Listen mit den Leerungsterminen der öffentlichen Müllcontainer erhalten?«

»Ja, schon. Das ist allerdings eine uferlos unübersichtliche Exceltabelle. Ich bin gerade dran, das nach Autobahnen, Bundesstraßen und so weiter zu ordnen. Die Leerung für den

Parkplatz an der Panzerwiese habe ich schon rausgefunden. Das wäre gestern gewesen.«

»Gestern? Haltet ihr das für Zufall? Ich nicht.«

Hartmann schaltete sich ein. »Gut, gut, gut… das mit München klingt ja durchaus nachvollziehbar. So wie das aussieht, schnappt er sich seine Opfer zwar nicht, um sie sofort zu töten – aber töten will er sie. Und daher ist die Frage schon von Bedeutung, was er mit ihnen so lange anstellt. Nach einem klassischen Triebdelikt sieht es nun mal gar nicht aus.«

Niemand widersprach ihm.

Batthuber klang frustriert: »Klassisch nicht, aber… drei junge Frauen… das hat schon mit Sex zu tun.«

Lara Saiter griff ein. »Ausgeschlossen ist es nicht, aber diese lange Zeit. Ich kann mir schon viel Makabres vorstellen, aber es passt doch nicht alles so ganz zusammen. Der immense Aufwand… was könnte sonst noch infrage kommen, um eine Frau zwei, drei Monate gefangen zu halten?«

»Organe!«, fiel Batthuber ein, »Es geht um Organe… junge, gesunde Frauen…«

Bucher unterbrach ihn mit einer Handbewegung. »Nein, das glaube ich nicht. Wer so etwas durchzieht, der verfügt über andere Möglichkeiten, sich des Körpers zu entledigen, als die einzelnen Leichenteile auf öffentliche Müllbehälter zu verteilen; ist ja ein gewaltiges Risiko. Nein. Ich will es zwar nicht kategorisch ausschließen, aber…«

Batthuber war in Fahrt gekommen. »Ja gut, dann eben aus einem Grund, den wir noch nicht eingrenzen können. Aber was die geografische Aufbereitung angeht – er verschleppt sie doch nach Frankreich… oder etwa nicht? Ihr redet plötzlich von München, aber was ist mit den Ansichtskarten aus Orléans und Toulouse? Die stammen unstrittig von der Blohm und der… der anderen… die Karte ist aus Frankreich, die Briefmarke passt, der Stempel ist echt – alles perfekt. Die waren in Frankreich.«

Hartmann klang äußerst skeptisch. »Diese Frankreichvariante hat mir von Anfang an nicht gefallen. Überleg mal –

von Lindau aus! Da muss er durch drei Schleierfahndungszonen und wenn er auf der deutschen Seite die Route am Schwarzwald vorbei nimmt, ist er eine Ewigkeit unterwegs, noch dazu auf elenden Landstraßen, und die Autobahn über Stuttgart – Karlsruhe ist viel zu heiß wegen der vielen Schwarzgeldkontrollen. Da sind Zoll, Bundespolizei und Landespolizei rund um die Uhr. Und die Tour auch noch mit einer Gefangenen – einer lebenden Gefangenen wohlgemerkt –, das ist schwer vorstellbar … und zum krönenden Abschluss auch noch um Paris herum«, Hartmann sah Bucher auffordernd an, »ne, ne, ne, Leute … er muss doch den Großraum Paris passieren, wenn er nach Orléans will und nach Toulouse, oder nicht, Johannes?«

Bucher baute eine Frankreichkarte im Geiste auf. »Es gäbe schon gewisse Umwege, vielleicht über Nancy, Sens und Troyes, aber letztlich kann er dem Großraum Paris kaum entgehen und in Frankreich lauert an jedem zweiten Kreisverkehr und an beinahe jeder Mautstation die Gendarmerie. Ein großes Risiko.«

»Aber die Ansichtskarte von Anne Blohm kommt zweifelsfrei aus Orléans und die von Nora Bender wird genauso echt aus Toulouse sein«, warf Batthuber, nun schon überzeugter, ein.

Bucher winkte ab. »Zu den Karten später. Das Bein, das Bein ist die wirkliche Spur! Kannst du dir vorstellen, ein Täter verschleppt Frauen nach Frankreich, tötet sie dort und kommt nach München zurück, nur um die Leichenteile zu entsorgen, während er in Frankreich wochenlang sonst was getrieben hat? Das macht keinen Sinn. Niemals. Alle drei waren aus München, hatten hier ihre sozialen Bindungen, alle drei waren auf Pilgertour, als sie verschwunden sind, und der letzte von Zeugen qualifizierte Kontakt fand immer im Raum Lindau statt. Ergo …?«

Hartmann machte weiter. »Es ist kein Zufall … das nicht. Er kundschaftet seine Opfer aus, weiß genau, wen er will, warum er sie will und wo er sie ohne großes Risiko kriegen kann.«

»Genau … er hat eine funktionierende Methode, einen exakt definierten Opfertyp, einen vertrauten Aktionsraum und einen Rückzugsraum, in dem er sich absolut sicher fühlt: München. Das ist seine Komfortzone. So ist es.«

Lara Saiter meldete sich wieder. »Da unten bei Lindau, da bündelt es sich auch. Könnte doch sein, dass er da unten sein Versteck hat. Von da ist es nicht mehr ganz so weit nach München. Die drei hatten zwar unterschiedliche Routen, aber dort unten verliert sich ihre Spur. Hast du eigentlich …«

Bucher winkte ab. »Ja, ich hab die Kollegen dort schon per Mail informiert. Also am Bodensee passt er sie ab, gut. Trotzdem wieder zurück zum Bein. Der hat sich den Parkplatz an der A99 nicht einfach so ausgesucht. Der kennt den und hat das auch schon öfter gemacht.«

Batthuber meldete sich. »Er sucht sich ganz schön toughe Frauen aus, nicht so Häschentypen; sportliche … und ängstlich sind die auch nicht. Die kidnappt man doch nicht so einfach von der Straße weg. Da unten im Allgäu und am Bodensee, da ist doch jetzt im Sommer viel los.«

Hartmann meinte: »Eben – gut geplant. Der fährt nicht spazieren und sucht nach Gelegenheiten. Dagegen spricht schon das Opferspektrum. Der hat vorher schon Kontakt zu ihnen aufgebaut. Er ist kein Fremder mehr für sie. Hätten sie es mit einem Fremden zu tun, dann wäre die Wahrscheinlichkeit viel höher, dass er sie an Ort und Stelle tötet. Unser Täter ist organisiert.«

Batthuber klang unzufrieden. »Aber was will er denn? Was hat er davon, sie so lange gefangen zu halten? Damit geht er doch ein enormes Risiko ein.«

Bucher stimmte zu. »Um einen schnellen Erfolg in der Lustbefriedigung geht es definitiv nicht. Diese Zeitspanne von mehreren Wochen – genau darin liegt die Bedeutung, sie ist ihm das Risiko wert.«

»Wir haben es also mit jemandem zu tun, der organisiert ist, intelligent plant und sehr zielstrebig vorgeht. Drei Frauen in nicht einmal einem Jahr … eine widerwärtige Sache. Wenn dieser Drogenheini nicht gegen die Müllkiste gedonnert wäre ...«, sie unterbrach, um nachzudenken und schwenkte ab. Ein anderer Gedanke war ihr durch den Kopf gefahren. »Johannes, meinst du wirklich, wir haben es mit München zu tun? Wie kannst du dir so sicher sein? Er könnte doch sonst wo ein Versteck haben.«

Bucher wollte jetzt nichts von Getriebeöltemperaturen erzählen und schon gar nicht vom Schätzen, um Zeit zu gewinnen. »Ich kann es nur noch einmal wiederholen: Für mich ist der Ablageort des Beins entscheidend und der deutet auf München hin. Deshalb werden wir unsere Ermittlungen zunächst hier konzentrieren. Frankreich – damit kann ich gar nichts anfangen. Ich weiß auch noch nicht, was es mit den Ansichtskarten auf sich hat.«

»Eine mutige Annahme«, meinte Hartmann, »klingt ein wenig wie *der Spatz in der Hand und die Taube auf dem Dach.*«

»Nein, gar nicht. Du sagtest selbst, er muss in Kontakt mit ihnen getreten sein. Ja wo denn, wenn nicht hier in München. Er muss also hier präsent sein, das geht gar nicht anders. Und er muss sich dabei sichtbar machen, seine Deckung verlassen. An die Geschichte von einer einsamen Hütte irgendwo im Wald glaube ich nicht – viel zu gefährlich. Das würde dann schon eher in Frankreich funktionieren, weil es weiter und einsamer ist, aber nicht bei uns hier. Es gibt einen Ort, der diese drei Frauen miteinander verbindet – der Ort, an dem er seine Opfer kennenlernt, Kontakt und Vertrauen aufbaut: Frauen um die dreißig, emanzipiert, brünett, alleine auf Pilgerreise.«

Batthuber konnte von den Ansichtskarten nicht lassen. »Auch wenn ich damit nerve, aber was soll denn der Unsinn mit den Postkarten? Damit schafft er sich doch nur Probleme?«

»Ja eben nicht, oder nur geringe, weil er sich damit der Gefahr aussetzt Spuren zu hinterlassen. Diese Karten sind es doch, die ihm etwas ungeheuer Wichtiges verschaffen: Zeit. Denkt mal an die Kollegen, wie die reagieren, wenn die Angehörigen eine Vermisstenanzeige aufgeben wollen und dann mit einer Ansichtskarte daherkommen, die wenige Tage alt ist. Die Masche ist nicht blöde. Allerdings kann ich die Frage, wie er das anstellt, im Moment auch nicht beantworten.«

Lara Saiter zeigte auf Buchers skizzierte Zeitachse. »Er schnappt sie sich unten am Bodensee und bringt sie also hierher zurück, nach München. Gut so weit. Er hält sie in einem Versteck ... und nach zwei, drei Monaten tötet er sie.«

»... und beschafft sich Ersatz, wenn er ihn nicht schon hat«, ergänzte Bucher.

Hartmann sagte langsam: »Das würde ja bedeuten ...«

Bucher setzte den Satz fort: »... Anne Blohm könnte noch am Leben sein.«

Seine Worte lösten keine Euphorie aus, keine Freude über die Chance, die vielleicht bestand. Vielmehr legte sich eine Mattigkeit über alle; ein feiner Nebel der Erschöpfung.

Bucher sprach leise. »Das habe ich die ganze Zeit schon im Kopf und dann kommt dieser elende Zeitungsartikel mit dem Foto daher. Ich könnte immer noch ausflippen. Jetzt weiß er, dass wir an der Sache dran sind und über kurz oder lang auf seine Spur kommen. Das macht das Zeitfenster für Anne Blohm – sollte sie wirklich noch leben – nicht gerade größer.«

»Ihre Karte war besonders eigenartig«, bemerkte Batthuber.

»Ja. Für den Täter ein Instrument sich Zeit zu verschaffen. Ich bin inzwischen der Überzeugung, sie hat diese Karte auch als Instrument betrachtet, und halte ihre eigenwilligen Sätze nicht für ein Zeichen von Angst oder Verwirrung, eher vermute ich so etwas wie eine Botschaft dahinter.«

»Was wir damit aber auch wissen – es muss jemanden geben, der die Dinger in Frankreich eingeworfen hat«, stellte Hartmann fest.

Lara Saiter führte Hartmanns Gedanken fort. »Das funktioniert ja nun gar nicht. Hier in München eine Frau gefangen, und der Täter kurvt in Frankreich rum. Das Opfer wäre alleine, unversorgt, er hätte die Kontrolle aufgegeben – und das nach all den Mühen, sie unter Kontrolle zu bringen. Nein – ausgeschlossen.«

»Zwei Täter«, meinte Batthuber, »zu zweit ginge das, oder jemand, der ihm die Karten zwar einwirft, aber nicht weiß, welchen Hintergrund die Dinger haben.«

Bucher wehrte ab. »Einen zweiten Täter kann ich mir vorstellen, aber nicht, dass der nichts wüsste, oder ahnen würde. Nein – das ist ein wichtiger Akt und der Täter vollzieht ihn selbst, oder er hat einen Eingeweihten, einen Mittäter oder Gehilfen, dem er vertraut. Die Postkarte von Anne Blohm war klinisch rein. Sogar unter der Briefmarke gab es nichts zu holen – keine Fingerspuren, keine Schuppe, kein Härchen. Sehr professionell.« Bucher hielt kurz inne. »Wir reden bislang immer von Männern als den Tätern. Eine Helferin wäre auch denkbar. Das hatten wir ja auch schon … Frauen, die ihren Männern geholfen haben, die Teil einer monströsen Handlungsfolge waren. Und die Ansichtskarten – er zwingt sie zu schreiben. Das scheint mir klar.«

In Hartmanns Büro klingelte das Telefon. Er ging hinüber.

Batthuber stöhnte. »Ausgerechnet jetzt, wo Babette in Urlaub ist. Wo sollen wir anfangen?«

»Daten sammeln. Alle Daten über die drei Frauen, beginnend von der Schule mit den letzten Klassenkameraden, Jugendfreunden, Studien- und Arbeitskollegen, Vereinsmitgliedschaften, Freunde, Beziehungen, Bekannte, Sport …«

»Kirchengemeinden, Tankstellen, Einkaufsmöglichkeiten … Facebook«, setzte Lara Saiter fort, »ich habe das Notebook von Anne Blohm schon an die Forensik gegeben. Ich hoffe bald Ergebnisse zu erhalten.«

Bucher hielt inne und sagte leise: *»Du hast es gut, deine Opfer sind schon tot.«*

»Was sagst du da?«

Er vollzog eine abwehrende Handbewegung. »Nur so, hat mir ein Kollege gesagt. Und nun das – ein lebendes Opfer. Ist neu für mich.«

Hartmann kam aus seinem Büro zurück. »Es gibt Neuigkeiten.«

Alle Augen waren auf ihn gerichtet. »Dieser kleinwüchsige Schleimer hat angerufen …«

»Buntzl«, entfuhr es Batthuber, der damit richtig lag.

»Er hat ein wenig rumgedruckst. Es geht um Rudolf Siebl. Der hat sich gestern krank gemeldet, für den Rest der Woche …«

»Ja, und?«, fragte Lara.

»Zuerst hat er sich geziert, sagte, er hätte uns gerne schon eher in Kenntnis gesetzt, was aber nicht gegangen wäre. Es ging um Siebls Sohn – Tobias Siebl. Der war für einige Zeit in einem dieser Integrationsprogramme – als Patient, nicht als Therapeut. Also in der Firma von Vattern, ja. Es muss dabei zu Übergriffen gekommen sein – auf Anne Blohm.«

»Übergriffe … auf Anne Blohm … und welcher Art waren die?«, fragte Bucher.

»Ich hab schon nachgesehen. Unsere Akten geben darüber nichts her. Wie Buntzl gesagt hat, soll der kleine Siebl die Anne Blohm in unangenehmer Weise bedrängt haben, mehrfach, was schließlich dazu geführt hat, ihn aus dem Programm zu nehmen. Man hat das intern geregelt, weil der Papa doch der Chef war und bei Anne Blohm kein Interesse daran bestand, es öffentlich werden zu lassen. So hat es Buntzl jedenfalls dargestellt.«

Lara Saiter lachte bitter. »Kann ich mir schon vorstellen, was da gelaufen ist … *hatte keine Interesse daran, es öffentlich werden zu lassen* … Siebl hatte kein Interesse daran, so ist es doch! Da wird uns der feine Herr aber noch mal zur Verfügung stehen müssen. Wohnt der Junior denn noch bei ihm zu Hause?«

»Ich habe das Einwohnermeldeamt schon abgefragt. Gemeldet ist er unter der Adresse, ja, und eine frühere oder andere Wohnung ist nicht eingetragen. Da ich gerade dabei war, habe ich den Herrn Sohn gleich mal quer durchs INPOL gelassen … er hat schon tüchtig bei uns arbeiten lassen: Betäubungsmittel, gefährliche Körperverletzung, Nötigung mit sexuellem Hintergrund und die Klassiker aus dem Bereich *mein und dein, was soll das sein*? Zweimal ist er in Haft gewesen, einmal Jugendknast in Ebrach, das andere Mal in Straubing. Er hat nach der Realschule eine Ausbildung als Metallbauer begonnen und auch abgeschlossen. Allerdings nie in dem Job richtig gearbeitet, mal hier, mal da.«

»Ein rechtes Früchtchen also«, meinte Lara Saiter.

»Ein übles Früchtchen, würde ich sagen. Wir werden ihn uns mal vornehmen.«

»Macht das«, sagte Bucher und ging zurück in sein Büro.

Lara Saiter rief ihm nach. »Und das mit Frankreich, das ist jetzt wirklich gestorben?«

»Ja, ist es.« Er klang viel resignierter, als er es beabsichtigt hatte.

»Das ist schade … tut mir leid für dich, wo Hans das doch so wunderbar eingefädelt hatte.«

*

Alfons Zenner ging es schlecht an diesem Tag. Tags zuvor, nach dem aufregenden Nachtdienst mit der Morgenüberraschung, hatte er viel länger geschlafen, als es ihm gutgetan hatte, und war erst am Nachmittag aufgestanden. Müde hatte er anschließend in der Wohnung herumgesessen, wollte keine Zeitung lesen, keine Radtour mehr machen, weil es zu spät war, und auch zum Baden zu gehen lohnte sich nicht mehr. Seine Frau sprach kaum mit ihm, sogar die Zwillinge hielten ihr Gequake unter Kontrolle – ein deutliches Zeichen, dass man schlechte Laune bei ihm vermutete und in der Präventionsphase verharrte. Das machte ihn nicht fröhlicher.

In der folgenden Nacht war er lange wach geblieben, hatte Musik gehört und sich erst in den frühen Morgenstunden hinlegen können. Auch der folgende Tag bescherte ihm keine günstigere Gemütsverfassung und er spürte, wie sehr er im eingespielten Familiengefüge als Fremdkörper wahrgenommen wurde. Dieses Bein, das da vor ihm im Müll gelegen hatte – es setzte ihm mehr zu, als er sich eingestehen wollte.

Er musste alleine sein, packte deshalb seine Badesachen in den Rucksack und hockte sich aufs Radl. Seine Frau hatte sowieso ein Treffen mit ihrer Schwester vereinbart und da wollte er die Stimmung nicht verderben..

Er lebte auf, als er durch die Ludwigsvorstadt in Richtung Isar radelte und die vielen fleißigen Leute hinter den Glasscheiben sitzen sah, wo sie schwitzten und dachten, sich besprachen, die Mäuse bewegten und manche auch arbeiteten.

Vom Flaucher aus wollte er den Isarradweg nach Süden nehmen, so weit es eben ging. Mit der S-Bahn oder dem Zug kam er immer zurück, wenn es spät werden sollte. So mitten unter der Woche frei haben, das war schon eine feine Sache, an die man sich gewöhnen konnte und an der Isar war er auf weiten Strecken fast alleine unterwegs. An einem Sommerwochenende ein unvorstellbarer Zustand.

Er rollte in Richtung Wolfratshausen und nahm die weite Schleife um die Osterseen; stieg dort ins Wasser, döste eine Weile in der Sonne, hörte Dvořák und seine Gedanken entfernten sich langsam aus dem Gedankenkreis, der sich um das Bein und die unbekannte Frau drehte, der es einmal zugehörig war. Es war spät geworden, als er von der Sonne müde gebrannt zurückradelte. An einer roten Ampel hielt er an – ungewöhnlich genug, für einen Münchner Radler. Sein Blick fiel auf die Zeitungsständer und erfasste sofort das Foto und die aufdringlichen Lettern. Er bekam Magenschmerzen. Starke Magenschmerzen.

Die Zeitungen hingen dort schon seit dem frühen Morgen. Niemand hatte ihn angerufen; die Dienststelle nicht und auch nicht die Typen vom LKA.

Kein gutes Zeichen.

*

Bucher arbeitete mit den anderen an einer grundlegenden Datenbasis, die es ermöglichen sollte, Persönlichkeit und Lebensumstände der drei Opfer mit den wesentlichen Schnittstellen zu erfassen. Familie, Kollegen, Freunde, Interessen und Aktivitäten wurden erfasst. Dann wurde nach möglichen Verbindungen gesucht. Waren die drei im gleichen Verein, besuchten sie einmal die gleiche Schule, gingen einer Sportart nach, lernten gemeinsam eine Sprache, gab es einen Chor, eine

Kirchengemeinde, eine Gruppe, wo sie hätten zusammentreffen können? Waren vielleicht Mitglieder ihrer Familien miteinander bekannt?

Batthuber kümmerte sich um die grafische Aufbereitung der bislang bekannten geografischen Lagekoordinaten und richtete die Technik im Besprechungsraum her. Er fluchte über den Kabelsalat. Die anderen tippten, telefonierten, riefen sich über den Gang Informationen zu.

Bucher hatte Weiss in knappen Worten über den Sachstand in Kenntnis gesetzt und der hatte sich gleich für die Besprechung angekündigt. Der Hinweis, es bestünde eine vage Möglichkeit, dass Anne Blohm noch am Leben sei, hatte ihn elektrisiert und nach dem Telefonat war er unruhig im Büro auf und ab gegangen. Er führte ein paar Telefonate, den Presseartikel betreffend. Das konnte man nicht so stehen lassen; gerade jetzt nicht, wo die Umstände des Falles einen dramatischen Weg nahmen. Für den Weg zu Buchers Truppe wählte er die Treppen, um seine Hüften zu trainieren; so wie es die Therapeuten nicht empfohlen, vielmehr angeordnet hatte. Entgegen seiner Gepflogenheit, nach dem Mittagessen kein Koffein mehr an den Körper zu lassen, nahm er Hartmanns Angebot an. Der Hackbraten war bei dieser Wärme die falsche Wahl gewesen.

Hartmann begann mit Kara Schieg. Batthuber warf ein Foto von ihr an die Wand.

Bucher huschte ein trauriges Lächeln übers Gesicht. Es war eines dieser neueren Passfotos, auf welchen ein freundlich lächelndes Gesicht nicht abgebildet sein durfte. Kara Schieg besaß aber ein grundsätzlich freundliches Gesicht und man sah ihr die Bemühung deutlich an, möglichst ernst in das Objektiv zu blicken. Wahrscheinlich hatte sie schallend gelacht, als der Blitz des Fotografen endlich ausgelöst hatte.

Welch eine Zeit, in der wir leben, dachte Bucher, der seine alten Familienfotos immer mit Skepsis betrachtete und ihm das Pathos auffiel, das von den gereckten, steifen Gestalten und feierlichen Gesichtern ausging. Die Menschen damals wollten um alles in der Welt nicht lächeln. Heute wollten sie – durften aber von Amts wegen nicht.

Hartmann fasste sich knapp, so wie es Weiss mochte. Er hatte ein paar Neuigkeiten zu berichten und eilte durch die Faktenlage. Kara Schieg war gebürtige Münchnerin, neunundzwanzig Jahre alt, aufgewachsen in der Maxvorstadt, wohnte seit einigen Jahren in der Mittbacher Straße in Riem. Sie war im letzten Oktober losgezogen. Zu Fuß unterwegs von München bis Lindau. Der Bruder hatte sie Ende Oktober vermisst gemeldet. Von Beruf war sie Außenhandelskauffrau und arbeitete seit dem Abschluss ihrer Ausbildung bei ein und derselben Elektronikfirma. Über Arbeitskolleginnen hatte er die Namen zweier naher Freundinnen bekommen und von ihnen erfahren, dass sie sehr regelmäßig Sport betrieb. Joggen und Radfahren. Vereine, in denen sie aktiv gewesen wäre, waren nicht bekannt geworden. Die Freizeitgestaltung war eher unspektakulär. Ab und zu zusammen weggehen, Kino, Kneipen, Biergarten. Am liebsten war sie in den Bergen beim Wandern unterwegs. Berge – da fühlte sie sich aufgehoben. Ihre Geschwister wohnten in München und sie unterhielt eine enge und innige Beziehung zu deren Familien. Es gab sonst keine Angehörigen, die Eltern waren beide bereits verstorben. Das war es. Der letzte Kontakt mit ihrem Bruder erfolgte über Handy aus dem Allgäu. Wann das genau stattgefunden hatte, konnte nicht mehr rekonstruiert werden, weil keine Daten der Provider mehr verfügbar sind. Hartmann hielt inne und sagte: »Eine wichtige und außergewöhnliche Information habe ich vorhin von ihrem Bruder erhalten: Kara Schieg befand sich nicht auf einer Pilgertour, so wie es bei Nora Bender und Anne Blohm der Fall war. Sie trainierte vielmehr für eine Trekkingtour, die sie im Himalaja unternehmen wollte. Deshalb war sie auch so schnell unterwegs, auf der Strecke von München über Augsburg bis kurz vor Lindau. Wie er mir erzählte, hatte sie zuerst geplant von München in Richtung Osten, nach Berchtesgaden zu wandern, hatte sich dann aber anders entschieden und die Route nach Westen gewählt, weil es da mehr und auch günstigere Unterkünfte gibt und sie in Augsburg eine Verwandte besuchen wollte. Diese Tatsache nimmt die Intensität von unserem Ansatz mit dem Pilgern. Der Täter kann also nicht auf der Suche nach Pilgerinnen, also nach religiös motivierten Frauen sein. Ich habe den Bruder nach einer Ansichtskarte gefragt. Er hat gar nicht lange überlegen müssen und ist gleich ganz narrisch geworden, weil die Kollegen keine Vermisstenanzeige mehr aufnehmen wollten, als sie die Karte gesehen haben. Die Karte kam aus Limoges, Ende Oktober. Ein völlig unsinniger Text sei es gewesen, der mit der Persönlichkeit und der Lebensplanung seiner Schwester überhaupt nichts zu tun hatte. Sie sprach kein Französisch und hatte nie Interesse an Frankreich gehabt. Sie war entweder in den Bergen, oder in Italien. Der Bruder selbst ist viel im Ausland und schwierig zu erreichen. Er lebt getrennt von der Familie und hat keinen ständigen Zugriff auf ihre Sachen – ach ja, das ist so, weil er die Wohnung seiner Schwester aufgelöst hat. Die Postkarte ist nicht kopiert worden und er weiß nicht, wo er sie hat. Etwas schwierig, dieser Fall.«

Weiss nickte ihm zu.

Bucher und die anderen waren von Hartmann gleich nach dem Telefonat über die neuen Erkenntnisse kurz informiert worden. Es veränderte in der Tat den Ansatz der Ermittlungen. Im Pilgerbüro am Hauptbahnhof brauchten sie nun nicht mehr nachfragen.

Lara Saiter erläuterte sehr kurz die Daten von Anne Blohm, die allen noch geläufig waren. Alter, Beruf, aufgewachsen in Neuhausen, wohnhaft am Weißenburger Platz, seit einigen Monaten ohne Beziehung, den Job in der sozialen Einrichtung gekündigt, um für ein ganzes Jahr auf Pilgerschaft zu gehen. Letzter Kontakt aus der Gegend von Lindau. Postkarte aus Orléans.

Bucher machte direkt mit Nora Bender weiter, die aus Gilching stammte, dreißig Jahre alt war und mit ihrem Lebensgefährten in der Kanalstraße, Nähe Isartor, wohnte. Sie hatte ihr Biologiestudium abgebrochen, eine Gärtnerlehre absolviert und ein Studium der Landschaftsarchitektur angeschlossen. Seit drei Jahren arbeitete sie im Botanischen Garten, betrieb in ihrer Freizeit aktiv Yoga und sang im Chor von St. Anna, im Lehel. Ihr Lebensgefährte war ein Ingenieur, der bei den Stadtwerken arbeitete. Letzter Kontakt bestand zwischen diesen beiden, als sie sich in der Gegend von Lindau befunden hatte. Danach kam eine Postkarte aus Toulouse bei ihm an. Eine Kopie hatten die Kollegen, die die Vermisstenanzeige aufnahmen, zu den Akten getan.

Batthuber hatte das System bereits mit den Daten gefüttert, die ihnen bislang bekannt geworden waren: Straßen, Hausnummern, Objekte, Orte.

Er stellte auf Satellitenansicht um und an der Wand leuchteten die Umrisse Münchens auf. Der Beamer zauberte ein so strahlendes Licht in den Raum, dass dessen schäbige Ausstattung nun erst recht keinem mehr auffiel.

Es war jedes Mal aufs Neue beeindruckend – diese abstrakte, losgelöste Sicht auf die Stadt vor sich zu haben –, in einer wandfüllenden Darstellung. Ganz anders als am Bildschirm. Es sah schön aus und man kam sich ein wenig vor wie ein Astronaut – nur nicht so schwerelos und den irdischen Dingen enthoben.

Wie eine geöffnete Blüte lagen die Umrisse der Stadt vor einem, eingebettet in dunkles Grün, durchsetzt von den schwarzen Flecken schattiger Wäldchen.

Die Isar, die die Stadt drittelte, war der erste Fixpunkt, der den Blick anzog. Von dort wanderten die Augen nach Westen, wo der visuelle Schwerpunkt lag – ein grau-blau-rotes Häusermeer. Das satte Grün des Englischen Gartens reichte fast an die Ausläufer des Olympiaparks heran und ein Stück weiter folgte eine weitere grüne Fläche – der Nymphenburger Park. Im Norden die Autobahn und im Süden blanke Stadt, ausfransend, sich im Land festkrallend. Das Stadion in Fröttmaning, klein, aber augenfällig, markierte den Norden, wo wie hingeworfen, die türkisen Flächen der Seen aufschienen. Der Speichersee im Westen, dann der Lerchenauer, Fasanerie-, Feldmochinger und Ampersee. Die Regattaanlage konnte man aus dieser Perspektive für ein Flugfeld halten. Die Messestadt im Westen erschien als karstiger, heller Flecken und ebenso die Theresienwiese und im Norden die Gewerbeflächen entlang der Moosacher Straße und Frankfurter Rings. Dieser Blick auf die Stadt war so unwirklich, so abstrakt, dass Bucher eine Weile brauchte, den Flecken Erinnerungen, Gefühle und Erlebnisse zuzuordnen; die einzelnen Quartiere, Straßen und Plätze aus der Perspektive zu sehen, die menschlich war.

»Nicht die Satellitenansicht, die nehmen wir später, wir nehmen erst einmal die blanke Karte«, verlangte er.

Batthuber schaltete um. Die langweiligen Flächen in matten Gelb-, Grün- und Grautönen schienen auf. Die Traces waren mit transparenten Kreisen markiert, mit Textdaten versehen und farblich zugeordnet. Die Positionen von Kara Schieg waren durch ein leuchtendes Rot kenntlich gemacht, Nora Benders durch ein Tiefseeblau und Anne Blohms Punkte leuchteten Giftgrün hervor. Dreiecke repräsentierten die Arbeitsstellen, Quadrate die Wohnungen, soziale Aktivitäten waren mit Rauten sichtbar gemacht und die Reiserouten erschienen gestrichelt.

Diese drei Linien berührten sich nicht. Gemeinsam war ihnen nur das Ende am Bodensee. Schon auf den ersten Blick erfasste man eine Konzentration im Münchner Osten. Ein kleines lilafarbenes Kreuz leuchtete am Parkplatz im Münchner Norden oberhalb der Panzerwiese und markierte die Fundstelle.

»Klares Zentrum im Osten«, stellte Bucher fest und notierte etwas.

Weiss knurrte zustimmend, schränkte aber ein: »Es gibt einige Ausreißer – nach Riem, der Botanische Garten, Daglfing …«

Lara Saiter sah sich mit der Neunzehnertram in den Münchner Osten fahren. Eine schöne Strecke. »Sehr konzentriert im Osten und wenn man einen logischen Mittelpunkt suchte, dann läge es um den Ostbahnhof herum.«

»Das ist alles S2«, kam es von Batthuber, der das Stadtgebiet größer zoomte und die Linie der S2 in Hellgelb einblendete. »Alles liegt an der Strecke der S2: Riem, Leuchtenbergring, Ostbahnhof, Rosenheimer Platz, Isartor, Laim.«

Weiss musste dem zustimmen, knurrte aber. »Seit wann fährt die S2 zum Botanischen Garten?«

Bucher erklärte: »Nora Bender ist im Winter mit der Tram gefahren – die Sechzehner – und am Romanplatz in die Siebzehner umgestiegen. Im Sommer hat sie aber die S2 bis Laim genommen, wo sie ein Fahrrad deponiert hatte, und ist von dort durch den Nymphenburger Park zum Botanischen Garten geradelt.«

»Ja, das muss man halt wissen«, knurrte Weiss, »also S2, gut. Und was fangen wir mit dieser Info an? Können ja nicht alle Leute in der S-Bahn befragen.«

»Vorerst nichts«, sagte Lara Saiter nebenbei und ließ die Farbmuster auf sich wirken. »Mach es mal kleiner«, forderte sie Batthuber auf.

Jetzt berührten sich einige Kreise und bildeten Schnittmengen.

»Um den Ostbahnhof, eindeutig, da ergibt sich eine Schnittmenge, ein natürliches Zentrum«, stellte sie fest.

Bucher deutete in den Münchner Norden. »Der Parkplatz an der Panzerwiese, wo wir das Bein von Nora Bender gefunden haben, der liegt diesem Kristallisationspunkt Ostbahnhof fast diametral gegenüber, ist aber von dort einigermaßen schnell und sicher über die A99 zu erreichen.«

»Du verortest den Täter im Osten?«, fragte Hartmann.

»Da drüben spielt die Musik. Haidhausen und Au.«

Weiss beschäftigte etwas anderes. »Bei den Opfern handelt es sich doch um … brave … äh nein … äh … ja ihr wisst schon was ich meine, keine Frauen mit irgendwelchen Spleens, oder so.«

»Langweilig, meinst du?«, fragte Lara zweifelnd.

»Nein, das nicht! Aber keine Eskapaden, keine Einträge in Kriminalakten, keine Drogen, kein Alkohol …«

»Worauf willst du hinaus? Immerhin waren zwei von ihnen auf Pilgertour«, stellte Bucher fest.

»Pilgerin hin, Pilgerin her … es fällt mir eben auf, dieses sehr geordnete Leben, und bei gleich dreien …«

Lara Saiter reichte ihm die Fotos, die sie bei Anne Blohm gefunden hatte, und er sah sie sich aufmerksam an. »Kellerparty?«, fragte er schließlich in die Runde.

»Ein etwas großer Keller, wenn man die Proportionen der Gestalten dazu in Bezug setzt«, sagte Bucher.

»Mhm … sehr großer Keller. Was vermutet ihr denn?«

»Ein größeres Gewölbe, U-Bahn, Kirche, alte Bunkergänge, recht alt – wegen der Ziegelsteine, die man auf dem einen Foto erkennen kann. Die kleine Halle, die auf dem einen Foto zu sehen ist, könnte die Vorkammer eines Rückhaltebeckens sein. Wir werden die Stadtwerke aufsuchen.«

Hans Weiss nahm die Fotos wieder zur Hand. »Mhm … Nackte …«

»Die haben wir in den Staukisten von Anne Blohm gefunden«, erläuterte Lara Saiter.

Er kratzte sich verlegen am Kopf. »Soso … Anne Blohm? Tja, sag ich es doch – die Pilgerinnen …«

Er sah zu Bucher. »Wie ist das mit den Angehörigen von dieser Nora Bender – sind die schon informiert?«

»Machen wir heute noch. Den Familien von Anne Blohm und Kara Schieg gegenüber werden wir nichts über die Entwicklung äußern. Das läuft ganz lapidar als Vermisstenfall weiter. Alex hat sich beim Bruder von Kara Schieg auch nur ganz allgemein erkundigt. Zu ihrem Fall haben wir bislang die allerwenigsten Erkenntnisse. Und – es gibt noch einen wichtigen Termin heute. Dieser Siebl muss noch ran. Sein Sohn hat Anne Blohm bedrängt. Wir wollen keine Zeit verlieren.«

»Und sonst … keine Erkenntnisse?«

Batthuber meldete sich. »Die waren alle drei bei Facebook. Wir haben das überprüfen lassen. Da gab es keinen Kontakt untereinander und auch keine Schnittstelle über irgendeinen der Freunde.«

»Facebookfreunde«, kam es abschätzig von Weiss, der

langsam aufstand und sich an der Tischplatte abstützte. Er spürte den rauen Pressspan unter dem aufgeplatzten Furnier. »Tolle Möbel habt ihr hier. Nun gut, braucht ihr Unterstützung?«

»Ja. Die Datenerfassung müssten wir auslagern. Das können wir nicht leisten, alle Verwandten, Freunde, Bekannten, Vereinsmitglieder, Schulfreunde und Arbeitskollegen zu erfassen. Ist aber erforderlich, denn vielleicht finden wir da eine Schnittstelle auf, die alle drei verbindet.«

Weiss winkte ab. »Habe schon eine Lösung, ist schon gut … steht ab morgen zur Verfügung«, nachdenklich blickte er aus dem Fenster, »Haidhausen also, Haidhausen, teure Gegend, aber schön. Gibt einen guten Italiener in der Balanstraße – *mangia e bevi* … erinnere mich an ein wunderbares Lammragout mit Tagliatelle, nur, falls ihr mal Hunger bekommt, da drüben.«

Die Erinnerung an den Hackbraten aus der Kantine trat wieder hervor. Er verabschiedete sich. Batthuber räumte den Technikkram auf, Hartmann und Lara saßen im Büro und telefonierten.

Bucher wollte vor dem Termin mit Nora Benders Angehörigen noch ein Gespräch mit einer Arbeitskollegin im Botanischen Garten suchen.

Lara kam zu ihm ins Büro. Sie klang besorgt. »Ich würde gerne mit Alex raus zu diesem Siebl fahren und danach vielleicht noch zu den Stadtwerken, ich habe da einen Ansprechpartner genannt bekommen, der uns vielleicht bei den Fotos weiterhelfen kann. Armin hat noch viel Schreibkram zu erledigen. Geht das denn alleine – bei der Familie von Nora Bender?«

Er wusste nicht recht, was sie meinte und sah fragend zur Tür, wo sie lässig am Rahmen lehnte. »Na ja, das ist schon eine böse Sache, die wir so noch nie hatten – nur ein Bein. Ich bin gespannt, wie sie das verkraften werden – auf der anderen Seite ist es ja nicht das erste Mal für mich, eine Todesnachricht zu überbringen. Ich denke schon, dass ich das alleine schaffe.«

Lara sah ihn schweigend an und sprach dann leise: »Ich dachte mir nur, man kann sich gar nicht dagegen wehren sich vorzustellen, wie das alles hergegangen sein mag – nur ein Bein, verstehst du? Und dann die Beerdigung ... die Angehörigen werden wissen – da liegt nur ein Bein im Sarg. Schrecklich. Ich habe ein richtig schlechtes Gewissen, dass wir nicht mehr von ihr gefunden haben, auch wenn das dumm ist – du verstehst was ich meine?«

Bucher erschrak über seine Distanz zu dem Fall, denn das Bein war bisher nicht mehr als ein Beweisstück für ihn gewesen. Den restlichen Körper, die Oberschenkel, die Hüfte, Leib, Arme und Kopf – das Lachen, Sprechen und Menschsein –, das war ihm bisher nicht nahegekommen. »Mensch Lara ... Betriebsblindheit. Ich will sehen, ob ich jemanden von der Krisenintervention oder der Polizeiseelsorge erreichen kann.« Er begann sofort nach der Telefonnummer zu suchen.

»Gute Idee. Was ist eigentlich mit deinem Pfarrer ... diesem Peter Manner, kann der nicht ...?«

Bucher schüttelte den Kopf. »Nein. Krankenhaus ... hatte eine Herzmuskelentzündung ... ist außerdem nicht mein Pfarrer ... und es wird Zeit, dass ich ihn endlich da draußen besuche.«

Er drückte die Telefonnummer in die Tastatur und lauschte auf, ob jemand ranging.

»Wo liegt er denn?«, fragte sie, »wir könnten da doch vorbeischauen.«

»Er ist nicht mehr im Krankenhaus, sondern auf Reha – Lauterbacher Mühle.«

Sie pfiff leise und anerkennend. »Feine Adresse, da draußen an den Osterseen.«

Am anderen Ende wurde abgenommen.

Lara war zufrieden. Alleine hätte sie ihn wirklich nicht gehen lassen wollen.

*

Hartmann mied die Gegend um den Luise-Kiesselbach-Platz und nahm den Weg durch die Stadt. Er saß mit mürrischer Miene hinter dem Lenkrad und sah hinaus auf die verstopften Straßen, wo die anderen mit entsprechendem Ausdruck den Stau ertrugen. Das Risiko, Siebl nicht anzutreffen, war gering. Da er krank gemeldet war, sollte er zu Hause sein. Hartmann nahm trotzdem das Handy und wählte die Privatnummer. Vier Mal erfüllte das zittrige Tuten der Freisprechanlage den Fahrzeuginnenraum. Dann meldete sich eine energische Frauenstimme: »Siebl, hallo!«

Hartmann drückte das Gespräch weg und grinste. »Mama Siebl ist zu Hause.«

Lara saß still daneben und verfolgte kommentarlos sein Tun. Ihre Gedanken waren ganz beim vorläufigen Obduktionsbericht, der kurz vor ihrer Abfahrt per Fax gekommen war. Sie hatte ihn schnell überflogen, bevor sie losgefahren waren. Einer der ersten Sätze des Berichts gab darüber Auskunft, dass Nora Benders Bein mit großer Wahrscheinlichkeit abgetrennt worden war, als sie noch am Leben war. Der nüchterne Satz hatte sie schaudern lassen. Überhaupt verursachte ihr dieser Fall ein Grausen, das sie so noch nicht an sich erlebt hatte.

Der Bericht erwähnte auch, dass die Trennstelle nicht fachmännisch gewählt worden war. Der Amputationsvorgang selbst war mit einem zwar scharfen Werkzeug durchgeführt worden, doch konnte keine Aussage getroffen werden, worum es sich dabei handelte. Quetschungen an den Geweberändern ließen ein massives und schweres Tatwerkzeug vermuten. Der Bericht konnte auch keine Antwort darauf geben, woher die zahlreichen Hämatome und Abschürfungen am Scheinbein und an der Wade stammten, die kurz vor Todeseintritt entstanden waren. Belegt war das durch die frischen Einblutungen. Ein vollständiger Bericht mit toxikologischem Befund würde nachgereicht, so lautete der letzte Satz, was auf eine umfangreichere Testreihe hindeutete. Es existierten also toxikologische Erstspuren – Drogen vielleicht, Medikamente?

Sie erzählte Hartmann davon, der es kommentarlos aufnahm. Als er in die Ausfahrt Holzkirchen einfuhr, sagte er: »Bin mal auf die Kostenrechnung gespannt.«

»Welche Kostenrechnung denn?«

»Na, die von der Obduktion. Das kostet doch normalerweise so um die vierhundert Euro … bin einfach neugierig, wie die dieses eine Bein abrechnen.«

Lara drehte sich ihm mit ganzem Körper zu, um ihre Empörung deutlich zu machen. »Also manchmal weiß ich wirklich nicht, wie du so tickst. Wie kommst du nur auf so was?«

Er fuchtelte entschuldigend mit den Händen herum. »Ist halt so … Neugier … kaputte Synapsen in der Birne … weiß auch nicht.«

»Nimm die Pfoten ans Lenkrad!«, befahl sie.

Kurz darauf kurvte er in einem Wohngebiet herum und sah skeptisch auf die Route, die das Navi anzeigte.

»Stimmt tatsächlich«, stellte er am Ende der Straße fest, »im letzten Winkel hat er sich verkrochen, der Herr Siebl.«

Dichtes Grün schlang sich um die mächtigen Einfamilienhäuser, von denen einige die Schwelle zur alpenländischen Villa überschritten. Die Jodelornamentik richtete die Feuerkraft geschnitzter Balkone, potenter Hirschgeweihgiebel und weitläufiger Terrassen auf die oberbayerische Hügellandschaft.

Von der Straße aus war nur zu ahnen, welch grandioser Blick sich auf die Alpenkette ergeben musste.

Hartmann pfiff anerkennend. »Wie heißt das Quartier? Millionenviertel?«

Lara war weniger begeistert und ihr Kommentar klang abschätzig: »Das ist nicht nach der Bauordnung entstanden, sondern nach dem Bestattungsgesetz. Da möchte ich nicht mal leblos über den elektronisch gesicherten Zaun hängen. Schau! Da vorne haben sie Videokameras installiert. Angst.«

Sie drückte das schmiedeeiserne Tor zum Anwesen Siebl auf und ging bis zur Haustür, deren dunkelbraunes Glasfenster mit einem Edelstahlgitter geschützt war. Die Massivität der Kombination erinnerte eher an ein Schlosstor als an eine Haustür.

Sie klingelte und Hartmann stellte sich hinter ihr auf.

Eine blonde Frau in dunkelblauem Kostüm öffnete. Die langen glatten Haare waren von einzelnen grauen Strähnen durchsetzt. Am Hals glänzte eine feine Goldkette.

Ein distanzierter Blick traf Lara Saiter, die sich nüchtern vorstellte. Die Augen und Lippen der Blonden wurden schmal, als sie hörte, wer da an der Tür stand. »Ich habe keine Zeit. Sie hätten sich vielleicht anmelden sollen«, sagte sie kühl und versuchte die Tür, die sie nur knapp geöffnet hielt, zu schließen. Mit sanftem Druck legte Lara Saiter die Hand an einen der eisernen Stäbe. »Ihr Mann hat doch sicher für ein Gespräch Zeit. Ist er denn sehr krank?«

Frau Siebl stutzte.

Hartmann meldete sich. »Sie werden sich Zeit nehmen müssen, denn es ist wichtig, Frau Siebl. Wir würden Sie ungerne bitten müssen, mit uns zu kommen.«

Die Stimme Siebls war aus dem Raum hinter der Tür zu hören. »Kommen Sie. Das geht schon.«

Unwillig gab seine Frau die Tür frei und der Blick in den schlichten Vorraum öffnete sich.

»Was ist denn mit Ihnen passiert?«, fragte Hartmann und musterte das zerschundene Gesicht Siebls.

»Ein Fahrradsturz. Sport ist Mord.«

»Wir müssen mit Ihnen über Ihren Sohn reden«, sagte Lara Saiter.

Frau Siebl trat eng an die Seite ihres Mannes und hakte sich in seinem Arm unter. Wie eine Wand standen beide da. Sie legte einen herrischen Ton auf. »Sie sehen doch, in welchem Zustand mein Mann ist. Das geht jetzt nicht. Kommen Sie ein andermal wieder!«

»Wir kommen kein andermal wieder«, entgegnete Lara Saiter bestimmt, »wir werden *jetzt* mit Ihnen reden.«

Gelassen trat sie einen Schritt auf die beiden zu und sofort lösten sich die Körper voneinander. Hartmann folgte seiner

Kollegin und trat in den Vorraum. Mit energischen Schritten überholte Frau Siebl, um es doch noch zu schaffen, als Erste den Wohnraum zu betreten.

Der war gewaltig und umfasste den größten Teil des Erdgeschosses. Eine Galerie überragte den hinteren Bereich. Im Garten wurde das Grün eines gepflegten Rasens von keiner Blüte gestört. Die Hügellandschaft und Bergkette dahinter waren das Ereignis, das zur Schau gestellt wurde.

Noch bevor ihnen Platz angeboten wurde, sagte Lara Saiter: »Es geht um Ihren Sohn Tobias. Wir müssen dringend mit ihm reden. Er hatte Probleme mit Anne Blohm.«

Sie nahmen an einem großen Kirschholztisch Platz, der in Konkurrenz zur Sitzgruppe im Raum stand. Lara Saiter hatte den Eindruck, man konnte sich nicht einigen, was hier dominieren sollte – dieser mächtige Tisch, oder die Lederlandschaft, die der Fensterfront zugewandt stand.

Ein frischer Kratzer war auf der Tischplatte zu sehen. Hartmann hantierte umständlich mit dem Stuhl. An der Wand, rechts vom Durchgang zum Wohnzimmer, hatte er einen bräunlichen Fleck bemerkt. Er passte nicht zum stylischen, peinlich ordentlichen Ambiente. Fast sah das Gesprenkel so aus als hätte jemand eine Flasche gegen die Wand geworfen, so wie man das in Wohnungen öfters zu sehen bekam; in Wohnungen allerdings, die in anderen Vierteln lagen als diese hier. Nein, dachte Hartmann, hier warf niemand mit gefüllten Flaschen oder Gläsern um sich. Eigentlich.

Lara machte richtig Druck. »Wo hält sich Ihr Sohn auf? Wir müssen mit ihm reden!«, lautete ihre strenge Frage.

Hartmann realisierte den kurzen Blickkontakt zwischen den Siebls. Sie wussten nicht, wie sie mit der Situation umgehen sollten, wer von ihnen antworten sollte, und vor allem – was. Siebl übernahm den Part. Seine Frau taxierte Lara Saiter derweil mit dunklem Blick. Die beiden würden keine Freundinnen werden.

Siebl sagte: »Tobias ist nicht hier.«

»Er hat doch sicher eine Wohnung, ein Handy – wir brauchen Anschrift und Telefonnummer. Gemeldet ist er unter dieser Adresse.«

»Ja, schon«, sagte Siebl, und es klang teilnahmslos. Er stützte seinen Oberkörper mit den Unterarmen auf der Tischplatte ab, was seiner Person eine gewisse Angriffslustigkeit verlieh. Seine Frau lehnte weit hinten, an der Stuhllehne, um möglichst viel gefühlten Abstand zwischen sich und Lara Saiter zu bringen.

»Wann wird er wieder hier sein?«

»Das ist schwierig. Er arbeitet für eine Montagefirma … Tankstellen … sie bauen Tankstellen auf und sind viel unterwegs.«

Lara Saiter legte ihren Notizblock zurecht und signalisierte Schreibbereitschaft. »Die Handynummer Ihres Sohnes, Telefonnummer der Firma bitte, Ansprechpartner?«

Frau Siebl schaltete sich wieder ein. »Ich wüsste zunächst gerne, aus welchem Grund Sie in dieser brüsken Art und Weise einfallen und weswegen Sie unseren Sohn sprechen möchten.«

Hartmann erklärte in knappen Worten, weswegen sie *Tobias Siebl* sprechen wollten. Bewusst verzichtete er dabei darauf das Wort *Sohn* zu verwenden, sondern sprach von Tobias Siebl, als wäre es ein fremder Mensch in diesem Haus. Es tat weh, wenn Eltern die Namen ihrer Kinder auf so distanzierte Weise hörten, noch dazu in den eigenen vier Wänden. Es machte sie sich selbst gegenüber ein Stück fremder.

Siebl lachte gespielt auf. »Also nun mal halblang …«

Lara Saiter ließ ihn nicht aussprechen. Ihr war Hartmanns Taktik aufgefallen und sie führte sie weiter: »Nichts da mit halblang! Tobias Siebl hat Anne Blohm bedrängt und belästigt, musste deswegen das Resozialisierungsprojekt verlassen! Nun ist Anne Blohm spurlos verschwunden und wir werden ihn finden und mit ihm reden – so oder so. Sollten Sie nicht kooperieren, werden wir ihn zur Fahndung ausschreiben – haben Sie das verstanden, Herr Siebl«, die letzten Worte sprach sie nicht drohend, vielmehr eindringlich. Ihre Augen wendeten sich an seine Frau: »Frau Siebl, verstehen Sie, wovon ich rede? Sie wissen doch, wie das läuft, also – wo hält er sich auf, wie können wir ihn erreichen?«

Siebl musste schlucken. Seine Haltung hatte das Aggressive verloren und wirkte nun verkrampft. »Wie gesagt, ich weiß es nicht. Wir haben selbst keine Handynummer von ihm. Die wechseln die Handys heute ja ständig.«

»Lassen Sie diesen Unsinn, Herr Siebl! Und die Kontaktdaten dieser Montagefirma, die brauchen wir auch«, forderte Lara Saiter.

Siebl schnaufte genervt. »Die heißen *Montage Aquitaine* … eine französische Firma.« Er stand auf und schlurfte zum Sideboard, kramte in einer Schublade und kam mit einer Visitenkarte zurück.

»Bevor Sie sich setzen, Herr Siebl, ein aktuelles Foto … haben Sie eines da?«

Siebl sah hilflos zu seiner Frau. Die stand auf, ging nach oben und kam mit einem Foto ihres Sohnes zurück.

Obwohl Hartmann gerne Blickkontakt zu Lara aufgenommen hätte, als er *französische Firma* hörte, unterdrückte er den Reflex und behielt die beiden Siebls im Blick. Ein eigenartiges Paar.

Als alle wieder am Tisch versammelt waren, fragte Lara: »Ihr Sohn arbeitet für eine französische Firma?«

Siebl ließ seine Arme unmutig durch die Luft fahren, um das Unnütze der Frage sichtbar werden zu lassen. »Ja, mein Gott, es ist eine französische Firma, na und! Gehört zu einem Mineralölkonzern. Sie erledigen alle Arbeiten, die im zugehörigen Tankstellennetz anfallen. Neuaufbau, Umgestaltung, Renaturierung, was es da eben so alles gibt. Ist doch eine sinnvolle Tätigkeit, oder haben Sie etwas dagegen? Die geben Leuten eine Chance, die woanders keine hätten.«

Lara Saiter blieb unbeeindruckt. »Demnach könnte sich Ihr Sohn auch im Ausland befinden?«

»Könnte er, ja.«

»In Frankreich?«

»Da haben die auch zu tun, ja. Überwiegend aber in Deutschland und der Schweiz.

»Ihr Sohn spricht französisch?«

»Ja. Ganz gut sogar, inzwischen.«

»Seit wann arbeitet er bei dieser Firma?«

»Kurz nachdem er unsere Einrichtung verlassen hat ... seit fast einem Jahr.«

»Wann haben Sie ihn zuletzt gesehen?«, fragte Hartmann.

Frau Siebl schaltete sich schnell ein. »Das ist einige Zeit her. Vielleicht drei, vier Wochen. Er ist ja viel unterwegs. Wenn er hier in Deutschland ist, wohnt er zur Untermiete bei einem Bekannten. Wir wissen nicht, wo das ist. Er kommt selten hierher. Reicht Ihnen das jetzt!?« Sie fasste sich ans Ohrläppchen.

Ihr Mann führte derweil die Hand zum Mund und wollte am Daumennagel kauen, unterbrach das Vorhaben aber erschrocken.

Hartmann massierte sein Kinn. Weder er noch Lara entgegneten etwas und die letzten Worte von Frau Siebl hingen im Raum. Sie rieb nun ihren Unterarm, als fröre sie.

Beide schlechte Lügner, dachte Hartmann.

Lara Saiter lehnte sich zurück, hob den Kopf ein wenig und sah die Siebls mit festem, ernstem Blick an.

»Schönes Bild«, sagte Hartmann, völlig aus dem Zusammenhang gerissen, und deutete zur Wand, wo die *Heuernte* hing.

»Ja«, kam es knapp von Siebl.

»Erzählen Sie uns von Ihrem Sohn, von seinem Konflikt mit Anne Blohm«, führte Lara Saiter zum Thema zurück..

Siebl war die Erleichterung anzumerken, dass das Schweigen ein Ende genommen hatte. Er brauste theatralisch auf. »Ja, ich war ja nicht dabei! Ich war ja nicht dabei!«

»Aber Sie wissen was geschehen ist.«

»Was geschehen ist ... was geschehen ist. Mein Gott, er war vermutlich scharf auf sie, oder verliebt, wie das eben so ist, nicht wahr! Nichts Verbotenes, oder?! Das ist doch nichts Verbotenes!«

»Sie mussten ihn aus dem Programm nehmen.«

Siebl lenkte mit zurückgenommener Stimme ein. »Ja gut, er ist ihr nachgestiegen.«

Lara Saiter ließ ein sarkastisches Lächeln auf ihrem Gesicht erscheinen. »Bedrängt? Eine versuchte Vergewaltigung wohl eher.«

»Ach, wo denken Sie denn hin!«, erregte sich Frau Siebl und gab ihre Zurückhaltung auf. »Er mag zudringlich geworden sein, mehr aber auch nicht.«

»Mehr nicht? Weswegen musste er dann gehen? Das wäre alleine kein Grund gewesen, oder?«

»Es ist wohl zwei, drei Mal zu solchen Ereignissen gekommen und Frau Blohm hat Konsequenzen gefordert.«

Über Lara Saiters Gesicht huschte ein böses Lächeln. »Ach so, Anne Blohm musste die Konsequenzen erst fordern. Es wurde also nicht als selbstverständlich erachtet in eigener Verantwortung tätig zu werden.«

»Sie wollen das falsch verstehen!«, giftete Siebl, »Sie wollen das einfach falsch verstehen. Im Grunde war da doch nichts. Er hat sie nur nicht in Ruhe gelassen, hat nicht auf mich ... nicht auf uns gehört.«

»Nicht in Ruhe gelassen ... nicht auf Sie gehört. Wo hat er sie denn nicht in Ruhe gelassen, wie Sie das formulieren? Hat er ihr außerhalb der Einrichtung aufgelauert?«

Siebl schnaubte. »Er hat sie zwei Mal vor ihrer Wohnung abgepasst, ja, mein Gott! Nur weil er zuvor mit dem Strafgesetz in Konflikt geraten ist, muss das ja noch nichts heißen. Ihre Verdächtigungen ...«

Lara Saiter unterbrach mit einer sanften Handbewegung. »Ist gut ... wir kennen die Akte Ihres Sohnes. Anne Blohm hat darauf verzichtet die Polizei einzuschalten. Gab es einen Deal? Keine Polizei – dafür verlässt Tobias Siebl das Programm?«

»Es gab keinen Deal.«

»Laut Akten neigt Tobias Siebl zu Gewalttätigkeiten«, stellte Hartmann fest, »wenn Anne Blohm Anzeige erstattet hätte, wäre es das gewesen, mit Integrationsromantik, Segeltörns und Zeltlager in Lappland. Es hätte Knast bedeutet und das Jugendstrafrecht hätte auch nicht mehr so recht gezogen. Starker Tobak, wie ich finde.«

»Ja, wenn es in den Akten steht«, brummte Siebl widerspenstig, »wenn es da so drinsteht, dann wird es wohl so sein.«

»Die Handynummer … Sie wollten mir noch die Handynummer von Tobias Siebl geben«, erinnerte ihn Lara Saiter.

Seine Frau legte ihre Hand auf seinen Unterarm, als er die Zahlen langsam sprach.

Hartmann fragte währenddessen nach ihrer beruflichen Tätigkeit. »Selbstständig«, lautete die einsilbige Antwort.

Siebl sah ihn an und meinte schnippisch: »Wo ich arbeite, wissen Sie ja inzwischen.«

»Das schon, aber eine Frage dazu. Hat Ihre Firma etwas mit der Kirche zu tun?«

»Nein. Wie kommen Sie darauf? Wir sind eine sozialintegrative Einrichtung, privatwirtschaftlich organisiert und tätig. Falls Sie mehr darüber wissen möchten und nichts Besseres zu tun haben, dann fragen Sie bei einem Doktor Schott nach, der diese Firmen gegründet hat und ihnen vorsteht.«

Hartmann wollte sogleich Telefonnummer und Adresse wissen. Siebl antwortete widerwillig und bereute seinen Vorschlag. Unablässig traktierte er seine Unterlippe mit den Zähnen.

In seinem Inneren breitete sich eine große Angst aus. Eine Angst, die mächtiger und bedrohlicher war als die Ängste, die er zuvor erlebt hatte, wenn die Polizei wegen Tobias gekommen war; wegen der Drogen, Einbrüche, und anderer Sachen. Diese Polizisten, die waren anders. Wie sie auftraten, sprachen, sich bewegten – ohne Scheu, ohne Respekt. Sie waren gefährlich.

»Er hat hier doch sicher ein Zimmer«, stellte Lara Saiter fest und sah sich um, so, als könnte sie es auf diese Weise entdecken.

»Natürlich«, antwortete Frau Siebl, als wäre die Frage überflüssig gewesen.

»So natürlich ist das nicht, wenn er sich überwiegend im Ausland befindet und ansonsten bei einem Kumpel zur Untermiete wohnt. Wo hält er sich denn im Moment auf?«

Siebl sprach schnell, als wolle er seine Frau davor schützen, weiter mit diesen Leuten reden zu müssen. »Vielleicht haben Sie es vergessen, aber das hatten wir schon. Wir wissen nicht, wo das ist.«

Frau Siebls hohe, zittrige Stimme offenbarte ihren nervlichen Zustand. »Wir wissen es wirklich nicht! Wir wollten ihm auch den Freiraum lassen, den er für sich als erforderlich erachtete und haben nicht nachgefragt. Es ist eine Wohnung irgendwo in der Au. Ich habe ihn einmal unten an der Reichenbachbrücke abgesetzt. Von dort konnte er hinlaufen. Hinter den Frühlingsanlagen irgendwo. Es war ihm wichtig für sich alleine zu sein.«

»Für uns stellt es sich aber so dar, als hätte er keinen festen Wohnsitz, verstehen Sie? Die Meldeadresse hier bei Ihnen hat faktisch keine Bedeutung für uns und wir werden uns einen Haftbefehl besorgen.«

Frau Siebl verstand nicht, was Lara Saiter damit sagen wollte.

Ihr Mann hatte gar nicht hingehört. Es saß da und starrte dumpf auf die Tischplatte.

»Wären Sie damit einverstanden, wenn wir uns sein Zimmer ansehen?«, fragte Hartmann.

»Das kommt überhaupt nicht infrage! Dafür brauchen Sie auch einen Durchsuchungsbefehl, das weiß ich! Wie kommen Sie überhaupt dazu unseren Sohn zu verdächtigen? Es gibt hierfür doch nicht den geringsten Anlass«, echauffierte sich Frau Siebl, »nicht den geringsten Anlass.«

Lara Saiter machte eine beruhigende Bewegung mit den Händen. »Das geht in Ordnung Frau Siebl. Einen Durchsuchungsbeschluss bekommen wir, wenn wir ihn brauchen.«

*

»Nette Leute«, ätzte Hartmann, als sie zurück zum Auto liefen.

»Die meinen ihn schützen zu können«, entgegnete Lara knapp, nahm dabei ihr Handy und informierte Bucher in aller

Kürze über die French Connection, die sie aufgetan hatten. Es gab viel Arbeit: Handy orten, Durchsuchungsbeschluss erwirken, die Montagefirma kontaktieren.

»Gib mir mal die Telefonnummer von diesem Schott, Alex, das interessiert mich – sozialintegrative Firmen – halte ich ja grundsätzlich für was Kriminelles und vielleicht hat dieser Schott ein paar mehr Details zu Tobias Siebl parat.«

Sie dachte laut nach, während Hartmann im Notizbuch blätterte. »Der Siebl ist ganz schön zugerichtet, sah mir nicht nach Fahrradunfall aus – zu wenig Abschürfungen. Und der Herr Sohn geht auf Distanz, sagt ihnen nicht mal, wo er wohnt. Oje. Was macht sie denn als Selbstständige so … das ist ja ein weites Feld.«

Hartmann wiegte den Kopf. »Ich habe etwas von einer Werbeagentur gelesen, bin mir aber nicht sicher.«

»Werbeagentur? Das würde zu ihr passen.«

»Schon, ja. Aber er, der Siebl, er gefällt mir gar nicht.«

»Wegen der Verletzungen?«

»Nein, deswegen nicht. Vor zwei Tagen bin ich ihm das erste Mal begegnet. Das war ein völlig anderer Mann – die Haltung, die Sprache, die Art zu gestikulieren, zu schauen. Es muss etwas mehr geschehen sein als nur ein *Fahrradunfall*. Dieses eingefallene Gesicht, die tief liegenden Augen. Den hat was erwischt, sage ich dir, etwas Fundamentales.«

»Na ja – ist ja auch keine feine Geschichte, wenn der Sohn plötzlich mit so einem Fall in Verbindung gebracht wird.« Lara steckte das Handy weg und forderte mit einer energischen Handbewegung den Autoschlüssel. »Du bist mir zu verträumt heute. Ich weiß, wohin es geht und wir müssen uns eilen.«

Hartmann warf ihr den Autoschlüssel zu. Im Auto zog er den Sicherheitsgurt fest. Seit Babette bei ihnen im Team war, hatte Lara die aggressive Seite ihrer Fahrerseele zusehends ans Tageslicht befördert.

*

Siebl saß auf der Ledercouch und verlor sich in den grünen Hängen. Ein Whiskey hätte ihm jetzt gutgetan. Hinter sich hörte er die aufgeregte Stimme seiner Frau. »Sie sind weg! Endlich. Gerade sind sie weggefahren.«

Er fühlte sich zu ermattet, um etwas zu sagen, und was sollte das auch. Wieso war sie in die Küche gesprungen und hatte aus dem Fenster gesehen, wie ein altes neugieriges Weib? Als wenn es eine Bedeutung hatte, ob sie gefahren waren, oder nicht. An der Situation änderte es nichts.

Er lachte halblaut, nahm sie gar nicht wahr.

Sie lief mit verschränkten Armen hin und her. Ihre Schuhe klackten laut auf dem Parkett. Ab und zu wendete sie den Kopf in seine Richtung, wo er von ihr abgewandt dasaß, auf dieser elenden Ledergarnitur, wo er mehr als sein halbes Leben zubringen würde, um auf diese ewig gleichen Hügel zu starren. Erbärmlich. Sein Lachen hatte sie wütend gemacht und sie spürte die Hitze im Gesicht. Sicher hatte sie wieder diese unvorteilhaften roten Flecken auf den Backen, die ihr die kühle Ausstrahlung nahmen, um die sie so bemüht war. Hier und jetzt war es egal, niemand konnte es sehen. Das Klacken ihrer Absätze wurde lauter. War er schon betrunken?

»Sie werden wiederkommen«, sagte er tonlos, als hätte er ihre Gedanken ahnen können.

Sie blieb stehen. Stille trat ein.

Er drehte den Oberkörper halb zur Lehne und legte den Arm um den Lederwulst, als hielte er eine Geliebte. Da stand sie – seine Frau – schön und stolz. Heute hatte sie ihn zweimal angefasst und er hatte tatsächlich überlegt, ob er sich ihrer Berührung nicht hätte entledigen sollen. Das erste Mal war es im Hausgang geschehen, wo sie ihren Arm unter den seinen geschoben hatte, und dann am Tisch, als sie ihre Hand auf seinen Arm legte. Es sah so aus, als sorge sie sich um ihn, doch er wusste, sie hatte es in den Momenten getan, in denen sie selbst höchste Angst empfand und einen Halt suchte. Es war ihr um sich selbst gegangen – nicht um ihn. Das machte ihn böse. Er hätte sie wegstoßen sollen, doch die Angst vor der Scham, die er einer solchen Szene wegen vor den Polizisten empfunden hätte, die war größer gewesen als der Genuss an einer solchen Zurückweisung vor Publikum.

Jetzt, wo er sie so dastehen sah, mit diesem ernsten Blick, den verschränkten Armen, dieses Defensive, das ihr so gar nicht eigen war – jetzt wurde ihm klar: Sie hatte wirklich Angst. Eine neue Erkenntnis, eine Überraschung geradezu, die zu erleben er nicht erwartet, auch nicht erhofft hätte. Dass sie einmal Angst haben könnte und es erkennen ließ? Der Triumph darüber war geschmälert von der Leere, die er empfand. Die letzte Bastion in seinem Leben, seine starke, unbeugsame, stolze Frau – sie hatte Angst.

Er spürte das hämische Grinsen auf seinem Gesicht, als er sprach: »Wovor hast du eigentlich mehr Furcht? Vor dem, was Tobias getan hat, oder siehst du den Ruf und Erfolg deiner Werbeklitsche gefährdet?« Er stand auf, schüttete Whiskey in ein Glas, setzte sich wieder und starrte seine Hügel an.

Sie hatte den Kopf gesenkt und ihm zugesehen. »Wo ist Tobias?«

Er zuckte mit den Schultern und hob das Glas in einer provozierenden Geste. »Ich weiß es nicht, meine Liebe, ich weiß es wirklich nicht, aber sie werden ihn finden. Sie werden ihn finden, deinen Tobias. Hast du die dunklen Augen dieser Polizistin gesehen, wie sie glühten. Sie wird ihn finden.«

»Ich werde Thomas anrufen«, sagte sie.

Er lachte laut auf. »Haha, jawohl! Na darauf habe ich ja wirklich gewartet, dass der heilige Thomas wieder ins Rennen geschickt wird. Was er nicht schon alles für den Jungen getan hat, dein Herr Spezlanwaltbruder. Ja, ruf ihn an!«, er drehte sich um und schrie, »ruf ihn an! Geh und ruf ihn an! Geh … doch … endlich!«

Sie zitterte: »Du bist ja besoffen.«

»Noch lange nicht, noch lange nicht«, er drehte sich ganz um, kniete nun auf der Sitzfläche und ließ den Oberkörper flegelhaft über die Lehne hängen; sein linker Arm fuchtelte, als bedürfe sein Reden eines Dirigats. »Wieso rufst du Thomas an, wieso, he? Ich weiß es, ich weiß es. Weil du nicht *ein* Mal, nicht ein *einziges* Mal daran gezweifelt hast, an dem, was diese Polizisten vermuten. Du bist gar nicht in die Nähe eines Zweifels gelangt, hast nie behauptet sie hätten Unrecht, ihr fürchterlicher Verdacht sei aus der Luft gegriffen und *deinem* Sohn Tobias wäre es nicht zuzutrauen eine Frau verschwinden zu lassen und zu töten. Nein, du hast kein einziges Mal all das auf überzeugende Weise infrage gestellt. Und soll ich dir etwas sagen!? Auch ich habe nicht eine Sekunde daran verschwendet mir vorzustellen, er würde unschuldig verfolgt. Eine Frau ist verschwunden, spurlos, er hat sie gekannt, ihr aufgelauert … wir beide wissen, was geschehen ist und was er für ein Kerl ist. Das haben wir jetzt im Haus – einen Mörder, ja! Wovor hast du also mehr Angst – davor, die Mutter eines Mörders zu sein, oder vor den Konsequenzen, die dies für deine Firma bedeutete?« Siebl drehte sich lachend um und ließ sich schräg zur Seite gleiten.

Ihre Stimme bebte. »Du gibst eine erbärmliche Figur ab. Selbst jetzt. Hast du noch etwas, was du verlieren könntest, außer eine Flasche Whiskey? Tobias hat mit all dem nichts zu tun. Dir aber, dir würde ich es jederzeit zutrauen, nur dass du darüber Bescheid weißt! Er hat mir davon erzählt … er hat mir davon erzählt, dass diese Anne Blohm euch auf die Schliche gekommen ist, dir und deinem großartigen Gönner, diesem guten Gutmenschen Doktor Schott, der sein ererbtes Vermögen verwendet, um den Benachteiligten zu helfen, den Armen, den Tieren und weiß was ich noch alles. Ich konnte ihn noch nie leiden, weil schon seine Blicke so hinterhältig sind wie lüstern. Eine schreckliche Figur, finde ich. Und all diese Abzocker, Spendensammler, Clerical Fundraiser und selbst ernannte Charitybeauftragte – Speichellecker. Ekelhaft. Ich bin froh nichts mehr mit ihnen zu schaffen zu haben. Ganz zu schweigen von seiner Frau.«

Siebl war wütend über ihre Worte. Schließlich hatten sie gut gelebt, von Doktor Schott und seinen Firmen. Das Haus hier …

Er lachte brüllend auf und zuckte mit den Beinen. Schnell vergaß er seine Wut und freute sich vielmehr über ihre Angst. Ja war es denn zu glauben – seine toughe Frau hatte mit einem

Mal Angst, und er selbst spürte keine mehr. Plötzlich waren die Verhältnisse umgekehrt – und das war Tobias' Werk. Es war zum Schreien, zum Verrücktwerden. Ausgerechnet das Werk dieses Kerls. Der hatte doch noch nie etwas zuwege gebracht – und nun das.

Sie ging in die Küche und telefonierte.

Als er nach oben ging, hörte er ihre Stimme. Sie sprach unterdrückt und es klang flehend. »Aber Thomas, bitte, du musst etwas tun … nein, was heißt da … nein, natürlich nicht … aber du hast doch immer … ja er ist hier … zu Hause … er trinkt.«

Siebl grinste und nickte hämisch. Der heilige Thomas war also auch nicht mehr in der Lage oder willens etwas zu tun, der Herr Wirtschaftsanwalt, der ihm immer das Gefühl vermittelt hatte, niemals auf gleicher Augenhöhe mit ihm zu sein. Ob er wusste, was sein Töchterchen so trieb, in den dunklen Gewölben unter der Stadt. Siebl lachte noch einmal laut und betrat sein Zimmer. Er fiel vornüber aufs Bett, krallte die Finger in den Stoff der Bettdecke und heulte leise in das weiche Leinen.

Später schlich er leise aus dem Haus und fuhr in die Stadt. Doktor Schott hatte ihm einen Gesprächstermin eingeräumt.

*

Bucher hatte sich gegen das Auto entschieden. Er nahm die Siebzehner an der Marsstraße und fuhr in Richtung Amalienburgstraße. Direkt am Botanischen Garten stieg er aus. Die Sonnenstrahlen lagen schon leicht schräg und erzeugten kräftige Schatten. Es war sommerlich heiß. Viel zu selten wehte einem eine leichte Brise um den Kopf. Biergartenwetter.

Am Haupteingang, gleich an der Menzinger Straße, fragte er nach Maria Schenk, einer Arbeitskollegin von Nora Bender.

»Bei den Rosen im Schmuckhof … unsere Rosenschau hat gerade begonnen …«, bekam er zur Antwort.

Der Schmuckhof lag nicht weit entfernt. Jeder Schritt

knirschte auf den sandigen Wegen. Die vielen Besucher verloren sich zwischen den Meeren bunter Blüten und den unzähligen, ineinander übergehenden Beeten, die von Heckenrabatten geordnet waren. So ein leuchtendes, duftendes Paradies. Aber er war nicht der Rosenschau wegen gekommen und fühlte sich hier am falschen Ort.

Er nahm die Treppe hinunter in den abgesenkten Bereich und – obwohl verboten – streichelte im Vorübergehen sanft über den bunten Porzellanpapageien, der es fertigbrachte für einen Moment den Blick von den Beeten abzulenken.

Buchers Blicke suchten nach einer Gärtnerin. Langsam marschierte er weiter. Das Institutsgebäude schirmte den Garten zur Menzinger Straße hin ab, hielt die Verkehrsgeräusche außerhalb der Anlage und ließ mittels seiner erhabenen, wohlproportionierten Architektur innerhalb der Mauern eine fast religiöse Stimmung entstehen. Das war kein Zufall. Durchaus sollte damit Ehrfurcht erzeugt werden, was gut gelungen war, denn die Menschen maßen ihre Schritte, als befänden sie sich an einem sakralen Ort. Der Reichtum der Natur machte die Menschen andächtig. Sie unterhielten sich leise.

Ein Hauch von Süße, von Frucht und Nektar lag in der Luft

Auf der westlichen Seite des Schmuckhofes, jenseits des Seerosenteichs und vor opulent bepflanzten Beeten gewahrte er eine große, eckige Schubkarre; nicht so ein Ding mit abgerundeten Kanten, wie er eines im Stadel stehen hatte.

Nach ein paar Schritten erkannte er bald eine Frau mit kurzen braunen Haaren. Sie war mit den Rosen beschäftigt.

Maria Schenk war Mitte dreißig. Ihre Haut war von der Arbeit im Freien tief sonnengebräunt und wenn sie die große Astschere in die Hand nahm, spielten auf ihren Unterarmen zähe Muskeln und Sehnen.

Er stellte sich vor und tat nicht lange herum. Mit wenigen Sätzen erklärte er den Anlass für sein Kommen. Sie nahm die Astschere und schlich in den hintersten Bereich des Beetes, wo sie im Schutz herabhängender Äste eine ganze Weile still weinte.

Bucher stand betreten in der Sonne und wartete, bis sie zurückkam und ihn zu einer der abgelegenen Bänke im Schatten führte, wo sie ihre Schubkarre derart behindernd abstellte, dass sie ungestört bleiben konnten.

»Sie waren mit Nora Bender befreundet?«

»Ja, wir waren befreundet, die ganzen letzten Jahre … eigentlich vom ersten Tag an, als sie hier anfing. Wir verstanden uns gut.« Sie schnäuzte sich kräftig. »Auch unsere Freunde … Lebensgefährten. Wir haben viel miteinander unternommen.«

»Hatten Sie Kontakt mit ihr, während dieser Pilgertour?«

»Wir haben zweimal miteinander telefoniert. Aber nur kurz, es gab ja auch nichts Besonderes zu erzählen. Es ging ihr gut.«

»Sie war alleine unterwegs?«

»Ja, sicher. Darum ging es ihr ja. Sie wollte ganz alleine wandern.«

»Wie kam sie auf die Idee, dieses Pilgern anzufangen? Gab es da eine Gruppe, mit der sie sich traf, Beratung von einer Kirchengemeinde vielleicht?«

»Nein. Ich glaube, sie hatte das schon immer mal vorgehabt und man hört ja auch viel davon in den Medien. Sie hat viel im Internet recherchiert, das weiß ich, weil sie ab und zu davon erzählt hat … hier, wenn wir in den Beeten arbeiteten.«

Bucher klang ein wenig unzufrieden. »Mhm. So gar keine andere Anlaufstelle?«

»Nein, nicht dass ich wüsste. Die Routen, die Unterkünfte – das hat sie alles aus dem Internet.«

»Mhm. Wie war das denn mit ihrem Freund? Den haben wir noch nicht befragen können. Wie stand er dazu?«

»Also begeistert war er nicht. Er fand das irgendwie … frauenmäßig.«

»Frauenmäßig?«

»Na ja, halt so Pilgern, allein sein, mit der Natur … irgendwie esoterisch, oder so.«

»Er wollte also nicht mitkommen?«

Maria Schenk lächelte bitter. »Also die Frage stellte sich nicht. Nora wollte das nicht … ich sagte doch schon … es ging ihr darum alleine zu sein.«

Bucher sah wenig Sinn, sie weiter in diese Richtung zu befragen. Er wollte etwas über Nora Bender selbst erfahren. »Was war sie für ein Mensch?«

»Ach … was war sie für ein Mensch?«, wiederholte Maria Schenk, »zielstrebig, ehrgeizig, naturverbunden, zäh …«

»Zäh?«, unterbrach Bucher.

»Na ja, halt sehr sportlich, so meine ich das.«

»Konkret?«

»Nora war sehr aktiv, immer in Bewegung.« Sie wies mit ihrer Hand in den Garten: »Obwohl wir hier das ganze Jahr körperlich gefordert sind, hat ihr das nicht genügt. Sie ging noch joggen und klettern war sie, zweimal die Woche.«

»In den Bergen?«, fragte Bucher.

»Nein, in der Thalkirchener Straße, beim Alpenverein. Die haben da so eine Außenwand. Ich kenne mich nicht damit aus und war auch nie dabei. Mir reicht es wandern zu gehen. Ich brauche diesen Kick nicht.«

Nora Bender brauchte ihn schon, den Kick, dachte Bucher.

»Was haben Sie so zusammen gemacht?«

»Oh … je nachdem … wir sind doch relativ regelmäßig zusammen in Konzerte gegangen, ins Kino, in Ausstellungen, die uns interessierten … also nur wir zwei … manchmal shoppen, oder ein Kaffee in der Stadt, essen gehen … normal irgendwie.«

»Mhm. Hatte Nora Bender einen großen Bekannten- und Freundeskreis?«

»Was ist groß?«

Bucher konnte die Frage nicht beantworten. Er verzichtete darauf und zeigte ihr stattdessen die Fotografien von Kara Schieg, Anne Blohm und Tobias Siebl.

Maria Schenk schüttelte den Kopf. »Nein, tut mir leid. Kenne ich nicht … nie gesehen.«

*

Er telefonierte, gleich nachdem er Maria Schenk verabschiedet hatte, mit Batthuber. Der sollte herausfinden, ob Anne Blohm oder Kara Schieg beim Klettern in Thalkirchen bekannt waren.

Er drehte noch eine weitere Runde im Botanischen Garten. In einer stillen Ecke, im wilden Bereich unweit des Felsengartens, fand er eine Bank im Schatten mächtiger Bäume. Er setzte sich und zwang sich zur Ruhe. Seine Ohren brummten leise, darüber lag das ferne Rauschen der Stadt und dann erst kam das Vogelzwitschern, das ihn umgab. Ruhe. Er brauchte Ruhe.

Ja, er konnte sie gut verstehen, diese Anne Blohm und Nora Bender. Ihre Sehnsucht nach Einsamkeit, nach Alleinsein, nach Einklang mit sich und ihrer Umgebung, die nicht städtisch sein sollte, sondern Natur – Wiesen, Wälder, Felder, Weiden, Flusslandschaften, die man durchstreifen konnte –, einsame Landstraßen. Er saß mit geschlossenen Augen da und atmete langsam aus. Nach wenigen Minuten war das Brummen im linken Ohr verschwunden. Nur noch die Vögel gab es zu hören. Er dehnte und streckte Arme, Schultern, drehte den Hals. Es spannte und knackte. Ein älteres Ehepaar kam vorbei und grüßte. Sie hatten zwei Buben dabei – wahrscheinlich die Enkel. Das war Bucher auch selten passiert – mitten in der Stadt von fremden Menschen gegrüßt zu werden. Draußen, vor den Mauern des Gartens, wären sie wohl stumm an ihm vorbeigelaufen. Was machte dieser Ort mit den Menschen? Was war hier so anders, dass Fremde einander grüßten?

Er hatte andere Fragen zu klären. Die Sache, die Hartmann über Kara Schieg erfahren hatte, veränderte und komplizierte die Sachlage. Wer immer den Frauen aufgelauert und sie entführt und getötet hatte – es ging ihm dabei nicht um Pilgerinnen. Was aber verband diese drei Frauen dann?

Wenigstens war dem Täter ein Fehler unterlaufen. Kara Schieg wäre niemals nach Frankreich gegangen. Bei Anne Blohm und Nora Bender hatte das Muster gepasst. Zufall? Diese eine Karte aus Limoges machte deutlich, dass der Täter nicht auf die Lebensumstände seiner Opfer reagierte, sondern ein statisches Muster verfolgte, von dem er nicht abweichen konnte – aus welchen Gründen auch immer. Die Frauen verschwanden. Eine Karte aus Frankreich. Dann nichts mehr. Das war statisch und unflexibel?

Zeit. Es konnte nur um Zeitgewinn gehen. Es ging um sportliche, zähe und mutige Frauen – und der Täter brauchte Zeit, sehr viel Zeit. Obwohl es warm war, lief Bucher ein Frösteln über die Schultern, bis weit hinab über die Schulterblätter.

Er stand auf und sah sich um. Ein Ort des Friedens. Gärtner – das war auch ein schöner Beruf.

Er wollte einmal mit Miriam hierherkommen. Es würde ihr gefallen.

*

Die Tegernseer Landstraße war stadteinwärts weniger stark befahren als in der Gegenrichtung. Die dunklen Brücken, die endlosen, uniformen Fassaden der Kasernenarchitektur, die oberhalb der Betonwände sichtbar waren – sie gaben dem Abschnitt einen Hauch von Science-Fiction.

»Da vorne blitzen sie öfter«, sagte Hartmann. Lara reagierte nicht, wechselte von äußerst links auf die ganz rechte Spur, schnitt dabei einen grauen Passat und rauschte in die Ausfahrt.

»Heute offensichtlich nicht«, sagte sie trocken. »Wie ist das eigentlich bei dir. Darfst du noch zu Hause wohnen und Familie spielen, oder hat dich Barbara schon rausgeschmissen?«

Hartmann war überrascht, beging aber nicht den Fehler auch nur einen Teil der Frage zu beantworten, sondern gab gleich zurück. »Sag ich dir gern, wenn du mir sagst, wie es bei dir so ist. Läuft noch was mit diesem grau melierten Porschecabriofahrer … wird er der Vater deiner Kinder werden …. ich meine … es ist so langsam an der Zeit – die biologische Uhr tickt und tickt und tickt.«

Lara Saiter gab Gas, pfiff über eine rote Ampel und bog

nach rechts ab, dass Hartmann sich festhalten musste. »Bist ein ganz schön fieser Kerl, mein Lieber«, sagte sie und lachte. Er schwieg.

»Das mit den Kindern ist so ne Sache. Da braucht man den richtigen Kerl dafür … nicht einen, der dann mit ner Blonden rummacht, wie du, oder so einer wie der grau melierte Porschefahrer. Ist aber schön, dass du dich um mich sorgst.«

»Ja, ja, schon recht. Ich wohne noch zu Hause und das hat sich ganz gut arrangieren lassen. Du musst dir also auch keine Sorgen um mich machen.«

Sie reichte ihm die Hand und er drückte sie. Dann griff er zum Telefon – Bucher informieren.

Er rutschte unsanft in den Gurt, als Lara bald darauf abrupt am Rosenheimer Platz hielt. Sie schmiss das Holzplättchen mit dem Polizeistern auf die Ablage über dem Armaturenbrett. Hartmann befreite sich aus dem Sicherheitsgurt.

»Franz Huber«, rief sie ihm zu und ging zum Lift, der nach unten zu den Untergrundstationen führte. Gelb – der Rosenheimer Platz war gelb.

»Wer?«, fragte Hartmann.

»Franz Huber, so heißt der Typ, den wir kontaktieren. Einer der Vorarbeiter, oder Gruppenleiter. Sie beginnen jetzt mit der Spätschicht.«

Als wäre sie hier zu Hause, schritt sie durch die von Menschen überfüllten Gänge. Berufsverkehr.

Hartmann hatte ständig das Gefühl, sie bewegten sich gegen die Strömung der Menschenmassen. Gemurmel, die Schritte, das Rascheln von Tüten, die mechanischen Geräusche – es hallte gedämpft wider und von Weitem kamen Akkordeonklänge. Lara Saiter blieb vor einer Stahltüre stehen, an der ein leuchtend gelber Aufkleber vor der Stromschlaggefahr warnte. Lara drückte auf einen Klingelknopf, der hinter einer Klappe verborgen war und klopfte mit dem Autoschlüssel gegen die Eisentür. Sie zwinkerte Hartmann aufmunternd zu.

Nicht einmal das blecherne Klacken des Schlüssels an der Stahltüre war bis zu ihm, der noch einige Meter entfernt war, zu hören. Es versickerte im Geräuschemeer.

Die Tür öffnete sich und ein schlaksiger Typ im Blaumann war im kalten Licht einer Neonröhre zu erkennen. Lara Saiter wechselte einige Worte mit ihm, er sah Hartmann prüfend an und drehte sich dann um. Eine lässige Kopfbewegung deutete an, dass sie ihm folgen sollten.

»Gscheit zuziehn!«, forderte er sie mit grantelndem Ton und kontrollierte mit einem kurzen Blick, ob die Tür richtig geschlossen war. Die plötzliche Stille hinter der Stahltür wirkte gespenstisch.

Lara Saiter und Hartmann warfen sich verstohlene Blicke zu. Schweigend folgten sie dem Kerl durch Gänge, in denen es kühl war und die Trockenheit im Rachen bald zu kitzeln begann. Hartmann musste sich mehrfach räuspern. Obwohl sie sich schon weit unter der Erde wähnten, führten enge Treppen immer weiter nach unten. Fortwährend zitterte die Erde, begleitet von einem dumpfen Grollen.

Nach einigen Wendungen hatte sie beide die Orientierung verloren. Ein warmes Licht schien aus einer offen stehenden Tür in den dunklen Gang. Männerstimmen waren zu hören und Radiomusik. Eine der Stimmen war dominierend. Der Blaumann blieb im Gang stehen und deutete in den Raum. Hartmann ging voraus. Es war eine enge unterirdische Kammer – ein Brotzeitstüberl. Das Licht kam von einer matten Glühbirne, die in einer bloßen Fassung hing. An der Längswand standen alte Metallspinde, deren Schließhebel verbogen waren. Die dunkelgraue Lackierung war großflächig abgesprungen. In der Mitte des Raums stand ein alter Werktisch. Die grob zugeschnittene Wachstuchdecke konnte die gerissenen und abgeplatzten Kanten nicht verdecken. Vier einfache Holzstühle standen herum; gelblich das Holz, die Lehnen waren über die Jahre hinweg schwarz vom Anfassen geworden. Drei Männer saßen bei der Brotzeit. Es roch nach Leberkäse. Dicke Scheiben lagen auf einem Papier vor jedem. In der Mitte des Tisches verströmte ein geöffnetes Maxiglas Senf ein süß-säuerliches Aroma. Der Wortführer war ein Endfünfziger mit massigem Körper und breitem Schädel. Er hatte eine tiefe, dröhnende Stimme, die er genussvoll zum Einsatz brachte. Er nickte Hartmann zu und fixierte Lara etwas länger als es höflich gewesen wäre, bevor er eine Handbewegung vollzog, die den beiden signalisieren sollte, gleich an die Reihe zu kommen. Erst musste er noch fertig erzählen.

Hartmann lehnte sich an einen der Spinde. Das musste der Huber Franz sein, von dem Lara erzählt hatte.

Der ließ sich nicht stören und schnitt mit dem Messer ein grobes Stück Leberkäse ab, spießte es auf und steckte es in den Mund. Nach zwei, drei Bewegungen des Kiefers begann er zu erzählen. »Ja … wie gesagt, gell, da bin ich dann dagestanden und recht angejammert hat's mich, aber was sollt ich denn tun, als den Doktor holen, wo's doch seit Tagen keinen Stuhlgang nicht gehabt hat.«

Er sah in die Runde seiner Kollege, die kauend zustimmend nickten.

»Der hat sie dann auch gleich ins Krankenhaus bringen lassen, gell, und ich hab dann noch Sachen zusammengesucht, da hat des Krankenhaus dann angerufen, wann denn jemand kommt, weil der Doktor dort hätte eine Unterschrift gebraucht, weil er operieren hat wollen … meiomeiomei … und bis ich dann hingefahren war, da hat er schon operiert gehabt, weil er sich gesagt, hat, da wart ich doch nicht auf die Unterschrift, gell. Und da fragt man sich doch, wozu es überhaupt so eine Unterschrift braucht, gell.«

Die anderen nickten.

»Ja, und was ist jetzt?«, fragte einer.

»Noch zwei, drei Tage, dann kommt's wieder heim, die Marie.«

»Ja und dann, was machst dann. Das hat doch keinen Sinn mehr, so allein daheim im Haus … wie alt ist's jetzt, die Marie?«

»Sechsundachtzig.«

»Oh Jesses, mit sechsundachtzig noch operiert worden«, meldete sich der Lange, der Lara und Hartmann abgeholt hatte.

»Ja, hätten sie's denn verrecken lassen sollen, du Depp!?«, erboste sich der Huber Franz und kaute böse weiter.

Der Lange schien in der Runde nicht gut gelitten zu sein, dachte Hartmann. Es war auch keine Brotzeit für ihn zu sehen, und er war es gewesen, der sie oben hatte abholen müssen.

Der Huber Franz sah hinüber zu Lara, die den Pirellikalender aufmerksam durchblätterte, der an der grauen Wandfläche neben den Spinden hing. Blonde, Brünette und Dunkle räkelten sich auf glänzenden Motorhauben, oder posierten sonst wie frech, frivol, ungezügelt.

Der Huber Franz wendete sich Hartmann zu, vollzog eine Kopfbewegung zu Lara Saiter hin, ließ eine bedeutungsschwangere Pause, bevor er mit gedämpfter Stimme fragte: »Ist die vielleicht verkehrt rum?«

Hartmann schüttelte den Kopf und der Huber Franz lehnte sich beruhigt zurück. Lara sagte, ohne den Blick vom Kalenderbild Oktober zu wenden: »Viel zu weicher Arsch, ein viel zu weicher Arsch.«

Es wurde ganz still im Raum. Von den bloßen Rohren an der Decke war jetzt ein Surren zu hören. Die Männer schauten zum Kalender und sahen die Blondine. Keiner von ihnen hätte sich der Meinung dieser Polizisten anschließen wollen. Die drehte sich lächelnd um. »Der Porsche, Leute, der Porsche.«

Sie ging zum Tisch und reichte dem Huber Franz die Fotos aus Anne Blohms Kiste. »Wo könnte das sein?«

Bevor er zugriff, wischte er seine Hände umständlich an den Seiten seines Blaumanns ab. Er studierte die Fotos lange. Sein Unterkiefer, die Zunge, die Lippen blieben währenddessen in ständiger Bewegung. »Ah! Ziegelaufbau, saubere Sache … sehr schön … gibt's heute nicht mehr, so was.«

»Könnte das ein U-Bahn-Gewölbe sein?«, fragte Hartmann.

Die anderen zwei waren aufgestanden und hatten sich im Rücken ihres Chefs gruppiert. Sie verneinten mit heftigem Kopfschütteln. Keiner traute sich etwas zu sagen. Das war Sache des Capos. Der lachte und zeigte auf das Foto. »Nix U-Bahn. Da sind noch Pferdekutschen gefahren, zu der Zeit, wo das gebaut worden ist.«

»Wo könnte es denn sein?«

»Mhm, schwer zu sagen. Vielleicht ein altes Rückflussgewölbe, für die Isar, als Druckausgleich, wie man das früher so hatte; wird aber heute nicht mehr genutzt. Die, die's noch gibt, sind alle stillgelegt und im Krieg, haja die Bomben, da ist ja ein Haufen Zeug verreckt, was man dann einfach so zug'schüttet hat.«

»Das da hat aber das Desaster überstanden. Wie käme man da heute rein? Es muss ja einen Zugang geben, sind ja ne Menge Leute drin, wie auf den Fotos zu sehen ist.«

»Reinkommen ... Mhm ... eigentlich gar nicht. Na ja, bei manchen Stollen, könnt schon sein. Das Verschütten ist ja sehr aufwendig und man hat manche Zugänge der Einfachheit halber abgemauert. Beim Tunnelbau für die U-Bahn sind die manchmal auf diese alten Gewölbe gestoßen. Die sind dann versiegelt worden, soweit ich weiß. Drei solche Gewölbe gibt es noch: im Lehel, am Isartor, alles in der Nähe der Isar eben ...«

»... an der Fraunhoferstraß', da ist auch so ein alter Gang«, meldete sich einer der anderen, »der Seppi hat mir davon erzählt. Recht gruslig soll's gewesen sein, weil die gedacht hatten, da liegen noch Tote vom Krieg her ... Skelette halt. Die sind da aber nicht weit rein, weil schon recht viel Putz von der Decke runtergekommen war. Die haben das dann verspannt, Beton davor und fertig.«

»Sie sprachen von drei Orten«, wendete sich Lara an den Huber Franz.

Der nahm die Fotos wieder auf, als wolle er ihrer Nachfrage ausweichen. Sein Blick wurde für einen kurzen Moment starr und seine Augen verengten sich. »Drei, ja, ja, drei ... am Max-Weber-Platz noch. Aber die sind alle zugemacht. Da kommt man nicht rein.«

»Sicher?«, fragte Lara Saiter.

»Klar sicher. Keine Chance«, lautete die Antwort.

»Wir wollen uns das trotzdem mal anschauen. Man hat uns gesagt, wenn sich einer unter dem guten alten München auskennt, dann der *Huber Franz*. Aus diesem Grund sind wir hier. Es gibt auch keine Probleme für Sie, das ist alles schon geklärt.«

Der Huber Franz sah auf. Sein Blick und seine Haltung waren nun zurückhaltender. »Und nur weil da ein paar Nackerte rumrennen, kommen gleich die Kriminalen? Da hättet's aber an der Isar viel mehr zu tun. Seid ihr Ettstraße, oder?«

»Nein. Maillingerstraße.«

»Maillinger?« Er sah mit großen Augen nach hinten zu seinen Kollegen, und wiederholte langsam: »Maillinger?«

»Landeskriminalamt«, erklärte Lara Saiter.

»Mhm ... soso ... Landeskriminalamt. Und weswegen seid ihr unterwegs, ha? Ich meine ...?«

Einer der anderen meldete sich wieder. »Hat des vielleicht mit dem Bein zu tun, was man gfundn hat, draußen auf der Panzerwiese, des wo in der Zeitung war?«

Der Huber Franz ging dazwischen. »Schmarrn, des war doch net auf der Panzerwiese, am Parkplatz war's, gell. Im Müll. Hat des damit zu tun, weswegen ihr hier seid?«

Lara lächelte ihn an und zeigte das Foto von Tobias Siebl. »Den jungen Mann schon mal gesehen hier unten?«

Alle verneinten.

Sie sammelte die anderen Fotos wieder ein und steckte sie weg. »Gut dann, vielen Dank. Wann können wir denn unsere Tour machen, Herr Huber?«

»Ja heut nimmer, heut nimmer«, lehnte der ab.

»Wieso eigentlich nicht?«, fragte Lara und sah zu Hartmann.

Die Kollegen von Huber Franz redeten überraschenderweise auch gut zu. »Ah geh, Franz, jetzt aber. Des bissl Ventilprüfung heute Nacht, des machen wir schon auch allein. Des ist doch kein Problem net, und du bist doch heut eh einer zu viel, wie es gar nicht geplant war. Mach doch ... wenn's auch mit den Chefitäten abgesprochen ist ... und ... Landeskriminalamt. Die Schlüssel haben wir eh alle da für den Innenbereich.«

Dem Huber Franz war es gar nicht recht. Das war ihm

deutlich anzusehen. Nein, das Ganze passte ihm überhaupt nicht. Doch fehlten ihm die Argumente. Er knurrte und murrte, sein Oberkörper wiegte hin und her, er sah voller Unzufriedenheit auf den Rest Leberkäs, der keinen Dampf mehr abgab. Daneben lag eine halbe Brezn. »Ja, gut dann … saubere Spätschicht … sauber, sag ich. Na, aber es geht erst in einer halben Stunde. Ich muss mich schon vorbereiten. War da ja selbst lange nicht mehr. In zehn Minuten. Ich komme dann hoch und hole euch ab.«

Sie warteten oben im Durchgang und bildeten ein Hindernis, denn alle anderen waren eilig unterwegs – auf dem Weg nach oben, in den Sommerabend. Niemand blieb hier stehen und stand herum, wartete.

»Er hat die Fotos intensiv studiert, der Huber Franz«, meinte Hartmann.

»Ja, ist mir auch aufgefallen … und noch etwas …«

»Was?«

»Er hat sie erfolgreich studiert.«

»Wie meinst du das?«

»Er hat etwas entdeckt, etwas Bekanntes, oder besser gesagt, jemanden, den er kannte. Es war das Foto, auf dem die Menschen im Schattenriss zu sehen waren.«

»Du meinst wirklich, er hat jemanden erkannt darauf? Hab ich nicht mitbekommen.«

»Da bin ich mir sicher. Seine Augen sind richtig eng geworden und ab dem Zeitpunkt war ihm alles furchtbar unangenehm … unser Besuch … seine neugierigen Kollegen … die Fotos.«

Sie drückten sich noch einige Minuten vor der Türe rum. Der Lange kam zu ihrer Überraschung und informierte sie, dass der Huber Franz gleich so weit sein würde. Ein Telefonat hielte ihn noch auf.

Lara hatte eine Idee und schnappte sich den Langen. Sie nahm ihn nachdrücklich am Arm und führte ihn ein Stück abseits. »Das ist doch euer Capo, der Huber, gell?«

»Ja, ist er.«

»Bisschen knurriger Typ, nicht wahr?«

Der Lange fixierte sie und blieb vage. »Aber sonst schon in Ordnung.«

»Sicher, in Ordnung ist er schon. Ich frag ja auch nur, weil … wenn man da so miteinander unterwegs ist, da sollte man schon wissen mit wem. Verstehen's? Scheint mir ein Familienmensch zu sein, so ein gemütlicher, gell.«

Der Lange wurde zugänglicher. »Jaja. Absolut. Familie ist für den das Höchste. Der ist schon Opa und ist mächtig stolz drauf. Die Enkel sind fast schon erwachsen. Sieht man ihm so gar nicht an.«

»Alle hier in München?«

»Ja. Alter Truderinger Adel.« Er lachte bissig.

Das reichte ihr. Sie ließ den Langen stehen und telefonierte ein Stück weiter weg mit Batthuber. Der jammerte, als er den Auftrag erhielt, auch noch den Familienhintergrund vom Huber Franz zu ermitteln.

Lara bat Alex mit dem Huber alleine auf Untergrundtour zu gehen. Sie wollte derweil an anderer Stelle ermitteln.

»Und das Auto?«, rief er ihr nach, bevor sie ganz im abendlichen Trubel verschwand.

Sie reckte die Hand und ließ frech den Autoschlüssel klimpern, ohne sich noch einmal umzudrehen. Es gab schließlich den MVV und die MVG. Er würde schon heimkommen.

*

Buntzl war lange Zeit im Büro auf und ab gegangen. Der Gnotze hatte er schon am Vormittag einige sinnlose Aufträge gegeben, nur um Ruhe vor ihr zu haben. Der Rothaarigen im Sekretariat hatte er gesagt, er wolle nur wichtige Telefonate durchgestellt bekommen, und in dem Augenblick, als er es sagte, hatte ihn ein Gefühl der Bedeutung, ein Gefühl von Wichtigkeit durchdrungen. Eine Art schwerer Wärme. Das Gefühl Macht zu haben kribbelte ihn.

Es gab keine offizielle Regelung in der Firma, aber da Siebl krank war, musste jemand seine Vertretung übernehmen und er sah sich in dieser Rolle. War Siebl wirklich noch nie krank gewesen? Oder war er immer nur dann krank, wenn er, Buntzl, im Urlaub gewesen war oder frei hatte? Das war kaum vorstellbar.

Den Bürotisch hatte er gegen den Uhrzeigersinn umrundet, dann wieder den Weg der Zeiger genommen. Auch der sinnende Blick aus dem Fenster, über die Gleise hinweg auf die Containerhallen und das Grün, das zwischen den Blechkisten aufbrandete, hatte ihn nicht weitergebracht. Endlich griff er zum Telefonhörer und drückte entschieden auf eine Taste. Es wurde sofort abgenommen. Buntzl erstarrte und legte die rechte Handfläche auf die Schreibtischplatte, was ihn auch innerlich stützte. Er meldete sich stolpernd, unsicher, begann umständlich zu reden. »Ja, grüße Sie, Herr Doktor ... ja, Buntzl hier, richtig ... es ist wegen, weil doch Herr Siebl erkrankt ist ... ja, seit gestern schon, und ...«

Sein Gegenüber ließ ihn nicht ausreden, stellte immer wieder Fragen: knapp, herrisch, fordernd und mit hörbarer Ungeduld. Endlich traute sich Buntzl. »Nein, Herr Doktor Schott, es sind nicht Fragen der Vertretung, weswegen ich bei Ihnen anrufe. Ich sehe ernste Probleme heraufziehen, über die ich Sie informieren möchte.« Buntzl unterbrach, um bedeutungsschwanger zu sagen: »Wir hatten die Polizei im Haus.«

»Darüber bin ich bereits informiert.« Schott klang ungeduldig und brachte Buntzl vorübergehend wieder ins Straucheln, denn der hatte eine eher überraschte Reaktion erwartet.

»Ja ... schon ... nur könnte sich das sehr nachteilig entwickeln, denn wie Sie vielleicht auch wissen, geht es um das Verschwinden von Anne Blohm und die Polizei ermittelt inzwischen gegen Tobias Siebl. Über die Vorgänge die Angelegenheit Tobias Siebl betreffend sind Sie ja informiert.«

Es entstand eine Pause. Buntzl spürte den Schweiß auf der Stirn. Doktor Schott kam nun also doch ins Grübeln. Er fragte schließlich: »Woher haben Sie diese Information, Buntzl?«

Buntzl schob die Verärgerung beiseite, die die Art und Weise ausgelöst hatte, wie Schott ihn ansprach. Dieses abschätzige »Buntzl«. Er zwang sich zu einer sachlichen Stimme: »Die Polizei hat nachgefragt«, log er, »die sind vom Landeskriminalamt und sehr aufdringlich, wie ich befürchte.«

Schott klang indigniert. »Und Sie meinen nun, mein lieber Buntzl, der krankheitsbedingte Ausfall von Herrn Siebl steht damit in Zusammenhang?«

»Nein, nein ... überhaupt nicht«, eilte sich Buntzl das gefährliche Terrain zu verlassen, auf das er geraten war. »Es ist nur so, ich war der Meinung, Sie sollten über die Konstellation informiert sein, Herr Doktor Schott, denn ...«

»Jaja, ist ja gut, Buntzl. Das haben Sie ja nun getan und ich danke Ihnen dafür. Melden Sie sich wieder, sobald es Neuigkeiten gibt, ja!«

Doktor Schott legte auf.

Buntzl wischte sich den Schweiß von der Stirn und atmete langsam aus, sodass er es hören konnte. Jetzt musste er das Eisen schmieden, jetzt hatte ihm das Schicksal die Chance vor die Füße gelegt Siebl zu erledigen. Doktor Schott würde ihn noch brauchen, da war er sich sicher. Er wurde nun ruhiger und begann von Neuem seine Runden um den Schreibtisch zu drehen. Die Anspannung wich und machte einem Gefühl der Zufriedenheit Platz.

Er telefonierte mit der Rothaarigen. Sie sollte Frau Gnotze mitteilen, dass er sie in einer halben Stunde zur Besprechung erwartete.

Er legte den Telefonhörer auf und war stolz. Zwei, drei Atemzüge später war er ruhiger.

So machte man das.

*

Schott hatte nach dem Gespräch noch einige Sekunden auf den Hörer gesehen und sich dann wieder dem Gast zugewendet, der ihm im schwarzen Ledersessel gegenübersaß und einen jämmerlichen Eindruck in den stolzen Raum trug.

Es war Siebl.

»Das war dein geschätzter Mitarbeiter, dieser Buntzl, der mich über die Zielrichtung der polizeilichen Ermittlungen informieren musste.«

Siebls Augen waren leblos und er sprach ohne Erregtheit. »Er war mir von Anfang an zuwider, dieser kleine intrigante Kerl. Ein widerwärtiger Kretin, mit seinem leisen Lispeln und dieser falschen, hündischen Anbiederung.«

»In der Tat, in der Tat. Aber du bist im Moment wirklich nicht in der Lage die Geschäfte zu führen. Diese Frau Gnotze möchte ich von jeglichem Einfluss fernhalten. Und – ich kann es dir nicht ersparen festzustellen, dass du es warst, der die beiden eingestellt hat. Diese Gnotze, also – das habe ich nie verstanden. Eine Frau, die mit jedem zweiten Satz ihre soziale Inkompetenz dokumentiert. Wie ist das noch? Sie lebt mit ihrer Mutter zusammen? Na ja, was geht es mich an«, Doktor Schott atmete erschöpft aus, hielt inne und sah auf Siebl. Es war nicht der Augenblick, um über die Vergangenheit reden. Sein Ton wurde wieder verständnisvoller. »Egal jetzt. Du bleibst erst einmal weg und kümmerst dich um deine familiären Angelegenheiten. Und um dich, denn du siehst schrecklich aus. Weißt du, wo du ihn suchen wirst?«

»Ja. Es gibt einige Adressen.«

»Gut.« Er ließ eine Pause entstehen und sah Siebl an.

Der hatte die Augen gesenkt auf den Boden gerichtet und wurde dieser Ruhe erst nach einer ganzen Weile gewärtig. Er sah sein Gegenüber an und zuckte mit den Schultern. »Was?«

Doktor Schott sprach leise. »Ja, was denkst du? Hat er etwas mit der Sache zu tun?«

Siebl blieb ihm die Antwort schuldig. Er ließ auch die Frage unbeantwortet, ob sie schon einen Anwalt eingeschaltet hätten.

Er war aufgestanden und ohne weitere Worte gegangen.

Schott hatte ihn, wie ein treuer Freund es tut, über den weitläufigen Perserteppich hinweg bis zur schweren, hölzernen Bürotür begleitet, ihm dort sanft und mitfühlend auf die Schultern geklopft. »Du kannst dich auf mich verlassen, Rudolf«, hatte er gesprochen, »du kannst dich auf mich verlassen.«

Sie hatten einander nicht mehr angesehen und Schott verfolgte, wie Siebl aus dem Vorzimmer verschwunden war. Ein Schatten, dachte er, ein Schatten seiner selbst.

Lange Zeit hatte Schott danach im bequemen Sessel gesessen und nachgedacht. Intensiv nachgedacht. Bis er durch Marianne gestört wurde, die leise an die Tür klopfte und eintrat, ohne auf ein Signal dazu zu warten. Sie sah betreten drein. »Herr Doktor Schott. Die Kanzlei hat soeben angerufen. Der Auflösungsvertrag für Herrn Siebl wäre fertig und er liegt uns im Entwurf vor. Die Frage der Abfindung ist noch nicht geklärt – soll ich ihn ausdrucken lassen, dass Sie Ihre Änderungswünsche vermerken können?«

Schott war aufgestanden und ans Fenster getreten. Er drehte sich nicht um, sondern blieb mit seinem Blick am Zaun haften, der den Park zur Straße hin abgrenzte. Ein paar Kinder sprangen am Gehsteig herum. Die Zeder warf einen breiten Schatten. »Ja … ja«, sagte er leise, »legen Sie ihn mir vor, aber heute muss es nicht mehr sein. Wir warten noch ein paar Tage.«

Vielleicht ergaben sich ja Wendungen, die diesen Auflösungsvertrag überflüssig machten und damit die Abfindung. Doktor Schott bevorzugte in jeder Lebenslage die eleganten Varianten. Er wollte warten. Immer höflich warten.

Irritiert drehte er sich um. Er hatte das leise Geräusch erwartet, das entstand, wenn Marianne die Tür ins Schloss zog. Tatsächlich stand sie noch da.

»Ist sonst noch was, Marianne?«

»Ja. Ihre Frau hat vorhin angerufen. Sie ist die nächsten Tage über beim Training und sie lässt fragen wegen der Jagdgesellschaft am Wochenende.«

Doktor Schott schnaufte schwer. Nichts schien ihm mehr Schwierigkeiten zu machen als die Entscheidung zu dieser

Jagdgesellschaft zu gehen, oder nicht. Er winkte müde ab. »Nein, Marianne, nein. Geben Sie bitte Bescheid. Keine Zeit. Es sind zu wichtige Dinge zu erledigen im Moment. Keine Zeit.«

Marianne blieb.

»Noch etwas?«

»Ja. Eine Frau Saiter angerufen ... vom Landeskriminalamt. Sie möchte mit Ihnen sprechen.«

Schott machte einen überraschten Gesichtsausdruck. Das war schnell gegangen. Nun gut, es war so, wie es war. Auch diese Tage würden vorübergehen.

Sein Gesicht bekam einen vorwurfsvollen Zug. »Will sie denn heute noch kommen?«

»Nein, das nicht, aber morgen ... sie hat sich nicht ...«

Schott lächelte nachsichtig. »Ist schon gut, Marianne. Aber morgen ist Freitag, da ist es unpassend, so direkt vor dem Wochenende Gespräche mit der Kriminalpolizei zu führen. Man nimmt das dann mit ins Wochenende, und das sollte ja nun unbelastet sein. Bestätigen Sie den Termin für Montag, gleich in der Früh. Sie soll schon um acht Uhr kommen, ja. Ich bin ja bereits ab sieben Uhr im Büro, da wird man das von Beamten, zumal Kriminalbeamten, schon verlangen können.«

»Sie wissen, Herr Doktor Schott, am Montag ist Ihre Frau mit im Büro, wegen der Steuerangelegenheiten.«

Schott sah sie überrascht an. »Ach ja. Daran hatte ich gar nicht mehr gedacht, Marianne. Danke. Trotzdem, es bleibt bei acht Uhr und meine Frau kann an dem Gespräch ja teilnehmen, wenn sie möchte«, er lachte, »wann wird man schon mal von einer Beamtin des Landeskriminalamts befragt, nicht wahr?«

»Ist es denn eine ernste Angelegenheit?«, fragte Marianne vorsichtig.

Er beruhigte sie und fuhr mit der Hand sanft durch die Luft. »Nein, nein, Marianne. Der Sohn vom Siebl wieder einmal.«

Sie legte eine Hand vor den Mund. »Jesus, was hat er denn nun schon wieder angestellt ... ist denn gar nie ein Ende.«

Schotts Miene wurde ernst. »Glauben Sie mir, Marianne, ich hätte mich nie darauf einlassen dürfen, niemals. Diese Situation zeigt wieder einmal deutlich, was dabei herauskommt, wenn man mit seinen eigenen Prinzipien bricht, nur um jemandem eine vermeintliche Hilfe zu sein. Ich bin von Siebl… also unserem Siebl… ich bin sehr enttäuscht, das muss ich Ihnen sagen. Aber nun gut…« Eine elegante Handbewegung und ein Schritt mit freundlichem Lächeln auf sie zu, machten deutlich, dass er nun genug hatte – von seiner Sekretärin, ihren Fragen, ihrer Besorgnis, ihrer Anwesenheit.

Marianne ging leise hinaus und schloss die Tür. Er trat ans Fenster und blickte in den Park. Dahinter war die Stadt, und darin diese vielen unbedeutenden Menschen, die keine Kenntnis nahmen von den Dingen, wie sie wirklich waren. Wie konnte man nur so dahinleben, ohne Bedeutung, ohne etwas Herausragendes zu schaffen?

Verlassen

Es war ihr Zuhause geworden – der lange Tunnel, die Schächte, das Dunkel und Düstere des Labyrinths. Sie kannte nun den größten Teil der Fallen. In jeder Situation wusste sie einen Weg, um zu entkommen, und sie bewegte sich mit großer Routine durch die Segmente und Stockwerke, bis hinauf auf die freiliegende Decke, knapp unter dem Dach, wo es einen Hauch von Freiheit zu spüren gab.

Sie beruhigte ihren Atem, denn gerade war sie durch den zentralen Tunnel gespurtet, von Deckung zu Deckung; geduckt, immer schussbereit, die Armbrust nach vorne gehalten. Im Vorbeilaufen hatte sie ihn in einer geöffneten Luke gesehen. Er hatte noch nicht mit ihr gerechnet, sie erschrocken, ja entsetzt angesehen und panisch die Luke zugeschlagen, als sich ihr Blick kreuzte, worin er ihren Willen zu töten erkannte. Für ihn war es gerade noch gut gegangen. Eine Sekunde langsamer und sie hätte ihm den Bolzen ins Gehirn geschossen. In ihren Gedanken hatte sie es vor sich gesehen, das Geräusch gehört, wie der Bolzen den Schädel durchschlug, und ihn wegsinken sehen. Glück gehabt.

In seinen Augen flackerte die gleiche Angst wie schon gestern, als er sie im Tunnel auflauern wollte und sie ihn dabei fast mit der Armbrust erwischt hatte. Sie war eine rechte Scharfschützin geworden; ihr Bolzen hatte ihn gestriffen und sofort hatte sie nachgeladen und war losgerannt. Gerade noch war er durch eine der Seitenluken entkommen und sie hatte aus kurzer Distanz auf das Lochblech gefeuert, das über dem Holz lag. Ein trockenes Knallen und Knirschen war zu hören gewesen, als das Stahlprojektil das Blech durchschlug und stecken blieb. Es war knapp für ihn gewesen und sie hatte lange dagestanden und seine Angst durch die Wand riechen können. Die reelle Möglichkeit ihn töten zu können, diese erlebte Chance, dies ließ sie weniger

Angst empfinden und viel mehr Mut. Es veränderte die Situation.

Heute war sie sich sicher, nicht alleine mit ihm zu sein. Im Vorraum zum Pendel hatte sie etwas gehört: Schritte. Es waren Schritte. Ganz leise. Die Geräusche kamen von oben. Jemand anders als er hatte auf der oberen Ebene die Holzdecke gequert; kurze, schnelle Schritte. Eine leichte, kleine Person musste es gewesen sein, die versucht hatte möglichst wenig Geräusch zu verursachen. Sie musste sich also vorsehen.

Seit gestern war auch das Schutzblech vom Pendel entfernt und die blanke Schneide sauste durch die Luft. Und fürchterlicher noch – das Ding pendelte nun in unterschiedlichen Höhen. Der bisherige Modus vorbeizukommen, war damit obsolet geworden. Doch es ängstigte sie nicht. Vielmehr richtete sie alle ihre Sinne nach möglichen neuen Gefahren aus. Die Schritte von oben waren ein Warnsignal. Ein neuer Level stand an. Sie war bereit dafür und fast fühlte sie ein wenig Freude darüber einer neuen Herausforderung gegenüberzustehen, und sie war gierig darauf geworden ihn zu erwischen, mit einem Speer, mit einem Bolzen, oder mit ihren blanken Händen. Was war bloß aus ihr geworden? Auf den Weg hatte sie sich begeben, nach Santiago de Compostela. Nicht um vor etwas wegzulaufen, vielmehr um ein Ziel zu erreichen, das nicht nur aus einem Ort bestand. Wovor hätte sie auch davonlaufen sollen? Vor den belebend frischen Sommermorgen vielleicht, die sie mit einem Cappuccino in der *Ideal Espresso Bar* begann, im Schatten der vier Kastanien, wo sich die Kühle der Nacht länger hielt? Dort, wo alle anderen der morgendlicher Genießer ihre Stühle in Richtung Weißenburger Platz ausgerichtet hatten, um den Blick auf die Bühne aus Linden, Blumenbeeten und den säuselnden Wasservorhang des Glaspalastbrunnens frei zu haben; über allem das ferne Geläut einer Frühmesse. Der Gedanke an diese Szenen, die Erinnerung an ihr altes Leben, sie entfachte Gefühle und Empfindungen die sie verwirrten und die Gefahr bargen, ihre gewonnene Klarheit zu verlieren. Weshalb hatte sie diese Puppenstube, die ihr Leben war, aufgegeben? Zu sich selbst wollte sie kommen. Das war der Grund, den sie sich selbst zugestanden hatte. Dahinter lag, unausgesprochen und ihr nicht fremd, der Wille, mit diesem Pilgerjahr ein Dokument zu liefern, das ihre moralische Stärke belegen sollte. Und nun?

Nun war sie zu sich selbst gekommen und hatte – verborgen von guten Manieren – ein fremdes Wesen in sich entdecken müssen; eines, das bereit und auch willens war zu töten. Und nicht einen Augenblick empfand sie Reue darüber. Nicht einen Augenblick. Sie war ganz dieses kühle Wesen geworden.

Batthuber hatte nicht lange gebraucht, um Adressen und Telefonnummern des Huber'schen Familienclans herauszufinden. Er las Lara Namen und Geburtsdaten am Telefon vor, so, wie sie das verlangt hatte. Sie saß im Wagen und lauschte konzentriert. »Anna-Lena, das würde passen«, unterbrach sie ihn und ließ sich die Telefonnummer geben. »Gibt's noch ein Enkelchen in diesem Alter?«

»Nein, zwei jüngere Buben. Die sind fünfzehn und siebzehn.«

»Nein, die nicht.«

Sie legte auf, noch bevor Batthuber fragen konnte, worum es ihr bei der Sache ging, und wählte die Handynummer von Anna-Lena. Ihre Stimme duldete keine Widerrede, als sie deutlich machte, sich umgehend mit ihr treffen zu müssen.

Danach rief sie Bucher an. Der war noch im Haus der Angehörigen von Nora Bender, konnte aber reden. »Wie läuft's so?«, fragte sie.

»Oje, vergiss es. Gott sei dank ist der Seelsorger dabei. Er sitzt oben und redet mit ihnen. Völlig unmöglich etwas zu erfahren, was uns weiterbringen könnte. Wir warten nur noch, bis der Hausarzt da ist, weißt du, die Schwester von ihr kommt nicht mehr runter. Wir brechen dann hier ab und ich fahre nur kurz zurück ins Büro. Wir sehen uns morgen. Ich weiß nicht … vielleicht habe ich das auch völlig falsch angefangen, obwohl du mich ja vorgewarnt hattest. Ich … ich konnte ja nicht sagen ›Wir haben ihre Schwester, Tochter, oder so, gefunden‹. Ich habe dann einfach gesagt *Wir haben ein Bein gefunden und ein DNS-Abgleich hat bestätigt, dass es sich um dabei um das Bein von Nora Bender handelt.* Von da an ging gar nichts mehr. Sie hatten diese beschissene Zeitung natürlich rumliegen, die mit dem Bild. Also mir langt es für heute.«

Sie verabschiedeten sich voneinander. Lara hatte genau so etwas erwartet und war froh, nicht selbst in der Situation gewesen zu sein.

*

Anna-Lena war eine gertenschlanke Neunzehnjährige mit kurzen blonden Haaren. Zwei pinkfarbene Strähnen leuchteten grell hervor. Eine solche Enkelin hätte sie dem Huber Franz gar nicht zugetraut. Ihrer ganzen Haltung war die Angst anzusehen, die ein schlechtes Gewissen erzeugte. Trotzdem blitzten ihre Augen manchmal zornig auf.

Sie war Zahnarzthelferin in einem der Ärztehäuser, die sich in der Stadt breitmachten und trat Lara gegenüber sehr selbstbewusst auf. Die legte ihr die Fotos vor und sah sofort das Erschrecken auf ihrem Gesicht.

»Weiß mein Opa davon?«, verriet sie sich mit ihrer ersten Frage.

Manchmal geht es ganz leicht, dachte Lara. Sie entschied sich für das *Du*, was ihr geeignet erschien und vertrauter klang. »Hast du die Schlüssel für den Zugang in die Gewölbe beschafft?«

Sie sah zum Boden. »Mhm.«

»Wusste dein …«

Sie antwortete schnell. »Nein der Opa wusste … jedenfalls nicht genau … ich habe ihn darum gebettelt.«

»Wie bist du darauf gekommen?«

»Er hat mich früher manchmal mitgenommen, mich und meine Freundin. Das war gruselig und spannend zugleich, da unten in den Gewölben.«

Das klang glaubhaft. »Wie kommt man da rein, oder anders gefragt, wie erhält man Zutritt zu diesem exklusiven Kreis? Kennen sich alle, ist es eine Clique?«

»Nein und ja. Begonnen hat alles mit Freunden von mir, meiner Clique. Meine Freundin, die früher dabei war, Judith, die ist eigentlich auf die Idee gekommen. Sie hat mal was im Fernsehen gesehen von Paris, wie die da in den unterirdischen

Gängen und Gewölben unterwegs sind und Party machen, und so. Wir haben am Anfang nur da unten rumgehockt, dann hat mal jemand eine Anlage mitgebracht, was zu trinken mitgenommen, was zu essen, Musik … und dann hat der ein oder andere gefragt, ob er jemanden mitbringen könne … das ist dann immer mehr geworden.«

Lara Saiter unterbrach sie und nannte ihr die Namen der drei Frauen, Kara Schieg, Nora Bender und Anne Blohm. »Kennst du eine von ihnen?«

»Nein, nie gehört.«

Lara zeigte ihr Fotos der drei.

Anna-Lena schüttelte den Kopf. »Nein, die kenne ich nicht.«

Sie hielt noch mal das Foto von Anne Blohm hoch. »Wir vermuten, dass Anne Blohm die Fotos gemacht hat. Wie könnte sie da reingekommen sein?«

»Es funktioniert über Facebook, über eine geschlossene Benutzergruppe. Da werden die Dates verabredet und bekannt gegeben, wie der Zugang erfolgen soll. Wer neu ist, muss jemanden haben, der ihn vorschlägt und es muss ein zweiter da sein, der ihn kennt und zustimmt.«

»Gibt es eine Namensliste?«

»Nein.«

»Wieso nicht, es gibt doch diese Facebookliste …«

»Es ist ziemlich ausgeufert zum Schluss. Da waren völlig irre Typen dabei und es hat keinen rechten Spaß mehr gemacht. Judith, also meine Freundin, sie hat die Gruppe gelöscht, und wir waren in den letzten Wochen auch nicht mehr dort … und fotografieren war da unten sowieso verboten.«

»Ging es dabei vorwiegend um Erotik, um Sex?«

»Nein, das war nicht so, vielleicht manchmal und dann nur so aus der Situation heraus bei einigen, nicht vorher verabredet … aber wie gesagt, es waren dann Leute dabei, die so extrem waren … so überhaupt …«

»In welcher Weise extrem?«

»Ja so abgedreht halt, komplett. Das war dann nicht mehr cool, eher nervig.«

Anna-Lena verschwieg etwas. Lara lenkte ab. »Ich verstehe … diese Judith muss ich sprechen. Dringend. Geht das klar?«

»Mhm … schon ja. Aber was ist mit meinem Opa … kriegt der Schwierigkeiten?«

»Schwierigkeiten? Wieso? Weiß doch niemand davon. Aber wir brauchen Namen, um weiterzukommen.«

Anna-Lena verstand sofort den Inhalt des Deals, den ihr Lara Saiter anbot. Sie biss auf ihrer Unterlippe herum, während Lara das Foto von Tobias Siebl hervorholte. »Den Typen schon mal gesehen?«

Anna-Lena griff nach dem Foto und sah es aufmerksam an. »Ja, den kenne ich, der war auch dabei da unten, Tobi heißt er. Was ist mit ihm?«

»Woher kennst du ihn?«

Anna-Lena wurde unzugänglicher. Lara machte Druck. »Du bist nicht in der Situation hier lange herumzutun, klar. Woher kennst du ihn?«

»Der ist mit Judith gekommen, sie kennt ihn. Ich weiß aber nicht woher. So ein Typ halt, ein komischer Kerl.«

»Inwiefern komischer Kerl?«

»Ausgeflippt, aber auf eine nicht normale Art irgendwie.«

Lara ließ es sein, herausfinden zu wollen, wie man auf normale Art ausgeflippt sein sollte. Wenngleich sie diese Formulierung passend fand für so manches vordergründig Exotische, hinter dem sich blankes Spießertum verbarg.

Sie fragte: »Worum ging es genau, da unten in den Gewölben? Nur Party machen, das glaube ich dir nicht!«

»Dooch!«, kam es leicht hysterisch.

Lara hob fordernd den Kopf.

»Echt ey! Wir haben uns da unten getroffen, Musik gehört … und halt ein Spiel gespielt.«

»Ein Spiel? *Mensch ärgere dich nicht*, *Halma*, *Memory*? Komm schon, ich hab nicht ewig Zeit!«

»Neiin! So ein Spiel eben, mit Aufgaben, die man lösen musste … so ähnlich, wie im Internet, nur echt … echte Menschen halt.«

Lara zeigte ihr das Foto mit den Nackten. »War das Teil dieses Spiels?«

Als sie nicht antwortete, wurde ihr Ton scharf. »Komm schon! Raus mit der Sprache jetzt!«

Anna-Lena zögerte immer noch. »Das war … die Strafkammer.«

»Die Strafkammer?«

»Ja, die Strafkammer«, sagte die Kleine nun frech, als hätte sie Mut gewonnen, nachdem sie das Wort *Strafkammer* ausgesprochen hatte, »wer den fünften Level nicht geschafft hatte, durfte nicht rüber in den Partykeller, der musste nackt in der Strafkammer warten, bis aufgemacht wurde. Dann durften die rüber.«

»Ach so, ein Spiel also mit Belohnungen und die Bestrafungen. Dieses Rüberkommen in den Partykeller, wie muss ich mir das vorstellen? Genügte es dafür nackt zu sein?«

»Nein. Das hat sich jedes Mal geändert. Es waren nicht immer die gleichen Aufgaben.«

»Wer hat sich das denn ausgedacht, die Sache mit dem Spiel?«

»Das kam nicht von uns. Es sind ja immer mehr Leute geworden und es ist dann auch zu eng geworden und dann kam von irgendjemandem diese Idee mit dem Spiel.«

Lara sah sie skeptisch an und wartete.

»Der Tobi, der war da mit dabei. Der und noch einer, den ich aber nicht kenne. Die haben das organisiert. Mehr weiß ich nicht, wirklich.« Ihre Lippen wurden ganz schmal und sie sah verstockt zur Seite. Da war im Moment nicht viel zu machen. Lara notierte lange und ausführlich alle Daten, auch die ihrer Eltern und Geschwister. Dann ging sie und verabschiedete sich mit einem freundlichen »Auf Wiedersehen, Anna-Lena«.

Tobias Siebl war also mit in den Gewölben gewesen. Anne Blohm hatte Fotos von den nächtlichen Treffs und ein Spiel wurde gespielt, das er sich ausgedacht hatte. Es ging vorwärts. Sie rief diese Judith an. Sommerabende bildeten die ideale Voraussetzung für Ermittlungen. Solange es hell war, stellte sich nicht das Gefühl der Belästigung ein, wenn die Polizei am Abend noch vorbeikam.

Judith wohnte in Bogenhausen.

*

Der Huber Franz war äußerst einsilbig geworden, auf ihrer Tour durch die unterirdischen Welten Münchens. Max-Weber-Platz, Fraunhoferstraße, Lehel – alles hatten sie schon gesehen und Hartmann ließ sich jede Ecke, jeden Winkel genauestens zeigen. Das immer finster werdende Gesicht des Huber Franz zeigte keine Auswirkung auf Hartmanns Beharren an der Besichtigung aller möglichen Stationen. Das Isartor kam am Schluss dran und der Huber Franz lotste ihn durch eine lange Halle, jenseits der Schnellbahnröhre. Im kalten Licht der Neonröhren war weit vorne ein breites Eisentor zu erkennen. Er zeigte dorthin. »Da vorne geht's in die Fluthalle.«

Hartmann wunderte sich. Bisher hatte der Kerl weder auf etwas gewiesen noch etwas gesagt, sich vielmehr mit Knurren und Murren verständlich gemacht. Alles musste man ihm aus der Nase ziehen. Und jetzt dieses auffällige Gebaren. Hartmann blieb stehen und sah sich um. Wovon wollte der Kerl ihn gerade ablenken? Ein Stück weiter vorne, auf der rechten Seite und ganz im Schatten, befand sich ein gemauerter Unterstand. Matt schimmerten die Kanten einer metallenen Tür aus dem Dunkel. »Was ist das da drüben?«, rief Hartmann, denn der Huber Franz war schon ein weites Stück voraus. Er hatte beschleunigt.

Unwillig drehte er sich um und kam zurück. Hartmann deutete in Richtung des Unterstandes.

»Das ist ein Zugang für die Montagetrupps. Wird nicht mehr benötigt, seit die Starkstromkabel an der neuen Schaltstelle rauskommen.«

»Will ich trotzdem sehen.«

»Ich weiß gar nicht, ob ich den Schlüssel dafür hab«, meinte der Huber Franz.

»Ich probiere sie gerne selbst aus«, sagte Hartmann und sein Gegenüber verstand, was gemeint war. Die schwere Türklinke leuchtete im Strahl der Taschenlampe. Kein Stäubchen hatte sich abgelagert. Hartmann grinste. Er war gespannt.

Ohne Knarren und Quietschen schwang die massive Tür auf und sie gelangten in einen großen Vorraum. Ein Lichtschalter setzte eine matte Funzel in Betrieb. Genug Licht aber, um die Dimension der Halle deutlich werden zu lassen. »Das ist der Festsaal für eure Weihnachtsfeiern, oder was?«, giftete Hartmann den Huber Franz an, »und von hier will ich jede Türe geöffnet haben, ohne Kommentar oder Frage. Haben wir zwei uns jetzt verstanden!« Er holte sein Smartphone heraus und filmte.

Es waren insgesamt sieben weitere Eisentüren, die jeweils ein Gewölbe von dem anderen abtrennten. Nach der letzten Tür kamen sie in eine gewaltige Halle, in deren Zentrum zwei Säulenreihen die Decke hielten. Hartmann war beeindruckt. »Was ist das?«

»Das sind alles Flutungsbecken, die man füllen kann, wenn die Isar für Überdrucksituationen sorgt.«

»Und die Eisentüren?«

»Das kommt ja nicht unerwartet. Die werden geöffnet und eingehängt. Nimmt Druck von den Ventilen. Blöd waren die früher auch nicht.«

»Blöde bin ich auch nicht! Und jetzt will ich das Gewölbe sehen, das auf dem Foto zu sehen war!«

Es befand sich hinter einer weiteren, diesmal zweiflügeligen Tür und hatte einen Zugang zu dem abgetrennten Gewölbegang, den sie vorher durchschritten hatten.

»Ein Rundweg«, diktierte Hartmann in sein Handy, »im Zentrum ein Rückhaltebecken, zugänglich über sechs kleinere Hallen und durch einen langen Quergang eben mit diesen verbunden. In der Mitte des Quergang das Gewölbe, das auf dem Foto zu sehen war.«

An den Wänden fielen ihm Markierungen auf.

»Was ist das?«

»Keine Ahnung. Mich brauchen Sie heute nichts mehr fragen. Meine Spätschicht ist beendet.«

Hartmann filmte, fotografierte und diktierte. Dann ließ er sich vom Huber Franz wieder an die Oberfläche bringen.

Er atmete die warme, fruchtige Sommerluft gierig ein. Was bewegte jemanden dazu, seine Abende da unten in diesem Muff zu verbringen?

Es musste eine große Langeweile und Leere sein. Oder die Gier nach einem Kick? Er wusste es nicht.

*

Bucher hatte den Kollegen von der Polizeiseelsorge zu Hause abgesetzt und war noch mal zur Dienststelle gefahren, um bei der forensischen IT Auskunft einzuholen, was die Postkarte von Anne Blohm anging. Vielleicht gab es eine Möglichkeit diesen ominösen Text unter Zuhilfenahme moderner Computertechnik zu entschlüsseln. Er war sich inzwischen völlig sicher, dass Anne Blohm keinen Unsinn geschrieben hatte. Mehrfach hatte er versucht, sich mit dem Text zu befassen, doch immer wieder tauchte das Foto auf, welches Anne Blohm am Marienplatz zeigte, und die Buchstaben, Worte und Sätze verschwanden in einem Nebel. Er brauchte eine nüchterne, neutrale Person, um diesen Text zu analysieren, so eigenartig ihm das selbst vorkam.

Die Kollegen hörten aufmerksam zu, verwiesen ihn jedoch an eine andere Stelle. Er spürte – das war kein Abwimmeln, sondern seriöse Beratung. »Geh zum Doktor Cosinus, der kann dir helfen, ganz bestimmt. Der ist oben bei den Fahndern und mischt die Kinderficker auf.«

Zurück im Büro kontrollierte er seine Mails und klopfte Batthuber aufmunternd auf die Schultern, der schwer beschäftigt vor seinen drei Bildschirmen saß.

Die schreiende Schwester von Nora Bender tauchte wieder in seiner Erinnerung auf. War es erst vor wenigen Stunden gewesen, als sich ihr Körper vor Schmerz gewunden und gekrümmt hatte. Dazu dieses tiefe, dumpfe Stöhnen. Ihm war flau geworden.

Auf seinem Schreibtisch lag nichts Wichtiges. Seine Gedanken machten was sie wollten, sprangen von einem Aspekt des Falles zum anderen. Er musste raus hier. Raus ins Freie, unter den blanken Himmel.

Zu Hause angekommen, holte er eine Flasche Belleruche aus dem Keller, schlurfte nach oben ins Giebelzimmer und schaltete den Fernseher ein. Das Zappen ließ ihn bei einer Reportage über die Côte d'Azur landen. Ein derber Kerl saß in einem Strandrestaurant und grinste in die Kamera. Er sprach Englisch und erzählte mit selbstgerechter Miene, dass er es sich nie hätte vorstellen können, bei seiner Vergangenheit, einmal ein solches Leben zu führen. Er stellte sich selbst als *absoluten Weinkenner* vor. Die Formulierung störte Bucher. Im Laufe der nächsten Minuten erlebte er, wie der Typ nicht ohne einen gewissen Stolz von der entbehrungsreichen Zeit im Knast sprach. Ein Krimineller. *Zwei Menschen mussten durch ihn sterben,* wie er es ausdrückte.

Mussten sie wirklich sterben? Er schaltete den Krampf aus. Auf so was stand diese Gesellschaft – auf Extotschläger, die an der Côte d'Azur Hummer speisten, den Châteauneuf du Pape lobten, sich als absolute Weinkenner gerierten und mit sich und dem Leben zufrieden waren. Würde der Mörder von Nora Bender auch einmal vor einer Kamera sitzen und über Wein philosophieren? Ärgerlich ging er hinaus ins Dunkel, sah auf die schwarzen Spitzen der Fichten drüben am Waldrand und trank das Glas ohne Genuss leer.

Der Freitagmorgen begann wie immer mit der täglichen Zusammenkunft, dem Austauschen von Informationen und Verabreden von Maßnahmen. In einem anderen Gebäudetrakt wurde derweil jedes Detail des Falles registriert, kategorisiert, verschlagwortet und in einer Datenbank gespeichert. Ständig gab eine sich stetig verändernde Grafik darüber Auskunft, welche Namen, Begriffe, Fahrzeuge, Nummern oder Objekte am häufigsten vorkamen und zu welchen anderen Daten Bezüge und Verbindungen bestanden. Die ermüdende Erfassung leisteten die von Weiss ins Spiel gebrachten Praktikanten. Batthuber versorgte sie per Mail mit.

Bucher berichtete von seinem Besuch bei Nora Benders Angehörigen und von der Aufregung, die er ins Haus gebracht hatte. Ein Ergebnis hatte er nicht mitgenommen. Wie konnte man auch von Angehörigen erwarten, sich zu beruhigen, wenn ein derartiges Geschehen zu bewältigen war?

Hartmann zeigte die Fotos und Videos, die er in den Gewölben gedreht hatte. »Da! Seht ihr!? Die Reste der Aufschrift sind noch zu erkennen – *Level 3*«, er war aufgestanden und hatte sich in das Bild des Beamers gestellt.

»Alex, man sieht einfach nichts mehr, wenn du dich in das Licht stellst«, moserte Lara. »Die Fotos da passen vorzüglich zu dem, was dieses durchtriebene Arzthelferchen, diese Nichte vom Chefredner Huber Franz, mir erzählt hat. Die haben sich da unten getroffen und ein Spielchen gespielt. Wer die Levels nicht schaffte, kam ins Strafgewölbe – nackt. Der Tobias Siebl hat sich das Spiel zusammen mit einem anderen Typen ausgedacht. Und wisst ihr, wer ihn da unten reingebracht hat? Judith – die Freundin von Anna-Lena.«

Hartmann verzog den Mund. »Iss' ja interessant.«

»Mhm – denn Judith ist die Tochter von Thomas Brocke, der Bruder von Tobias Siebls Mutter … der Ehefrau von Rudolf Siebl.«

Batthuber pfiff laut. »Das ist ja eine nette Familie.«

»Schon. Aber diese Judith weiß auch nichts Näheres über Tobias, und ihr Vater – ein Anwalt – hat das Gespräch auch schnell beendet. Na ja.«

Bucher äußerte seine Gedanken. »Ein durchtriebenes Arzthelferchen kann ich mir ja in dem Gewölbe vorstellen, aber was machte jemand wie Anne Blohm dort unten? Das ist doch, nach allem was wir wissen, keine dieser gelangweilten

Charaktere gewesen? Das kriege ich nicht mit meiner Vorstellung von ihr zusammen – da unten, nackt, in einer Strafkammer. Wenn es rein um Sex gegangen wäre – dann schon eher. Aber diese dummen Spielchen, Party. Versteht ihr mich?«

»Wir haben ja nur die Fotos bei ihr gefunden. Das heißt noch nicht, dass sie wirklich dabei war. Vielleicht hat sie sie nur so bekommen – so als Appetitanreger«, merkte Batthuber an.

»Könnte sein, ja«, sagte Bucher und zog ein Resüme. Bislang gab es keine erkennbare Schnittstelle, die Kara Schieg, Nora Bender und Anne Blohm objektiv miteinander verbunden hätte. Keine Namen, keine Freizeitveranstaltungen, Kirchengemeinden, Schulfreunde – es war trist.

Armin Batthuber hatte von der Montagefirma Informationen erhalten und warf den Beamer an, der die Umrisse Frankreichs an die Wand warf. Tobias Siebls Einsatzorte waren markiert. »Die interessanten Orte sind rot markiert. Im August und September letzten Jahres war er in Baden-Württemberg unterwegs. Ravensburg, Ulm, Tübingen, Freiburg und Singen. So ein Tankstellenumbau wird von denen in sechs Tagen erledigt, wenn die groben Arbeiten gemacht sind, wie Erdarbeiten und so. Das hat mir der Typ im Büro erzählt. Von Ende September bis Mitte November war er in Frankreich auf Baustellen unterwegs. Rochefort, Poitiers, Nantes und Royan. Danach in der Schweiz, bis Weihnachten, den Genfer See entlang. Nach Weihnachten hatten die Urlaub und Anfang Februar ging es weiter. Zwei Wochen in Bern, danach Frankreich bis Anfang April. Pau, Bayonne, Montauban, Agen. Ich überspringe jetzt mal die Baustelle bei Ingolstadt. Von Mitte Mai bis Anfang Juni war er wieder in Frankreich. Limoges und Tulle. Das passt von den Zeiten her erschreckend perfekt, wie ich meine.«

»Wie groß ist so ein Trupp?«, fragte Hartmann.

»Das sind neun Leute. Die Firma hat vier solcher Trupps im Einsatz. Tobias Siebl war bei den Tankstellen eingesetzt, weil er neu war. Die mit mehr Erfahrung arbeiten für die Raffinerien.«

»War er mit einem der Kerle da speziell?«, fragte Bucher.

»Nein. Der hat sich sehr zurückgehalten. Ist wohl eher so'n Einzelgänger, aber der Typ im Büro, der war gar nicht froh, dass ich nachgefragt habe. Er wollte wissen, worum es geht. Und wie ich so mit dem geredet habe, ist klar geworden – die sind mit dem Siebl total zufrieden! Der ist inzwischen sogar stellvertretender Capo. Muss fleißig sein, die Leute im Griff haben und zuverlässig ist er auch. Kann wohl organisieren.«

»Klingt nicht nach dem Tobias Siebl, den die Akten vermitteln«, meinte Lara Saiter.

»Hab ich mir auch gedacht, ist aber so. Die verdienen gar nicht schlecht mit diesen Montagen und hundertprozentig läuft da auch noch was mit Bargeld, schwarz halt, aber wie gesagt, der Siebl ist da keine Quotennummer, sondern einer, der anschafft. Komisch, dass der in so ne Sozi-Einrichtung musste. Braucht der doch anscheinend gar nicht.«

»Vielleicht hat's der Papa wollen, um seinem Bubi was Gutes zu tun«, meinte Hartmann.

Bucher stand auf. »Läuft im Moment alles auf diesen Kerl zu. Macht mal ein Ort- Zeit-Diagramm fertig und verständigt mich, falls ihn die Fahndung hat. Keine Festnahme, gebt das noch als Info mit raus, der soll uns ja wohin führen. Am Nachmittag dann Besprechung und Planung, wie das Wochenende laufen soll.« Er verabschiedete sich. Der Termin bei Doktor Cosinus stand an.

Lara Saiter machte sich in Sachen Kara Schieg auf den Weg. Der Bruder hatte ihre Wohnung inzwischen aufgelöst. Der Rest ihres Lebens war in den Hallen einer Spedition eingelagert. »Was sollte ich denn machen?«, hatte er am Telefon gejammert. Ja, was sollte er denn machen, dachte Lara Saiter. Sie wusste auch keinen Rat.

*

Bucher nahm die Treppen bis in den fünften Stock und klopfte an der Bürotür. Am Zimmerschild hatte er den Namen Dr. Szceguzcyk gelesen und sich entschieden sofort das kollegiale

Du zu verwenden, wenn es sich anbot – Doktor hin oder her, aber schon der Name erschien ihm wie ein Algorithmus.

Doktor Szceguzcyk saß auf dem Drehstuhl und sah erwartungsvoll zur Tür. Besuch kam selten zu ihm hoch. Er war älter als Bucher und sah auch noch älter aus. Er trug Jeans. Eine mächtige Kette mit silbernen Gliedern war an einer Gürtelschlaufe befestigt und sicherte den Geldbeutel, der in der Gesäßtasche stecken musste. Buchers Blick fiel auf das schwarze T-Shirt, auf dem ein gewaltiges Vogeltier aufgedruckt war, das in seinen Krallen Worte hielt, die er nicht entziffern konnte. Die Flügel waren ausgebreitet und reichten weit über die Brust. Szceguzcyk hatte bis auf Höhe der Ohren einen blanken Schädel. Von dort fielen angegraute Haare bis weit über die Schulter. Eine Nickelbrille saß auf der Nase und die Augen funkelten wach.

Volltreffer, dachte Bucher, und stellte sich vor.

Auf dem Schreibtisch stand ein Bildschirm.

Reine Dekoration, denn an der Wand darüber hingen zwei gewaltige TV-Bildschirme, auf denen Zahlenkolonnen scrollten, Stichgrafiken wechselten oder blinkende Warnhinweise zu sehen waren. Buchers Augen erfassten die Worte Warning, Alert, Control und Boost. Er ließ den Blick nicht mehr dorthinwandern, um nicht als unhöflich zu erscheinen, wenngleich ihn das kryptische Zeug durchaus interessierte. In kurzen sachlichen Worten berichtete er von den Umständen ihres Falles, der Ansichtskarte, dem anscheinend unsinnigen Text Anne Blohms und seiner Idee, dass moderne Computertechnik dabei helfen konnte, aus diesem Text eine Botschaft zu entschlüsseln.

Szceguzcyk hörte aufmerksam zu und schwieg, als Bucher geendet hatte. Eine befremdliche Situation, wie Bucher fand, denn eigentlich wäre er als Fachmann nun an der Reihe gewesen und hätte etwas sagen können: zum Beispiel, wie es nun weiterginge, welche Ideen der Umsetzung er hätte, was er vielleicht an weiteren Informationen bräuchte, wie man so oder so verfahren könne.

Szceguzcyk überlegte. Ein langes »Mhm« deutete endlich

an, verstanden zu haben, was Bucher von ihm wollte. Er sprach langsam, sodass man den Eindruck hatte, er prüfe jedes Wort noch einmal, wenn es seinen Mund verlassen hatte. Er fragte: »Du bist also schon zu dem Ergebnis gekommen, in dem Text sei eine Botschaft versteckt?«

»Ja«, sagte Bucher und bemühte sich überzeugt zu klingen, »es ist nur so – ich kann mich nicht mit diesem Text auseinandersetzen, ohne Bilder vor mir zu sehen. Ich brauche jemanden ... eine neutrale Person ... und meine Leute sind mit anderen Dingen befasst ... und du bist Spezialist habe ich gehört ...«

»Jaja, ist schon klar ...« Szceguzcyk forderte ihn mit einer Handbewegung auf vorzulesen. »Lies, lies einfach einmal vor!«

Bucher tat wie geheißen: *»Ihr Lieben, wie schön ist es hier am Fluss und ich will bald in Lanac sein, dann weiter zu en Lava-Landschaften der Auvergne. Es giebt so viel Schönes hier. Bis bald, liebe Grüße Anne.«*

Er reichte danach die Kopie des Textes weiter und wartete.

»Was hast du denn schon herausgefunden, welche Vermutungen hast du, diesen Text betreffend? So befremdlich finden kann ich ihn nicht, da ich ihn ja zum ersten Mal höre. Im Grunde könnte es ein ganz normaler Postkartentext sein, wie sie zu Millionen existieren – mit orthografischen Fehlern und einem fehlenden Buchstaben. Da es aber im Kontext des Geschehens betrachtet kein unbelasteter Text ist, unterhalten wir uns also darüber.«

Unterhalten? Bucher hätte erwartet, die wenigen Zeilen wären in eines dieser sündteuren Programme eingegeben worden, dann wären an einem der großen Bildschirme an der Wand die Worte, Sätze, Buchstaben durcheinandergewirbelt worden und nach einer Zeit lang hätte ein Ergebnis mit Lösungsvorschlägen vorgelegen.

Und nun das – *er* wurde zu seinen Gedanken hinsichtlich des Textes befragt. Er schnaufte leise: »Ja nun. Dieser Anne Blohm wären derartige Rechtschreibfehler niemals unterlaufen, wie wir gesichert wissen. Auch ein solch banaler Text ist schwer vorstellbar. Auf der Karte haben wir Tränenflüssigkeit von ihr gefunden – um es kurz zu machen: Sie hat diese Karte vermutlich unter Zwang geschrieben.«

Szceguzcyk unterbrach. »Und trotzdem hat sie ihre Intelligenz nutzen können, in einer doch existenziellen Stresssituation eine Botschaft zu hinterlassen? Davon gehst du wirklich aus?«

»Ja, genau. So sehe ich das.«

»Dann ist das eine gefährliche Frau, diese Anne Blohm, möchte ich meinen. Wer immer sich mit ihr anlegt, muss vorsichtig sein. Für unsere Aufgabenstellung stellt die Situation, in welcher sie sich befunden hat, etwas Positives dar, denn sehr kompliziert kann ihr Kryptoalgorithmus dann nicht sein. Und noch eine Frage. Der Täter, er hat diese Ansichtskarte gesehen?«

»Ja sicher. Er hat sie gesehen und gelesen.«

»Gut. Dann wissen wir auch: Sie hält sich ihm gegenüber für intellektuell überlegen und traut ihm demnach nicht zu den Text als Botschaft zu erkennen.«

Bucher nickte. Ja, das stimmte.

»Gehen wir von einfachen Wort- und Buchstabenverdrehungen aus. Das bekommt man immer zustande, auch unter Stress, wenngleich es starke Nerven und Disziplin erfordert.« Während er die letzten Worte sprach, ging er zu einer Magnettafel, die an der Bürowand hing, nahm einen Stift in die Hand und forderte Bucher auf den Text nochmals vorlesen. Szceguzcyk schrieb ihn auf die obere Tafelseite und fragte: »Was sind also die hervortretenden Aspekte des Textes in Bezug auf ihre Nonkonformität, in Relation zur intellektuellen Prägung der Verfasserin?«

Bucher wiederholte den Satz stumm und antwortete einige Zeit später artig. »Die Rechtschreibfehler – *giebt*, das *en*, das eigentlich *den* lauten müsste. Lava-Landschaften ergibt wenig Sinn, wenngleich es in der Auvergne, in der Nähe von Clermont-Ferrand, Lavagipfel gibt. Eine fantastische Landschaft am Puy de Dôme, doch sie ist für Anne Blohm ohne Bezug, denn sie hatte nicht vor dorthinzugehen. Ich habe mich auch schon mit dem Text befasst und etwas anderes herausgefunden – es gibt in Frankreich keinen Ort namens *Lanac*, obwohl das für mich sehr vertraut klang –nach Senejac, Tourtoirac, Blanac. Wissen Sie, mein Vater war Franzose und ich bin die ersten Jahre dort aufgewachsen …«

Doktor Szceguzcyk interessierte das nicht. Er machte eine Handbewegung, die Bucher aufforderte, bei der Sache zu bleiben.

Er konstatierte: »Dann ist Lanac von Bedeutung und dieses *giebt* und *en* und die *Lava-Landschaften*. Dieses Lava-Landschaften schriebe man ja im Grunde auch ohne Bindestrich, oder?«

Bucher stimmte zu.

»Was ist mit dem Fluss?«, fragte er.

Bucher zuckte mit den Schultern. »Fluss … da fällt mir nichts dazu ein.«

»Ich finde nur seine Erwähnung als solche eigenwillig. Welcher Fluss wäre es denn gewesen?«

»Die Karte wurde in Orléans abgeschickt.«

»Ah, die Loire also. Aber dann hätte sie doch Loire geschrieben und nicht Fluss, nicht wahr? Sprach sie Französisch?«

»Ja, sehr gut sogar.«

»Mhm. Dann müssten wir das auch in Betracht ziehen. Was ist also das Einfachste?«

Bucher wusste keine Antwort.

»Buchstabensuppe«, beantwortete Szceguzcyk seine Frage selbst, »schauen wir mal.«

Er schrieb mit großen Buchstaben auf die rechte Tafelseite

Fluss
Lanac
en Lava-Landschaften
giebt

Er sah lange und skeptisch auf den Text, murmelte dabei vor sich hin. »*giebt* – das macht wenig Sinn, aber dieses Lanac, da käme bei der einfachen Umkehrung zumindest *Canal* heraus.«

Canal. Bucher wollte schon sagen: »So weit war ich auch schon«, doch er lächelte aufmunternd, wenngleich er mehr Einsatz von Computertechnik erwartet hätte.

Szceguzcyk machte weiter. »Wenn diese Anne Blohm so fit war, hätte sie ja niemals *den* ohne das *d* geschrieben, auf gar keinen Fall? Also kennzeichnet sie dieses *en* mit einer besonderen Bedeutung, oder es hat für sich eine Bedeutung – *en ... ne*, die französische Verneinung ... Mhm ... Es steht vor den Lava-Landschaften – *en Lava-Landschaften*. Das Lava wurde durch den Bindestrich isoliert, also sollten wir es so auflösen: *en lava landschaften ...* «

Sie sahen beide auf die Worte, die da in schwarzen, klaren Buchstaben, wie sie Szceguzcyk geschrieben hatte, an der Tafel standen.

»Mhm, mhm«, brummte der, »Sprachen waren nie so mein Ding, was haben die mich gequält früher mit dem Zeug. Latein, Griechisch. Mit Zahlen komme ich eher zurecht.« Er wiederholte die Worte immer wieder leise, in unterschiedlicher Folge, verdrehte Buchstaben, sprach sie rückwärts.

Bucher hörte ein Wort, das ihn aufschrecken ließ – aval. Beim Blick an die Tafel sah er plötzlich etwas vor sich, was ihm zu Hause in der Küche, als er in der Nacht über dem Zettel hockte, nicht vor seinen Augen erschienen war. Er klang erschrocken: »Was sagtest du gerade: *aval!?*«

»Ja. Das ist Lava rückwärts gesprochen.«

»Das gibt es im Französischen, natürlich! *aval*! Aber nicht allein stehend, sondern *en aval*! Es bedeutet *stromabwärts.*« Aufregung hatte Bucher erfasst. Er konnte nicht mehr sitzen, musste aufstehen, einige Schritte tun. Er wiederholte mehrmals: en aval – stromabwärts.

»Stromabwärts!?«, fragte Szceguzcyk unaufgeregt nach, »klingt nicht unvernünftig, zumal es begrifflich zu *Fluss* und *Canal* passen würde. Na also, und wozu sollte ich das in einen Rechner eingeben? Ist doch eine im Grunde banale Angelegenheit.«

»Am *Kanal stromabwärts*«, wiederholte Bucher langsam, »und Lanac ist ein Ort, der in Frankreich nicht existiert«, er sah auf und zweifelte, »aber sie kann das doch nicht gewusst haben, das mit Lanac, das habe ich erst nach langen Recherchen herausgefunden.«

Szceguzcyk winkte ab. »Dann war es eben Zufall. Es ist ein Fehler, immer nach doppelten Schlüssigkeiten zu suchen. Dieser Anne Blohm ging es offensichtlich um den Kanal und den hat sie gut verstecken können mit Lanac, denn wie du selbst sagtest: Dir als Frankreichkenner kam es als Ortsname vertraut vor. Dieses *stromabwärts* ist ihr auch gut gelungen. Bravo, möchte man da sagen.«

Er legte den Stift zur Seite und setzte sich wieder. »An der Loire den Kanal entlang stromabwärts – so könnte die Lösung lauten, nicht wahr?«

»Nein, so lautet die Lösung nicht«, sagte Bucher gewiss, »das mit Frankreich ist eine falsche Fährte, sie soll uns in die Irre leiten. Und sie verwendete explizit den Begriff Fluss und nicht den Namen Loire.«

»Am Kanal entlang stromabwärts.«

»Dann müssen wir einen anderen Flussnamen einsetzen«, stellte Szceguzcyk fest. »Hast du schon eine geografische Tatortanalyse?«

»Ja.«

»Und?«

»München. Der Osten von München.«

Bucher sah an die Tafel. »Am Kanal entlang, die Isar stromabwärts.«

Er brauchte eine Weile, um zu verarbeiten, worauf er gestoßen war. In seiner Brust fühlte er wieder dieses Beben. *Am Kanal entlang, die Isar stromabwärts.*

Sie rätselten weiter an der Buchstabensuppe und scheiterten am *giebt*, das sich als eine besondere Herausforderung darstellte, denn es führte weder alleine noch in Verbindung mit dem anderen Text zu einer Botschaft. Nach einer Weile gaben sie auf. Szceguzcyk versprach den Text noch mal mit einem seiner Tools anzusehen, insbesondere das *giebt*.

Bucher wollte nicht unhöflich sein und wenigstens Interesse für die Arbeit des Kollegen zeigen, der sich so viel Zeit für ihn genommen hatte. Er deutete auf die Bildschirme und fragte: »Was geht da eigentlich vor sich?«

Doktor Szceguzcyks Augen bekamen Glanz. »Oh, es geht um Algorithmen. Weißt du, ein Algorithmus wird dann als mathematisch *korrekt* bezeichnet, wenn er immer exakt das tut, was man von ihm erwartet. Für uns Mathematiker ist es eine Freude, dass sich die Korrektheit eines Algorithmus in vielen Fällen sogar beweisen lässt«, er warf die Stirn in Falten, »zumindest dann, wenn er unter Verwendung einer passenden Programmiersprache auf imperative Weise implementiert ist.«

Bucher konnte nicht anders, als mit einem Nicken zu bestätigen, obwohl er gar nicht wusste, wovon geredet wurde. »Aahh, ja.«

Szceguzcyk erklärte: »Eine imperative Programmierung ist durch eine Hintereinanderausführung von Anweisungen und die Verwendung folgender elementarer Sprachstrukturen gekennzeichnet …«, er drehte sich um und nahm die Tastatur zur Hand, »ich kann es dir kurz zeigen.«

Bucher suchte nach einer Möglichkeit freundlich abzulehnen, da tauchte auf dem oberen Bildschirm das Foto zweier Kinder auf. Sie waren etwa acht Jahre alt. Ein Junge und ein Mädchen. Beide standen in einem Wohnzimmer. Hinter ihnen war eine Holzwand zu sehen und daneben ein großer alter Röhrenfernseher.

»Das habe ich heute Vormittag gemacht – eine Abfolge von Algorithmen.« Szceguzcyk tippte auf der Tastatur herum und das schemenhafte, monochrome Portrait eines Erwachsenen klappte in einem Fenster auf.

War schon eine feine Sache, so ein großer Bildschirm.

»Und?«, fragte Szceguzcyk.

»Was und?«

»Du musst mich fragen, woher diese Portraitzeichnung kommt.«

Bucher tat wie geheißen: »Woher kommt diese Portraitzeichnung?«

»Aus dem Fernseher da rechts, besser gesagt von dessen spiegelnder Oberfläche. Da ist der Typ zu sehen, der die Kinder fotografiert hat. Ein Anbieter, verstehst du?«

Bucher konnte sich in etwa vorstellen, was mit dem Begriff »Anbieter« gemeint war. Trotzdem fragte er nach. »Er hat diese beiden Kinder angeboten?«

»Ja, im Internet. Anhand der technischen Daten des Fernsehgeräts, also dessen Biegungswinkel der Röhre, habe ich die Verzerrung zurückrechnen können und ein exzellent nutzbares Foto des Herren hier erzeugt.«

»Aber man erkennt nicht wirklich viel«, merkte Bucher an.

»Unser Auge erkennt nicht viel, das ist richtig«, stellte Szceguzcyk klar, »die Algorithmen aber sehen sehr scharf. Was für ihr Auge wenig aussagekräftig ist, wird von den Algorithmen der Gesichtserkennung als exzellentes Bild interpretiert. Ich habe nach dem Herrn schon suchen lassen. Er ist verdammt oft im Internet präsent und morgen früh, pünktlich um sechs Uhr morgens, werden unsere Kollegen bei ihm klingeln. Ich darf diesmal mit dabei sein, haben sie mir versprochen, weil es nicht so weit ist – Landshut.«

Bucher stand auf und sah aus dem Fenster. »Schöner Blick von hier oben«, sagte er zum Abschied und sah hinüber, auf das neue Viertel am Arnulfpark. Nur wenige Schienen schimmerten durch die Lücken und der Stern am Mercedesgebäude drehte sich gemächlich. Es sah friedlich und harmonisch aus, von der Ferne. Bette Midlers Lied fiel ihm ein – from a distance; *from a distance, there is harmony*.

Er summte leise die Melodie während des Rückwegs zum Büro.

*

Zenner kam sich auf der eigenen Dienststelle fremd vor, als er am Mittag mit der Schicht anfing. Die anderen waren auf Streife und er war dankbar, als auf dem Tisch im Geschäftszimmer die Fahrzeugpapiere derjenigen Einsatzwagen auflagen, die zum Waschen gebracht werden mussten. Mit verdreckten Polizeiautos rumfahren, das ging nicht – in München nicht, und die Waschanlage im LKA, die sie nutzen mussten, war ökologisch zertifiziert, wie es in einem Schreiben geheißen hatte. Na also.

Noch nie hatte er ein Auto zum Waschen gefahren. Das waren die Aufgaben von den Neuen, den Jungen, der Ausgemusterten oder zu anderem Unfähigen. Er schnappte sich die Papiere des alten *Dreiers* und fuhr los. Wann kam man schon mal ins LKA. Der Pförtner an den gewaltigen Sicherheitstoren winkte und behäbig schwenkten die Stahltore zur Seite, die Schranke dahinter schnappte nach oben und Zenner fuhr ein, passierte die Baustelle und rollte in den Innenhof. Dort stellte er das Auto in nächster Nähe der Werkstatt ab. Einer Blonden, die gleich aus der Tür des Gebäudes kam, zwinkerte er zu.

»Waschen, legen, bürsten?«, fragte sie.

Er antwortete mit einer stummen Geste und zeigte seine blinkenden Zähne. Sie blieb unbeeindruckt und forderte den Fahrzeugschlüssel. »Dauert noch eine Weile, weil dem Minister sein Siebener vorndran kommt.«

»Oh, das passt gut, dann könnte ich so lange einen alten Kumpel besuchen.«

»Aha … aber nicht zu lange wegbleiben, gell! Ich chip dich ein.« Sie zog ihren Schlüsselbund über ein Kästchen – eine LED blinkte, es piepte und klackte zeitgleich und Zenner konnte eintreten. Er hatte keine Ahnung, wo Hartmann sein Büro hatte, aber seine Uniform hatte hier einen unschätzbaren Wert. Die Leute waren einem zugetan und eine Dunkelhäutige in weißem Arztkittel brachte ihn sogar selbst in das richtige Stockwerk. Sie hielt ein Kistchen in der Hand, welches Zenner interessiert betrachtete, als sie im Aufzug fuhren. »Brennmuster«, erklärte sie und er nickte wissend, ohne eine Ahnung zu haben, worum es ging.

Hartmann begrüßte ihn mit einem kurzen Wink, ließ sich ansonsten nicht von der Arbeit am Bildschirm ablenken. Zenner war unwohl, wegen der Sache mit dem Foto und er fühlte sich verantwortlich.

»Kann ich euch irgendwie helfen …«, begann er ungelenk.

Hartmann sah überrascht auf. »Du? Wobei?«

»Bei eurer Arbeit, bei eurem Fall.«

Hartmann zog eine Grimasse und wendete sich wieder dem Bildschirm zu.

Zenner ignorierte das. »Ihr könnt doch sicher Unterstützung gebrauchen«, hakte er nach. Als Bittsteller war er bisher noch nie aufgetreten. Peinlich war es ihm aber nicht.

»Unterstützung schon …«, unkte Hartmann, ohne den Blick vom Bildschirm zu nehmen.

»Ich weiß … ich weiß ja«, sagte Zenner schuldbewusst.

»Glaube nicht, dass du alles weißt«, meinte Hartmann, »aber wegen der Hilfe, da bist du bei mir falsch. Musst rüber ins Büro von dem Lackaffen gehen – der entscheidet darüber.«

Lackaffe hatte Hartmann besonders laut gesprochen, fast gerufen.

Zenner zuckte zusammen, legte den Zeigefinger auf den Mund und presste unterdrückt hervor: »Mensch, spinnst du, sei leise! Das war doch gar nicht so gemeint.«

Hartmann lachte fies.

Zenner keilte zurück. »Du hast dich nicht verändert, Alex. Immer noch die tollen Designerklamotten. Aber ne andere Frage: Wo iss'n deine Kollegin, die Dunkle?«

Hartmann sah auf. »Unterwegs, wieso?«

»Vielleicht wäre die etwas zugänglicher.«

Hartmann kniff die Augen zusammen. »Wovon träumst du eigentlich nachts so?«

»Du verstehst mich da völlig falsch, außerdem würde ich sie nicht alleine unterwegs sein lassen.«

Hartmann schnaubte genervt und sah ihn konsterniert an: »Weißt du, sie ist schon ein großes Mädchen, unsere Lara, die darf das – alleine weggehen und so.«

»Ist echt schwierig, ernsthaft mit dir zu reden, Mensch. Ich fahre ja auch nicht alleine Streife, und das …«

Augenblicklich kam Bucher den Gang entlang, noch ganz in Gedanken bei dem, was er gerade über den Text der Karte erfahren hatte.

Aha, der nächste Exot, kam es ihm in den Sinn, als er Zenner vor Hartmanns Büro sah. Er grüßte mit kollegialem Lächeln und verschwand im Büro.

Zenner querte eilig den Gang und machte nicht lang rum: »Ich wollte fragen, ob ich euch helfen kann.«

Bucher sah ihn verdutzt an. »Wie stellst du dir das vor? Und was meinst du, was dein Chef dazu sagen wird? Der hockt in jeder Besprechung und jammert seinem Präsidenten vor, nicht genügend Leute zu haben – du kennst doch diesen ganzen Käse –, und dann gibt er mal so einfach einen ab, auch noch ans LKA, wo jeder weiß, dass wir hier Personal zum Saufuttern haben.«

»Nein, du verstehst mich falsch, keine Abordnung, oder so. Ich dachte nur …«

»Wie ist das mit dem Foto?«, unterbrach Bucher streng, setzte sich und verschaffte sich einen Überblick der Unterlagen auf seinem Schreibtisch. Einiges war hinzugekommen. Er entdeckte den abschließenden Obduktionsbericht, der ihn brennend interessierte.

»Wir werten alle verfügbaren Daten aus. Die zwei Lkw-Fahrer sind inzwischen befragt worden, ihre Handys sind ausgewertet.«

»Na, da ist doch genug zu tun, was uns ja auch hilft«, antwortete Bucher ohne den Blick von den Unterlagen der Rechtsmedizin zu wenden, die er überflog.

»Aber ich darf nicht mitmachen, weil ich ja Verdächtiger bin.«

»Ja eben«, entgegnete Bucher kühl, »dann geht es bei uns ja noch weniger, das musst du doch verstehen.«

Das tat Zenner richtig weh. Sein Reflex auf solche Angriffe lautete Gegenangriff: »Hast du ein Problem mit der Uniform?«, fragte er hinterhältig.

Bucher nahm den Blick von den Unterlagen und sah in die dunklen, blitzenden Augen dieses Zenner. »Ja, habe ich.«

»Schlechte Erfahrungen gemacht?«

»Ja – sehr, sehr schlechte. In einem der letzten Fälle habe ich drei Trachtlerkollegen von dir kennengelernt – Allgäuer.

Ich habe den Fehler begangen ein näheres Verhältnis zu ihnen aufzubauen … die haben alle schon Häuser gebaut, der eine baut gerade sein drittes, oder viertes … in Pfronten. Die haben ja sonst nichts zu tun, wenn man so die Lageberichte liest. Ein Ziegenbock auf der Tiroler Straße, ausgebüchste Kühe auf der Bundesstraße bei Nesselwang, Straßensperre für Trachtenumzug in Füssen … egal auch. Sie haben mich bei der Renovierung meines Bauernhauses beraten, die Herren. Ich habe so eine alte Hütte am Lech. Irgendwann habe ich ihrem gescheiten Geschwätz nachgegeben. Nun habe ich ein Dach über dem Kopf, das noch in tausend Jahren, wenn aller Stein darunter zu Staub verfallen ist, stolz und ungebeugt den Himmel grüßen wird. Und ich bin schon jetzt finanziell ruiniert.«

Zenner war mit dieser Wendung nicht unzufrieden. »Kollegenschweine. Allerdings – ein Dach über dem Kopf ist schon auch was wert.«

»Zu viel – in meinem konkreten Fall ist es zu viel wert. Also!?«, er hob das Foto von Tobias Siebl hoch, »den Typen schon mal gesehen?«

Zenner ging näher heran und beugte sich über den Schreibtisch. »Nein, kenne ich nicht. Was ist mit ihm?«

»Wir fahnden nach ihm.« Er legte das Foto zur Seite. »Sobald die interne Ermittlung bei euch abgeschlossen ist … erfolgreich abgeschlossen ist, meine ich damit, dann melde dich wieder bei mir, okay.«

Zenner verabschiedete sich. Es war besser gelaufen, als er gedacht hatte. Keiner hatte ihn selbst verdächtigt – und nur darum war es ihm gegangen – das herauszufinden. Es machte ihn ruhiger.

*

Lara Saiter nahm Buchers Information fassungslos auf. »*Am Kanal entlang, die Isar stromabwärts* – wie cool ist bloß diese Anne Blohm? Ich kann das gar nicht glauben. Stellt euch das doch mal vor!«

Hartmann pflichtete ihr bei. »Das kann man sich wirklich überhaupt nicht ausdenken … was läuft da ab? Wenn wir nicht das Bein gefunden hätten, würde ich glauben, wir sind Teil eines dieser Adventure Games.«

Bucher führte zurück zum Thema. »Zu dem Bein kommen wir gleich noch, da liegt der Abschlussbericht der Rechtsmedizin vor, aber werfen wir zunächst einen Blick auf München.« Er gab Batthuber ein Zeichen und der warf die Münchner Satellitenansicht an die Wand. Bucher hantierte mit einem LED-Lenser und kreiste in den Gebieten, die er jeweils behandelte. »Im Münchner Norden verbindet ein Kanalsystem die Flüsse Würm, Isar und Amper miteinander. Fünf Kanäle leisten diese Verbindungsarbeit: der Würmkanal, der Schleißheimer Kanal, der Dachau-Schleißheimer-Kanal, der Pasing-Nymphenburger-Kanal und der Nymphenburg-Biedersteiner-Kanal. Dieses Kanalsystem wurde geschaffen, um die Wassergräben und Seen in den Parkanlagen der Schlösser Nymphenburg und Schleißheim zu versorgen. Stellt euch mal vor, man führe über die hübsche Brücke an der Auffahrtsallee und sähe links und rechts nur Schlamm. Insgesamt sind das 36 Kanalkilometer.«

»*Am Kanal entlang die Isar stromabwärts*. Das ist doch im Stadtgebiet?«, meinte Hartmann.

»Mhm. Das nicht unbedingt, aber es ist München, da bin ich mir sicher, denn alles weist nun darauf hin – und dann kann es nur die Isar sein, ja. Sie schreibt *Fluss.* Die Loire ist ein Strom. Wenn es sich auf München bezieht, kann es nicht die Würm sein, nicht die Amper. Schwabinger Bach und Garchinger Mühlbach scheiden eh aus und verlaufen ja parallel zur Isar – also: Es ist die Isar.«

Lara Saiter lehnte sich erschöpft zurück. »Ganz schön viel Raum, der da gemeint sein kann mit *stromabwärts*. Das ganze Stadtgebiet entlang der Isar.«

»Durchaus, aber die Größe des Gebiets schreckt mich im Moment nicht, denn wir können uns schon auf einen Raum konzentrieren, der zu bewältigen ist.«

Hartmann meldete sich zu Wort. »Du bist gut. Die Isar

zieht sich durch ganz München. Wir können ja nicht die Bepo holen und alles am Ufer entlang durchkämmen, an den Türen klingeln und fragen: Entschuldigen Sie bitte, halten sie vielleicht eine Frau im Keller gefangen und haben Sie zuvor zwei Frauen schrecklich dahingemeuchelt, falls ja – warum tun Sie das, falls nicht – entschuldigen Sie bitte die Störung.«

Batthuber und Lara Saiter grinsten.

Bucher ächzte. »Das ist ja im Moment kein Thema, Alex, aber vielleicht läuft es am Ende auf so etwas Ähnliches hinaus, sofern es uns einmal gelingen sollte, noch näher zu fokussieren. Es ist aber eine andere Frage, die mich gerade beschäftigt: Aufgrund logischer Erwägungen gehen wir von der Tatsache aus – Anne Blohm befindet sich in München. Das bedeutet in Bezug auf Ihre Karte, dass sie selbst das auch wissen muss. Und sie kann ihren Aufenthaltsort auch noch beschreiben. Wie kann das sein? Doch nur, wenn sie den Ort, an dem sie gefangen gehalten wird, kennt. Schon einmal dort war. Nur so kann es sein. Verwirrend, oder? Wie denkt diese Frau? Dieser Doktor hat etwas sehr Zutreffendes gesagt. Er meinte, sie sei sehr gefährlich für denjenigen, der sich mit ihr anlegt, wenn sie in der Lage ist solche Botschaften zu verformeln. Eine sehr reflektierte Person.«

»Meinst du, wir werden Gelegenheit haben sie kennenzulernen?«, fragte Lara Saiter, »ich würde sie sehr gerne kennenlernen, wirklich.«

Hartmann kam auf Buchers Frage zurück. »Sie ist Münchnerin, in einer Handwerksfamilie groß geworden. Ihr genügen unter Umständen nur Bruchstücke, um zu wissen, wo sie sich befindet: Geräusche, markante Kurven, um sich orientieren zu können.«

»Das schon, Alex. Das müsste aber etwas sehr Markantes sein. Wenn wir der Isar nach Norden hin folgen, dann muss es da etwas Besonderes geben. Ich denke derzeit an ein Geräusch, ein markantes Geräusch. Ich vermute aber – sie kennt den Ort und ist nicht auf sekundäre Wahrnehmungen angewiesen.«

Lara Saiter richtete sich im Stuhl auf. »Wenn man in einem

Raum gefangen gehalten wird, dann ist das Auge schachmatt gesetzt. Es gibt nur zwei Dinge, die einem helfen die Umgebung zu identifizieren – Geräusche und Gerüche. Entweder das, oder sie war schon mal dort, hat es gesehen und in ihren Text verpackt. Damit lässt sich doch was anfangen. Auf jeden Fall sollten wir uns das Gebiet entlang der Kanäle an der Isar einmal genauer ansehen. Kleine Wandertour die Isar stromabwärts, und Augen und Ohren auf?«

Bucher überlegte, ob sie das Letztere ernst gemeint haben könnte. »So ähnlich, vielleicht ... keine Ahnung. Zumindest müssen wir uns bei den Kollegen der zuständigen Reviere umhören.«

»Vergiss es«, nölte Hartmann, »das sind alles Franken, Niederbayern und Oberpfälzer, die jede freie Minute heim zu Mutti fahren, sich von der Freundin die Eier kraulen lassen und von München keine Ahnung haben. Die kennen gerade mal die Straßennamen, den Olympiaturm und den Augustiner Biergarten.«

»Ach was. So einen wie den Zenner, den gibt's auf jeder Dienststelle, so einen meine ich. Einen verwachsenen, einen Auskenner.«

Bucher ging zum nächsten Punkt: die Ermittlungsergebnisse der Kripo Lindau. »Diese Lydia Naber hat gute Arbeit geleistet«, sagte er anerkennend.

Eine Mesnerin in Hergensweiler hatte Nora Bender auf dem Foto wiedererkannt. Sie hatte in Hergensweiler Unterkunft gefunden. Auch Anne Blohms Aufenthalt konnte ermittelt werden. Sie war in der letzten Tournacht im Jugendraum der Auferstehungskirche in Scheidegg gewesen. Und Kara Schieg hatte die letzte Nacht in Großholzleute verbracht, einem Dorf in der Nähe von Isny – im Gasthof Adler. »Recht bekannt«, ergänzte er, »Marie Antoinette war dort eine Nacht, auf ihrem Weg von Wien nach Paris. Und die Gruppe 47 hatte dort eine ihrer alkoholschwangeren Zusammenkünfte.«

Hartmann meinte. »Tja, dann vielen Dank an die Kollegin

Lydia Naber aus Lindau, aber weiter bringt uns das auch nicht.«

»Was ist mit den Auswertungen der Handys?«, wendete sich Bucher an Batthuber, der sogleich den Mund verzog. »Das ist die gleiche Sache wie mit den Unterkünften. Die Einbuchungen im Netz passen zu den Orten der Routen. Anne Blohm war zuletzt in Lindau eingebucht. Eine Station, die den Bereich Weißensberg und Rothkreuz abdeckt, also im Norden der Stadt, noch nicht am Bodenseeufer selbst. Von Kara Schieg fehlen uns die Standortdaten, weil es länger als ein halbes Jahr her ist. Gelöscht. Einmal, wenn die sich an den Datenschutz halten …«

Es war frustrierend. Sie hatten einen Fall zu bearbeiten, der es nicht erlaubte nach klassischen Ermittlungsmustern vorzugehen: Fragen zu stellen, die sich an objektiven Daten, an Fakten orientierten. Einfache Fragen wie: Wo waren Sie zu dieser Zeit? Warum haben Sie sich am … mit Person X getroffen oder warum nicht? Es war vertrackt. Die Fülle an Informationen war kaum zu beherrschen und in diesem Datendschungel war es schwer eine Richtung vorzugeben.

Bucher blätterte den Obduktionsbericht auf und stöhnte: »Okay … das Bein von Nora Bender. Den allgemeinen Sums übergehe ich mal, weil bekannt. Abtrennung entgegen unserer Erwartung weder post mortem noch fachmännisch erfolgt. Laut toxikologischem Befund stand Nora Bender unter Einfluss eines Cocktails aus diversen Medikamenten – Aufputschmittel. Die toxikologische Analyse weist nach, dass diese Mittel etwa drei bis fünf Stunden vor Todeseintritt verabreicht worden sind. Weiter gibt es eine äußere Verletzung oberhalb des Knöchels, die Fragen aufwirft. Es handelt sich um einen Durchstich, der am lebenden Körper stattgefunden haben muss. Zwei der Pathologen sind sich über Details noch uneinig, stimmen aber darin überein, dass dieser Durchstich mit hoher Energie erfolgt sein muss.«

»Ein Geschoss?«, fragte Lara.

»Das habe ich auch gefragt. Der Neue da drüben meinte, so viel Bewegungsenergie lag nicht zugrunde … lag nicht zugrunde. Ich hätte ihn würgen können. Wir sind doch nicht bei ›Wer wird Millionär‹, oder? Der Trefferkanal deutet definitiv nicht auf das Projektil einer Schusswaffe.«

Hartmann sah ihn ungläubig an. »Pfeil und Bogen, oder was?«

»In diese Richtung gehen die Vermutungen, ja. Ein Pfeil oder der Bolzen einer Armbrust. Durch das Entfernen wurde die Verletzungsstelle enorm frustriert.«

»Jetzt wird's dann aber eklig«, meinte Batthuber.

»Wo genau befand sich diese Verletzung?«, fragte Lara.

»Oberhalb des Knöchels. Eintritt von hinten und Austritt am Schienbeinübergang vorne.«

»Dann hat jemand von hinten auf sie geschossen ...«

»Ja, von hinten geschossen«, bestätigte Bucher.

»So ein feiges Schwein«, kam es von Hartmann.

Lara blieb nüchtern. »Es kann nicht geschehen sein, als er sie abgegriffen hat. Das steht fest. Wenn die Wunde so frisch ist, wie festgestellt. Das ist ja pervers – da fängt einer junge Frauen ein und schießt dann mit einem Bogen, oder einer Armbrust auf sie – von hinten ins Bein.«

»Sie wollte abhauen und er hat ihr nachgeschossen – ins Bein und nicht in den Körper«, dachte Batthuber laut.

»Das wissen wir ja eben nicht. Wir haben nur das Bein ... mehr nicht.«

»Ein Medikamentencocktail, Aufputschmittel, Pfeil und Bogen oder Armbrust, ein brachial abgetrenntes Bein, keine Spur vom Rest der Leiche ... boah!«, Hartmann schüttelte sich, »und es hatte so kuschelig begonnen, mit einer vermissten Pilgerin. Soll ich euch was sagen? Da geht einer auf die Jagd. Das denke ich – auf die Jagd nach jungen Frauen.«

Lara wollte dem nicht folgen: »Hier in München, Alex!? An der Isar? Wie soll das funktionieren? Das ist doch völlig unvorstellbar ... unmöglich. Es ist einfach ausgeschlossen. Das ist nicht einsam genug.«

»Egal wie und wo. Aber so muss das sein.«

Bucher hatte diesen Gedanken auch schon gehabt. Er fragte: »Habt ihr das Zeitdiagramm fertig?«

An der Magnettafel waren in unterschiedlichen Farben die bislang bekannten Daten vermerkt. Batthuber hatte eine gerade Linie gezogen und in vierzehn Teilstriche eingeteilt, wobei jedes Segment einen Monat darstellte. Kara Schieg war in Rot eingezeichnet, Nora Bender blau und Anne Blohm schwarz.

Batthuber referierte: »Die Erste in der Reihe, Kara Schieg, geht am vierten Oktober auf Tour, letzter Kontakt am elften Oktober, es folgt eine Postkarte aus Libourne, abgestempelt am einundzwanzigsten Oktober. Danach kein Kontakt mehr.

Nora Bender startet die erste Etappe ihrer Pilgerreise am vierten März diesen Jahres, letzter Kontakt zwei Wochen später, am neunzehnten März aus Lindau – es folgt die ominöse Postkarte aus Toulouse, abgestempelt am achtundzwanzigsten März.

Schließlich Anne Blohm. Sie beginnt, ebenfalls am Marienplatz – wir haben das Foto von ihr gesehen – am fünften Mai. Sie telefoniert aus Lindau mit ihren Eltern am zweiundzwanzigsten Mai, die Postkarte aus Orleans ist abgestempelt am vierten Juni. Die Zeiträume lassen wir jetzt einmal beiseite. Die Postkartenstempel aus Frankreich datieren – einundzwanzigster Oktober, achtundzwanzigster März und vierter Juni. Zu exakt jedem dieser Zeitpunkte befand sich Tobias Siebl in Frankreich und immer in einem Bereich, in welchem er die Karten an den jeweiligen Orten hätte einwerfen können. Das ist unser Mann.«

Die anderen schwiegen und betrachteten die Grafik.

»Vor Gericht wirkt so was«, sagte Hartmann, »der Siebl war auch zu dem Zeitpunkt in München, als das Bein von Nora Bender deponiert wurde.«

Bucher schaltete sich ein. »Wir gehen also davon aus, dass Tobias Siebl die Postkarten eingeworfen hat – das legt das Zeitdiagramm nahe. Wir wissen gesichert – er hatte Kontakt zu Anne Blohm, hat sie bedrängt. Er war bei diesen Gewölbeorgien mit von der Partie. Alles deutet auf ihn hin. Das Zeitdiagramm hat nur eine Schwäche. Es betrachtet die Zeiträume bis zum Stempeldatum der Karten. Wie wir aus den

Unterlagen der *Montage Aquitaine* aber wissen, war Siebl danach länger in Frankreich.«

Hartmann wendete sich ab. »Jetzt geht das mit Frankreich wieder los …«

»Warte, Alex, warte«, beschwichtigte Bucher, »worauf ich hinauswill: Der Siebl kann nicht alleine sein. Da gibt es einen zweiten Täter. Mindestens. Der bringt die Frauen nach München, lässt sie Ansichtskarten schreiben und Siebl wirft sie in Frankreich in den Briefkasten.«

»Aber er muss ja immer ein passende Postkarte von der Region dabeihaben«, warf Lara ein.

»Kein Problem. Die haben eine ganz Ansichtskartensammlung von Frankreich. Das lässt sich organisieren.«

»Was machen wir also? Es ist Freitag«, stellte Lara fest.

»Ihr schnappt euch die Leute dieser *Montage Aquitaine*, Unterkünfte, Kollegen. Vielleicht weiß ja einer doch was.«

Batthuber schaltete sich vorsichtig ein. »Das haben wir schon gemacht.«

»Und, was haben wir?«

»Die Trupps sind immer in Hotels untergebracht. So einfache Vertreter- und Handwerkerhotels, Ibis, Mercure und so. Wir haben den kompletten Plan für Siebl vorliegen.«

»Ja und?«

»Im Grunde war er der erste Mann, weil der Obercapo ein Alkoholproblem hat. Er hat die Rechnungen bezahlen müssen und das ganze Drumherum gemanagt. Es gibt die Unterschriften auf den Rechnungsbelegen von ihm. Die haben heute alles elektronisch als PDF.«

»Soso«, schimpfte Bucher, »aber das ist dann *unser Mann*, der in Frankreich für einen ganzen Montagetrupp verantwortlich ist, ordentlich die Firmenrechnungen für Kost und Logis begleicht und nebenbei eine Frau monatelang gefangen hält, an unterschiedlichen Orten – quer durchs Land, ja prima!«

Batthuber wurde kleinlaut. »Aber trotzdem hat der damit zu tun.«

Lara sprang ein und beschwichtigte. »Wir müssen warten,

bis ihn die Fahndung erwischt. Was macht die Handyortung?«

»Nichts. Der scheint nicht blöd zu sein. Mama wird ihn gewarnt haben. Darauf wette ich.«

Hans Weiss stand plötzlich in der Tür, grüßte freundlich in die Runde und behauptete zufällig vorbeigekommen zu sein; er wolle einfach mal nach dem Sachstand fragen.

Batthuber brachte ihn auf den aktuellen Stand.

»Na, ist doch ordentlich. Wie macht ihr weiter?«

»Du kommst zu einem ungünstigen Augenblick mit deiner Frage«, sagte Bucher.

»Nur zu, nur zu. Ich möchte euch nicht stören.«

Er blieb sitzen und sah erwartungsvoll in die Runde.

Er störte ungemein.

Lara Saiter lachte. »Wir werden warten müssen, bis Tobias Siebl geschnappt wird. Er ist definitiv eine Schnittstelle zu den Fällen. Wir müssen aber von mindestens zwei Tätern ausgehen.«

»Braucht ihr Leute?«

»Ja und nein«, sagte Bucher.

»Also ich stehe am Wochenende zur Verfügung«, meinte Weiss und sah in die Runde.

Batthuber lächelte gezwungen. Auch das noch.

*

Als Bucher von der Hauptstraße in Seeshaupt nach rechts abbog, ließ er den unablässigen Verkehrsstrom hinter sich und schlagartig wurde es ruhiger. Bald war er ganz alleine auf der Straße unterwegs. Er parkte auf dem Besucherparkplatz der Lauterbacher Mühle und meldete sich als Besuch an. Peter Manner erwartete ihn bereits und die Freude über den Besuch war ihm anzusehen. Er war blass und hatte abgenommen, doch seine Stimme war kräftig und dröhnend und die Augen blitzten.

Sie gingen hinaus und gelangten in den Garten, der das Hauptgebäude umfloss. Die Rosen blühten. Alte Sträucher schmissen sich gegen die Hauswände und in weiten Bögen hingen die Triebe des neuen Jahres, von überquellenden Blüten geschmückt, vornüber. Rot in allen Schattierungen brannte auf, lebenssatt und gesund. Die leichten Brisen vom See her strichen um das Gehöft und wirbelten süße, herbe, fruchtige Düfte zu einem wohltuenden Bukett zusammen.

Manner zog Bucher nach hinten, zum Garten. »Ich schaffe es einfach nicht den Weg direkt hinunter zum See zu nehmen. Immer muss ich zuerst am Staudengarten vorbei. Komm mit und schau dir die Gräser an und den Brunnen mit dem Stierkopf. Es ist ein Paradies und so sehr ich gesund werden möchte, fühle ich schon jetzt die Trauer darüber, diesen Ort wieder verlassen zu müssen.«

Bucher schmunzelte. Das klang gut.

Sie gingen über die Wiese dem Seeufer entgegen. Am Steg waren einige Patienten versammelt.

Sie steuerten eine freie Bank an, die am westlichen Seeufer im Schatten eines wilden Busches stand.

»Miriam war da und hat mir die Sachen gebracht. Vielen Dank, dass du in Augsburg warst.«

Bucher blieb stehen. »Miriam?«

Manner wunderte sich. »Ja, vorgestern. Das musst du doch wissen.«

»Vorgestern?« Bucher sann nach. Hatte er mit ihr darüber gesprochen? Hatte sie ihm etwas davon erzählt? Schlimmer noch – hatten sie in den letzten Tagen überhaupt miteinander geredet?

»Ihr wohnt schon noch zusammen?«, lästerte Manner, »du siehst schlecht aus.«

»Ich?!«, mokierte sich Bucher, »ich sehe schlecht aus?«

»Ja, du.«

»Ich bin hier der Gesunde. Du bist der Kranke.«

»Wenn es dem Aussehen nach ginge, müsstest du auch hier sein. Es würde dir guttun.«

»Gott behüte.«

»Du siehst hart aus, und bleich und unausgeschlafen. An welcher Sache arbeitest du gerade?«

Bucher war gekommen, um seinen Freund zu sehen, weil er sich Sorgen um ihn machte, und – weil es ihm selbst guttat. Über den Fall allerdings wollte er nicht mit ihm reden. Dass er allerdings *hart* aussehen sollte, das beschäftigte ihn durchaus, und er fragte sich, wie das zu verstehen war. Er antwortete ausweichend. »Ich schlafe schlecht. Nicht, dass ich träumte, aber es ist kein tiefer Schlaf. Das merkt man eben nach ein paar Tagen. Mehr nicht.«

»Und woran arbeitest du nun?«, ließ Manner nicht locker.

»Einer der üblichen Fälle«, blieb Bucher im Ungefähren.

»Ich weiß wirklich nichts, Johannes. Miriam hat mir nichts erzählt. Anscheinend weiß auch sie nicht, worum es geht, und glaube mir, ich bin neugierig. Wenn du mir nichts erzählst, werde ich die Gedanken nicht mehr davon lassen können, im schlimmsten Falle nicht schlafen können, was meiner Rekonvaleszenz nicht förderlich wäre … also.«

Bucher merkte, wie schwach sein Widerstand war und wie sehr sein Inneres das Bedürfnis hatte zu reden – mit Peter Manner zu reden, über alles, so wie mit niemandem anders.

Die Seefläche lag blank vor ihnen. Der dunkelblaue Himmel spiegelte sich darin und die weißen Wolken. Wenn man eine Weile in das Spiegelbild sah, wusste man nicht mehr, wo oben und unten war, denn auch die Uferlinie kippte im klaren Wasser. Ein Entenpaar zog Spuren in das Wasser und löste die Klarheit auf. Blau und Weiß vermischten sich.

Bucher erzählte von den drei Münchner Frauen, die bei Lindau verschwunden waren und von der Annahme, dass Anne Blohm noch leben könnte. Er erzählte auch von den Fotos aus den Gewölben und den Spielen, die dort stattgefunden hatten. Und ganz zuletzt von dem Bein, das in einem Mülleimer an der Autobahn gefunden worden war.

»Pilgerinnen«, sagte Manner selbstversonnen und schüttelte mehrmals den Kopf vor Grausen und Entsetzen, »mhm.«

»Die eine war eher auf einer Trainingstour. Zwei waren pilgern. Das ist ja gerade en vogue«, meinte Bucher, *»ich bin* *dann mal weg*. Entschleunigung, eilende Flucht vor der Eile, der Geschwindigkeit und der Oberflächlichkeit unserer Gesellschaft.«

Manner verzog das Gesicht.

»Etwa nicht?«, fragte Bucher, »liest man doch überall.«

»Überall? Na ja. Kommt darauf an, wo für dich überall ist. Ganz sicher findet man so was in der esoterischen Ecke einer Bahnhofsbuchhandlung. Ich denke, Entschleunigung ist ein falscher Begriff, der aufs Erste als zutreffend erscheinen mag. Wer sich allerdings auf den Weg nach Santiago de Compostela begibt, zu Fuß – der hat schon ein sehr deutlich definiertes Ziel, das er gewillt ist zu erreichen. Da steckt viel Kraft und Energie dahinter, viel Auseinandersetzung mit sich selbst. Mit Entschleunigung hat das meiner Meinung nach wenig zu tun. Andersherum könnte man auch formulieren, es seien geradezu Getriebene, die so etwas unternehmen, nicht wahr? So wie diese eine Frau, der es um eine Art Fitnesstraining ging. Wie sie den Menschen wohl erschienen sein mag, denen sie auf ihrem Weg begegnet ist?«

Bucher murmelte etwas.

Manner sprach weiter. »Ich würde eher von einer Entspaßung reden, als von Entschleunigung. So wie ich das wahrnehme, geht es vielen darum, sich den Anfechtungen unseres modernen Lebens zu entziehen, der hässlichen Fratze der Medien-, Unterhaltungs- und Werbeindustrie, deren Methoden die Menschen in den Zustand einer permanenten Bedrängung versetzen – Telefonate, Filme, Mails, Clips, SMS, Flyer, visuelle Aggression, Beschallung allerorten, Spiele, Spiele, Spiele, Quiz. Der Dauerspaß, die Dauerfreude, die permanente Erregtheit, die so erzeugt wird – ihr müssen die Menschen entkommen, die feststellen, dass es nicht gut für sie ist, ihnen in der Seele nicht guttut.«

Bucher entgegnete: »Um Offline zu gehen, muss man nicht unbedingt pilgern. Einfach den Schalter auf Aus stellen. Geht doch auch.«

Manner widersprach. »Du täuscht dich. Es gibt keinen medialen Regenschirm mehr, der zu öffnen wäre und diese

Einwirkungen von einem abhielte. Das Individuum hat nicht mehr die Möglichkeit den *Aus-Knopf* zu drücken. Und was du da sagst, das zu sagen fällt einem privilegierten Einsiedler wie dir leicht. So einfach ist es nicht für alle und dieser Jakobsweg ist für viele Menschen eine gute Gelegenheit auf elegante Weise zu entkommen. Er ist in Mode und wer da unterwegs ist, widersetzt sich nicht auf exotische Weise den Strömungen der Gesellschaft, gilt nicht als Verweigerer, als Aussteiger, verstehst du? Eine adäquate Methode, um konform mit der Gesellschaft einen ruhigeren Parallelweg zu beschreiten.«

Bucher beschäftigte ein anderer Gedanke. »Findest du wirklich, wir sind bedrängte Menschen? Wir, in unserer heutigen Zeit – bedrängt?«

»Da bin ich mir ganz sicher: bedrängt von Gleichgültigkeit und Langeweile. Beides süße Gifte, die ihren Weg in unsere Seelen suchen, so wie Wasser die Eigenschaft innewohnt immerzu den Weg zu suchen, um zu fließen. Schau hinaus auf den See, wie er so friedlich daliegt. Im Grunde wartet er nur darauf zu fließen.«

»Na ja«, versuchte Bucher die Diskussion auf ein anderes Thema zu lenken, »besser eine in weiten Teilen infantile Erwachsenenwelt, als dieser militaristische Wahnsinn des letzten Jahrhunderts.«

Manner lachte leise und genusslich. »Na, da liegst du aber ganz falsch, wie ich meine. Diese Infantilisierung ist ja gerade das Problem. Es gibt Gutmenschen, die ihren Kindern niemals einen Panzer zum Spielen schenken würden, aber nichts dabei finden, wenn die Kleinen virtuelle Tierchen, Monsterchen oder andere Geschöpfe zu Tausenden vernichten. Tagtäglich. Wie sie ihr Gehirn darauf trainieren zu töten, sich zusehends enthemmen und eine kühle Routine dabei entwickeln. Wehe, sie würden mit Zinnsoldaten Strategiespiele abziehen. Da wäre sofort eine psychologische Beratung vor Ort. Für mich besteht zwischen beiden Varianten wenig Unterschied. Die Medienformen sind andere. Aber lassen wir es gut sein. Was bedrückt dich wirklich? Du hattest doch schon andere Fälle, aber so habe ich dich noch nicht gesehen. Woran liegt es?«

Bucher zögerte. Eigentlich wollte er über die Enten sprechen, oder den See, der so friedlich vor ihnen lag und über dessen Fläche das Krächzen eines Raben schallte. Er hatte einige interessante Kisten Wein gekauft und darüber hätte er erzählen wollen – welche Gerichte dazu passen würden. Stattdessen murmelte er: »Diese Anne Blohm, das letzte Opfer. Ich glaube, sie ist noch am Leben.«

Peter Manner schlug die Hände vor den Mund und sah Bucher erschrocken an. »Du meinst wirklich, sie lebt noch?«

»Ja. Ich bin sogar davon überzeugt und wir kommen keinen Schritt weiter, keine Spur, nichts, was einem Hoffnung machen könnte ... du verstehst? Es ist, als drehten wir uns im Kreis. Das macht mich ganz verrückt.«

Peter Manner verstand. Er schwieg und sah hinüber zu den Enten, die einem geheimen Muster zu folgen schienen und nun wieder auf sie zu schwammen. Er war froh, hier auf der Bank sitzen und ihnen beim Schwimmen und Gründeln zusehen zu können, ohne von dem Gefühl heimgesucht zu werden, etwas zu verpassen, irgendwo zu fehlen oder gebraucht zu werden. Das war purer Luxus und es hatte einer ernsthaften Krankheit bedurft, um ihn darauf aufmerksam zu machen – ausgerechnet ihn, den Pfarrer.

Im Moment wusste er keinen Rat, den er seinem Freund hätte geben können.

»Das ist schwierig, denn du kannst dir die Verantwortung nicht einfach so von den Schultern nehmen. Es ist gut, dass du merkst, was mit dir passiert. Das ist gut.«

Sie blieben noch eine ganze Weile sitzen und Bucher erzählte doch noch von Château Labégorce und der Domaine Chante Cigale, dem Kalbsbraten in Morcheln nach alter Pfarrersköchinnenart und von der Wildpastete. Manner grinste vergnügt in die paradiesische Landschaft.

Später gingen sie zurück zum Haus und Bucher kam noch mit zum Abendessen. Danach fuhr er. Es war dämmrig geworden und der Wind war zur Ruhe gekommen. Die Rosen leuchteten immer noch und in der Luft war lauter Süße.

Entwischt

Am Tag darauf freute sich Bucher über die freie Fahrt auf der A96 bis auf den Mittleren Ring. Ein befremdliches Gefühl, so ganz ohne Stau. Auch der Innenhof des Amtes wirkte verloren ohne Baustellenbetrieb und mit der gewaltigen Auswahl freier Parkplätze.

Lara kam einige Zeit später, gefolgt von Hartmann und Batthuber.

Hartmann und Bucher hatten für den Vormittag einen Termin mit Nora Benders Angehörigen vereinbart. Ein zweiter Versuch. Auch ihr Lebensgefährte, der Ingenieur, hatte heute Zeit. Lara wollte sich mit dem Bruder von Kara Schieg treffen, der für einige Tage in München war. Er hatte ihr angeboten sich am Speditionslager in Freimann zu treffen, wo die Sachen seiner Schwester eingestellt waren.

Batthuber musste die Stellung halten und war mit Aufträgen zur Genüge eingedeckt. Bucher hatte ihm aufgetragen alle Objekte von Bedeutung und Besonderheit aufzulisten, die sich zu beiden Ufern der Isar befanden.

Batthuber hatte schnippisch bemerkt: »Einfamilienhäuser sind hoffentlich nicht von Bedeutung.« Es war fast schon Mittag, als sein Telefon klingelte. Eine unterdrückte Nummer. Das konnten Kollegen sein. »Batthuber.«

»Super«, schnarrte eine fremde Stimme, »hatte fast schon gedacht, ich erreiche keinen bei euch. Servus, Pinzgauer Sepp, vom ZEG«, das Schnarren ging in ein Lachen über, »reimt sich, gell, reimt sich.«

»Ein klasse Reim. Um was geht's denn?«, fragte Batthuber nüchtern.

»Von euch ist doch die Fahndung nach diesem Siebl rausgegangen, oder nicht? Wir stehen hier in der Rosenheimer, Ecke Orleansstraße und haben den im Visier. Sollen wir den Zugriff machen, oder nicht? Dann gibt's ein Fleißbildchen vom Chef.« Er lachte wieder.

Batthubers Herzschlag beschleunigte sofort. »Nein, nein, nein, kein Zugriff. Wir wissen nicht, wo der Kerl wohnt und brauchen seine Kontaktadresse samt Umfeld. Ist das nicht rausgegangen an euch?«

»Pfhhh, ja irgendwas in der Richtung hatte ich gelesen, deshalb rufe ich ja an. Das wird aber ein rechter Aufwand, gell, und mit zwei Fahrzeugen ... ich meine ... also Unterstützung von euch wäre nicht schlecht. Kommst halt ... aber bring ein nettes Mäuserl mit, gell ... hahaha.«

»Bin schon unterwegs.«

Er rannte in Hartmanns Büro und schnappte die Fahrzeugpapiere für den Mercedes. Auf dem Weg nach unten rief er Bucher an, gab Rosenheimer, Ecke Orleansstraße durch. Dann flitzte er über den Hof zur Tiefgarage.

Weiss bog um die Ecke, in der Hand eine Tüte vom Basic.

Jetzt macht der alte Kerl noch auf Ökofood, dachte Batthuber und grüßte.

»So flott unterwegs sieht man dich selten. Was ist denn los?«, rief Weiss.

»Den Siebl ham's am Ostbahnhof und die brauchen Unterstützung.«

Batthuber verschwand im dunklen Loch der Tiefgarage. Als er die Auffahrt hochkam, sah er dort Weiss stehen, immer noch die Tüte in der Linken. Mit der Rechten gab er das Zeichen zum Trampen.

Batthuber grinste falsch und jammerte still. Ich hab's geahnt, ich hab's geahnt. Jetzt hab ich den alten Sack an der Backe. Mann, ey.

Er hielt. Weiss stieg wortlos ein. Als Batthuber die Schranke passiert hatte, sagte Weiss: »Scheiße gelaufen, gell.«

Batthuber kämpfte gegen das Blut an, das ihm ins Gesicht schoss.

Der Kerl konnte Gedanken lesen.

Er meldete sich am Funk an, sprach den Treffpunkt ab, identifizierte sich mit Fahrzeug, Personenanzahl und kurzer Beschreibung und schickte zwei SMS an die Handys der Kollegen, dass sie seine Kontaktdaten hatten. Er bat Weiss das mit seinem Handy auch zu tun.

Der tat wie geheißen und schwieg eine Weile. Batthuber fuhr schnell, aber nicht hektisch. Als sie über die Maximiliansbrücke fuhren, sah er hinunter zur Isar. »Bist ein cooles Bürschchen«, sagte Weiss anerkennend, »… ein cooles Bürschchen. Weiß Johannes von der neuen Lage?«

»Chef ist informiert«, antwortete Batthuber knapp.

Weiss sah ihn an und grinste fies. »Ich bin hier Chef, klar!?«

»Klar.«

Ein Team des ZEG stand mit einer alten schmuddeligen Scherbe von Golf IV am Rand der Rosenheimer. Ein Mitsubishi parkte vorne am Orleansplatz und wartete dort.

Batthuber stellte den Benz vor dem Käs Müller ab und legte die Plakette mit Polizeistern in den Fußraum des Beifahrers. Musste nicht jeder gleich sehen, wer sie waren.

Auf der anderen Seite trafen sie die zwei Typen am Mitsubishi.

Der Pinzgauer Sepp sah Batthuber forschend an.

Na, da hat er ja ein super Mäuserl mitgebracht, ging es ihm durch den Kopf, als er Weiss sah. »So ein Junger bist noch«, sagte er mit ironischem Ton, »hätte dich älter geschatzt, zwar nicht so alt wie deinen Kollege, aber …«

»Hey, hey, hey«, meldete sich Weiss.

Der Pinzgauer Sepp lachte. »Ja, ja. Zur Sache. In der S-Bahn ist er einer Kollegin von uns aufgefallen. Sein Piercing ist echt pompös. Sie war alleine unterwegs und hat ihn bis hierher verfolgt und uns verständigt. Er ist jetzt vorne, im Wettbüro in der Lothringer Straße. Hat zuvor ne ganze Weile mit nem anderen Typen am Schaufenster vom Waffen Krauser rumgelungert. Wir hatten schon gedacht, die hätten da was am Laufen und so. Waren recht hitzig am Diskutieren, die zwei. Wir haben eine offene Seite – die Lothringer Richtung Weißenburger Platz, da ist noch niemand postiert. Wäre vielleicht auffällig, wenn wir da nachspringen müssen, falls er nach hinten weggeht. Die zwei waren vorhin auf hohem Niveau spazieren … in der Lothringer, bei der acht vorne, sind sie in den Innenhof und dann nach hinten raus in die Rosenheimer und über die Orleansstraße wieder zum Wettbüro. Ich dachte schon die fangen das Schütteln an … war aber nicht so, die kennen sich eben aus hier. Könnte schwierig werden, bei den ganzen Hinterhöfen, Tiefgaragen und Verbindungen zwischen den Blocks. Mit Observation ist da Sense.«

Er unterbrach und sah die beiden fragend an, »Lothringer, hm? Einer von euch vielleicht?«

Batthuber übernahm das.

»Wir stehen hier auch schon ne Weile rum und sollten uns mal davonmachen. Wir tauschen mit den Kollegen an der Rosenheimer. Könntest du dann vielleicht hier bleiben?« Der Pinzgauer Sepp hatte Weiss angesehen.

»Sicher könnte ich. Ist aber auch blöde hier so rumzustehen.«

»Na du fällst nicht auf!« hatte dem Pinzgauer Sepp schon auf den Lippen gelegen, aber er zeigte in die Orleansstraße. »Da ist das Café Toulouse. Von da hat man einen guten Blick auf den Südeingang zum Ostbahnhof. Ich vermute, er wird wieder dahin zurückgehen, um mit der U- oder S-Bahn zu verschwinden. Das übernehmen wir, also die Kollegen von unten. Bis dann. Handynummern sind ausgetauscht?«

Weiss bestätigte.

Es war wenig los im Café Toulouse. Er schnappte einen der freien Hocker, die im breiten Fenster standen und sah hinaus. Wirklich ein feiner Ausguck. Links das Busterminal am Orleansplatz, vor ihm der Fußgängerüberweg, rechts der breite Fußweg, der die Orleansstraße begleitete. Perfekte Wahl. Er war zufrieden und studierte die Karte. Im Café Toulouse gab es als Snack Tramezzini, bei den warmen Getränken alle modischen, italienischen Kaffeekreationen, die Weinseite listete Barolo, Montepulciano und Chianti auf. Allein ein *Salat Nizza* hatte einen Hauch von Frankreich, von Süden, von Wärme und von – Finesse. Na ja, ist wohl eher *Café Napoli*, murrte Weiss in Richtung der Glasfront und bestellte einen Espresso. Das Geld legte er gleich auf die glänzende Furnierplatte des bauchhohen Servierbretts.

Die Bedienung betrachtete es skeptisch aus den Augenwinkeln.

In Italien machte man das so, wusste Weiss. Er beugte sich vor und sah die Orleansstraße hinauf. Gar nicht weit von hier war der Brünnstein, ein altes Münchner Wirtshaus, mit groben Tischen und Bänken, Stühlen mit weichen Polstern drauf. Die Milzwurst gab es nirgends besser, wenn es die überhaupt sonst noch wo gab. Da wäre er jetzt gern wieder einmal gesessen.

Sein Handy surrte. Eine SMS. *zielperson > obhf*

»Ja super«, knurrte er, »mit SMS pfuschen die hier rum.« Er sah die Orleansstraße runter. Der Typ kam also in seine Richtung. Er wurde nervös. Wie hatte dieser Siebl noch mal ausgesehen? Einmal war ein Foto von ihm rumgegangen, aber er bekam keine signifikanten Gesichtszüge mehr zusammen.

Sein Handy surrte wieder. *nn pos obhf*

Dreck! Die anderen waren also noch nicht auf ihrer Position drüben am Ostbahnhof. Der Heini musste aber auch gerade während des Wechsels loslaufen.

Batthuber rief gleich drauf an und kam sofort zur Sache. »Der ist einsachtzig, sehr schlank, dunkle Haare, auf Ohrhöhe fast glatzenhaft rasiert und im Gesicht jede Menge Piercings. Ich schau, dass ich ihm hinterherkomme. Bin noch in der Pariser …« Er legte auf.

Fitter Kerl, so ein fitter Kerl, ging es Weiss durch den Kopf, denkt für andere mit und sogar für mich. So einer, ja so einer durfte doch ein freches Maul haben, Mensch, ja so einer musste sogar ein freches Maul haben. Das musste man dann ertragen. Noch viel mehr, als die ganzen Penner und Schlafmützen, die ihre Büros als Schlafstätte missbrauchten.

Er identifizierte Tobias Siebl, der am gegenüberliegenden Trottoir dahergeschlichen kam. Seine Schritte waren langsam und beschrieben einen eigenwilligen Bogen. Beide Hände waren tief in den Hosentaschen vergraben. Der Bund der Jeans hing weit über die Hüfte hinab, die Beinstöße schleiften auf der Straße. Die dünnen, braunen Arme hingen in der Sonne. Weiss entdeckte zwei große, blaue Flecke.

Dass der nicht stolpert mit der Hos'. Batthuber war noch nicht zu sehen.

Siebl schlurfte am Abgang zur U-Bahn vorbei und blieb an der Fußgängerampel stehen.

Der will hier herüber, erschrak Weiss. Er rief Batthuber an und sprach unterdrückt. »Er kommt rüber zu mir. Steht am Fußgängerüberweg.«

»Okay. Komme gerade nicht über die Straße, bin aber gleich in der Nähe, sage den andern Bescheid.«

Das Rot der Fußgängerampel hielt unendlich lange an. Schnell war Siebl von einer kleinen Traube wartender Menschen umgeben. Einer der langen, blauen Linienbusse bog vom Busterminal kommend in die Orleansstraße ein. Er musste abbremsen, denn eine Frau war bei Rot in die Straße gelaufen. Sie winkte dem Busfahrer zu, der unfreundlich gestikulierte.

»Ja du dumme Nuss«, brummte Weiss.

Der Linienbus verdeckte die Sicht auf die gegenüberliegende Straßenseite. Endlich war er vorbei. Siebl stand drüben und sah zu Boden. Er sah niedergeschlagen aus. Sein rechtes Auge war blau unterlaufen. Ein langer zäher Kerl. Weiss war drauf und dran rauszugehen, doch das wäre blöd gewesen. Erst auf der hiesigen Seite warten und dann doch in die andere Richtung weitergehen. Es war besser ihn rüberkommen zu lassen und dann zu folgen. Ja, das war besser.

Ein weiterer Bus bog ein; der 54er, Lorettoplatz, hinter dem schon der 145er zur Kiesmüllerstraße wartete. Weiss kniff die Augen zusammen und sah hinüber zur anderen Straßenseite. Wo blieb nur Batthuber? Der 152er zum Rotkreuzplatz kam auch noch daher.

»Ja zefix nochamal, wie viel gibt's denn davon heut noch!?«, fluchte er halblaut. Jetzt war es ihm zu bunt. Er eilte hinaus auf die Straße. Der letzte Bus dröhnte vorbei. Von vorne sah er Batthuber mit eiligen Schritten die Orleansstraße heraufkommen.

Siebl war weg.

Batthuber hielt auf Weiss zu und sein Körper vollzog eine Bewegung, die hieß: »Und, wo ist er?«

Ja, wo war er? Siebl war verschwunden.

Unmöglich, er konnte unmöglich herübergekommen sein. Er musste noch drüben stehen.

Endlich wurde es grün und er eilte hinüber. Batthuber sprintete heran. »Ich nehm den Abgang …«, rief er.

Weiss fuchtelte Einverständnis und querte in Richtung Busterminal. Dieser auffällige Kerl musste doch hier in der Nähe sein. Wie konnte man so eine beschissene Bushaltestelle auch so unübersichtlich bauen! Weiss tobte, machte die paar Schritte hinüber zum Burger King. Auch nichts. Kein Tobias Siebl.

Batthuber fiel ihm ein. Der war da unten allein unterwegs. Vielleicht hatte er ihn schon, kämpfte mit ihm herum. Er eilte ins Bahnhofsgebäude, das für ihn keines im klassischen Sinn war, weil es keiner Ordnung unterlag, die ihm gefallen hätte. Es war eine Ansammlung von Gängen, Hauptgängen, Nebengängen, Räumen, Wegen, Tunneln, Schächten und Läden, Shops, Kaufstellen, Garküchen, Bazaren und Cafés – aber ein Bahnhof war es für Weiss nicht, nein, das war er nicht, der Ostbahnhof, wo zu viele Busse herumfuhren, einem die Sicht verdeckten und französische Cafés in ihrem inneren Kern italienische waren.

Er traf auf Batthuber, als der mit der Rolltreppe aus dem U-Bahnstockwerk nach oben fuhr. »Und?«

Die Frage hätte er sich sparen können.

Der Pinzgauer Sepp fluchte. »So ist's, wenn die Scheiße bergauf läuft, Himmelsakra. Gerade im Wechsel muss der Krattler loslaufen, aber des machen's immer, die Spinner, die hat der liebe Gott an der langen Leine, irgendwie.«

Alles Suchen, alles Fluchen, alle stillen Seufzer und Bitten nutzten nichts. Siebl blieb verschwunden.

Hans Weiss war außer sich, dass es gerade ihm hatte passieren müssen und er ließ sich dies von niemandem ausreden, dass er es gewesen sei, der versagt hatte und es nicht die unglückliche Zusammenkunft von Ereignissen war, die den Erfolg vereitelt hatten. Der Pinzgauer Sepp holte ein Papier von der Rückbank und packte ein Stück Kuchen aus. Er lachte, bevor er hineinbiss. »Ha, Heidelbeerkuchen, machen die Schlitzaugen da vorne, Obori … unglaublich, oder?«

Weiss schwieg. Für den Pinzgauer Sepp war die Niederlage schon vergessen. Ein paar Zeilen mehr als der berühmte Dreizeiler in ihrem täglichen Bericht. Mehr nicht.

*

Es gab über das Wochenende hin kein Ergebnis, keinen Ermittlungsschritt, der von solcher Güte gewesen wäre, dass er die Frustration über Siebls Entwischen hätte mildern können. Alle hatten sich durch seine Festnahme den entscheidenden Schritt erhofft. Bucher plagte sich mit dem Gedanken, er hätte den Zugriff doch freigeben müssen. Dann hätten sie den Kerl wenigstens gehabt. Weiss plagte sich mit Vorwürfen. Batthuber ebenso. Es war ein Elend. Das ganze Wochenende hinweg.

Lara war froh am folgenden Montag nicht an der Morgenbesprechung teilnehmen zu müssen, wo sich der Misserfolg des Wochenendes durch Leblosigkeit und Kraftlosigkeit bemerkbar machen würde. Sie verabscheute diesen Zustand des Erstarrens nicht. Schon gar nicht an einem Sommertag, der so klar, so blau und so erfrischend begann. Jetzt war sie doch froh darüber, diesen ungewöhnlich frühen Termin bei Schott erhalten zu haben. Zuerst hatte sie sich ein wenig darüber geärgert.

Sie fuhr die Sollner Straße entlang und suchte den richtigen Abzweig. Schott unterhielt sein Büro in einer alten Villa. Ein schmaler Weg führte unter dem Dach alter Buchen und Erlen zum Eingang. Sie spürte die angenehme Kühle, die sich hier in der Nacht gesammelt hatte. Ein sattgrüner, gepflegter Rasen säumte das Haus. Hortensien und Rhododendren lockerten die Fläche auf.

Sie ging langsamer, breitete die Arme aus, spreizte die Finger. Es war ein gutes Gefühl. Sie hob den Kopf und spürte die Kühle am Halsansatz.

Eine freundliche Frau, untersetzt, kurzes graues Haar, Perlenkette, empfing sie an der Tür und brachte sie direkt ins Büro von Doktor Schott. Eine breite Holztreppe führte, von einer Kehre unterbrochen, ins Obergeschoss. Einige Treppenstufen knarzten zart. Beeindruckend. Schlicht. Teuer.

Es roch nach altem Geld.

Doktor Schott war nicht alleine. Er empfing Lara in einem Raum, der schlicht als Büro bezeichnet wurde, hingegen mehr als die Hälfte des oberen Stockwerks einnahm. Es gab keine weiteren Türen jenseits der schweren Holztür mit den Nussbaumeinlagen und mäandernden Mustern. Die Türstöcke wirkten wie Fenster, die einen Blick in den anderen Raum zuließen.

Vor der Fensterfront stand ein alter Schreibtisch. Ein paar Akten waren zu sehen, Telefon, Notebook. Dahinter ein schwerer Lederstuhl ohne Rollen.

Lara Saiter hätte diese Kombination anders aufgestellt – in jedem Falle so, dass man in den Garten hätte blicken können, und nicht an die Wand und auf das gewaltige Portrait eines ernsten Mannes. Der stand an einem Schreibtisch, die rechte Hand auf die Arbeitsplatte gestützt und blickte mit fordernder Miene in den Raum. Der gleiche Schreibtisch.

Vorne an den Fenstern befand sich eine gewinkelte, cremefarbene Ledergarnitur, ein passender Sessel war beigestellt. Auf dem Glastisch stand schlichtes, weißes Porzellan. Erfrischender Kaffeegeruch kam von dort her.

Schott war etwa Mitte fünfzig und groß gewachsen. Die glatten grauen Haare lagen exakt gescheitelt auf dem kantigen Schädel. Die Brille mit glänzendem Goldrand, der schwarze Anzug, die dezente Krawatte auf dem hellen Hemd – das alles wirkte, zumal in dieser Umgebung, ausnehmend seriös. Er hätte gut als Bankdirektor, Abgeordneter, Pressesprecher oder leitender Versicherungsvertreter durchgehen können. Nur die hohe Stimme passte nicht zur äußeren Erscheinung. Er begrüßte Lara überaus freundlich und fand viele Worte, sich für den eigenwilligen Termin zu entschuldigen. Während er sie durch den Raum leitete, erzählte er von der Villa, die der Familie seit langer Zeit gehörte, und davon, dass er die Stadt eigentlich mied und es bevorzugte am See zu wohnen. Er zeigte auf das Bild mit dem finsteren Mann, der sein Großvater gewesen war. »Schauen Sie mal? Sehen Sie … erkennen Sie, ja!? Der Schreibtisch … altes Familienstück, wie das Bild selbst auch.« Er kicherte. Hihihihihi.

Er sprach viel und hatte Lara Saiter nach dem Händedruck nicht losgelassen. Eigenartig. Sie brachte es fertig eine Zwischenfrage zu stellen: Welcher Art Doktor er denn sei? »Keiner für Mensch und keiner für Tier«, feixte er, um anschließend mit ernsthafter Tonlage zu erläutern, ein Doktor der Ingenieurwissenschaften zu sein. Metall sei seine Welt, was der Familie in den Genen liege. Hihihihi. Das Kichern gehörte zu seinem Redefluss, so wie andere Menschen ein unbewusstes »äh« oder »gell« einwarfen.

Sanft schob er sie in Richtung der Ledergarnitur. »Darf ich Ihnen meine Frau vorstellen, Frau Saiter? Sie ist an den Montagen immer mit im Büro und kümmert sich um die Zahlen, jaja die Zahlen, Zahlen, Zahlen.« Hihihihihi.

Tatsächlich. Im Schutz des mächtigen Gummibaums saß eine Frau.

Lara Saiter sah in dunkle, funkelnde Augen. Sie war einige Jahre jünger als Schott, sehr schmal und hatte kurze schwarze Haare, wie Lara Saiter selbst. Die dunkle Hose mit der hellen Bluse wirkte sehr edel. Eine dünne Goldkette mit aufwendigen Komplikationen glänzte am Hals.

Lara stutzte kurz. Man hätte sie beide für Schwestern halten können. Doch Martha Schott, wie sie sich mit Namen vorstellte, war die sehnige, die androgyne Variante. Wo Lara Saiters sinnlich volle Lippen ein dezentes Rot zeigten, erschien bei Martha Schott ein schmaler Strich, wo sich Lara Saiters Brüste wölbten, faltete sich bei Martha Schott die teure Seidenbluse. Gleichwohl fiel beiden Frauen ihre äußere Ähnlichkeit auf und ließ darum einen längeren, verblüfften Augenblick des Fixierens entstehen. Schott's Kichern war vorübergehend verstummt. Lara Saiter fixierte ihn. Wie kam dieser Mann zu einer solchen Frau?

Martha Schott goss Kaffee in die Tassen. Man saß bequem auf dem Leder, das sich weich anfühlte, einen aber nicht versinken ließ.

Schott hatte den Sessel für sich herangerückt.

Auf dem Sofa nahmen sie und Martha Schott jeweils eine Seite ein.

Die dunkle Stimme dieser Frau vermittelte innere Kraft und Souveränität, als sie fragte: »Ist Ihnen meine Anwesenheit recht? Ich kann auch gehen, wenn es erforderlich sein sollte meinen Mann unter vier Augen zu befragen.«

Lara Saiter verneinte.

Der Kaffee schmeckte vorzüglich und erfüllte die Erwartungen, die der Geruch geweckt hatte.

Sie war sich über ihre Einschätzung nicht ganz klar, wie so oft, wenn sie komplexen Persönlichkeiten begegnete. War Schott ein clownesker Geschäftsmann oder verbarg er hinter der Clownerie seine Härte? War ihm seine Frau nun sympathisch, oder wirkte sie eher abstoßend?

»Ich bin gekommen, um Ihnen einige Fragen zu Tobias Siebl zu stellen«, begann sie.

Schott ließ ein geplagtes Stöhnen hören. »Worum könnte es auch sonst gehen, als um Tobias Siebl. Dieser junge Mann beschäftigt uns wirklich über die Maßen.«

»Wir suchen nach ihm und uns interessieren insbesondere die Umstände des Konflikts zwischen ihm und Anne Blohm. Ich gehe davon aus, Sie sind darüber informiert?«

Schott sah traurig zu Boden und nickte. »Jaja … ich weiß. Siebl … sein Vater … er hat mich über das Verschwinden von Frau Blohm informiert. Ich bin darüber völlig entsetzt. Es ist für mich unvorstellbar. Er war hier … sah schrecklich aus … hat sich mit seinem Sohn geschlagen.«

»Mit seinem Sohn?«

»Ja. Jetzt sucht er ihn, weiß nicht, wo er sich aufhält.«

Lara Saiter war überrascht. Das hatte sich schon gelohnt hierherzukommen. »War der Konflikt mit Tobias Siebl maßgeblich für den Ausstieg von Anne Blohm aus Ihrer … Firma? Kann man es *Firma* nennen?«

»Unternehmen klänge besser und käme der Sache auch näher. Danke aber, dass Sie fragen. Ja, nun zu Tobias Siebl. Es war eine sehr hässliche Situation, die aber nichts mit dem Ausscheiden von Frau Blohm aus dem Unternehmen zu tun hat.«

»Nicht?«

»Nein. Wir werden noch darauf kommen.«

Wie meinte er das? Lara ging zunächst nicht darauf ein und wollte abwarten. »Gut. Was hat Tobias Siebl getan?«

»Er hat sie mehrfach in körperlicher Weise bedrängt, sie vor ihrer Wohnung abgepasst … *Stalking* lautet der Terminus wohl in neuestem Neudeutsch«, Schott fuhr mit der Hand durch die Luft, als reichten seine Worte alleine nicht aus, um zu erklären, »ein junger Mann, der sich, und insbesondere seine Gefühle nicht unter Kontrolle hat. Es ärgert mich, es ärgert mich so sehr, denn ich war von Anfang an gegen eine Integration dieses Kerls in eines unserer Angebote. Doch Siebl sein Vater … Sie müssen wissen, wir kennen uns schon sehr lange und pflegen einen freundschaftlichen Umgang miteinander, ein freundschaftliches Verhältnis beinahe«, Schott musste tief und laut ausatmen, bevor er weitersprechen konnte, »… also ich fühlte mich ihm verpflichtet, und genau das war mein Fehler, von meinen Prinzipien abzuweichen …«, er machte eine Pause, was die Bedeutung dessen, was er sagen wollte, steigern sollte, und sah Lara Saiter auffordernd an.

Sie blieb gelassen sitzen, dachte aber, jetzt komm schon, erzähl es ganz einfach.

»Sie müssen wissen … ich hatte Anne Blohm unter der Prämisse eingestellt, einmal die Gesamtgeschäftsführung zu übernehmen. Sie sollte an meine Stelle treten.«

Lara war in der Tat überrascht. Das hätte Siebl ja nun gar nicht passen können. »Mhm. Das ist in der Tat interessant. Was ist unter Gesamtgeschäftsführung zu verstehen?«

»Unser Unternehmen vereint mehrere *Firmen*«, er unterbrach und kicherte wieder, »hihihihi ... also Unternehmen, die im sozialintegrativen Bereich aktiv sind.«

»Im Bereich der Hilfsindustrie also. Segelausflüge in der Karibik für Räuber, Abenteuerurlaub in Finnland für Seriengewalttäter, Schreinern an der Algarve für die kleineren Kriminellen und Junkys.«

Schott öffnete seinen Mund und spöttelte: »Badeausflüge in die Karibik für Vergewaltiger.« Er sah seine Frau mit gespielter Fassungslosigkeit an: »*Hilfsindustrie!?* Hast du dieses Wort gehört, Martha – *Hilfsindustrie!?* Gut klingt das nicht, finde ich. Aber wie auch immer. Wir leisten einen wichtigen Beitrag für die Stabilität dieser Gesellschaft und kümmern uns mit durchweg professionellem Ansatz um unsere Klienten. Dabei stehen wir in direkter Konkurrenz zu staatlichen Einrichtungen sowie denen der Diakonie und Caritas. Es ist aber kein Schaden, diese Thematik auch ökonomisch anzulegen, denn das tun alle anderen auch, gleich, wie viel Verve sie darauf verwenden, ihren moralischen, ethischen oder religiösen Auftrag in den Vordergrund zu stellen.«

Lara Saiter schmunzelte. »Das Land Berlin gibt jährlich alleine über vierhundert Millionen Euro für solche Projektarbeit aus, hier in München mag es weniger sein, aber – insgesamt betrachtet handelt es sich ein Milliardengeschäft. Da wird sich schon etwas verdienen lassen.«

Martha Schott lachte ihren Mann aus. »Lass es einfach sein, dich als Gutmenschen präsentieren zu wollen. Sie kennt die Materie so gut wie wir.«

Schott hob entschuldigend die Hände. »Zurück zum Thema also. Anne Blohm sollte die Unternehmen führen, das war ausgemacht. Nach ihrer Auszeit sollte sie das in die Hände nehmen.«

Lara Saiter beugte sich nach vorne, so sehr verwunderte sie Schotts Aussage. »Könnten Sie das bitte erläutern? Wie meinen Sie das – nach ihrer Auszeit.«

Schott wies mit den Händen auf Lara Saiters Platz. »Da hat sie gesessen! Da hat sie gesessen und wir haben über ihre Zukunft geredet. Ich war schockiert, als ich erfuhr, sie wolle uns verlassen.« Er sah seine Frau an, die ihm mit einem dezenten Nicken zustimmte.

»Ich wollte sie doch nicht gehen lassen, wegen dieses schlimmen Kerls und seinem schrecklichen Benehmen. Wir haben alles besprochen und uns geeinigt.« Schotts Stimme senkte sich. »Ich kann es Ihnen ja sagen – wir werden uns von Siebl trennen.«

»Von Herrn Siebl?«

»Ja. Der Auflösungsvertrag liegt mir schon vor. Es geht noch um die Ablösesumme. Da hole ich eine junge, intelligente, engagierte Managerin aus bestem Münchner Haus in mein Unternehmen, mit einer konkreten Vorstellung ihre Funktion betreffend – und dann gibt es da eine Führungskraft, die ihr nur Steine in den Weg legt, Schwierigkeiten bereitet und am Ende noch seinen ... ja, es ist so! – missratenen Sohn in unangenehmen Kontakt mit ihr bringt. Ich habe Anne Blohm ja auch deshalb geholt, weil Siebl nicht in der Lage war unsere unterschiedlichen Engagements sinnvoll zu strukturieren und auf einen erfolgreichen Weg zu bringen. Anne Blohm konnte das.«

»Sie machen Verluste?«, fragte Lara Saiter.

»Nein, nein, nein, ja aber um Gottes willen, das nun wirklich nicht. Was verwenden Sie an so einem herrlichen Sommermorgen für schreckliche Worte: Hilfsindustrie, Verluste. Malen Sie nicht den Teufel an die Wand. Aber – auch wir müssen uns auf die Zukunft einstellen. Die *Hilfsindustrie*, wie Sie sie nennen, steht vor Veränderungen vielfältiger Art. Siebl hat in den letzten Jahren den Blick auf die Realitäten verloren. Er hat einen guten Namen in der Branche, formuliert interessante Ansätze, doch im Laufe von Jahren wird es auch langweilig immer das Gleiche zu hören. Er ist ein genialer Betroffenheitserzeuger und versteht es im Kreise seinesgleichen in beinahe unerreichter Art und Weise Belangloses und Unwichtiges mit verblüffendem Ernst in bedeutsam klingende Worte zu kleiden. Da treten einem wirklich die Tränen in die Augen. Das hatte sich aber erschöpft.«

»Anne Blohm hätte ihn nicht nur ersetzt«, stellte Lara Saiter fest, »sie wäre sogar seine Vorgesetzte geworden. Hatte er davon Kenntnis?«

»Nein. Frau Blohm sollte für ein Jahr auf ihre Wanderschaft gehen. Wir wollten in dieser Zeit die personellen Verhältnisse klären und sie hätte nach ihrer Rückkehr die Leitung übernommen. Ein entsprechender Vertrag wurde vorbereitet.«

Lara Saiters Handy gab ein Surren von sich. Eine SMS. Sie unterdrückte den Reflex nachzusehen, worum es ging.

Martha Schott hatte das Surren auch gehört. Sie hielt Lara Saiter während des ganzen Gespräches fest im Blick und wechselte nur manchmal zu ihrem Mann. Diese Polizistin gefiel ihr, sie gefiel ihr sehr. Andere hätten in äffischer Manier sofort zum Handy gegriffen, um irgendeine Belanglosigkeit zu erfahren, womit sie die besondere Stimmung einer Situation zerstört hätte. Diese Frau blieb gelassen. Sollte surren, was und wer da wollte. Klasse.

Sie fragte: »Erlauben Sie mir bitte eine Frage, Frau Saiter. Aus welchem Grund ermittelt denn das Landeskriminalamt in diesem Fall?«

Lara Saiter machte eine Geste, um Zeit zu gewinnen. Was sollte sie auf diese Frage antworten?

»Anne Blohm ist im Ausland verschwunden, in Frankreich. Aus diesem Grund sind wir zuständig – Auslandsermittlungen. Dafür sind wir zuständig.«

Martha Schott sah betroffen zu ihrem Mann. »In Frankreich?«

Wieder surrte das Handy. Irgendetwas Dringendes musste anliegen.

Martha Schott war gespannt, was sie nun tun würde.

Lara Saiter lehnte sich zurück und fragte: »Wie hat sich diese Konzentration auf den sozialen Sektor ergeben, Herr Schott? Sie erzählten mir vorhin, sie stammten aus einer Unternehmerfamilie, dieses Haus hier ist sozusagen der – Familiensitz?«

»Interessant, dass Ihnen das auffällt, Frau Saiter. Die Schotts haben nichts mit der Glasdynastie zu tun, wobei das auch nicht schlecht wäre, ja, hihihihi. Nein. Mein Urgroßvater«, er zeigte nach hinten zum Gemälde, »der hat aus einer kleinen Eisenwarenhandlung einen eisenverarbeitenden Betrieb gemacht, hier in München. Alles Mögliche. Als mein Vater starb, befand sich die Metallbranche in einer schweren Krise und seine drei Kinder hatten zu viel vom Flowerpower in Nase und Geist bekommen, als sich dann noch um eine Eisenbiegerei kümmern zu wollen. Die Fabriken wurden geschlossen, das Erbe geteilt und jeder konnte etwas Neues beginnen. Meine Schwester ist Künstlerin und lebt in Italien«, er deutete wieder nach hinten zum Gemälde, »kann man sich auch leisten mit so einem Opa. Ihre Kunst wird niemals in den Bereich einer ökonomischen Größe gelangen. Mein Bruder hat ein Finanzdienstleistungsunternehmen in Frankfurt und ich mache in Hilfsindustrie. So ist das.«

Martha Schott spürte, dass Lara Saiter nun keine Fragen mehr hatte. Sie konnte sie nicht so einfach gehen lassen: »Liebe Frau Saiter, auch wenn Sie es als ungewöhnlich empfinden, es ist aber doch so, dass ich sehr beeindruckt bin von Ihnen. Ich würde Sie gerne wieder treffen. Sie müssen wissen, mein Mann und ich, wir sind in keiner Weise so spießig, wie dieses Haus hier eingerichtet ist und auf Sie wirken mag. Wir sind in … allen Dingen … sehr offen. Es wäre doch schön, wenn wir uns einmal treffen könnten, bei uns zu Hause, oder? Was halten Sie davon?«

Lara Saiter stockte der Atem. Sie hielt ihre Gesichtszüge im Zaum und lächelte Martha Schott an. »Oh, vielen Dank für die Einladung. Auch ich habe dieses Treffen hier als sehr angenehm und spannend empfunden. Mein Beruf bietet doch immer wieder die Möglichkeit interessante Menschen kennenzulernen. Im Moment allerdings habe ich keinen Freiraum. Der Fall Blohm … Sie verstehen.«

Martha Schott verstand. »Sie haben unsere Kontaktdaten. Marianne wird Ihnen meine direkte Durchwahl geben. Sicher wird es ruhigere Zeiten für Sie geben.«

Lara Saiter stand auf und verabschiedete sich. Sie ging mit

gemessenen Schritten durch den Park zurück zur Straße und spürte, von mindestens einem Augenpaar verfolgt zu werden. Am Auto hielt sie inne. Verrückte Sache. Sie hatte bei Schott und seiner Frau mehr erfahren, als sie zuvor erwartet hatte und doch wusste sie nun weniger als zuvor.

Sie las die SMS und rief sofort bei Hartmann zurück, wie der es verlangt hatte.

»Wo bist du?«, fragte er vorwurfsvoll.

»Ja bei diesem Schott war ich. Das wisst ihr doch. Was ist denn los?«

»Ach so, nach Tobias Siebl hast du gefragt. Das brauchen wir nicht mehr. Du musst kommen. Hier ist die Hölle los.«

»Wo ist die Hölle los und weswegen?«

»Auf Gleis vier am Ostbahnhof, Richtung Innenstadt, gleich gegenüber vom Kartoffelmuseum, du fährst am besten über Ampfing- und Grafingerstraße an.«

Lara Saiter hörte das Quietschen und Rattern eines Zuges durch den Hörer. Sie wartete.

»Sag mal, Alex, was ist denn los!?«

»Wir haben Tobias Siebl. Er liegt hier auf den Gleisen – allerdings tot.«

Sie war fassungslos: »Oh Mann! Vor den Zug geschmissen?«

»Nein. Erschlagen und auf den Gleisen abgelegt. Komm einfach und schau es dir an.« Seine Stimme klang plötzlich weiter weg. Er hatte das Handy vom Ohr genommen und sein lauter Ärger klang von fern. »Nein! Nein! Noch nicht den Sarg. Das dauert noch, Mensch, hab ich doch schon ein paar Mal gesagt! Wartet noch!«

Dann drückte er das Gespräch weg.

*

Die Sonne schien in sommerlicher Freude auf die Gleise. Die Oberflächen der Schienen glänzten prall. Am Rand der Gleiswüste südwestlich des Ostbahnhofs hatte sich eine bunte

Menge versammelt. Sanitäter, Polizei aus München in grüner Uniform, daneben die blauen Modedresses der Schottersheriffs. Dazwischen Gleisarbeiter und Bahnbedienstete in grellfarbenen Warnwesten und die neutralen weißen Overalls der Spurensicherung. Ganz am Rande, bewegungslos, die Bestatter in dunkelblauen Livreen; in dieser Aufmachung völlig fehl am Platze. Zwischen all den Farben standen die Zivilisten: Bucher, Hartmann, Batthuber. Lara Saiter hüpfte über die Gleise und wimmelte einen aufgeregten Menschen in Warnweste ab, der sie hindern wollte zur Fundstelle durchzudringen.

»Schöne Scheiße«, empfing sie Hartmann.

Sie ging bis zur Leiche. Bucher befand sich in der Hocke und sprach mit dem Rechtsmediziner. Er sah kurz hoch, nickte ihr zu. Mehr Begrüßung war nicht drin.

Sie ging ein paar Schritte zurück. Tobias Siebl lag auf dem Rücken und fast parallel zu den Betonschwellen. Die Unterschenkel lagen auf dem einen Schienenkörper, der Hals auf dem anderen. Der Kopf war unnatürlich weit über die Schienenkante nach hinten abgeknickt. Der Anblick war verstörend, wie aus einem schlechten Film. Sie hob den Kopf und sah in den blauen Himmel. Wie schön war diese Luft unter den Bäumen heute früh gewesen. Auf dem Weg zu Schotts Villa. Und jetzt diese Szene hier.

Bucher kam zu ihr. »Erschlagen … mit einer Eisenstange, schräg von hinten auf die rechte Schädelseite oberhalb des Ohres. Da ist alles nur noch Matsch. Der Rechtsmediziner sprach von einem Volltreffer. Er war sofort tot.«

»Er wird sich nicht so hingelegt haben«, stellte sie nüchtern fest und sammelte ihre Gedanken.

»Das stimmt. Das ist hier nicht der Tatort, nur die Ablagestelle. Er sollte von einer S-Bahn überrollt werden. Wohl um die Tötungsspuren zu verschleiern.«

»Und – hat der S-Bahn-Pilot rechtzeitig gebremst?«

»Nein. Da gab es eine Weichenstörung, weswegen in diesem Gleisbereich kein Zug fuhr. Gleisarbeiter haben ihn dann gefunden.«

»Auf den MVV ist Verlass, kann ich da nur sagen. Weichenstörung, soso. Woher wissen wir, dass es Tobias Siebl ist?«

»Er hatte als ordentlicher Mensch seinen Ausweis dabei. Foto passt zu Gesicht. Dann das Piercing …«

Sie war von der Situation wie benommen. Eigentlich hätte sie gerne mit jemandem über das Gespräch geredet, das sie gerade hinter sich gebracht hatte. Der Tote beanspruchte alle Aufmerksamkeit. Sie warf einen Blick hinüber zur Leiche. Neidisch wollte sie ihm deswegen nicht sein.

»Hier ist so weit alles erledigt«, meinte Bucher, »wir treffen uns im Büro.«

»Macht das Sinn?«, fragte sie, »jetzt ist doch jeder durch den Wind und kann keinen klaren Gedanken fassen.«

»Eben deswegen«, sagte Bucher und ging weiter.

Sie löste sich aus der Starre, die sie befallen hatte. »Johannes! Warte, warte noch, ich habe eine Information für dich, die wichtig ist.«

Bucher drehte sich um. Sie sah ihm an, dass er nur noch hier wegwollte. »Tobias Siebl und sein Vater, sie haben sich geschlagen. Es muss brutal gewesen sein. Wir haben es uns ja schon so was gedacht. Dieser Doktor Schott hat es bestätigt.«

Bucher sah sie einige Sekunden an und überlegte. »Okay. Wir werden Siebl nach einem Alibi fragen müssen.«

»So, wie du es sagst, hast du eine andere Vermutung.«

»Wir waren zu dicht an Siebl dran. Das war der andere, glaube mir. Jetzt wird es ganz eng.«

»Wissen die Eltern denn schon Bescheid?«

»Nein. Noch nicht.«

»Ich will da nicht hin, Johannes … heute nicht.«

»Musst du nicht, Lara. Alex und ich übernehmen das.«

Sie ging ein paar Schritte und ließ ihn alleine stehen. Er sah ihr nach. Das kannte er so nicht an ihr. Etwas war anders. Er fühlte Verunsicherung bei ihr.

Sie entdeckte das Leichenauto und die zwei Bestatter, die mit dem Zinksarg ankamen. Es sah aus wie in einem gespielten Sketch. Die Mützen hingen schräg auf dem Kopf. Das hell gebürstete Metall der Zinkwanne reflektierte die Sonnenstrahlen mit kaltem Licht und die zwei Gestalten torkelten über die Gleise, weil die Länge der Wanne in einem äußerst ungünstigen Verhältnis zum Abstand der Schienen stand. Wie würde es erst aussehen, wenn der Tote in dem Ding lag? Lara sah weg. Sie fühlte sich nicht wohl, was sie dem Traum zuordnete, der sie in der Nacht so erschrocken hatte und der so leibhaftig gewesen war. Etwas Kaltes und zugleich Heißes hatte sie an der rechten Schulter gepackt und zu Boden gerissen. Und dann war ihr das Leben aus dem Leib gegangen, einfach weggeflossen und sie konnte es fühlen – wie sie starb. Völlig verstört, mit pochendem Herzen und von Schweiß durchnässt war sie aufgewacht und neben der Erinnerung blieb die Ahnung, dass dieser Traum etwas mit dem Fall Anne Blohm zu tun hatte. Das war neu für sie, zu spüren, wie die Distanz verloren ging zwischen ihrem Leben und den Leben, denen sie in ihrem Beruf begegnete. Es begann sich zu vermischen und das war nicht gut. Sie brauchte Abstand. Ihre Hand lag verloren am Halsansatz und fühlte die Glätte der Steinperlen. Geschliffene Isarkiesel von Saskia Diez. Ja, die Isar – sie musste an die Isar. Der Fluss tat ihr gut und konnte sie kühlen.

*

Zenner befand sich in einer unausgeglichenen Gesamtsituation. Mit diesen Worten hatte es seine Frau in harschen Worten ausgedrückt, als er im Laufe des Vormittags wechselweise mit ihr und den Zwillingen in Streit geraten war. Er hatte daraufhin, im Bewusstsein der Schuldige zu sein, das Rad gepackt und auf dem Isarweg seine Wut ausgelassen; allerdings nur für ein kurzes Stück. Er wollte nicht so aussehen wie die älteren Herren, mit grau melierten Haaren und sündteurem Equipment, deren braun gebrannten, faltigen Gesichtern der Frust und die Verbitterung anzusehen war, wenn sie mit ihren Mountainbikes durch die Natur und Menschenhindernisse rasten, um es allen zu zeigen – dass sie nicht so alt und dem Tode nahe waren, wie es ihre Haut, ihre Haare, ihre Körper, ihre ganze Erscheinung deutlich machten.

Zenner hatte sein Rad nach ein paar Kilometern zur Seite gestellt und sich an die Isar gesetzt. Das Wasser war kalt. Es kam aus den Bergen und brachte eine Kälte nach München, wie sie hoch droben in den Felsen zu Hause war. Im Sommer hielten das viele für erfrischend, dabei machte es die Stadt und ihre Menschen hart und ausdauernd.

Die Füße in kaltes Nass zu halten hatte gutgetan. Die Sonne stieg zusehends und er radelte beruhigter zurück und begann die Mittagsschicht. Ein Postholer des Präsidiums stand im Wachzimmer und erzählte von einer Leiche, die am Morgen auf den Gleisen am Ostbahnhof gefunden worden war und wie sich der Kollege vom Königs-K aufgeregt hatte, weil das LKA die Sache übernommen hatte.

Zenner hörte genauer hin und fragte dann. »Was war denn das für ne Leiche? Suizid?«

»Ne, ist wohl erschlagen worden. War noch'n Junger, aber Gschwerl halt.«

In seinem Fach fand er eine offizielle, schriftliche Notiz vor, sich nach Dienstbeginn unverzüglich beim Chef einzufinden.

Es besserte seinen Gemütszustand nicht. Er ging nach oben, wo, abgesetzt vom Krachen und Knarren des polizeilichen Alltags, die Administrationsebene ihre Tage bei der Polizei verbrachte. Hier war es ruhig, warm und gemütlich. Nur die Landshuter Allee sorgte für Geräusche.

Der Termin beim Chef war anders als alle anderen Zusammenkünfte vorher. Es waren zwei weitere Personen anwesend – der Personalratsvorsitzende und ein Jurist. In wenigen Sätzen war alles besprochen. Ihm war schwindlig, als er die Stufen nach unten ging und erstmals musste er das blanke Metall der Treppenführung mit den Händen fest drücken, um Halt zu finden.

Unten angekommen, ging es wieder etwas besser. Kollegen gingen an ihm vorüber, grüßten, er grüßte zurück. Wussten sie Bescheid, oder nicht?

Er wollte einen Schluck Wasser trinken. Im Gang kam ihm

seine blonde Kollegin entgegen. Sie lächelte ihn an. Er wurde wieder klar im Kopf. »Schon in dein Fach geschaut?«

»Ja. Termin beim Chef. Weißt du warum?«

Einige Kollegen kamen vorbei. Sie standen beide genau vor dem Getränkeautomaten im Gang. »Komm mit«, sagte Zenner, und öffnete die Tür zum Aufenthaltsraum, der früher Sozialraum genannt wurde und so nicht mehr genannt werden durfte, seit einige Kollegenpaare dort rumgevögelt hatten. Zenner hatte nie verstanden, was die Namensänderung bewirken sollte und wie man die Bude nennen wollte, wenn es wieder mal so weit war. Aber das war jetzt egal. Er drückte die Tür zu. Zwei Uniformierte saßen in der hinteren Ecke und tranken Kaffee. Sie unterhielten sich leise. Die Blonde schloss die Tür. Zenner lächelte. »Ich hatte gerade einen Termin beim Chef.«

Sie grinste. »Hat er gerade mal Gesprächsbedarf, fühlt er sich vielleicht einsam?«

Zenner griff vorsichtig in die blonden Haare oberhalb ihres rechten Ohres. Sie sah ihn konsterniert an. Es waren doch Kollegen dabei, die sehen konnten, wie er sie anfasste?

Er wickelte die Haare langsam um seinen Finger, bis die Kopfhaut begann zu spannen, dann – mit einem Mal – drehte er das Handgelenk brutal herum.

Sie schrie erbärmlich und ging sofort zu Boden. Zenner hielt die Spannung aufrecht, wissend, welchen brennenden, beißenden Schmerz er damit erzeugte. Die beiden Kollegen, hinten in der Ecke, unterbrachen erschrocken ihr Gespräch und sahen nach vorne, wo Zenner über der Blonden gebeugt stand und schrie: »Wie blöde muss man sein!? Wie blöde muss man sein!? He! Nur dass du weißt wieso – du hast mir schlaflose Nächte bereitet und Magenschmerzen und ich habe mich das erste Mal seit dreißig Jahren wirklich schuldig gefühlt. Na!? Klingelt es!? Bist du nun bei der Polizei, oder nicht!? Geh rauf zum Chef, hol deine Sachen ab und lasse dich bei mir nie mehr blicken – ist das klar!?« Er stieß sie weg und ging hinaus.

Im Chefzimmer erging es ihr besser. Sie durfte sich hinsetzen. Der Personalratsvorsitzende wurde ihr vorgestellt und der Jurist. Sie erhielt eine Option. Vor ihr lagen zwei Packen Papierstöße. Der Chef legte die Beweislage dar und die Ergebnisse eines Gesprächs mit der Staatsanwaltschaft. Demnach konnte sie einem Strafverfahren, der damit verbundenen Verurteilung und anschließenden Entlassung entgehen, wenn sie den linken Papierstapel unterschreiben würde. Auf den Deckblättern dieses Stapels stand *Kündigung*.

Sollte sie sich anders entscheiden, was ihr keiner raten würde, sollte sie die Kenntnisnahme des Inhaltes des rechten Papierstapels, auf dem *Disziplinarverfahren* stand, durch Unterschrift bestätigen.

Ihr tat der Kopf weh und schwindelig war ihr. Sie unterschrieb ohne lange Diskussion den linken Stapel und verließ grußlos das Büro. Der Jurist grinste. »Sie ist wirklich blöde. Gut, dass wir sie los sind.«

Zenner hatte ein freies Auto geschnappt und war losgefahren. Die Nymphenburger Richtung Rotkreuzplatz. Dann wendete er und fuhr direkt ins Landeskriminalamt. Der BMW war viel zu schmuddelig für ein sommerliches München, das leuchten musste, ob es wollte oder nicht.

Konstruktion

Er fand eine frustrierte Truppe vor, die müde im Besprechungsraum herumhockte und sich mit dem mühsamen Wiederkäuen von Routinearbeiten der Fallaufnahme Siebl am Leben erhielt.

Bucher reagierte gar nicht, als die Tür aufging und Zenner plötzlich im Raum stand. Weiss hatte »Herein« gerufen, als es geklopft hatte.

Zenner verzichtete auf die Frage, ob er störe. Jemand hätte mit Ja antworten können.

»Ich wollte nur Bescheid geben wegen der Sache mit dem Foto. Das ist nun geklärt. Das Problem lag echt bei uns … meine Kollegin war das …«

»Die Blonde?«, fragte Batthuber

»Ja. Die dumme Nuss hat das Foto noch im Bereich des Funkmasten rausgeschickt und ist natürlich geloggt worden. Tausend Euro hat sie dafür bekommen.«

»Und?«, fragte Bucher.

»Ich glaube, sie hat gekündigt. War schon alles vorbereitet. Ich bin vorübergehend von meiner Funktion als Dienstgruppenleiter entbunden.«

Hartmann richtete sich auf. »Entbunden? Du? Wieso denn du? Du hast doch gar nichts gemacht!«

»Ja eben. Es hieß, weil ich als ihr Vorgesetzter meine … pffhhh … irgendwelche Pflichten oder sonst ein Schwirrischwarri nicht befolgt hätte.«

»Solche Trottel«, kommentierte Lara Saiter und winkte Zenner an den Tisch. Der zögerte.

Weiss war die Unterbrechung gelegen gekommen, weil sie das Quälende der Situation beendet hatte. Er fuhr Zenner an. »Jetzt hock schon her da!«

Ein quasi *Degradierter*, der passte ja gut in ihre Runde der Ratlosen und Versager.

Zenner gehorchte.

Batthuber holte ihm unaufgefordert Kaffee. Jeder hatte eine der hässlichen Gewerkschaftstassen mit der bitteren und viel zu starken Brühe Hartmanns vor sich stehen. Da durfte Zenner, der nun Teil der Runde war, keine Ausnahme bilden. Auch er musste büßen.

Die Sonne brannte lustig auf die Stadt herunter. Am Flaucher war die Hölle los. Im Englischen Garten lagen die Glücklichen in der sommerlichen Wärme, manche spielten mit großen oder kleinen Bällen und auf den breiten Straßen bevorzugten diejenigen, die zu Fuß unterwegs waren, die Straßenseite mit dem reichhaltigsten Schatten.

Im Besprechungsraum war von sommerlicher Wärme, von Aufbruch und Lebenslust nichts zu spüren. Schweigen herrschte und auch Zenners Ankunft hatte zunächst keinen neuen Schwung gebracht. Er selbst fühlte sich unwohl, weil er zeitweise annahm, der Grund für die desolate Stimmung zu sein und irrigerweise glaubte, vor seiner Ankunft hätte eine muntere Diskussion den spärlichen Raum belebt. Aber jetzt hockte er hier. Ob dieser Raum jemals in der Art und Weise genutzt werden würde, wie ihr Sozialraum – mit Sex? Er verbannte seine destruktiven Gedanken.

Hartmann sprach mit verzweifeltem Nachdruck. »Der Siebl ist erledigt worden, weil er mit der Sache Anne Blohm zu tun hatte und zum Problem geworden ist.«

Lara klang genervt. »Das haben wir nun schon einige Male wiederholt. Es ist die wahrscheinlichste Variante, Alex. Niemand sonst hätte ihn auf den Gleisen abgelegt, um einen Suizid vorzutäuschen. Aber es hilft uns nicht weiter. Siebl ist als Quelle futsch – und das ist unendlich frustrierend.«

»Wir wissen noch nicht mal, wo er wohnte«, wendete sich Bucher an Zenner, der ein wenig erschrak, weil ihn auch die anderen ansahen. Erwartete man eine Äußerung von ihm?

Weiss erlöste ihn. »Sein Vater muss doch mehr wissen, als

er bisher angegeben hat. Wir werden ihn doch zum Reden bringen, oder? Schließlich hockt er in der Zelle drunten.«

»Ihr habt seinen Vater festgenommen?«, fragte Zenner.

Bucher erklärte: »Nicht festgenommen. Es ist eher so ein Aufenthalt auf freiwilliger Basis. Er wollte nicht alleine im Haus bleiben … und wusste in der Situation nicht wohin.« Er berichtete anschließend, wie Hartmann und er am Vormittag das Ehepaar Siebl aufgesucht und die Nachricht vom Tod ihres Sohnes überbracht hatten. Frau Siebl erlitt einen Schwächeanfall, erholte sich aber sehr schnell und war ruhelos im Wohnzimmer auf und ab gelaufen. Unbeobachtet war sie in die Küche gegangen und gleich darauf mit einem schweren Fleischmesser ins Wohnzimmer gestürmt. Ihr Mann lag auf dem Sofa und japste. Hartmann versuchte ihm ein paar Informationen zu entlocken. Das Ganze war völlig ohne Geschrei, ohne ein Geräusch vonstattengegangen. »Wie im Stummfilm«, sagte Bucher, »wie im Stummfilm.«

Nur die schnellen, klackenden Schritte auf dem Holzboden, das Rascheln der Kleidung war zu hören gewesen. Sonst blieb alles unterdrückt. Kein Schrei, kein lautes Klagen, kein Seufzen. Das war es, was die Situation so schrecklich gemacht hatte. Sie war schnell um die Ecke gekommen. Gott sei Dank hatte Bucher gerade am Tisch gestanden und eine glückliche Eingabe hatte ihn einen Stuhl packen lassen, denn in Sekundenbruchteilen entschied er nicht schießen zu wollen, nicht hier, nicht auf diese Frau, nicht aus diesem Grund. Die Lehne gegriffen, stieß er die massiven Holzbeine mehrfach in die stumme Frau. Es musste fürchterlich wehgetan haben, doch sie gab keinen Laut von sich.

Schließlich war es gelungen sie davon abzuhalten, ihrem Mann das Fleischmesser in den Bauch, in die Brust oder sonst wohin zu rammen. Es hatte lange gedauert, bis Unterstützung von der Streife da war, bis der Notarzt dazukam, der auch noch herumzickte, was die Einweisung ins Bezirkskrankenhaus anging. Bucher stöhnte und schloss seinen Bericht ab. »Genau das, was man an so einem Tag eben braucht.«

Zenner wiederholte zustimmend. »Genau das, was man an so einem Tag braucht.«

Siebl hockte also freiwillig in einer Zelle, seine Frau befand sich zur Beobachtung im Bezirkskrankenhaus Haar und ihr Bruder, ein Anwalt, hatte gegen diese Maßnahme bereits Beschwerde eingelegt.

Bis zur Besprechung hatten sich Bucher und die anderen schier die Finger wund geschrieben, um den ganzen formellen Kram zu erledigen, und waren seit dem Morgen noch keinen Schritt weitergekommen, was den Fall Anne Blohm anlangte.

»Gibt es denn Hinweise in Sachen Siebl, ich meine, so locker lässt sich eine Leiche ja nicht transportieren und ablegen.«

Batthuber winkte ab. »Ein Hausmeister hat einen roten Mini gesehen, der in der Nacht am Kartoffelmuseum abgestellt war, so gegen drei Uhr. Die Kiste war aufgefallen, weil da sonst nie ein roter Mini steht.«

Zenner zwinkerte Batthuber zu. »Ein roter Mini? Na, dann haben wir doch die Beschreibung des Fahrers auch: Männlich, um die fünfunddreißig, Glatze, schwarzer Anzug, helles Hemd, an dem die ersten drei Knöpfe offen stehen, Gesamterscheinung suggeriert Kreativität, ist dann aber doch nur Banker oder Key-Account-Manager.«

Alle lachten. Sogar Weiss. Der Uniformtyp gefiel ihm.

Und – das Lachen hatte die Schatten vertrieben. Der Moder, der auf ihnen gelastet hatte, löste sich zusehends auf und eine Diskussion kam in Gang. Die Schlägerei zwischen Vater und Sohn war ein Thema. Es bestand die theoretische Möglichkeit einer Täterschaft Siebls. Allerdings hatten sie keine Kleidung finden können, die Tatspuren aufwies. Der Täter musste Blutspritzer an der Kleidung haben. Das Alibi Siebls war wenig tauglich. Trotzdem wollte Bucher von einer Täterschaft Siebls nichts wissen.

Hartmann meinte, über den Fall Tobias Siebl käme man in der Sache Anne Blohm am ehesten weiter. Batthuber vertrat eine ähnliche Meinung.

Bucher war sich da nicht so sicher.

»Was meinst du dazu, wie soll es nun weitergehen?«, fragte ihn Weiss schließlich.

»Tobias Siebl interessiert mich im Moment überhaupt nicht. Er liegt erschlagen in einem Kühlfach der Rechtsmedizin und kann uns nicht mehr weiterhelfen. Seine Eltern wollten uns nicht helfen, jetzt können sie es nicht mehr. Die beiden sind für ihr Leben selbst verantwortlich. Offensichtlich waren wir so nahe dran, dass er zum Risiko wurde … kurz davor, die Nerven zu verlieren …. *die* Nerven, die ein anderer zur Genüge hat. Wir machen genau da weiter, wo wir stehen geblieben waren und lassen uns nicht ablenken«, er wies mit der Hand zum Fenster hinaus, »es wird nicht weit von der Fundstelle entfernt passiert sein, wo er erschlagen worden ist. Kein Täter, der mit zwei heftigen, zielgerichteten Schlägen mordet, fährt die Leiche in einer Sonntagnacht durch München, wo überall die Vampire und Draculas in Uniform stehen und nach frischen Führerscheinen gieren. Nein, so jemand nimmt den kürzesten Weg. Es ist irgendwo im Umkreis von Rosenheimer oder Orleansstraße passiert und da wären wir wieder im Münchner Osten. Anne Blohm hat nicht weit entfernt gewohnt, am Weißenburger Platz. Kara Schieg und Nora Bender – die wohnten nicht weit weg. Wir machen da weiter, wo wir stehen geblieben sind. Und Anne Blohm? Der Zeitungsartikel war schon gefährlich, aber jetzt sehe ich wirklich schwarz. Eine ganz schwierige Situation und daher möchte ich mich gar nicht mit diesem Tobias Siebl befassen.«

Für einen Moment stutzten die anderen über die Deutlichkeit, in welcher Bucher das Schicksal von Tobias Siebl für zweitrangig erklärte. Ja, es ging ein Hauch von Erbarmungslosigkeit von dem aus, was er gesagt hatte.

Zenner sah etwas verwirrt in die Runde. Was meinte dieser Bucher denn mit »schwarzsehen« im Fall Anne Blohm? Schwärzer ging es doch wohl kaum noch.

Hartmann hatte den Blick aufgefangen und erläuterte ihm die Sachlage. »Wir gehen davon aus, dass Anne Blohm noch am Leben ist und irgendwo in München gefangen gehalten wird – so wie das mit Kara Schieg und Nora Bender zuvor auch geschehen ist.«

Zenner fiel die Kinnlade herunter. »Am Leben?«

»Ja.«

»Wissen die Eltern das?«

»Um Gottes Willen, nein«, schaltete sich Bucher sofort ein, »es geht auch nicht um Wissen, sondern es ist unsere Vermutung. Hartmann soll dich später mit den Details vertraut machen.«

»Was hast du bei Kara Schiegs Bruder erfahren?«, wendete er sich gleich an Lara Saiter.

Die musste erst einmal ihre Gedanken sammeln. »Der Bruder von Kara Schieg … ja, das war im Grunde nicht sehr ergiebig. Wir haben uns in Freimann am Lager getroffen, wo die Sachen seiner Schwester in einem Container eingelagert sind. Es war eine traurige Veranstaltung, wie soll es aber auch anders sein. Vermisst ist eine blöde Sache, wirklich. Nicht zu wissen, was mit einem nahen Menschen, den man geliebt hat, der einem vertraut war, geschehen ist. Ständig die unterbewussten Fragen danach, ob er noch lebt, oder wie er zu Tode gekommen sein mag? Das frisst an einem. Ich denke, die harte Botschaft vom Tod, die macht es Angehörigen viel, viel einfacher. Es gibt eine Beerdigung, ein Grab, die Möglichkeit dorthin zu gehen. Nun ja. Er war schlecht drauf. Ich allerdings auch, nach der Einlage am Ostbahnhof. Kein guter Tag. Ich habe mir diesen Container angesehen, weil er es wollte, aber was soll man anfangen mit den Resten eines Lebens, die da in einem metallenen Quader stecken. Diese Möbel, Umzugskisten mit Geschirr, Wäsche, Kleidung, Staubsauger, Hundenäpfe, Werkzeugkisten, Teppiche und Bilder. Die Firma hatte Kara Schieg nach sechs Wochen fristlos gekündigt, wegen unerlaubten Fernbleibens. Das müssen die so machen und dann nimmt eben alles seinen Gang. Wohnungsauflösung, Behördengänge, Vermisstenanzeige …«, sie sah Bucher an, »und bei euch, was gab es über Nora Bender Neues?«

Bucher blies die Backen auf und antwortete unmotiviert. Seine Gedanken waren woanders. »Es war im Grunde ein recht vernünftiges Gespräch, ganz ohne Emotionalität. Dennoch eine groteske Situation.«

Hartmann schaltete sich ein. »Es ging halt um das Bein, und wie man damit verfahren soll. Sie hatten nach uns gleich einen Termin beim Pfarrer, um da mal nachzufragen, wie man das machen soll. Aber zu unserem Fall selbst, nichts Neues, nein. Wir mussten halt sagen, dass wir derzeit keine Chance sehen ... mehr ... also noch andere Körperteile zu finden. Blöde Sache ... da hockt man da und weiß gar nicht welche Worte es gibt, das auszudrücken.«

»Ihr Lebensgefährte war dabei, dieser Ingenieur, nicht wahr. Von dem gab es auch nichts, was uns weiterbringen könnte?«

»Nein. Das war ein ganz ein Stiller, Introvertierter. Der steht immer noch unter Schock. Der hat sich da, in dieser Familie richtig wohlgefühlt, das merkte man. Aber wenn er eine neue Frau kennenlernt, irgendwann, dann wird das schwierig werden. Wer will schon diesen Ballast, diese Erinnerung mitschleppen ...«

Das Gespräch verebbte und langte wieder an einem toten Punkt an.

Bucher schüttelte den Kopf und fragte Lara: »Du sagtest vorhin, du hättest die Sachen im Container durchgesehen. Waren da wirklich Hundenäpfe?«

Sie stutzte. »Ja, schon. Da stand ein offener Karton herum, in dem das ganze Zeug war, das man eben so braucht. Decke, Leinen, Näpfe.«

»Ja, hatte sie denn einen Hund, die Kara Schieg?«, fragte Bucher. Er wartete keine Antwort ab und sah zu Hartmann. »Der Lebensgefährte von Nora Bender, der Ingenieur, der hatte doch einen Hund dabei, nicht wahr, Alex, so einen Mischling, oder?«

»Ja«, bestätigte Hartmann, »Straßenhund. Ich habe ihn noch gefragt, wo er her sei, und er hat gesagt aus Bukarest hätten sie ihn. *Sie ihn ...*«

Buchers Stimme klang aufgeregt. »Anne Blohm, die hatte keinen Hund, aber ihre Eltern, die haben einen. Und sie hat ihn beschafft.«

Hartmann kapierte und stand auf. »Mensch! Dann gehen wir mal der Hundespur nach.«

Lara sagte: »Ich rufe den Bruder von Kara Schieg an und frage nach. Danach würde ich mir gerne mal die Isar vorknüpfen. Einfach mal an den Kanälen entlang, und mich dort umsehen.«

Bucher stimmte zu.

Zenner wollte schon fragen »Allein?«, hielt es aber für besser zu schweigen.

Lara Saiter sprach ihn an. »Du kennst doch die Blohms von der Sache mit dem Unfall.«

»Ja.«

»Dann fahr doch mit hin, oder meinst du das wäre problematisch, wenn du da auftauchst?«

»Nein, nein, überhaupt nicht, ich meine nur ... meine Dienststelle ...«

»Das regle ich«, schaltete sich Weiss ein.

Draußen am Gang druckste Zenner eine Weile herum, bis er den Augenblick als günstig erachtete und Hartmann gerade nicht telefonierte. »Du, wer ist denn der Alte da?«

»Weiss?«

»Ja ... der sich kümmern will.«

»Das ist unser großer Chef«, sagte Hartmann trocken und hing schon wieder am Hörer.

»Aha, großer Chef..«

Verschont

Er war überraschend aufgetaucht, lächelte und schien gut gelaunt. In den Händen hielt er seinen Tablet-PC. Zuvor hatte er sich an die kahle Wand gegenüber gelehnt und sie lange angesehen, so, als wäre sie ein fremdes Wesen. Dann hatte er begonnen Grimassen zu schneiden und herumzuhampeln. Als stünde er vor einem Hohlspiegel am Jahrmarkt, so verrenkte er sich und machte Faxen vor ihr. Widerwärtig. Als er davon genug hatte, hockte er sich auf den Boden, den Rücken an der Wand, und spielte. Er hatte Angst vor ihr. Seine musternden Blicke auf die Kette verriet es.

Sie kannte die Geräusche seines Spiels: das Sausen, wenn der Held rannte, das Krachen, wenn er auf Barrieren prallte, die Schüsse, Detonationen und die Glockenschläge, wenn es Extrabonus gab. Extrabonus – das wusste sie, weil er mit seiner hellen Stimme »Extrabonus!« rief. Wie ein kleines Kind freute er sich. Sie beobachtete, wie er sich wand, sich drehte, die Beine verkrampfte, anzog, mit den Füßen trat; das Tablet dabei immer fest in den Händen, zeitweise auf die Oberschenkel gepresst. Mit beiden Händen bearbeitete er die glänzende Oberfläche. Drehte sich, streckte sich, stöhnte, schrie, kirrte, gluckste, machte Mienen, als sei er nicht bei sich selbst. Dingdong. »Extrabonus!«

Er lachte, voller Freude und mit Glanz in den Augen, saß da, an die Wand gelehnt, und vergeudete keines der virtuellen Leben. Schnell war es ihm langweilig geworden; zu einfach, den nächsten Level zu erreichen. Müde rappelte er sich auf und schlich davon. Bevor er verschwand, rief er: »Mach dich fertig. Extrabonus!« Aber es klang nicht freudig. Sie wusste inzwischen, worum es ging.

Eine Fernsehreportage war ihr eingefallen, in welcher es um einen Versuch mit Labormäusen gegangen war. In einem großen Käfig hatten Forscher ein Labyrinth aufgebaut, mit

Sackgassen, Gefahrenstellen aus Wasser, Löchern und anderen Herausforderungen. Die Mäuse sollten den Weg hindurchfinden – das Ziel war ein Stück Käse, wenn sie sich recht erinnerte. Bestimmte Mäuse erlernten den Weg sehr schnell und gingen bald auf direktem Weg zum Käse, ohne einen der Irrwege zu beschreiten. Genau wie eine dieser Labormäuse kam sie sich hier vor. Nur blieb ihr die Frage bisher unbeantwortet, welcher Art der Käse war, der auf sie wartete.

Er kam zurück, um ihr die Hände zu binden; dann erst löste er die Kette und brachte sie in den ersten Raum. Es hallte dumpf nach, wenn die schwere Tür ins Schloss fiel. Sie musste sich mit dem Rücken an das kühle Türblatt stellen. Auf Höhe der Hüfte war eine schmale Öffnung. Er griff von außen durch und löste die Handschellen, dann konnte es losgehen.

Er wirkte verändert heute. Noch nie hatte er sich zu ihr gesetzt, oder war länger als notwendig in ihrer Gegenwart geblieben.

Als er die Handfessel gelöst hatte, rief er halblaut, gerade, dass es durch die Türöffnung zu hören war: »Streng dich an! Ist ernst heute!« Es klang bösartig. Seine gute Laune war dahin.

Soso, es war also ernst heute! Für sie war alles ernst, seit sie hier war, blanker, tödlicher Ernst.

Das Zittern war vom Boden her zu spüren. Die Geräusche kamen dazu. Schwere Maschine, Hydraulik, hartes Metall.

Ihr graute vor dem Parcours und für einen Moment war die zuletzt gewonnene Selbstsicherheit wieder dahin.

Fabrik

Bucher lief unruhig im Büro herum, die Fahrzeugpapiere in der Hand. Im Grund hätte er schon auf dem Weg zu den Blohms sein wollen. Hartmann kam am Gang vorbei und sah ihn auf und ab gehen. Ein ungewohntes Bild. Er blieb stehen und fragte: »Was ist los?«

»Das mit den Hunden … das macht mich ganz nervös … ich glaube, ich muss einen längeren Weg zur Tiefgarage nehmen. Ich könnte nicht gleich Auto fahren.«

»Ja, das könnte wirklich eine Spur sein … die neutrale, die alle drei Fälle miteinander verbindet. Nimm doch den neuen Kollegen vom Trachtenverein mit. Der kann dann fahren und du hast Zeit dir Gedanken zu machen.« Er verschwand aus der Tür.

Lara Saiter telefonierte bereits mit Kara Schiegs Bruder, der mit dem Auto unterwegs nach Passau war und gerade Dingolfing passierte. Er war etwas verwirrt und musste seine Gedanken sortieren, denn die Frage nach dem Hund fand er obskur. Er erzählte, dass er den Hund schon genommen hatte, als seine Schwester auf Tour gegangen war. Ein Mischling aus Südeuropa. Woher genau er war, wisse er nicht. Nach einigen Wochen habe er *Barry* zurückgegeben, weil es einfach nicht ging.

»Wie denn zurückgegeben?«, fragte sie.

»Ja an diese Tierschutzvereinigung, von der meine Schwester den Hund hatte.«

»Haben Sie einen Namen, eine Adresse, vielleicht die Telefonnummer, eine Internetseite?«

»Nein, da kann ich mich an nichts mehr erinnern. Ich habe dort angerufen, das weiß ich noch. Die Nummer, die stand auf so einem Flyer, der an der Pinnwand in der Küche hing … der Küche meiner Schwester. Das war noch, bevor ich die Wohnung auflöste. Ich werde das Ding weggeschmissen haben, oder es liegt irgendwo im Container herum, keine Ahnung.«

Lara Saiter war enttäuscht. »Mhm. Herr Schieg, es ist wichtig für uns. Versuchen Sie sich bitte zu erinnern und melden Sie sich, wenn Ihnen dazu etwas einfällt, ja.«

*

Frau Blohm wurde kreidebleich, als sie einen Uniformierten den Gartenweg entlangkommen sah. Ein leichter Schwindel befiel sie und es dauerte eine ganze Weile, bis sie Zenner wiedererkannte, der sie ernst grüßte, ansonsten wortlos dabeistand und Bucher reden ließ.

Sie selbst wusste, wie stark sie war. Jeglicher Aberglaube war ihr fremd und fern. Doch sie hielt es für kein gutes Omen, mit diesem Zenner zu tun zu haben.

Bucher hatte sich nicht ins Wohnzimmer bitten lassen und noch im Gang nach Tampa gefragt.

Es verwirrte sie. Was sollte Tampa mit dem Tod ihrer Tochter zu tun haben. Sie stützte sich mit einer Hand auf dem Sideboard ab, in dem die Hundesachen aufbewahrt waren, weil es praktisch war, direkt an der Haustüre. Leinen, Halsbänder, ein Handtuch zum Trockenrubbeln, wenn man aus dem Regen kam, Zeckenzangen und dergleichen.

Bucher hatte nach dem Hund gefragt und ob Anne in irgendeiner Beziehung zu ihm gestanden hatte. Sie wusste mit der Frage nichts anzufangen und sah ihn traurig an. »Ja natürlich, es war Anne, die uns Tampa gebracht hat. Gar nicht lange nach der Beerdigung unseres Sohnes.«

Ihr fiel wieder ein, dass sie es gewesen war, die sich dagegen gewehrt hatte, wegen der Hundehaare und allem. Doch ihr Mann hatte sich sogleich niedergekniet und das Tier gestreichelt und alles war damit erledigt gewesen. Anne hatte gestrahlt. Hier im Gang, wo sie gerade standen, war es gewesen. War Anne damals noch geblieben, oder gleich wieder gefahren? Sie wusste es nicht mehr. Buchers erneute Frage, woher der Hund denn stamme, riss sie aus ihren Gedanken.

»Ein Straßenhund«, sagte sie, »Tampa ist ein Straßenhund, irgendwo aus Osteuropa. Es gibt da so eine Organisation … Tierschutz … die holen die Hunde hierher und suchen ein Zuhause für sie.«

Den Namen wusste sie nicht, aber sie beugte sich über das Sideboard und öffnete eine der Schubladen, wo ein Visitenkärtchen des Tierarztes lag. Der wusste sicher mehr.

Bucher bedankte sich und Zenner fuhr hinüber, nach Sendling.

»Ich hätte lieber einen zivilen Wagen gehabt, das wäre etwas unauffälliger«, meinte Bucher.

»Ich habe kein Problem damit aufzufallen. Daran gewöhnt man sich mit der Uniform«, parierte Zenner, der immer noch erschrocken war, vom Anblick dieser Frau Blohm. Schon damals, nach dem Unfall, hatte man ihr das Leid angesehen. Doch jetzt war es so, als vertrocknete sie. Es waren die Augen, diese erstorbenen Augen und die flache Stimme, die keine Kraft, keine Autorität mehr hatte. Damals hatte sie noch das Leuchten in den Augen und diese klare Stimme, die verriet, sie würde mit dem Verlust auf ewig hadern, aber damit zurechtkommen.

Beim Tierarzt angekommen, fand es Bucher ganz praktisch eine Uniform dabeizuhaben, denn das sorgte in der Praxis für schnellen Respekt. Sein Dienstausweis alleine hätte ihn nicht so schnell in den OP vordringen lassen, wie es Zenners Erscheinung fertigbrachte.

Doktor Schmeichel war mehr als irritiert, wie mit einem Mal zwei Polizisten im Raum standen. Auf dem Tisch vor ihm lag ein Schäferhund, der bald wieder aufwachen sollte. Schmeichel zog die langen Gummihandschuhe ab und wusch sich die Hände. Es roch streng nach Desinfektionsmittel, Kot und Schweiß.

Während er gründlich seifte und spülte, sprach er mit den beiden. Bucher musste genau hinhören, denn der Wasserhahn gab ein sirrendes Geräusch von sich. »Gute Frage, aber so ad hoc kann ich Ihnen auch nicht sagen, wer woher seine Hunde bezogen hat. Der Name Blohm aber, der sagt mir etwas, eine junge Frau war das, nicht wahr?«

Bucher und Zenner nickten.

»Ich kümmere mich um die Hunde von *BlogDogs* und soweit ich mich erinnere, hatte sie ihren Hund von dort. War da nicht was mit einem Unfall? Blohm? Egal. BlogDogs – die holen Straßenhunde aus Süd- und Osteuropa hierher und kümmern sich um die Vermittlung«, er reckte sich, nahm eines der grünen Handtücher vom Stapel und rubbelte seine Arme mit einem Handtuch blank. »Ja, *BlogDogs*. Ein privater Verein, sehr gut organisiert und ausgestattet, finanziell seriös, wenn Sie verstehen, was ich meine. Nicht so eine Helfersyndromtruppe, sondern professionell aufgezogen. Die zahlen anständig und pünktlich. Sie bringen die Hunde hier rüber und manchmal übernehmen die für mich in der Praxis auch kleinere Hilfsdienste. Die sind irgendwo da drüben … ich kenn mich da nicht so aus … Nähe Ostbahnhof … da müsste das sein.«

Bucher sah Zenner an – Ostbahnhof, schon wieder Ostbahnhof.

»Gehen Sie doch in die Aufnahme und lassen Sie sich die Anschrift und Kontaktdaten geben«, er deutete nach hinten, »ich muss hier noch eine Weile warten, oder haben Sie sonst noch Fragen?«

Bucher hatte noch eine Frage, während Zenner die Adressdaten besorgte.

»Sie sagten immer *die … die*? Handelt es sich um mehrere Personen und haben sie vielleicht Namen?«

Schmeichel überlegte kurz und schüttelte den Kopf. »Nein. Für die Rechnung haben wir die Anschrift. Es gibt da einen Verantwortlichen, aber den Namen, den habe ich nicht mehr parat. Die Hunde hat immer ein junger Typ gebracht, von dem ich nur den Vornamen parat habe – Andy. Wir nennen ihn nur Andy hier. Jetzt wo sie mich fragen … mhm … wie hieß der Kerl noch gleich.«

Bucher wartete. Er schwankte zwischen Ärger und Enttäuschung. Wie konnte dieser Tierarzt so wenig über eine Organisation wissen, für die er Hunde behandelte. Auf der anderen Seite hatte er das Wesentliche schon erwähnt: Sie zahlten ihre Rechnungen ohne Verzug.

Schmeichel richtete seinen Körper auf, als hätte er Buchers Gedanken erfasst und rief fast erleichtert: »Andy Prack, ja – Prack. So heißt er. Ist eine Wonne ihn mit Hunden umgehen zu sehen. Sehr begabt.«

Wieder draußen informierte er Hartmann. »*Blogdogs*, Alex, schau mal, was du über diesen Verein rausbekommen kannst. Die sitzen in Nähe Ostbahnhof.«

»Ostbahnhof?«, wiederholte Hartmann, »das passt, das ist ein Treffer, das muss ein Treffer sein … ich melde mich dann.«

»Stopp, stopp, stopp«, rief Bucher ins Telefon, »noch was. Andy Prack. Gib den mal durch. Der hat mit dieser Truppe zu tun. Wir brauchen die Einwohnermeldeamtdaten.«

»Prack?«, fragte Hartmann zurück. Es klang weniger als Frage, vielmehr als Feststellung. »Der Name Prack sagt mir was. Soweit ich mich erinnere, stand der auf der Liste der Berufsschulklasse von Siebl. Metallbauer.«

»Würde passen, das würde gut zusammenpassen. Berufsschule, Metallbauer …«

Zenner fuhr mit jenem rücksichtslosen Selbstverständnis, wie sich eben ein Streifenwagen in Eile durch München bewegen ließ – umgeben von Neid, boshaften Sprüchen und Gedanken, schlechtem Gewissen und – heuchlerischer Rücksichtnahme. Als er von der Einsteinstraße in die Orleansstraße einbog, meldete sich Hartmann und gab die Adresse von *Blogdog e.V.* durch.

Balanstraße.

Zenner fuhr unbeirrt weiter.

»Kennst du dich hier aus, so ganz ohne Navi?«, fragte Bucher.

Zenner verzog den Mund, als er Navi hörte. »Ja, sogar ohne Navi. Balanstraße, Mensch. Ich weiß, wo das ist. Du etwa nicht?«

»Natürlich. Ich bin ein Westler, Rotkreuzplatz und so. Östlich der Isar, das ist gefühlt schon fast Karpaten.«

Zenner steuerte vorsichtig auf den Gehweg und stellte den Einsatzwagen ab. Bucher stieg aus und sah skeptisch an den Fassaden der langen Häuserreihen hoch. Vorkriegsbauten. Hohe Fenster, weitläufige, aber düstere Treppenhäuser, vierstöckig ohne Aufzug, Mansarden mit Dachschrägen. Die nach Süden weisende Fassade leuchtete in Bordeauxrot und hob sich warm vom Blau des Himmels ab. Die nördliche Fassade war rissig, der Putz lag an vielen Stellen weitflächig blank und die Fenster waren morsch. Ein weiter Torbogen schmückte die Einfahrt, die zu einem weiträumigen Innenhof führte. Das war von der Straße aus nicht zu vermuten, diese verschwenderische Fläche.

Bucher zögerte. Waren sie hier wirklich richtig? Er klang skeptisch. »Ich weiß nicht. So wie der Doc das darstellte, hätte ich etwas anderes erwartet. Hier sind doch nur Wohnungen. Ich dachte eher an ein richtiges Büro.«

Zenner nahm das Umfeld in Augenschein. Zwei Frauen mit Kinderwagen kamen den Gehweg entlang. Auf der Straße waren überwiegend Unterklassewagen geparkt, denen man ihr Alter ansah, manche trugen rostige Spuren.

»Kann schon sein, dass da ein Büro untergebracht ist.«

Inmitten der Durchfahrt befanden sich links und rechts die Zugänge zu den Häusern. Bucher suchte am linken Eingang, Zenner rechts.

Zenner war schnell durch. »Ich hab's. Hier.«

Bucher ging hinüber. Es war der Eingang zur schäbigeren Haushälfte. Die Namen auf dem Klingelbrett waren überwiegend mit Hand geschrieben und offenbarten unterschiedliche Schrifttypen. Ein abgerissener Karton steckte in der untersten, rechten Klingel. Mit Kugelschreiber hatte jemand *Blogdogs e. V.* in Druckbuchstaben geschrieben. Die Buchstaben standen jeder in einem anderen Winkel. Wer das geschrieben hatte, musste sich geplagt haben.

Zenner klingelte. Dreimal blieb er lange auf dem Knopf.

Sie warteten.

Nichts rührte sich.

Bucher ging in den Innenhof, wo einige Autos geparkt waren. Die Mülltonnen befanden sich hinter einem Gitterzaun, der halb von einer Klematis überwuchert war. Hölzerne Bogentore säumten den unteren Teil der Fassaden. Keller, Garagen, Abstellgewölbe. Er lauschte. Nirgends war ein Hund zu hören. Nur der Klangteppich der Stadt. Eine Hummel flog dicht vorbei und löschte mit ihrem tiefen Summen alle anderen Geräusche für einen Augenblick aus. Es war warm, doch ihn fröstelte mit einem Mal. Er schüttelte sich. »Klingel an irgendeiner anderen Wohnung«, rief er Zenner zu, »wir fragen uns durch.«

»Schon erledigt, aber nicht an irgendeiner«, antwortete Zenner und drückte die Tür auf.

Im Hausgang war es kühl und duster. Er kontrollierte die Briefkästen. Der von *Blogdogs* war leer.

Frau Keller, die geöffnet hatte, wartete im ersten Stock.

Sie gingen nach oben. Die breiten hölzernen Treppenstufen waren in der Mitte ganz ausgetreten, und von den vielen Tritten, dem Waschwasser, der Seife und dem Karbol schwarz und speckig geworden.

Frau Keller war um die fünfzig, schmächtig, und hatte kurze dunkle Haare, die schon stark von Grau durchzogen waren. Ganz offensichtlich traf sie keine Maßnahmen, um den Alterungsprozess zu verschleiern.

Die Erleichterung war ihr anzusehen, als sie die Wohnungstür öffnete und die Uniform sah. Zenner bedankte sich und fragte, ob sie den- oder diejenigen kennen würde, die oben bei *Blogdogs* wären und ob es eine Wohnung oder ein Büro war, das sich dort unterm Dach befände.

»Ach, der mit den Hunden«, sagte sie und sah Zenner ungeniert von oben bis unten an.

»Ja, der mit den Hunden«, mischte sich Bucher ein, »man hört gar keinen bellen. Sind denn gar keine Hunde hier?«

»Wäre ja auch noch schöner«, bekam er zur Antwort.

»Sie kennen die Leute?«, fragte Zenner.

»Vom Sehen her halt, aber so richtig kennen … des net grad.«

»Namen?«

»Ich glaube *Andy*, aber mehr weiß ich nicht. Ab und zu hat er jetzt wieder mal Hunde dabeigehabt. Das ist ja in Ordnung … sagt ja keiner was, aber am Anfang war das ja wirklich zu viel, und die Hausverwaltung hat das dann untersagt … geht doch nicht, oder? Der war ja den ganzen Tag unterwegs, manchmal auch über Nacht. Das war ein Gejaule und Gebelle, sag ich Ihnen. Ich hab das ja nicht so gehört, aber oben die Familie Kossnic, die haben das ja ständig mitbekommen und er, also der Kossnic, der hat das bei der Versammlung zur Sprache gebracht. Die sind ja direkt drunter, gell. Und der andere Krach, der ist jetzt auch besser geworden.«

»Musik?«, fragte Bucher.

Sie schüttelte den Kopf. »So Computerzeug … Spiele, wo geflogen wird und geschossen und so … das muss recht zugegangen sein. Einmal über ein ganzes Wochenende, ohne Unterbrechung. Die Frau Kossnic hat mich hochgeholt, dass ich mir das anhöre. Die haben da drinnen vor lauter Krach und Lärm die Türklingel und das Pochen gar nicht mehr gehört.«

Wieder sah sie Zenner an und in ihren matten Augen glomm eine fast vergessene Sehnsucht. »Möchten Sie vielleicht einen Kaffee?«

So wie sie es sagte, betraf die Frage ausschließlich Zenner.

Bucher hielt sich still.

Zenner wehrte ab. »Ahh, leider keine Zeit, Frau Keller. Wie schaut er denn aus, dieser Andy, und – ist er alleine?«

»So ein junger Kerl ist er halt …«

Zenner zeigte ein breites Grinsen. »Was ist denn jung, Frau Keller?«

Sie lächelte verschmitzt. »Na ja, so ein wirklich junger Kerl, vielleicht kurz vor den dreißig.«

»Und wie schaut er aus?«

»Ja mei, so wie die jungen Burschen heute eben aussehen – greislich halt, mit diesen Ringen im Gesicht und sonst wo. Das tut beim Hinschauen scho weh, net wahr, beim Hinschauen scho.«

Zenner lächelte fordernd. »Groß, klein, dick, dünn, blond, schwarz, Glatze, Locken …«

»Ein Schlacks ist er, dunkle längere Haare hat er, glatte, und immer Jeans und T-Shirt.«

»Hat er einen Beruf, arbeitet er irgendwo?«

»Also davon weiß ich nichts. Wenn er wo arbeitet, dann haben die komische Arbeitszeiten, so oft wie der mitten am Tag da ist. Mit den Hunden hat er halt zu tun, gell. Und der andere auch.«

Zenner stutzte. »Welcher andere?«

»Manchmal ist da noch so ein anderer junger Kerl. Der wohnt auch da oben. Hab ihn aber schon eine ganze Weile nicht mehr gesehen. Der war auch manchmal mit den Hunden beschäftigt. Hab den aber nie so richtig gesehen und weiß nicht, wie der heißt. Steht nirgends, der Name, und der Hausmeister hat gesagt, das wäre in Ordnung, dass da noch einer wohnt, weil das mit den Eigentümern abgeklärt worden sei … ja dann, wenn des so ist, gell.«

»Zurzeit ist also nur der Andy da?«

»Ja.«

»Hat er eine Freundin?«

»Neiiin, das nicht. Der nicht. Habe noch nie eine Frau gesehen bei ihm, ne. Ich weiß ja nicht, aber …«

Zenner wollte es auch nicht wissen und fragte: »Und wann haben Sie den Andy zuletzt gesehen?«

»Vorgestern war das.«

»Und seitdem nicht mehr?«

Sie sah ihn irritiert an. »Nein … zuletzt vorgestern. Er hat sein Auto wieder vor die Garage vom Hausmeister gestellt, was verboten ist, weil der da ja oft rein und raus muss, weil da das ganze Handwerkszeug drinnen ist.«

»Mhm. Ist klar, ja. Was hat er denn für ein Auto.«

»Ein rotes.«

»Na ja, ist es ein großes, ein kleines, eines mit offenem Dach, ein BMW vielleicht, ein VW, Audi, oder Opel?«

»Oh, ich kenne mich da überhaupt nicht aus. Ich habe nicht mal einen Führerschein. Es ist ein rotes, mit Dach und so einem langen Kofferraum. Mehr weiß ich nicht. Ach ja, und manchmal kommt er mit so einem großen Transporter, das ist ein Mercedes, das sieht man ja ganz deutlich wegen dem Stern.«

»Na also, Frau Keller. Haben Sie vielen Dank. Nur noch eine Frage. Die Hausverwaltung, wer macht das hier?«

»Immocent«, kam es schlagartig.

Bucher unterdrückte ein Lachen.

»Soso, *Immocent*«, wiederholte Zenner.

Er sah zu Bucher, der ihm andeutete keine Fragen mehr zu haben. Sie bedankten sich und gingen die Treppe nach oben. Frau Keller schlurfte in ihre Wohnung zurück, ließ die Tür aber einen Spalt offen stehen und lauschte hinaus, in das Treppenhaus.

Die Wohnung befand sich als einzige ganz oben, unter dem Dach. An der Tür hing ein Blechschild, auf dem Blogdogs e.V. stand. An der Wohnungsklingel klebte ein Schildchen: *A. Prack*.

Zenner klingelte. Kein Dingdong ertönte, vielmehr drang ein kaltes Rasseln bis vor die Tür. Dabei blieb es. Aus der Wohnung war nichts weiter zu vernehmen, kein anderes Geräusch.

»Was machen wir?«, fragte Zenner nach einer Weile.

Bucher wiegte den Kopf. Etwas drängte ihn danach in diese Wohnung zu gehen. Am liebsten hätte er die Türe aufgedrückt. Doch wie hätte er es rechtfertigen sollen. Er wartete. Hartmann müsste doch inzwischen etwas herausgefunden haben. Wieso meldete der sich nicht?

»Wollen wir reingehen?«, fragte Zenner.

»Hab ich mir auch schon überlegt, aber aus welchem Grund.«

»Einen Grund gibt's immer.«

»Ach so, du meinst wir haben Schreie gehört? Bitte nicht, den Käse lassen wir und warten ganz einfach … Hartmann müsste gleich anrufen.«

Zenner zuckte mit den Schultern. »Also ich höre da deutlich das Stöhnen eines verletzten Menschen, dem ich gerne helfen würde, aber gut …«

Je länger sie vor der Tür standen, desto größer wurde die Neugier, was sich wohl dahinter verbergen konnte.

Zenner deutete ins Treppenhaus und flüsterte, denn er wusste, dass Frau Keller unten lauschte. »Wir könnten ja einen Kaffee trinken.«

Bucher klang zynisch. »Wir?«

Zenner winkte ab, schlich zurück zur Tür und lauschte. Was machten sie eigentlich hier? Darauf warten, dass jemand aus der Wohnung kam?

»Mit der Frau Keller haben wir aber Glück gehabt. Sie weiß hier wenigstens Bescheid«, meinte Bucher.

Zenner verzog den Mund. »Von wegen Glück – sie stand am Fenster, als wir gekommen sind. Erster Stock, Wohnung zur Straße hin. Ich wusste, es war jemand zu Hause und noch dazu eine Frau, die Zeit und Lust hat, die Straße zu beobachten. Besser geht es nicht.«

Endlich vibrierte Buchers Handy. Hartmann war dran. »Das mit dem Datenschutz wird immer ätzender. Jetzt wollte mir die Tussi vom Amtsgericht partout keine Auskunft geben.«

»Und? Wie hast du es hingekriegt?«, fragte Bucher.

»Ja gar nicht. Batthuber ist dort vorbeigefahren. Deshalb hat es länger gedauert. Er hat eine rechte Überraschung übermittelt. Aber zuerst zu diesem Andy Prack. Der hat einige Bestände bei uns – Körperverletzungen, Einbruchdiebstähle, Betrugsdelikte. Er hat mal bei einer Drückerkolonne gearbeitet und kurze Zeit als Stricher. Ist aber schon ne Weile her. So ein Kleinkrimineller eben, der vom Profil her gut zu diesem Tobias Siebl passt. Sonst haben wir nichts von ihm, aber ich bin da dran. Armin hat beim Amtsgericht die Daten zu diesem Verein eingesehen und da stand ein Name, der uns bekannt ist…«

»Siebl?«, fragte Bucher.

»Nein. Günter Hirzinger.«

Bucher überlegte. »Ich meine den Namen schon mal gehört zu haben, kann im Moment aber nichts damit verbinden, Alex. Hilf mir. Hatten wir den Kerl schon mal?«

»Ja, den hatten wir schon mal. Du kennst ihn nicht, aber wir. Das ist der Typ, den wir an einer der Baracken getroffen haben, dort wo diese Siebl-Truppe ihre Sozialisierungskurse abhält. Ein cooler Typ war das. Ich hatte dir von ihm erzählt, weil er so gejammert hatte, ein Jahr lang Kisten bauen zu müssen, nur weil die Firma das so wollte, wo er doch gerne Holzhäuser aufgestellt hätte. Erinnerst du dich? Wir hatten uns unterhalten und du hast gesagt, wir könnten da auch mitreden, was Unsinn von oben angeht …«

»Ja, genau. Ich habe den Kerl richtig vor mir gesehen, wie er ärgerlich Kisten zusammennagelt.«

Hartmann machte weiter. »Und noch ein Name ist in der Liste aufgetaucht – Schott. Das war doch der Typ, den Lara befragt hat, der, dem die ganze Sozialklitsche gehört, nicht wahr?«

Bucher spürte ein Brennen im ganzen Körper. Erregtheit. »Ja, Schott hieß der. Vielleicht hat er mit diesem *Blogdogs* auch was zu tun. Nicht nur ein Tierfreund, sondern auch ein Menschenfreund.«

»Könnte sein … wir bleiben dran. Armin ist gerade runter in den Keller und will schauen, ob von Siebl etwas zu erfahren ist. Vielleicht ist dem inzwischen was eingefallen und er hat das Bedürfnis zu reden. Der Kleine passt ja ins Altersmuster seines Sohnes, mal sehen, ob das wirkt. Lara erreiche ich nicht, die ist auf ihrer Isartour. Wir werden diesem Hirzinger noch mal einen Besuch abstatten. Was macht ihr?«

Bucher lehnte an der Wand und sah aus dem schmalen Oberlicht hinaus in den schwindenden Tag. »Wir stehen hier vor dem Blogdogs-Büro. Irgendwie stinkt das alles. Wir schauen, diesen Prack irgendwie zu erwischen. Ach bitte, Alex, die Hausverwaltung hier hat den unschuldigen Namen *Immocent*, lach bitte nicht, finde heraus, wo die stecken. Ich möchte wissen, wer diese Wohnung hier gemietet hat, die ist nämlich nicht klein und so ein Typ wie dieser Prack wird sie sich garantiert nicht leisten können, ohne Sponsor.«

Hartmann wiederholte mehrmals: »Immocent!? Wie kommt man bitte auf diesen Namen – Immocent … Immocent!? Die spinnen doch, oder?«

Bucher steckte das Handy weg und verlangte Zenners

Taschenmesser. Von der Bodenleiste aus weichem Kunststoff schnitt er ein Stück ab und hielt es unter die Flamme seines Feuerzeugs. Mit der Hand verwedelte er den Rauch.

»Hole doch mal Frau Keller«, sagte er zu Zenner. Schnell roch es nach Kabelbrand.

Frau Keller war Zenner gerne gefolgt und rümpfte die Nase, als sie die letzten Stufen nahm. »Ist das die Wohnung?«, stellte Bucher die unsinnige Frage.

»Hier brennt es doch«, lautete ihre Antwort.

»Ja, riecht irgendwie«, sagte Zenner, »gehen Sie bitte nach unten, Frau Keller, und veranlassen Sie nichts. Wir kümmern uns um alles.«

Er grinste Bucher an und ging vor dem Schloss in die Hocke. Aus dem Lederhalter, in dem die Taschenlampe steckte, zog er einen dünnen Draht und plötzlich hielt er einen kleinen Schraubenzieher in der Hand. Er fummelte ein wenig herum, drehte, drückte, schob, lehnte sich mit der Schulter an die alte Holztür und mit einem Mal sprang sie mit einem kurzen Ächzen auf.

»Voilà! So sagt ihr doch dazu, ihr Franzosen, oder?«

Bucher klopfte ihm auf die Schulter. »Und eine Zeugin haben wir auch für unser präventives Einschreiten. Ist doch viel eleganter, als Stimmen hören. Am Ende schicken sie einen noch zum Polizeiarzt, wenn man sagt, Stimmen gehört zu haben.«

Ein breiter, lang gestreckter Gang öffnete sich. Zu beiden Seiten befanden sich Türen. Die vordere rechte stand offen, und der Gang endete an einer breiten, zweiflügligen Tür. Die Wände schimmerten gelblich und waren blank. Kein Foto, keine Gemälde, kein Poster. Auf dem braunen PVC-Boden glänzte mattes Licht, das aus den kleinen Dachfenstern kam.

Die Wohnung war größer, als Bucher gedacht hatte. Gleich links befanden sich Bad und Toilette. Kartons standen an der Wand, waren übereinandergestapelt. Zenner rief laut: »Hallo! Polizei! Ist jemand hier?!«

Sie gingen langsam weiter und öffneten jede der Türen. Keine war verschlossen. Es war kaum Mobiliar vorhanden. Es gab zwei größere Räume, mit gut zwanzig Quadratmetern, die sie als Schlafzimmer identifizierten. Im einen Raum lag eine breite Matratze blank auf dem Boden. Ein Rucksack, zwei Taschen und eine Holzkiste gammelten in der Ecke. Darauf stapelten sich Kleidung, Wäsche und Handtücher.

Der zweite Schlafraum war ähnlich spärlich eingerichtet, allerdings gab es hier ein Bettgestell. In einem anderen Raum stand ein Regal, gefüllt mit Papier, Zeitschriften und Computerzubehör. Joystick, DVDs, Tastaturen. Es sah provisorisch aus. In der Ecke lehnte ein Bündel schwarzer Stangen. Bucher pfiff laut, als er eine davon in die Hand nahm und feststellte, einen Speer in der Hand zu halten. Er war leicht, lag gut in der Hand und war perfekt ausbalanciert.

Er suchte den Schwerpunkt und deutete einen Wurf an.

»Handgefertigt«, sagte er, als Zenner in der Tür auftauchte, »da hat jemand viel Zeit und Liebe investiert.«

»Sieht nach Massenfertigung aus«, meinte Zenner und verschwand wieder.

Die Küche war spärlich eingerichtet. Ungespülte Tassen und Teller standen herum. In der Ecke stapelten sich verschweißte Kartons mit Hundefutter.

Vorsichtig öffnete Bucher die Doppeltüre und stand in einem riesigen Raum mit altem, abgeschabten Parkett. Hohe Fenster wiesen zum Hof. Es war dunkel, denn die rostbraunen Vorhänge waren vorgezogen. Ein Tapeziertisch war an die gegenüberliegende Wand gerückt und bog sich unter der Last einiger großer Flachbildschirme. Unter dem Tisch Kabelverhau und PC-Gehäuse. In der Ecke stand ein großer Drucker – ein Plotter.

Bucher sah zu Zenner. Der schüttelte den Kopf. Eine triste Behausung, ohne jede persönliche Note. Kein Bild, keine Fotos an den Wänden. Wenigstens Hundefotos hätte Bucher erwartete, Poster, Prospektmaterial. Nichts. Vielleicht befand sich derlei Zeug ja in den Kartons, die überall herumstanden.

Er ging zu einem Fenster und zog den Vorhang auf. Die Schritte hallten auf dem wackligen Parkett.

»Komischer Schuppen«, meinte Zenner und trat an die Wand gleich rechts der Doppeltüre. Im schalen Licht hing da ein großer Ausdruck: eine Konstruktionszeichnung. Über einen Meter hoch und fast drei Meter lang. »Ganz schön großer Hundekäfig«, meinte Zenner und wendete sich ab.

Bucher blieb vor dem Entwurf stehen. Ein eigenwilliges Konstrukt war da in einer isometrischen Ansicht aufgezeichnet, fein schattierte Seiten ließen eine dreidimensionale Ansicht entstehen. Es wirkte wie eine Bleistiftzeichnung. Ein erklärender Text fehlte. Die Bemaßung war allerdings in dünner Schrift aufgetragen. Verschieden große Quader bildeten das längliche Objekt, das jedoch keinen geraden Kantenverlauf hatte. Wie deformierte Schlote ragten Quader nach oben, und auch an den Seiten standen immer wieder Würfelstücke über. In der Länge waren drei Segmente, in der Höhe drei Ebenen zu erkennen. Bucher sah auf den Maßstab und pfiff laut. »Achtzehn auf siebenundvierzig Meter und bis zu neun Metern hoch! Wo steht denn so was rum? So ein Monstrum muss doch auffallen, oder nicht? Ein Haus ist das nicht.«

Soweit er erkennen konnte, befanden sich Durchgänge, Zwischenebenen und Türen in dem Gebilde. Mit gestrichelten Linien war ein zentraler Gang eingezeichnet, der sich im Zickzackkurs, von Seitenwand zu Seitenwand bis fast an das Ende hinzog. Fast ein Tunnel, dachte Bucher, denn er war vier Meter breit und über zwei Meter hoch.

Das Ganze sah aus wie ein überdimensionaler Irrgarten, der über eine Besonderheit im hinteren Drittel verfügte. Da war der Fortgang von einem breiten Spalt unterbrochen. Der Bemaßung nach acht Meter auf die Gesamtbreite. Drei Durchlässe führten aus dem geschlossenen Block hinaus auf die Freifläche. Im hinteren Teilstück gab es zwei kanalartige Zugänge. Eigentümlich.

Zenner kam vorbei, warf einen Blick darauf und brummte etwas Unverständliches. Ihm gefiel das hier gar nicht.

Bucher tippte auf das Papier. »Das hat etwas mit unserem

Fall zu tun, glaube mir, das hat etwas mit unserem Fall zu tun.«

Zenner brummte: »Kein Telefon, kein Fernseher, kein Radio, nichts Persönliches, nicht annähernd etwas, um sich wohlzufühlen – nur ein paar Matratzen, Klamotten und dann diese Computer. Da friert es einen ja. Komischer Hundehilfsverein, oder meinst du nicht auch?« Er wartete keine Antwort ab und ging hinüber zu dem einen Schlafraum mit dem Bettgestell.

»Der Tierarzt war ganz begeistert von denen … haben die Rechnungen pünktlich beglichen«, rief Bucher und kam ihm nach.

Zenner raschelte in der Ecke herum, wo einer dieser großen blauen Müllsäcke stand. Darin stapelten sich Pizzakartons. Zenner rümpfte die Nase und verknotete den Sack wieder. »Er hat keinen Stammlieferanten, den man befragen könnte … alles durcheinander Joey's, Pizzaexpress, Quanto, Presto … irgendwo muss der Analogkäse ja hin.«

Bucher war schon im Zimmer gegenüber. In einem Karton entdeckte er neben allen möglichen Sachen einen Autoschlüssel. Er fischte ihn aus dem Durcheinander aus Papieren, Werkzeug, Besteck, Batterien und Münzen heraus und hielt ihn hoch.

Zenner sah ihn skeptisch an. »Mercedes … Sprinter. Ob der hier irgendwo in der Nähe steht?«

Bucher ließ den Schlüssel baumeln. »Wir schauen uns mal um. Der schmale Schlüssel könnte in ein Garagentor passen.«

Sie streiften noch einmal durch die Wohnung, kruschtelten in den Kartons. In einem befanden sich tatsächlich Flyer. Daneben Briefpapier mit Blogdogs-Logo und der hiesigen Anschrift. In einem anderen Karton lagen Aktenordner herum. Schriftverkehr und Versicherungsunterlagen, die Andy Prack betrafen.

»Gefällt mir nicht«, sagte Bucher, »das sieht hier so armselig aus. Man kann sich gar nicht vorstellen, dass derjenige, der hier lebt, sich gut um Tiere kümmern könnte.«

»… um Menschen noch viel weniger«, bemerkte Zenner.

Frau Keller wartete hinter ihrer Wohnungstür und sah durch einen kleinen Schlitz hinaus in den Gang. Als Zenner seinen Fuß auf den Etagenboden setzte, zog sie das Türblatt auf und lächelte in den Gang. Sie hatte sich inzwischen umgezogen, trug ein buntes Sommerkleid. Das Dunkelgrün stand ihr nicht so recht. »Es ist doch nichts Gefährliches?«, fragte sie besorgt.

»Nein, nein. Keine Sorge. Da oben ist alles in Ordnung und dieser Brandgeruch hat sich auch schon wieder verzogen. Alles okay«, beruhigte Zenner und machte Anstalten weiterzugehen.

Sie tat einen Schritt in den Gang und wies auf den Schlüsselbund, den Bucher in der Hand hielt. »Das Auto steht unten in der Garage.«

Zenner blieb stehen. »Welches Auto?«

»Das große weiße, mit den Hundekäfigen. Das steht hier in der Garage, gleich unten rechts. Die zwei großen Garagen, die gehören zu der Wohnung oben. Also ich glaube jedenfalls, dass es in der Garage steht. Manchmal ist es auch nicht da, aber ich habe ihn nicht wegfahren sehen. Das kriegt man immer mit, weil es so knapp zugeht mit der großen Kiste, um durch die Toreinfahrt zu kommen. Die ist noch für Pferdegespanne gebaut worden.« Sie lachte.

Zenner dankte ihr und folgte Bucher.

Sie trat an das Geländer und sah den beiden nach.

Die Wärme umfing die beiden gleich, nachdem sie die dicken alten Sandsteinmauern hinter sich gelassen hatten. Im Hofraum staute sich die reflektierte Wärme von allen Hauswänden. Die Sonne war inzwischen weit nach Westen gewandert und die zwei großen Garagentore lagen in tiefem Schatten. Sie beratschlagten. »Die Sesam-öffne-dich-Tour geht hier schlecht. Mindestens dreizehn Augenpaare und Frau Keller«, nuschelte Bucher.

Zenner probierte, ob das Tor vielleicht gar nicht verschlossen war. Die Klinke quietschte schrill, als er sie nach unten drückte. Der Schlüssel passte in keines der beiden Garagentore.

Zenner fragte: »Willst du auf den Hausmeister oder den Schlüsseldienst warten?«

»Nein, aber ich habe diesmal keinen Brandgeruch in der Nase.«

»Ich auch nicht.«

»Mach das Ding auf, es ist mir jetzt egal. Vielleicht waren da Stimmen, Hilferufe, unterdrücktes Stöhnen. So was hörst du ja öfter.«

Zenner holte sein Taschenmesser hervor. »Diese Maßnahme ist rechtlich nur mit viel Fantasie zu begründen. Die Garage gehört unter Umständen zum verfassungsrechtlich besonders geschützten Bereich der Wohnung.«

»Ja dann mach schnell«, zischte Bucher.

*

Lara Saiter hatte das Landeskriminalamt mit dem Wagen verlassen und war in Richtung Südosten gefahren. Zuerst hatte sie sich als grobes Ziel den Schwabinger Bach vorgestellt. Dort, wo der Nymphenburg-Biedersteiner-Kanal auf ihn traf, wollte sie ihre Route nach Norden fortsetzen, immer der Isar folgend. Doch während sie an der Ampel stand, entschied sie sich für den Süden und fuhr in Richtung Wolfratshausen. Im letzten Sommer hatten sie dort eine Floßfahrt unternommen, waren danach im Biergarten des Klosters Schäftlarn gewesen. Der wirkte im Sommer auf die Menschen so anziehend, wie Zwetschgendatschi auf Wespen. Und es ging auch so zu.

Nördlich von Wolfratshausen, auf Höhe Icking, wurde die Isar getrennt – in Naturlauf und Kanal. Das geschah oberhalb der Pupplinger Au, nicht weit von der Stelle entfernt, wo die Loisach einmündete. Es gab auch den Loisach-Isar-Kanal, aber das war ihr zu weit südlich. *Am Kanal entlang, die Isar stromabwärts* oder war es umgekehrt? *Die Isar entlang, am Kanal stromabwärts*? Egal. Sie wollte bei Icking an die Isar stoßen und von dort aus in Richtung Münchner Süden fahren. Dort musste es einen Ort, eine Stelle geben … ja was? Wo ein Schild stand, auf dem *Anne Blohm* geschrieben stand, mit einem Pfeil, der die Richtung angab.

Sie wischte die resignierenden Gedanken beiseite, brauchte Zeit, um nachdenken zu können, was im Büro gerade nicht möglich war, wo ständig das Telefon klingelte, einen die Papierstöße mit Berichten, Analysen, Gutachten und Aktenvermerken ein schlechtes Gewissen dahingehend vermittelten, vielleicht doch nicht alles intensiv genug gelesen zu haben, und somit der entscheidende Hinweis noch unentdeckt lag. Sie wollte fort, unter freien Himmel, wollte der inneren Enge entfliehen, die ihr der Fall bereitete.

Sie sprach laut: *Am Kanal entlang, die Isar stromabwärts.* Ja, es kam nur die Isar infrage und Bucher hatte von Anfang an recht gehabt, mit seiner Vermutung, alles Geschehen habe sein Zentrum in München. Natürlich – kein Täter würde mit dem Bein einer Toten länger als erforderlich unterwegs sein wollen, wenngleich sie lange den Ansichtskarten Glauben geschenkt hatte und selbst jetzt noch ein kleiner Funke Ungewissheit in ihrem kriminalistischen Herzen glomm.

Intuition hatte sie hierher an die Isar gezogen, an den Fluss, in dessen Nähe sich Anne Blohm befinden musste. Entlang des Ufers musste es diesen einen Ort geben, den sie identifiziert und mit ihrem Text markiert hatte. Keine Wohnung, kein Keller im herkömmlichen Sinn. Ein einsamer Ort, nicht im Einflussbereich der Alltagsneugier von Menschen, nicht an Schnittpunkten.

Sie fuhr durch lichte Bebauung. Die Wohnviertel verschwanden zusehends hinter Hecken, die Dächer wurden niedriger und hohe Baumwipfel ragten in den Himmel. Hier lebte man zurückgezogen, der Natur nahe und trotzdem auf einem von allen Energien durchflossenen Aderwerk einer modernen Stadt. München bildete Rhizome wie Bambus.

Das Radio war ausgestellt und die Seitenscheiben heruntergelassen. Die warme Luft wirbelte angenehm auf der Haut ihres Gesichts und sie vermisste ein wenig das Gefühl von Sommerwind in langen Haaren. Andererseits war es eine praktische Sache im Sommer, der Kurzhaarschnitt.

Die Isar war nicht weit entfernt hinter den Bäumen. Es war einsam hier draußen, selbst an einem Sommermontag. Sie rollte langsam dahin, wegen der Radler, die häufiger und gefährlicher als jede Wildsau und jedes Reh die Straße kreuzten.

In sanften Kurven führte die schmale Straße hinunter an den Flusslauf, folgte ihm für ein paar Hundert Meter, um sich in einer weitläufigen Rechtskurve dem Kamm eines bewaldeten Hügels zuzuwenden. Dahinter ging es leicht bergab, einer Lichtung zu. Das Sonnenlicht brachte die Blätter zum Leuchten. Ihre Gedanken flohen schon den aktuellen Fall und standen in der Gefahr vom Sommerabend in ganz andere Gefilde gezogen zu werden. Rechter Seite, zwischen den Baumstämmen hindurch, leuchtete für einen Moment ein kräftiger roter Flecken auf. Fremd zwischen all dem Grün. Ein Dach. Ein großes Dach. Sie reduzierte die Geschwindigkeit und suchte die Zufahrt. Irgendwo musste ja ein Weg abzweigen und dorthin führen.

Ein unbefestigter Weg folgte bald und die Räder knirschten laut, als sie langsam über den Schotter rollten. Nach einigen Kurven tauchte eine verfallene Mauer vor ihr auf und dahinter erhob sich die Wand eines herrschaftlichen Baus. Neunzehntes Jahrhundert, tippte sie. Ein breites Walmdach, dicke Mauern, im oberen Drittel Fachwerk. Mehr war nicht zu sehen, denn ein altmodisches Holztor und hohe Mauern, die den Innenhof abschirmten, verwehrten den Blick. Sie stellte das Auto neben der Zufahrt ab und stieg aus.

Stille. Ein Bussard schrie und durchbrach schrill das Konzert der Vögel. Von fern war der Motor eines Autos zu hören, das drüben auf der Straße den Anstieg nahm. Im Schatten der Hauswand lagen frische Erdhaufen; ein kleiner Bagger war daneben abgestellt. Orange und gelbe Plastikrohre lehnten an der Hauswand.

Lara ging zum zweiflügeligen Holztor. Eine Säule trennte es von der hohen Zugangstür, an der der Postkasten hing. Er glänzte neu, genau wie die moderne Klingel- und Sprechanlage. Der Name *Bohden* war in eine Metallplatte eingraviert.

Sie lauschte. Von drinnen war nichts zu hören. Ein kleiner Landsitz in der Einsamkeit und das so nahe bei der Stadt. Sie hatte noch nie davon gehört. Vielleicht, weil hier kein Radweg vorbeiführte und nur diese versteckte Zufahrt existierte.

Sie holte ihr Handy hervor – kein Netz.

Sollte sie bei *Bohden* klingeln?

Die anderen wussten nicht, wo sie sich befand. Zurück zur Straße fahren brachte auch nichts, denn da war auch kein Netz verfügbar, das war ihr vorher an der Anzeige im Display aufgefallen. Viel mehr Zeit wollte sie nicht verlieren.

Eine schwierige Entscheidung. Das Haus zog sie an, es hatte eine gute Aura. Sie drückte den Klingelknopf und wartete.

Der Gesang der Vögel trat in den Vordergrund und sie fühlte bewusst ihr rechtes Bein hinunter, wo die kleine, giftige 38er Magnum in einem Kletthholster an der Wade hing. Der leichte Stoff ihrer Escada umspielte das blanke Metall. Es gab Sicherheit.

Ein Surren riss sie aus dem kontemplativen Moment. »Bitte!?«, hörte sie eine dunkle, in den Anfangslauten brüchige Männerstimme sagen.

Sie nannte ihren Namen, sagte routiniert ihr Sprüchlein von der Polizei zu sein und ein paar Fragen zu haben.

»Ich komme gleich, einen Moment bitte.«

Sie spürte ihre Anspannung.

Es dauerte, bis sie Schritte vernahm. Kies knirschte und die Schrittfolge klang uneinheitlich. Er hinkte.

Die schwere Holztüre quietschte in den Angeln, als sie nach außen schwang und den Blick nach innen freigab. Die kurzen grauen Haare fielen ihr zuerst auf, das braune Gesicht mit der schmucklosen Brille, das unrasierte Gesicht. Er stützte sich auf einen Stock. Obwohl es sommerlich warm war, trug er weite, dunkelbraune Cordhosen. Das beige Hemd hatte wenigstens kurze Ärmel. Sein Alter war schwer zu schätzen. Es konnte ein alt aussehender Endfünfziger sein, oder ein jung gebliebener Endsiebziger. Seine Augen waren wach und sie stellte fest, wie sie den Platz vor dem Tor absuchten, kurz am Auto hängen blieben und erst dann bei ihr landeten. Er sah ernst drein.

»Herr Bohden?«, fragte sie.

Er nickte, stellte sich seitlich hin und wies mit dem Kopf durch die Tür.

Sie sollte also eintreten.

Es quietschte wieder, als er das Tor hinter ihr schloss. Ohne zu warten ging sie einige Schritte weiter, um sich ungestört einen Überblick zu verschaffen.

Vom großen Tor aus führte eine gekieste Zufahrt zum Wohnhaus. Erst von hier war zu erkennen, dass sich weitere, niedrigere Gebäude daran anschlossen; früher einmal Ställe und Stadel. Die Außenmauern umfassten ein weitflächiges Gelände und endeten zu beiden Seiten in einem grünen, undurchdringlichen Gestrüpp, das jenseits der Mauern in den Wald überging. Der Innenfassade des Wohnhauses präsentierte sich ein so herrlicher Park, dass Lara Saiter kurz den Atem anhielt. Ein kleines abgeschottetes Paradies. Rosenbüsche flankierten die Ecken der Gebäude. Auf dem gepflegten Rasen standen zwei Trauerweiden und weiter hinten zwei alte Kastanien. Die Süße der Rosen und die Würze des Rasens mischten sich zu einem erfrischenden Duft. Ein Tisch, eine Bank und Gartenstühle standen unter den ausladenden Ästen der Kastanien im Schatten. Die glitzernde Fläche eines großen Teichs schillerte vom hinteren Ende des Grundstücks. Eine alte Holzhütte stand ein wenig abseits des Ufers. Nah dabei eine Schaukel und ein verwilderter Sandkasten.

Seine ungleichmäßigen Schritte waren zu hören und sie wartete, ohne sich nach ihm umzudrehen. Er musste ihren Blick geahnt haben, vielleicht hatte sie auch auffallend lange dagestanden und in den Park gesehen, denn als er neben ihr anlangte, erklärte er: »Mein Urgroßvater hat den Teich ausheben lassen. Er war ein begeisterter Schwimmer; man erzählt sich, er habe diese Leidenschaft zu jeder Jahreszeit ausgelebt. Es gibt ein paar alte, vergilbte Fotos, die einen strengen, disziplinierten Mann zeigen. Die Ölbilder mit ihm drauf sind nicht viel fröhlicher. Ich selbst bevorzuge es, im Sommer im Schatten zu sitzen und im Winter am Fenster hinter dem Kamin. Da genieße ich den Blick auf dieses Inselreich der Natur und auf Eichhörnchen, Meisen, Kernbeißer, Finken und Kleiber. Jetzt sind sie nur schwer zu sehen, aber gut zu hören, wenn man ihre Stimmen kennt. Ich scheine wenig von meinem Urgroßvater mitbekommen zu haben, worüber ich nicht so ganz traurig bin.« Er lachte ironisch. Lara Saiter drehte sich um und lächelte ihn an.

»Gehen wir doch hinüber zu den Kastanien«, meinte er, »da haben wir Ruhe und Schatten. Soso … nun habe ich tatsächlich die Polizei im Haus. Das sorgt für Abwechslung.«

Wovor denn Ruhe?, dachte Lara Saiter, die gerne das Haus von innen gesehen hätte. Alles war hier *Ruhe*.

Sie registrierte die weichen Polster auf den Stühlen. Eine schlichte Glasvase stand auf dem Tisch, darin eine rote Rose.

Er konnte doch nicht alleine hier wohnen, wenn auf allen Stühlen Polster lagen. Das brauchte er nicht, wenn er alleine war, es sei denn er erwartete öfters Besuch.

Den Weg über den Rasen bis hierher waren sie langsam gegangen, weil er sein rechtes Bein nachzog. Trotzdem suchte er während des Weges nicht das Gespräch. Er rückte ihr einen Stuhl zurecht und setzte sich gegenüber. Oben in der Kastanie summte und surrte es. Sein Gehstock, den er an den Tisch lehnen wollte, rollte immer wieder weg und es machte ihn ärgerlich.

Lara genoss hier zu sein, unter dem alten Baum, inmitten dieses verwunschenen Ortes. Sie fühlte sich wie auf einer Insel, fern von allem Belastenden. Wer wohnte wohl noch hier? Am Haus drüben war nichts zu sehen und nichts zu hören. Drei Stockwerke sammelten sich unter dem gewaltigen Walmdach. An einem der großen Fenster im Erdgeschoss stand ein Flügel weit offen.

»Von der Polizei sind Sie also?«, fragte er und wendete ihr seine ganze Aufmerksamkeit zu: Sie hatte ihren Dienstausweis schon zurechtgelegt und schob ihn über den Tisch.

Er warf einen kurzen Blick darauf und nickte. »Ich habe meine Brille eh nicht dabei, aber ich glaube es Ihnen.«

Es war schwer sich gegen diese linde Stimmung zu wehren, so ganz und gar, wie sie Umgebung einnahm und im Begriff war sie einzulullen. Das durfte nicht sein: Schließlich waren sie auf der Suche nach Anne Blohm, nach einem Täter, der junge Frauen tötete und in Müllcontainern entsorgte. Der Gedanke an das Bein von Nora Bender ließ sie wieder strenger werden.

Sie blieb vorerst vage. »Sie haben es vielleicht in der Zeitung gelesen und gesehen, Herr Bohden. In der letzten Woche wurde das Bein einer jungen Frau in einem Müllcontainer an der Autobahn im Münchner Norden gefunden.«

Er beugte sich nach vorne und fragte erschrocken. »Was sagen Sie da, das Bein einer Frau … im Müll?«

Sie bestätigte es und erläuterte nun umfänglicher, was vorgefallen war. Er hatte von allem nichts mitbekommen, wie er sagte. Ihren Hinweis, es wäre auch im Radio und Fernsehen gebracht worden, konterte er mit einer wegwerfenden Handbewegung und einem kurzen Brummen, dem zu anzuhören war, wie wenig er von diesen hielt.

»Ja und was führt Sie denn nun hierher zu mir, in diese Einsamkeit? Was habe ich mit diesem armen Geschöpf zu tun, dessen Bein im Müll gefunden wurde? Bin ich in irgendeiner Weise involviert?«

Sie ging nicht auf seine Fragen ein. »Hier an der Isar, im Bereich der Kanäle, ist Ihnen da einen Ort bekannt, der so markant ist, dass man ihn anders identifizieren könnte, als durch bloßes Wiedererkennen – ich meine: mit anderen Sinnen hören, riechen, fühlen vielleicht?«

Sie stellte ihre Frage sehr sachlich, wenngleich sie ihre eigenen Worte für schwer verständlich und wenig nachvollziehbar hielt.

Doch der Mensch, der ihr da gegenübersaß, war von einer intellektuellen Konstitution, dass er verstehen, mehr noch fühlen konnte, was sie meinte. Er hatte ihr ruhig zugehört und war dann in sein Polster zurückgesunken. »Mhm … eine schwierige Frage. Ich bin hier aufgewachsen und die Isar gehört zu meinem Leben, wie das Blut, das in mir fließt. Aber ich habe, als visuell veranlagter Mensch, der ich nun einmal bin, meine Umgebung immer nur mit den Augen erfasst. Ich muss überlegen.« Mit den letzten Worten war er aufgestanden und in Richtung Haus gelaufen.

Lara Saiter sah ihm verwundert nach.

Nach einer Weile sah sie ihn wieder in der Tür. Er trug ein Tablett in der Hand und hinkte ohne Stock. Es sah gefährlich aus – für ihn und das Tablett. Sie sprang ihm entgegen. Es war ein schönes Gefühl, über den weichen, gepflegten Rasen zu laufen und die Kraft in den Beinen zu spüren. Er leistete wenig Widerstand, als sie ihm das Tablett aus der Hand nahm. Eine Karaffe und zwei Gläser standen darauf.

Sie ging langsam, dass er ihr folgen konnte.

»Wissen Sie, es kommen sehr wenige Menschen hierher und ich verlerne dabei die Regeln der Gastfreundschaft. Ich habe gar das Gefühl, je weniger ich mit Menschen zu tun habe, desto stärker drängt meine misanthropische Seite in den Vordergrund.«

Sie lachte. »Machen Sie sich da mal keine Sorgen. Sie sind alles andere als ein Misanthrop.« Die Gelegenheit war günstig für die Frage: »Wohnen Sie denn ganz alleine hier draußen?«

»Ja, inzwischen schon.. Es ist mein Elternhaus, mehr noch, das Haus meiner Familie. Der Urgroßvater«, er deutete nach vorne zum Teich, »ich erzählte Ihnen bereits von ihm – der Schwimmer. Er war im vorletzten Jahrhundert mit seiner Eisenfabrik ein reicher Mensch geworden und hat nicht nur eine große Familie begründet, sondern auch dieses Haus hier erbaut. Er war damals mit seinen Fähigkeiten zur richtigen Zeit am richtigen Ort: Eisenbahnschienen, Geschützrohre, Gewehrläufe. Stahl, alles aus Stahl, der gezogen und gedreht werden musste. Nun ja, das ist lange her, wirkt aber bis heute fort und beeinflusst unser aller Leben. Wir müssen uns das nur immer wieder verdeutlichen. Je älter ich werde, desto intensiver werden mir die Bezüge meines eigenen Lebens zu denen meiner Vorfahren deutlich.«

»Es ist ein verwunschen schöner Ort, voller Frieden und Stille«, sagte sie, und blickte um sich. Wieder fühlte sie diese innere Eintracht, die erlöschende Aggressivität und die wachsende Sympathie, die sie diesem Ort und dem Mann entgegenbrachte. Sie spürte die Sehnsucht nach Friedlichkeit in sich. Den Wunsch, mit diesem Fall nichts mehr zu tun zu haben, ihn von Schulter und Seele schütteln zu können. Hier zu sein, im Schatten der Bäume – das tat gut. Es verlangte ihr viel Kraft ab, sich dieser geistigen Lust zur Schwäche entgegenzustellen. Ein wenig half ihre Neugier, diesen Mann, das Haus und seine Familie betreffend. Seine Haltung, sein Benehmen, das mimische Spiel in seinem Gesicht – es interessierte sie aus einem ihr unbekannten, tiefen Grund. »Ist Ihnen etwas eingefallen?«, kehrte sie zurück zu ihrer Frage, »ich meine, was diese Orte angeht?«

Er verzog den Mund. »Nein. Das ist aber auch wirklich schwierig. Es hat sich ja auch so viel verändert in den letzten Jahrzehnten und als ich vorhin zum Haus gegangen bin – übrigens seit langer, langer Zeit ohne meinen Stock, von dem ich meinte, ohne ihn völlig hilflos zu sein –, da ist mir aufgefallen, wie wenig ich noch unter Leute gehe. Was ich Ihnen, wenn es mir denn einfiele, erzählen könnte, wären Dinge aus einer Zeit, die lange vorbei und vergangen ist. Sie aber benötigen Informationen aus der Jetztzeit und die kann ich Ihnen nicht geben.« Er beugte sich nach vorne und schenkte ein. »Trinken Sie, es tut gut bei dieser Wärme. Holunder, aus eigenem Anbau sozusagen.« Lara dankte und holte mit einer entschuldigenden Geste ihr Handy hervor.

Er schüttelte den Kopf. »Die Dinger gehen hier nicht … mein Neffe flucht immer ganz fürchterlich, weil er sich nicht wirklich am Leben fühlt, wenn er in keinem Netz hängt. So hat er es mir einmal gesagt. Das ist also die Freiheit, von der man heute träumt. Vernetzt zu sein – ein anderer Begriff für gefangen.«

Sie lächelte. So konnte man das durchaus auch sehen. »Sie sind demnach doch nicht ganz alleine.«

»Er kommt regelmäßig, ja. Aber ansonsten versuche ich

diesen Raum belebt zu halten. Eine zunehmend herausfordernde Aufgabe, die mich allerdings zur Gänze erfüllt. Ich weiß gar nicht, ob ich es ertragen könnte, wenn hier noch andere Menschen lebten … verstehen Sie? Wir Menschen gewöhnen uns so schnell … und schon sind wir wieder beim Misanthropen.«

Sie legte das Handy weg. Sollte sie ihn fragen, ob sie von drinnen telefonieren könnte? Das würde ihr einen Blick ins Haus ermöglichen.

Er hatte ihren enttäuschten Blick wahrgenommen. »Ich würde Ihnen ja gerne mein Telefon anbieten. So ein altes Ding mit Kabel. Knöpfe hat es zwar schon und keine Wählscheibe mehr. Aber die Herren von der Baufirma haben alles lahmgelegt. Wenigstens ist noch Strom im Haus. Der arme Mensch auf dem Bagger hat das Telefonkabel erwischt und es gab ein großes Geschrei deswegen. Na ja, wie es eben so ist. Jetzt ist die Baustelle unterbrochen, weil das Flickzeug erst morgen zur Verfügung steht.«

»Wie es eben so ist«, wiederholte Lara Saiter die Floskel und wirkte ernüchtert. Wie sollte sie weitermachen? Sie wollte hier nicht fort. Die Sonne war inzwischen hinter den Bäumen verschwunden und der Garten lag fast völlig im Schatten. Am liebsten wäre sie jetzt in den Teich gesprungen und hätte zwei, drei Bahnen geschwommen, um sich danach in das weiche Gras zu legen.

*

Zenner fummelte am Schloss des Garagentores herum und grinste böse. Bucher war ungeduldig geworden und hatte ihn angefahren. Dabei war er ganz behende in diesen Dingen. Ein Schlosser, der die Seiten gewechselt hatte, war sein Lehrmeister gewesen. Es war ein netter Kerl gewesen, aber völlig ohne Unrechtsbewusstsein. Der Zufall wollte es, dass er ihn zweimal festnehmen musste, und an einem Abend, nach einer langen Vernehmung, hatte ihm der Kerl gezeigt, wie man mit Schlössern umgeht. »Wie mit Frauen«, hatte er gesagt, das war Zenner im Ohr hängen geblieben – wie mit Frauen. An den verschiedenen Türen der Dienststelle hatten sie damals in der Nacht geübt. Und das nur, weil er ihm ein halbes Hähnchen besorgt hatte, dem Schlosser, der keine Wurstsemmeln und keinen Leberkäs mochte.

Der Sprinter parkte im Garagenraum. Zu beiden Seiten blieb gerade genug Raum, um die Türen halb zu öffnen. Es roch nach einem Gemisch aus Diesel und feuchter Erde. Der Boden war nur grob befestigt. Blanke, in den Jahrzehnten hart gewordene Erde hing zwischen losen Steinplatten.

Blogdogs e.V. stand in großen lilafarbenen Buchstaben auf den Seiten des Wagens.

Bucher drückte auf den Schlüsselknopf und mit einem lauten Knacken entsperrte die Schließanlage.

»Klingt nach Unterdrucksystem«, sagte Zenner.

Bucher öffnete die Fahrertüre und kroch auf den schwarzen Kunstledersitz. Der Fahrerraum war verdreckt. Es roch nach Hundemuff und kaltem Zigarettenrauch. Der Aschenbecher stand offen und quoll über von Asche und Kippen. Auch die Ablagen waren verstopft: Kleingeld, Tankquittungen, McDonald's-Tüten, Kugelschreiber, Unterlagen aller Art und anderer Kram. Am Innenspiegel hing Firlefanz herum. Stofftierchen und Glasperlenketten. Wie konnte man bei dem Gebaumel nur Autofahren? Bucher wollte das Lenkrad anfassen, was ihm das Gefühl gegeben hätte so ganz im Auto zu sitzen. Er ließ es sein.

Zenner kam und forderte wortlos den Schlüssel. Die Flügeltüre an der Rückseite ließ sich nur mit Schlüssel sperren und entsperren. Bucher blieb sitzen und überlegte. Hinter der Frontscheibe stand die dunkelgraue Wand. Kein Menetekel tauchte dort auf, das ihm eine Richtung hätte weisen können. Aber er spürte es, ganz nahe dran zu sein, an einer Lösung.

Zenner fluchte laut: »Heidanei, ist das ein Dreck und Gestank, ja pfui Teufel!«

Der Transporter schwang in den Federn, als er in den Transportraum stieg. Das helle Klirren von Metallgittern war zu hören. Die Hundekäfige. »Also mir gefällt das alles überhaupt nicht, überhaupt nicht«, rief er.

Bucher stöhnte leise. Auch ihm gefiel das hier überhaupt nicht. Aber was sollten sie tun. Er kruschtelte in der Seitenablage, fand dort eine Landkarte von Süddeutschland, einen Brief des Tierarztes mit einer Medikamentenliste und der kurzen Erläuterung, wie und in welcher Dosis diese verabreicht werden sollten. Zwei Tüten *Fisherman's Friend* tauchten auch noch auf und eine angebrochene Schachtel Overstolz. Wer das raucht, frisst auch kleine Kinder – so hatte ein Kollege einmal zu ihm gesagt. Das war hängen geblieben. Er stopfte den ganzen Kram zurück in die Seitenablage. Auf der Rückseite des Tierarztschreibens entdeckte er eine krakelige, handschriftliche Notiz. Er wollte sie gerade lesen, als ihm auffiel, wie still es im Rückraum geworden war. Der Blick in den Rückspiegel zeigte nichts, denn das schmale Fenster an der Kabinenrückseite war von innen verdeckt. Wozu dann Rückspiegel?, dachte er und rief laut: »Alles in Ordnung, da hinten!?« Zenner antwortete nicht, sprang aber aus dem Laderaum. »Was ist!?«, rief Bucher.

Zenner blickte unzufrieden drein. »Irgendwas stimmt da nicht!«

»Das haben wir beide schon festgestellt«, kommentierte er und versuchte die krakelige Schrift zu entziffern. Ein nach starkem Schmerz klingender Schrei entfuhr ihm nach wenigen gelesenen Worten.

Zenner war sofort zur Fahrertür gesprungen, als er den lauten erschrockenen Ruf gehört hatte. »Was ist los, geht's dir schlecht!?«

Bucher beugte sich nach vorne, um den Bauchraum zu entlasten, so als hätte ihm zuvor jemand in den Magen geschlagen, und tatsächlich war ihm ein fürchterlicher Schmerz durch den Leib gefahren – kein blankes Erschrecken, sondern ein echter, fühlbarer körperlicher Schmerz. Genau in dem Augenblick, als er es gelesen hatte. Zenner legte vorsichtig und beruhigend die Hand auf seine Schulter und sprach leise: »Johannes, was ist los, geht es wieder?«

Bucher suchte seine Aufregung im Griff zu halten. Das war ihm so noch nie widerfahren. Er sagte einen für Zenner unverständlichen Satz und der machte sich nun wirklich Sorgen. Ein Schlaganfall vielleicht? Was hatte Bucher gerade gesagt? *In der Apotheke gibt es keine Pfotensalbe mehr.*

Er wusste nicht, wie er reagieren sollte und schwieg. Buchers Stimme hatte nun wieder Kraft. Er reichte Zenner den Apothekerbrief und deutete auf die Handschrift. »Lies, lies es! *In der Apotheke giiiebt es keine Pfotensalbe mehr.* Das steht da!«

Zenner las den Satz halblaut vor. Tatsächlich stand es da, wie Bucher gesagt hatte, doch er wusste nicht, was das sollte. Bucher stieg aus dem Wagen und war völlig außer sich. »Giebt! Giiiiebt! Er schreibt gibt mit *ie*. Giebt! Das ist unser Mann! Sie hat das hier gelesen und in ihrer Postkarte seinen orthografischen Fehler verwendet – ihn damit markiert, für uns –, und er hat das nicht geschnallt. Wie auch!?« Er schlug mit der Hand und voller Wut gegen die Fahrzeugseite. »Sie war hier! Sie war hier drinnen ... und die anderen auch!« Er ging nach draußen und musste es mehrmals herausschreien:. »Giebt! Giebt! Giebt!«

Zenner rief ihn. »Komm her, ich muss dir was zeigen.«

»Gleich, ich komme gleich, muss nur Alex und Armin Bescheid geben.«

Er lief unruhig vor dem Garagentor hin und her und telefonierte. »Wo seid ihr?«

Batthuber war ans Handy gegangen. »Wir sind in der Au, vor der Wohnung Hirzinger.. Alex hat gerade einen Nachbarn aufgetrieben, der vielleicht weiß, wo er sich rumtreibt.«

»Gut. Schnappt ihn euch, diesen Kerl und nehmt ihn fest, sobald ihr ihn habt. Wo ist Lara?«

»Wir kriegen sie nicht ans Telefon. Teilnehmer nicht erreichbar.«

»Mist.«

»Was ist denn los, Johannes?«

»Wir haben ihn! Wir haben ihn ...!«

Bucher musste tief ausatmen und bedacht Luft holen, bevor er in kurzen Sätzen von dem, was sie vorgefunden hatten, berichtete. »Giebt«, sagte er wieder mehrmals. Er musste es hören, oft hören, um glauben zu können, worauf er gestoßen war. Er verlangte eine Nachricht, sobald die beiden Hirzinger erwischt hatten. Batthuber spürte seine Aufregung und Hast durchs Telefon und rief rechtzeitig, bevor er das Gespräch wegdrücken konnte, mehrfach: »Warte, warte, warte …«

»Was ist?«

»Weißt du das mit Siebl schon? Haben die dich erreicht?«

Bucher schwieg. Niemand hatte ihn erreicht und welcher der beiden Siebls war gemeint? Er sagte: »Nein, was ist passiert?«

»Der Siebl hat versucht sich umzubringen. Er hat seine Hose in Fetzen gerissen, sie am Türknauf festgemacht und sich reinfallen lassen. Der Stoff ist gerissen, als er sich in die Schlinge hat fallen lassen. Hat sich den Schädel aufgeschlagen und der KDD hat die Einweisung nach Haar für uns erledigt, weil wir ja unterwegs waren. Ich hatte denen gesagt, sie sollten dich anrufen …«

»Haben die nicht, aber jetzt weiß ich es ja. In Haar ist er also?«

»Ja.«

»Na, hoffentlich auf einer anderen Station als seine Frau, sonst gibt es da draußen Mord und Totschlag.«

Batthuber stöhnte. Daran hatte er gar nicht gedacht. »Ich rufe da vorsichtshalber mal an.«

»Tu das … und meldet euch, ja.«

Er wählte sofort die Nummer des LKA und forderte die Spurensicherung an. »Volles Programm«, sagte er dem Kollegen, der wusste, was damit gemeint war.

Zenner hatte die Dauer des Telefonats über gewartet. Jetzt klang er ungeduldig und nervös: »Komm mal her jetzt und schau dir das an.«

Er sprang in den Transportraum und machte drei große

Schritte, bis er an der Kabinenrückwand angekommen war. Bei jedem Schritt zählte er: »Eins, zwei, drei!«

Dann sprang er heraus, stellte sich auf Linie der Rückseite und machte wieder Schritte bis nach vorne zur Fahrertür. »Eins, zwei, drei, vier, fünf!«

Er drehte sich herum. »Und?«

»Oh Gott. Ein Innenraum«, stellte Bucher fassungslos fest.

»Rrrichtig. Müsste ein guter Meter sein. Direkt hinter der Kabine.«

Bucher wurde schwindelig. Was war nur mit ihm los heute? Hatte er zu wenig getrunken, oder machte ihm das alles dermaßen zu schaffen? Er sah jetzt die Szene vor sich, wie der Sprinter auf einer einsamen Landstraße am Bodensee anhielt; neben einer jungen Frau. Er sah, wie sie sich freute, die Frau, weil sie den Fahrer kannte, weil sie Hunde liebte. Er sah, wie er ihr stolz die armen Hunde zeigte, die er gerettet hatte, vor dem Elend, vor den Menschen, die kein Mitgefühl kannten. Die Frau hatte keine Scheu, keine Furcht, keinen Instinkt, das Zurückhaltung signalisierte – und kletterte in den Transportraum. Sah dort die süßen Pfötchen, die Schnäuzchen. Vielleicht kraulte sie noch ein Fell, bevor – ja was? Betäubungsmittel? Sie würden es finden. So, und nicht viel anders, musste es abgelaufen sein.

Zenner hatte die Seitentüre aufgeschoben und ein erfreuter Ruf holte Bucher zurück in die Wirklichkeit. »Da ist eine Verriegelung.«

»Gut. Das langt. Komm jetzt raus da. Das ist jetzt der Job der Spurensicherung.«

Zenner nickte. »Hinten im Transportraum ist recht viel Blut … eingetrocknet am Boden.«

Bucher wendete sich ab und ging ein paar Schritte in den Hof hinein.

Sie brauchten eine zivile Streife draußen auf der Straße, falls Prack daherkommen sollte.

*

Hartmann kam mit schnellen Schritten zum Auto. »Der Schlumpf hockt jeden Abend an der Isar, mit Grill, Kumpels und nem Kasten Bier. Und wir rennen hier rum und produzieren Sicherheit. So beschissen ist es verteilt auf der Welt. Wir …«

Batthuber unterbrach ihn und erzählte, was bei Bucher los war.

»Der Andy Prack also. Dann werden wir den Herrn Hirzinger mal schön auf den Grill legen, wenn wir ihn erst haben.«

Der Nachbar hatte die Stelle genau beschrieben und mit sichtlicher Anstrengung den Eindruck vermieden, auch er wäre öfters mit dabei, beim sommerabendlichen Grillen und Saufen. Umständlich und mit selten gewordenem Münchner Dialekt hatte er vom *Herrn Hirzinger* gesprochen, als Hartmann ihm Druck gemacht hatte und immer näher an ihn herangetreten war, wie er so in der halb geöffneten Wohnungstür gestanden hatte.

Batthuber fuhr wie Hartmann ihn leitete, und parkte den Wagen am Rand von Weidengestrüpp.

Ausgetretene Pfade führten durch Buschwerk und lichte Flecken bis hin zum Kiesfeld, das den Blick auf den Uferbereich freigab. In der Luft lag ein Gemisch aus verbranntem Fleisch, Bier und Petroleum. Hartmann schnupperte mit angewiderter Miene. »Es gibt immer noch diese Osterhasen, die Benzin brauchen, um einen Grill anzuschmeißen – Gesindel, zugroastes!«

Auf der Kiesfläche lagen Inseln aus Menschengruppen um den Münchner Sommeraltar versammelt – den Grill.

Blanke Steinzeit, dachte Hartmann.

Batthuber bekam Hunger.

Über allem lag das Sprudeln der Isar. Die Stadt jenseits ihrer Ufer ging in den Feierabend.

»Das muss hier sein. Hast du ihn schon entdeckt?«, fragte Hartmann.

Batthuber motzte: »Ja wenn ich ihn sehen würde, tät ich die Klappe halten, oder?« Hunger war ein Gefühl, das ihn unleidig machte.

Hartmann hatte eine Zweiergruppe im Blick. »Da ist er, der Herr Weltenbummler mit Gesetzlicherkrankenversicherungssehnsucht. Willkommen daheim, im Schweinesystem.«

Batthubers Blick folgte dem ausgestreckten Zeigefinger Hartmanns. »Ja, das ist er. Heute trägt er das Haar offen, der Herr.«

»Wir werden ihm ein paar Knötchen flechten, he!?«

Sie gingen so schnell es gerade ging über die Kiesel auf die zwei Typen zu. Ihre zielorientierte und für den Ort befremdende Gehweise fiel auf. Einige Blicke wendeten sich ihnen zu.

Hirzinger brauchte einen längeren Augenblick, um zu realisieren, wen er vor sich hatte. Ein Typ, der dreimal so viel wog wie er, hockte auf einem Kasten *Augustiner Edelstoff* und sah die beiden unfreundlich an.

Als Hartmann Hirzinger aufforderte mitzukommen, stand der Kumpel auf und brachte sein Kampfgewicht mit bedrohlicher Miene in Stellung.

Hartmann machte einen Schritt auf ihn zu und packte ihn mit einer schnellen Bewegung mit Daumen und Zeigefinger am Kehlkopf, was mehr Angst erzeugte, als dass es weh tat. »Setz dich wieder hin, niemand will etwas von dir, klar!«

Der Dicke saß schnell wieder.

Hirzinger erklärte ihm: »Bullen. Ist schon in Ordnung.«

Ohne Diskussion folgte er den beiden.

Am Auto angekommen, wurde er spröde. »Jetzt möchte ich schon wissen, was das soll, ja!?«

Batthuber erklärte ihm förmlich die Festnahme, legte ihm Handschellen an und half ihm beim Einsteigen.

Der Feierabendverkehr hatte seinen Höhepunkt schon geraume Zeit überschritten. Die Wärme des Tages hing noch zwischen den Häusern. Tiefe Schatten brachten etwas Erfrischung und der Geräuschpegel sank.

Hirzinger zeigte sich nicht beeindruckt von der Kahlheit des Vernehmungsraums. Er kannte das. Ruhig saß er da und nahm ab und zu einen Schluck Wasser aus dem Plastikbecher.

Batthuber und Hartmann hatten mit Bucher telefoniert. Die Spusi nahm bereits Wohnung und Sprinter auseinander.

Keiner von ihnen hatte Lara erreichen können. Bucher war beunruhigt. »Das ist doch nicht ihre Art. Sie würde sich doch melden, wenn es irgendwie ginge. Hat sie mit euch Konkreteres besprochen, welcher Spur sie da an der Isar nachgehen will!?«

Hartmann wusste auch nur: Sie wollte an die Isar.

Bucher fluchte und legte auf.

Das mit Lara belastete; sie waren mies gelaunt, als Hirzinger dran war.

Der lächelte, als sie mit unerquicklichen Mienen ins Vernehmungszimmer kamen.

»Ich nehme an, es hat sich alles aufgeklärt, nicht wahr?«, sagte er.

»Halt die Fresse!«, fuhr ihn Hartmann wütend an.

Hirzinger erschrak. So einen Umgangston hätte er hier nicht erwartet.

Der jüngere der beiden Bullen setzte sich an den Tisch und forderte ihn harsch auf: »Erzählen Sie was von den Hunden!«

Hirzinger sah ihn verständnislos an. »Wovon soll ich erzählen?«

Hartmann stützte sich mit beiden Händen am Tisch auf und wurde laut: »Von den Huuuunden! Wuff! Wauwau!«

Hirzinger zuckte zusammen. Was war mit den beiden Typen los? Auf Droge?

»Von welchen Hunden denn? Worum geht es denn hier? Ich habe ein Recht zu erfahren, worum es geht, ich habe ein Recht …«

»Die Rechte sind uns bekannt«, unterbrach Batthuber das laute Klagen und schob ihm einen Ausdruck zu. »Das ist vom Amtsgericht München. Schauen Sie mal auf den Namen, der da unterstrichen ist.«

Hirzinger nahm das Blatt Papier, las und sah die beiden verständnislos an.

»Ja, da steht mein Name. Na und!? Ist es denn verboten in

einem Verein Mitglied zu sein, der sich um Hunde kümmert, um arme, gequälte Hunde?«

Hartmann kam an seine Seite und tippte ihm auf die Schulter. »Schau mich an. Ich bin Mitglied in einem Verein, der sich um arme, gequälte Menschen kümmert, der Verein heißt Kriminalpolizei. Kapiert!? Und quatsch mich nicht mit diesem Betroffenheitsgetue zu, dass sie dir in ich weiß nicht wie vielen Therapien beigebracht haben. Wieso bist du in diesem Verein, wer ist da noch mit unterwegs, wie oft trefft ihr euch und warum? Erzählen – nicht fragen!«

Hirzinger sah zu Batthuber. Der sagte: »Ist doch eine klare Fragestellung.«

»Ja, was soll denn das. Ich bin da halt Mitglied, weil es so gewünscht war. Ich bin da niemals gewesen, habe mich mit niemandem getroffen und mit Hunden nichts zu tun. Ich mag eher Katzen.«

Hartmann lachte böse auf, zog einen Stuhl herbei und setzte sich neben ihn. Er sprach wie Christof in der Sendung mit der Maus: »Das ist der Herr Hirzinger. Der Herr Hirzinger sitzt bei der Polizei, die er Bullen heißt. Der Herr Hirzinger hat Katzen ganz, ganz arg lieb. Und deshalb ist der Herr Hirzinger Mitglied in einem Hundetierschutzverein geworden. So was erzählt der Herr Hirzinger den Bullen. Die wissen nicht genau, was er für ein Zeug eingeschmissen hat, aber am Augustiner Lagerbier kann es nicht liegen, denn das Zeug trinken die Bullen selbst und reden dann nicht einen solchen Scheiß daher. Gell.«

Hirzinger nahm einen Schluck Wasser. »Aber ich bin doch nicht von mir aus da Mitglied geworden. Es ging nur darum diesen Tierschutzverein zu gründen und er sollte unter unserer Führung sein und nicht so ein Ding für Leute, die gelangweilt sind, so ein Gutmenschending halt ... und so. Da hat man mich eben gefragt, wie alle die anderen .... also mehr oder weniger aufgefordert. So war das!«

»Was bedeutete *unter unserer Führung* und *wer* hat gefragt?«

»Ja unsere Firma eben, die sollte das aufziehen und alles

organisieren und es waren der Buntzl und die Gnotze, die rumgegangen sind und die Unterschriften für den Verein gesammelt haben.«

»Buntzl und Gnotze? Die beiden stehen selbst aber gar nicht auf der Liste. Komisch, oder?«

»Komisch hin oder her. Ich bin in den Verein eingetreten, weil die das wollten. Der Buntzl wäre mir egal gewesen, aber mit der Gnotze, da will keiner Streit haben, die ist krank, die Frau … meine Meinung. Mehr habe ich nicht zu sagen, und jetzt will ich gehen, sofort! Und ich will einen Anwalt sprechen!«

»Was nun?«, fragte Hartmann, »gehen, oder einen Anwalt sprechen, oder einen Anwalt sprechen und danach gehen wollen?«

»Das ist mir doch scheißegal. Lassen Sie mich doch einfach gehen, dann werde ich eben dann einen Anwalt aufsuchen und ihm sagen, er soll Ihnen den Arsch aufreißen.«

Hartmann sprach zu Batthuber: »Herr Hirzinger möchte hierbleiben und einen Anwalt zu seiner Unterstützung haben. Dem können wir zustimmen.«

Er wendete sich an Hirzinger: »Welcher Anwalt?«

»Ja irgendeinen.«

Hartmann ging hinaus und kam mit dem Telefonbuch zurück: »Ich habe keinen Anwalt Irgendeinen finden können. Haben Sie vielleicht die Telefonnummer, oder die Adresse bitte. Wir möchten Ihren Rechten schließlich behilflich sein.«

»Weiß ich nicht auswendig«, knurrte Hirzinger.

Hartmann schmiss den Wälzer auf den Tisch. »Anwalt raussuchen. Telefonnummer geben.«

Batthubers Handy klingelte. Bucher war dran und wollte, dass sie den Hirzinger zur Wohnung von Prack brachten. Er sprach von einer Gegenüberstellung. Batthuber sagte zu, ohne zu wissen, was er genau damit meinte.

*

Bucher lehnte an der Wand in der Durchfahrt. Draußen am Gehsteig sperrte eine Zivilstreife den Durchgang, um Schaulustige abzuhalten, die sich von den Gestalten in weißen Overalls angezogen fühlten. Oben, unterm Dach, in der Wohnung von Andy Prack wimmelte es auch.

Zenner kam. »Die müssten gleich da sein, mit dem Hirzinger.«

»Ja.«

»Was versprichst du dir davon?«

»Deine Frau Keller soll ihn sich mal ansehen und sagen, ob sie ihn hier schon mal gesehen hat. Instruiere sie bitte. Es soll ganz zufällig geschehen. Sie kommt die Treppe runter, wir kommen mit Hirzinger hoch.«

»Danke für den tollen Job«, sagte Zenner.

»Und dann habe ich noch eine Idee ...«

Batthuber fuhr mit dem BMW in den Innenhof. Hartmann saß mit Hirzinger auf der Rückbank. Dessen Augen weideten sich, als er sah, welcher Aufwand im Hof betrieben wurde. Die vielen Autos, Geräte, die Typen in den Overalls. Und er hockte hier im Polizeiauto mit Handschellen und sollte damit zu tun haben. Ihm wurde schlecht. Er hatte immer nur gekifft, und so.

*

»Dürfte ich Sie etwas fragen?«, sagte Laurenz Bohden.

»Aber sicher«, antwortete Lara Saiter, etwas entgeistert. Sie war ganz abwesend gewesen.

»Ich weiß ja, Polizisten sind sozusagen immer im Dienst, aber nun ist es schon Abend geworden, ein schöner Sommerabend noch dazu, und auch Sie werden einmal Dienstende haben. Ich spüre, wie mir Ihre Anwesenheit guttut und ich möchte Sie bitten, doch mit mir hier zu Abend zu essen. Erwarten Sie nicht zu viel, ich habe nichts Besonderes im Haus. Ein Salat – im Sommer lebe ich ja fast ausschließlich von Salat – mit Thunfisch, oder ein paar Putenstreifen ... wäre das für Sie vorstellbar? Ein Glas Wein dazu?«

Lara Saiter wunderte sich, wie wenig Scheu sie hatte und wie schnell sie antwortete: »Nur, wenn ich Ihnen beim Zubereiten helfen darf.«

»Dürfen Sie. Und jetzt habe ich noch eine Bitte ...«

Lara Saiter zog die Augenbrauen nach oben.

Er wies mit der Hand auf ihr Armband. »Dürfte ich Sie bitten, mir später dieses Armband einmal zu geben? Ich möchte es mir genauer ansehen.«

Als sie Anstalten machte, es vom Arm zu lösen, winkte er ab. »Nein, nein. Jetzt nicht. Erst essen wir. Es wird noch eine ganze Weile brauchbares Licht sein und ich werde es mir dann ansehen.«

Er deutete hinüber zur Fassade, die im Schatten noch mächtiger wirkte. Oben, im zweiten Stock, da habe ich zwei Gästezimmer. Sie dürfen sich eines davon aussuchen. Sie sind schon lange Zeit nicht mehr benutzt worden. Mein Neffe – er wird morgen Früh übrigens vorbeikommen, ich möchte sie vorwarnen, er ist ein etwas seltsamer junger Mann –, also er schläft im Sommer immer draußen. Da hinten am Teich, trotz der Schnaken. Und im Winter in einer Stube unten im Erdgeschoss. Na ja. Es ist ein Angebot an Sie.«

Lara Saiter sah ihn lange an. »Wir werden sehen.«

Die Küche war nicht groß – sie war riesig, und modern eingerichtet. Ein dunkelroter Steinboden spendete jetzt im Sommer Kühle. Lara Saiter bewegte ihre blanken Füße, um jeden Quadratzentimeter zu spüren. Im Winter sorgte sicher eine Fußbodenheizung für wohlige Wärme.

Jenseits der Anrichten stand ein langer dunkler Holztisch, umringt von alten, bequemen Lederstühlen mit großen Sitzflächen und gepolsterten Lehnen. Die Flügel des Küchenfensters standen weit offen und förderten den Eindruck, mitten im Park zu sein. Erst jetzt fiel ihr auf, wie niedrig die Fenster im Erdgeschoss angesetzt waren. Auf Hüfthöhe.

Sie wusch den Salat, die Tomaten, schnitt die Gurken. Das Schneiden der roten Zwiebeln und der Schalotten für die Vinaigrette ließ er sich nicht nehmen. Er können keine weinenden Frauen mehr ertragen, sagte er. Sie entschieden sich gegen die Pute und für Thunfisch.

»Sie fragten mich vorhin nach einem besonderen Ort an der Isar und ich habe, das muss ich gestehen, immer wieder in meinem Gedächtnis nachgeforscht, während wir uns über so viele Dinge unterhalten haben. Nun ist es leider so, dass die Fabrik meiner Familie«, er wies mit dem Messer aus dem Fenster, »übrigens gar nicht weit von hier, weil mein Urgroßvater nicht zu Fuß gehen wollte, aber auch nicht zu lange mit dem Pferdegespann unterwegs sein wollte, also diese Fabrik ist für mich ein solcher besonderer Ort. Allerdings nur für mich, verstehen Sie. Kein Mensch interessiert sich heute noch dafür. Sie verfällt, eine Industrieruine. Architektonisch sehr ansprechend, aber ... nun gut, was ich sagen will. Diese Fabrik ist, was meine Vorstellung angeht, derart beherrschend, in einer erschreckenden Art und Weise dominant, das ist mir wieder einmal bewusst geworden, sodass sie die Vorstellung an alles andere in mir geradezu auslöscht. Aber das ist nur für mich so. Wie gesagt, kein anderer Mensch kann sie wahrnehmen, es sei denn er steht in dem Gestrüpp und sieht auf das Mauerwerk. Man kann sie weder hören noch riechen, schmecken ja gar nicht und nur ich kann sie fühlen, weil sie ein ungeliebter Teil von mir ist.«

Lara Saiter nahm die Eier aus dem kochenden Wasser. »Die haben jetzt lange genug gekocht.«

Er unterbrach seine Arbeiten. Die Schalotten mussten exakt geschnitten werden, Würfel, deren Kantenlänge nicht größer als zwei Millimeter betrugen. Erst dann waren sie für eine Vinaigrette geeignet. »Haben Sie mir zugehört?«

»Ja. Ich habe gerade darüber nachgedacht. Mussten Sie in dieser Fabrik arbeiten und haben deswegen diese Abneigung?«

Er lachte. »Nein. Gott behüte. Niemals. Sie gehörte uns ja nicht.«

Sie drehte sich um und hörte auf die Eier zu schälen und zu schneiden. »Aber ich denke es ist die Fabrik Ihrer Familie?«

»Schon. Aber es kam zu einer Aufspaltung. Mein Urgroßvater hatte zwei Kinder. Einen Sohn und eine Tochter. Der Sohn erbte die Fabrik, so wie sich das damals gehörte und nicht anders denkbar war, in der Gründerzeit. Die Tochter war gründlich missraten. Sie hatte eine gute Ausbildung erhalten, sehr musisch war sie – spielte wohl sehr gut Klavier und Geige und hatte ihr Herz an die Künste verloren. Ende des neunzehnten Jahrhunderts geriet sie in die Münchner Malerszene – Lenbach, Busch, Heyse, Kaulbach. Sie heiratete einen Geschäftsmann, unterhielt nebenzu aber zwei, drei heftige Liebschaften, kämpfte für die Frauenrechte und trieb ihren Vater mit ihren Eskapaden an den Rand der Verzweiflung. Es gibt herrliche Briefe, die ich manchmal noch lese. Er hat sie trotz allem sehr geliebt, das ist mir inzwischen deutlich geworden, hat sie finanziell gut ausgestattet, was zum Streit mit ihrem Bruder führte. Sie verstehen – das alte Lied, Familiengeschichten eben.«

»Klingt interessant, diese Frau … und die Familie.«

Er lachte und wischte sich mit einem Küchenhandtuch die Tränen aus den Augen. »Ja, sicher. Meine Schwester und ich … wir kommen von diesem Familienzweig her. Unsere Großmutter war also das Luder. Die Fabrik wechselte in den Besitz ihres Bruders und hat die Familie immer beherrscht. Auch jenen Teil, der für sie nicht mehr Verantwortung trug. Sie war immer Thema, bei Familientreffen, bei wirtschaftlichen Krisen, während der Kriegszeiten? Obwohl wir sie geradezu hassten, da sie das steingewordene Sinnbild des anderen Familienzweigs war – wir wurden das Ding nicht los. Sie verstehen?«

»Sehr gut.«

»Zum Eklat kam es, als mein Urgroßvater in den Zwanzigerjahren starb und das Anwesen hier ausgerechnet meiner Großmutter vermachte. Au weh! Da war der Teufel los! Die Geschichten darum herum sind ein wesentlicher Teil der Familienüberlieferung. The fall of the house of …«, er lachte.

»Wohnte denn der Bruder mit seiner Familie hier und musste daraufhin ausziehen?«, fragte sie.

»Nein, nein. Nicht alle haben im Ersten Weltkrieg ihren

Besitz verloren und einige haben ganz gut verdient, sofern ihre Dummheit nicht groß genug war, Kriegsanleihen zu kaufen. Unsere Familie – beide Zweige – haben sich sehr gut über die schlimmen Zeiten gebracht.« Er wies mit der Hand zum Haus. »Hier draußen? Das war nicht gesellschaftsfähig. Zu weit weg von der Stadt und den kurzen Wegen, von den Beziehungen und Ministerien … Sie wissen was ich meine. In München standen damals schon zwei Villen. Da wohnte die andere Sippschaft. Ja, so war das. Ich bin hier draußen aufgewachsen und als Kind natürlich immer an der Isar zum Spielen gewesen und oft drüben bei der Fabrik. Habe mich da hingeschlichen und zugeschaut. Es hat mich fasziniert, diese schiere Kraft der Technik. Der schwere Kran, der langsam durch die Halle glitt und an seinem Haken Werkstücke von unvorstellbarem Gewicht transportierte. Als Kind habe ich das nicht bemerkt, aber zu dieser Zeit lag die Fabrik schon in ihren letzten Zügen und bald darauf war auch Schluss. Mir hat dieses Monstrum aber eher Furcht eingeflößt, als dass es meine Begeisterung für die Schwerindustrie hat wecken können.«

»Und was haben Sie beruflich gemacht?«

»Dank unserer Großmutter haben sich in unserer Familie die kaufmännischen und musischen Gene in idealer Weise verteilt, vielleicht fließt sogar das Blut weltberühmter Künstler in uns – zuzutrauen wäre es ihr. Wir sind also Kunsthändler, Juweliere und Musiker geworden – für den anderen Familienzweig waren wir damit sozusagen *fahrendes Volk* –, eine schiere Zumutung. Das hat sich bis heute so gehalten. Hier die Künstler, dort die Industriellen. Einzig mein Neffe schlägt aus der Art und geht einer sehr technischen Profession nach, wie ich meine, wenngleich er behauptet, es sei etwas Kreatives – er nennt sich Konstrukteur.« Er feixte nach dem letzten Wort und stellte Teller, Besteck und Salatschüssel auf das Tablett.

»Sie müssen gar nicht meinen das zu tragen«, sagte Lara Saiter streng, »ich nehme das Tablett.«

»Sie sind also Kunsthändler?«

»Nein«, antwortete er knapp, um sie weiter raten zu lassen.
»Musiker?«
»Nein.«
»Oh, Juwelier. Das hätte ich nicht gedacht.«
»Was mich freut.«
»Daher auch das Interesse für mein Armband.«
Er hob die Hand. »Gut, dass Sie mich daran erinnern, ich muss meine Lupe noch holen. Ich habe an Ihrem Armband kein berufliches Interesse, es ist auch keine banale Neugier. Ich bin vorhin fast ein wenig erschrocken, als ich es gesehen habe. Aber dazu später. Jetzt habe ich Hunger bekommen, vom vielen Reden. Es ist herrlich …«
Sie gingen hinaus in den Park und es war kaum noch festzustellen, dass Laurenz Bohmen hinkte.

*

Batthuber und Hartmann nahmen Hirzinger in die Mitte. Zenner wartete oben mit Frau Keller. Sie war aufgeregt; beide Hände lagen auf ihrer Brust. Dann war es so weit. Hirzinger wurde nach oben gebracht, sie kam die Treppe herunter und sah ihn aufmerksam an, was ihm nicht verwunderlich erschien, denn er hatte ja Handschellen an. Er lächelte erst verlegen und wich ihrem Blick aus.
Er wurde bis oben vor die Wohnung geleitet.
»Und? Schon mal hier gewesen?«, fragte Batthuber.
Hirzinger schüttelte den Kopf.
Unten wartete Bucher auf Frau Keller. »Haben Sie ihn schon einmal gesehen, hier? War er schon einmal hier?«
Sie schüttelte den Kopf. Immer noch sprachlos vor Aufregung, an einem freien Nachmittag in eine solche Sache verwickelt worden zu sein. Das gab es nicht einmal im Fernsehen.
»Sie haben ihn noch nie gesehen, kennen ihn nicht und er war, soweit Sie das wissen und beurteilen können, nie hier?«, wiederholte Bucher.
»Ich habe diesen Mann noch nie gesehen«, sagte sie tonlos, und erinnerte sich an Krimis, die sie im Fernsehen gesehen

hatte, wo Menschen genau so einen Satz gesagt hatten und später hatte sich dann herausgestellt, dass sie gelogen hatten. Sie bekam Angst, denn sie hatte doch die Wahrheit gesagt. Bucher sah ihr blasses Gesicht, nahm sie am Arm und brachte sie zurück in ihre Küche, wo es nach Kaffee roch. Er bedankte sich für ihre Hilfe und ihren Mut. Es sei ganz normal, erklärte er, wenn man da aufgeregt sei. »Wissen Sie was, Frau Keller?«

Sie saß am Tisch in der Küche und sah ihn immer noch zitterig an.

»Wissen Sie was, Frau Keller, uns täte jetzt wirklich ein Kaffee gut.«

Die Erleichterung war ihr anzusehen. Sie stand sofort auf und holte Tassen aus dem Schrank. Bucher ging nach oben.

Zenner, der bislang an der Garage war, stieß dazu. Für ihn war alles neu. So nah war er bisher nicht dran gewesen – immer nur äußere Absperrung.

Er hatte Neuigkeiten: »Im Versteck haben die menschliches Blut nachgewiesen. Eure Leute haben einen Abschlepper bestellt und wollen den Sprinter mitnehmen und in ihrer Halle weitermachen.«

»Hab ich mir schon gedacht, aber der Abschlepper kommt doch nie durch die Einfahrt«, meinte Batthuber.

»Wir sperren draußen die Straße. Die paar Meter muss der Sprinter eben bewegt werden, das geht schon«, meinte Zenner.

Bucher rief in die Wohnung: »Können wir rein?!«

Sie konnten rein. Es wurde gerade zusammengepackt. Ein Kollege kam ächzend den Gang entlang und stülpte sich die weiße Kapuze vom Kopf. Die Haare waren völlig verschwitzt. »Atmungsaktiv haben sie gesagt, als sie die neuen Dinger gekauft haben. Möchte mal wissen, was die damit gemeint haben? Wer da aktiv atmet, ist mir jetzt klar geworden. Wenigstens stinkt es hier nicht auch noch und es liegen keine Leichen herum. Bei der Hitze auch noch das ganze Fliegenzeug? Ja danke.«

»Ja, ja«, bekräftigte Hartmann, »elende Hitze, um in den Dingern rumzuhüpfen. Habt ihr schon was für uns?«

»Würde ich schon sagen. Da in der Küche standen diese Speere rum. An einem haben wir Anhaftungen gefunden, von der Speerspitze an dreiunddreißig Zentimeter nach oben hin.«

»Anhaftungen?«

»Ja. Gewebe und Blut .... das Ding ist verwendet worden. Ob es ein Tier oder einen Menschen getroffen hat, können wir im Moment nicht sagen. Genaueres bekommt ihr, wenn das Labor und die Tox vorliegen. Das sind heiße Dinger, diese Speere. Wir werden mal einen Test damit machen, was die Durchschlagskraft angeht. Sehen aus wie Holzspeere, ich vermute aber so eine Art Hightech dahinter ... das Gewicht, die Balancierung. Na ja, wir werden sehen.«

»Macht das, macht das«, sagte Bucher und schob Hirzinger durch den Gang, bis zum großen Raum, wo er ihn vor die Konstruktionszeichnung stellte. »Was ist das?«

Hirzinger ging einen Schritt zurück, um eine bessere Übersicht zu erhalten. »Pfhh ... keine Ahnung. Irgendeine Konstruktion eben. Habe so etwas noch nie gesehen. Mein Ding sind Häuser, keine Bunker.«

»Bunker? Das könnte ein Bunker sein? Mit den Abmaßen?«

Hirzinger kniff die Augen zusammen. »Mhm. Irre ... das ist doch irre, das Ding ... ergibt doch keinen Sinn«, er wendete sich Bucher zu und hob die beiden Hände, die noch geschlossen waren: »Kann man die mal abmachen, die Dinger tun weh und ich brauche meine Hände ... also meine Finger, anders geht es nicht.«

Batthuber nahm die Handschellen ab und Hirzinger trat ganz nahe an den Plan heran, fuhr mit seinen Fingern die Linien ab und murmelte Zahlen vor sich her. Erst durch die Berührung und das Nachfahren der Linien konnte die Zeichnung zu einem Ganzen in seiner Vorstellung werden.

Er schüttelte mehrfach verwundert den Kopf. »Gibt's doch nicht ... das gibt's doch nicht.«

»Was gibt's doch nicht?«, fragte Hartmann, »was?«

Hirzinger drehte sich um. »Also das Ding hier kenne ich

wirklich nicht und ich weiß auch nicht, wofür das gut sein soll. Einzelne Elemente aber sind mir schon bekannt. Die habe ich selbst gefertigt.«

Bucher ging auf ihn zu und packte ihn hart an der Schulter, spürte dabei die Zähigkeit seiner Knochen und Muskeln. »Diese Kisten, die ihr fertigen musstet, oder? Ein Jahr lang Unsinn produzieren ...«

»Genau!«

»Diese Kisten, die finden sich alle hier in dieser Konstruktion wieder, nicht wahr?«

»Ja. Ich habe einige entdeckt, und ich denke, die haben wirklich alle wir gemacht. Ich müsste den Plan genauer anschauen. Es sieht jedenfalls mal so aus.«

»Das reicht schon, das reicht schon.« Bucher zog ihn vom Plan weg, in die Mitte des Zimmers. »Wer hat diese Kisten beauftragt?«

Hirzinger massierte seine Hände. »Die Pläne, die kamen ... ja von wem kamen die noch mal ... ich glaube, Buntzl hat sie gebracht. Wir hatten Diskussionen deswegen, hat aber nichts genützt. Ich hätte gerne Häuser gebaut, na ja.«

»Gut. Buntzl hat also die Pläne gebracht. Und wo sind diese Dinger dann hingekommen, wenn ihr sie fertig hattet, wohin? Und wer hat sie transportiert?«

»Das weiß ich nicht, wohin die gekommen sind. Ich dachte halt, das Zeug wird verbrannt, oder was weiß ich. Der Tatzinger hat sie mit seinen Tiefladern abgeholt.«

»Hoch- und Tiefbau Tatzinger?«, fragte Bucher nach.

»Ja, der.«

Batthuber war schon unterwegs. Tatzinger war ihm ein Begriff.

Bucher rief ihn zurück. »Nimm Herrn Hirzinger mit und setze ihn zu Hause ab, oder irgendwo an der U-Bahn.«

Kaffeegeruch stieg das Treppenhaus empor. Bucher rief Batthuber nach: »Halt, warte. Herr Hirzinger!? Wenn Sie einen Kaffee möchten ...?«

»Ja, jetzt schon. Trotz der Hitzn ...«, er deutete auf den Plan, »wer das konstruiert hat, ist kein Dummer nicht.«

Leider, dachte Bucher, leider.

»Frau Keller hat Kaffee gemacht. Geh mit runter und erkläre ihr die Sache, nicht dass sie noch mehr Angst hat.«

Als Hirzinger weg war, nahm die Spurensicherung den Plan von der Wand.

»Wo verdammt noch mal ist Lara?!«, schimpfte Bucher.

Hartmann zuckte mit den Schultern.

»Sie würde anrufen, sie würde doch anrufen, oder etwa nicht, Alex!?«

Hartmann blieb stumm. Natürlich würde sie anrufen. Gerade Lara würde anrufen.

Er lenkte ab. »Bei diesem Schott ist niemand zu erreichen. Die Sekretärin hat von einer Einladung zu einer Jagdgesellschaft gewusst. Keine konkrete Adresse. Wie sie sagte, ist das Ehepaar Schott erst übermorgen wieder erreichbar.«

»Na prima«, räsonierte Bucher, »na prima. Was macht sie bloß?«

*

Laurenz Bohden hatte die Lupe vor dem rechten Auge und ließ die Perlen in geübten Bewegungen, eine nach der anderen, an der Vergrößerungslinse vorbeigleiten. Die Spannung, die seinem Körper zu entnehmen war, machte sein Glücksgefühl sichtbar. »So schön, so schöne Stücke, die bekommt man heute gar nicht mehr, dieser Glanz, dieses sanfte Rosa … herrlich. Es sind alte Perlen.«

Es war ein zweireihiges Perlenarmband, das Lara Saiter trug. Da Schwarz ihre Farbe war, harmonierte gerade Perlenschmuck dazu und das Armband gehörte zu ihren Lieblingsstücken.

Als Laurenz Bohden am Verschluss angekommen war, stutzte er. »Ich hab es mir doch gedacht, ich habe mir es doch gedacht.« Er setzte die Lupe ab, fixierte einen Punkt weit weg, am Haus, bis sich sein Auge wieder justiert hatte, wie er Lara erklärte. Dann nahm er sich noch mal ausführlich Zeit für den Verschluss.

Vorsichtig gab er das Armband zurück und Lara legte es verblüfft an. »*Was* hatten Sie sich gedacht?«

»Das will ich Ihnen gerne erzählen, aber zuvor noch eine Frage. Woher haben Sie dieses Armband?«

»Es ist von meiner Großmutter. Ich bin die einzige Enkelin und so habe ich ihren ganzen Schmuck erhalten, weil meine Mutter ihn nicht trägt. Sie ist nicht so der Perlentyp – eher Gold und Glitzerzeug. Es gibt zu diesem Armband noch zwei Perlenketten, eine lange und eine kurze, sowie zwei Ohrhänger.«

Er klatschte in die Hände. »Ein komplettes Ensemble. Seien Sie froh, seien Sie froh. Es ist sehr wertvoll und hat den Krieg überstanden ... musste nicht für Butter und Speck den Besitz wechseln ... seien Sie sehr froh auch über die Freude, die Sie daran haben, ganz abgesehen, dass es Ihnen ausgezeichnet steht. Ihre Familie, also die Großeltern – sie stammen aus der Münchner Gegend, nicht wahr – und Sie waren nicht unvermögend, wie ich meine.«

»Das könnte zutreffen, ja«, blieb Lara zurückhaltend.

Er deutete auf das Armband. »Es ist aus der Werkstatt meines Vaters. Ich habe das daran erkannt, wie die zwei feinen Silberfäden die Bindung durchziehen. Das hat nur er so gemacht und gekonnt. Am Verschluss, innen, da hat er immer seine Initialen hinterlassen. Das hat er immer so gemacht. Ich finde das wunderbar!« Er reichte ihr die Lupe und sagte: »Sehen Sie selbst. An dem blanken Stück der Unterseite lesen Sie *T. B.* – für Theodor Bohden.«

Sie sah nach und fand sich in einem Zustand der Ergriffenheit und der Überraschung wieder. Was sollte dies alles bedeuten. Dieses Haus hier, dieser Mann, dieser Park – der von ihr hätte entworfen sein können. Sie fühlte sich in einer Weise zu Hause und geborgen, wie ihr das an noch keinem anderen fremden Ort geschehen war. An Zufälle glaubte sie nicht.

»Das ist schön, ja«, sagte sie, und sah Bohden lange Zeit an, ohne ein Wort zu sagen.

»Haben Sie sich ein Zimmer ausgesucht?«, fragte er.

»Ja. Ich nehme das mit dem großen Fenster.«

»Eine gute Wahl. Ich schlage vor noch ein Glas Wein zu trinken und zu erleben, wie es ganz dunkel wird. Es wird eine warme Nacht werden. Mit ein wenig Glück flirren Glühwürmchen durch die Luft – von hinten am Teich kommen sie immer hervor. Tagsüber hocken sie im Gestrüpp an der alten Sandsteinmauer.«

Sie saßen stumm unter der alten Kastanie und erlebten, wie es Nacht wurde. Tatsächlich irrlichterten einige Leuchtpunkte durch das Dunkel.

Laurenz Bohden hatte sein Zimmer im Erdgeschoss und verschwand – nachdem sie einander eine Gute Nacht gewünscht hatten – hinter einer breiten Eichentüre. Lara Saiter stieg die breite, geschwungene Holztreppe nach oben, zum Gästezimmer mit dem alten Bett und dem großen Fenster zum Park hin. Einige Dielen knarzten, als sie über den Gang in das Bad ging, das direkt gegenüber lag. Wieder zurück im Zimmer, öffnete sie das Fenster und hielt inne.

Ein Käuzchen hatte gerufen, aber da war noch etwas anderes zu hören. Eine Stimme. Sie lauschte in die Dunkelheit. Jetzt, wo sie sich darauf konzentrierte, störten die Grillen und Zirpen.

Es war die Stimme von Laurenz Bohden; zweifelsfrei.

Mit wem sollte er da unten sprechen?

Ein Satzfragment bekam sie deutlich zu hören. »... möglichst früh, komme möglichst früh.«

Es konnte nur ein Telefonat sein, denn die Antwort eines anderen Menschen blieb aus. Ja, er telefonierte. Aber er hatte doch gesagt, das Telefon wäre defekt wegen der Baggerarbeiten, was nachvollziehbar und glaubhaft erschienen war. Sie hatte gar nicht daran gezweifelt. Und nun? Ihr Herz schlug höher. Sie war enttäuscht und wusste eine schlaflose Nacht vor sich. In ihr war mehr Trauer als Ärger zu verspüren. Ein Blick zur Zimmertür ließ erkennen, dass sie abschließbar war. Der Schlüssel steckte. War es angebracht ein Möbelstück davorzuschieben? Den kleinen Tisch vielleicht, der neben dem alten Sessel stand?

Müde ließ sie sich auf das Bett fallen. Gute Matratze. Ganz anders, als es das altmodische Gestell hätte erwarten lassen. Was war das nur für ein Tag gewesen?

Sie zog das rechte Bein an und rieb an der Stelle, an der das Halfter für die Knarre gesessen hatte. Wenn man es länger trug als für die Dauer eines normalen Bürotags, zumal an heißen Sommertagen wie heute, dann begann es zu jucken und zu kneifen, aber sie wollte das Ding am Körper tragen und nicht ständig eine Handtasche mitzerren müssen. Ein Schulterholster kam schon aus rein ästhetischen Gründen nicht infrage. Außerdem rechnete hier im braven Bayernland niemand mit einem Beinholster. Das kannte man nur von niederträchtigen Typen oder Bullen aus fiesen amerikanischen Filmen.

Es war unmöglich an Schlaf überhaupt zu denken. Vor dem Fenster liefen die schrillen Klänge einer einsamen Sommernacht ihrem Höhepunkt zu. Nur selten kam ein kühler Hauch daher und wehte über die Haut. Sie stand auf und sah nach unten. Kein Lichtschein mehr aus dem unteren Fenster. Ob er schlafen konnte? Auch für ihn musste es ein besonderer Tag gewesen sein. Das hatte sie ihm angemerkt und gespürt. Seine Stimme von vorhin hatte ihren Argwohn, ihr Misstrauen aufblühen lassen. Sie lag still und wartete und lauschte in die Nacht, die so schön und friedlich hätte sein können.

Es machte auch keinen Sinn zum Auto zu gehen und zurückzufahren. Es war nicht wenig Wein, den sie getrunken hatte und was hätte es gebracht anzurufen? Die anderen waren sicher zu Hause und schliefen schon selig. Wozu hätte sie anrufen sollen? Um Gute Nacht zu sagen? Nein. Lara Saiter entwickelte einen Plan.

*

»Das mit Lara macht mich ganz verrückt«, sagte Bucher, »wir rotieren hier und sie geht verschütt. Das ist noch nie passiert … das ist ihr noch nie passiert. Sie hätte sich immer und unter allen Umständen gemeldet, angerufen, Brieftauben geschickt … sonst was.«

Er trat an das Fenster. Grelles Scheinwerferlicht bestrahlte den einsamen Innenhof des LKA. Es war Nacht geworden.

Die anderen drei hingen müde im Büro herum, wie Möbelstücke. Weiss war dazugekommen. Allen war mulmig zumute. Er lenkte das Gespräch weg von Lara. »Was ist mit diesem Bauunternehmer? Gibt's da was Neues?«

Batthuber drückte sich von der Wand weg, als er Bericht erstattete. »Der Tatzinger ist auf Mallorca, wo er eine Villa hat. Wir haben aber den Prokuristen herausbekommen. Ich war bis vorhin bei dem am Haus und habe gewartet. Jetzt ist da eine Streife, die ihn sofort abfängt, wenn er nach Hause kommt. Anders als über ihn kommen wir nicht an die Informationen ran. Nicht vor Bürobeginn.«

»Und dieser ... Hirzinger ... den habt ihr wieder laufen lassen?«

Bucher drehte sich um. »Ja. Der kommt uns erstens nicht aus und er hat zweitens nichts mit der Sache zu schaffen.«

»Die Fahndung nach Andy Prack, die läuft? Mit Zugriffsfreigabe?«

»Ja«, bestätigte Bucher, »wenn er aufläuft – Festnahme. Keine Zicken mehr, wie bei Siebl.«

»Damit konnte ja keiner rechnen«, sagte Weiss.

»Trotzdem«, kam es bestimmt von Bucher.

Es entwickelte sich keine rechte Diskussion. Allen war deutlich – nur die Zieladresse der Holzcontainer konnte im Moment weiterhelfen.

Ein Telefon düdelte und unterbrach das überwiegend stockende, unmotivierte Gespräch. Weiss griff entschlossen nach dem Hörer, obwohl es Buchers Büro war. Die anderen lauschten.

Weiss fixierte einen imaginären Punkt an der Wand und repetierte die Aussagen seines Gesprächspartners. »Mhm, ah ja ... ist angetroffen worden ...Mhm, von der Streife ... jaja ... au weh .... eiijaijai ... ojeoje ...ohh ... ja und nun?«

Bucher spannte seine Muskeln. Was war nun wieder schiefgegangen?

Weiss führte das Telefonat schnell dem Ende entgegen,

sprach kaum mehr in ganzen Worten, ließ nur mehr Laute hören, bis er endlich auflegte.

Er blies überschüssige Luft durch die Lippen, dass die flatterten.

»Was ist los?«, fragte Bucher.

»Das war die Streife, die auf den Prokuristen gewartet hat. Sie waren kurz weg, weil sie einen anderen Einsatz unterstützen mussten. Als sie zurückkamen, brannte Licht im Haus. Sie ... hingegangen und geklingelt. Der Herr Prokurist hat die Tür geöffnet, der Kollege hat seinen Dienstausweis gezeigt und gesagt: Guten Abend, Herr sowieso, wäre es möglich, dass wir einen Augenblick hereinkommen?«

»Ja, und?«, drängte Bucher ihn weiterzureden.

Weiss zuckte resigniert mit den Schultern. »Schwächeanfall. Er hat einen Schwächefall erlitten, ist in die Knie gegangen, lag am Boden und hat geröchelt. Dann kam die Frau dazu, völlig aus dem Häuschen, was die beiden fremden Männer an der Haustür mit ihrem Mann gemacht haben. Es ist zum Kotzen, sage ich euch. Gerade sind Notarzt und Rettungswagen mit ihm ins Krankenhaus gefahren ... Bogenhausen.«

»Ja wieso denn Schwächeanfall?«, fragte Hartmann

»Die siebzehnjährige Tochter von denen war überfällig. Die Eltern waren wohl schon durchgekocht. Dann tauchen in der Nacht zwei Polizisten auf und bitten mitfühlend, mal kurz reinkommen zu dürfen. Der dachte, die überbringen eine Todesnachricht. Das hat ihn weggenommen.«

Bucher sah erschüttert auf das Telefon und entlud seinen Frust mit einem so gewaltigen Tritt gegen den Rollcontainer, dass die Abdeckung davonflog. Dann stürmte er aus dem Zimmer.

»Läuft aber wirklich beschissen«, meinte Weiss, »Lara verschwunden, und wir kommen an diese blöde Adresse nicht ran. Es hilft alles nichts, wir müssen bis morgen Früh warten, so bitter das ist.«

Zenner war Bucher gefolgt und hatte ihn im Erdgeschoss eingeholt. »Warte! Was hast du vor?!«

»Ich muss mich einfach bewegen, muss Energie loswerden und endlich meine Frau anrufen.«

Das kannte Zenner. »Ruf zuerst an, ganz kurz wenigstens, und dann lauf weiter. Ich warte oben. Wir könnten eine Runde durch die Stadt fahren. In der Nacht ist sie so herrlich leer, und glaube mir, es tut gut durch eine leere Stadt zu fahren. Man hat das Gefühl, sie sei nur für einen selbst da. Komm wir machen das und Lara wird nichts passiert sein. Ihr nicht.«

Bucher war stehen geblieben. Er lehnte an der Wand und atmete heftig. »Gut. Ich rufe jetzt an und danach fahren wir durch die Stadt. Das ist eine gute Idee.«

Miriam hatte in der Tat gewartet und war schon in Sorge. Er sprach von Routine und Vernehmungen, doch klang in seiner Stimme die Lüge mit und sie fragte ganz ruhig: »Was ist passiert?«

Er antwortete sofort: »Wir versuchen Lara seit dem Nachmittag zu erreichen.«

Miriam blieb stumm vor Schreck. Damit hatte sie nicht gerechnet.

Er sprach noch einige belanglose Sätze und legte dann auf.

Zenner fuhr aggressiv, wütend, rücksichtslos und schnell.

Als es Bucher zu gefährlich wurde, sagte er: »Ist gut. Mir geht's schon wieder besser. Habe jetzt schon das Gefühl die Einsteinstraße ist nur für mich da.«

Zenner grinste und nahm Gas weg.

Lara Saiter war weggenickt und wachte erschrocken auf. Einen Moment lang musste sie sich orientieren. Wo war sie? Welches Bett war das? Sie richtete sich langsam auf, dehnte und streckte sich. So wie sie vorhin auf das Bett gesunken war, hatte sie der Schlaf erwischt.

Sie sah auf die Uhr. Mitternacht war lange vorbei. Vom Fenster her strömte in Wellen erfrischend kühle Nachtluft. Sie trat ans Fenster und lauschte hinaus in die mondlose Nacht. Nur die Sterne leuchteten hell – Kassiopeia stand über ihr.

Nichts war zu hören. Selbst die Grillen waren verstummt. Kein Lichtschein. Völlige Dunkelheit. Für eine Weile nahm sie im Sessel Platz und horchte, um die Geräusche des Hauses kennenzulernen. Diese alten Häuser war nicht stumm, weil sie lebten. Sie bewegten, dehnten und reckten sich, wobei es knackte, surrte und knarzte.

Vorsichtig holte sie den Klettverschluss vom Bett und befestigte ihn an der Wade. Der kleine LED-Lenser, der mit im Holster steckte, musste erstmals arbeiten. Hoffentlich waren die Batterien noch gut.

Zuerst den Speicher, oder den Keller?

Sie entschied sich für den Speicher, der näher lag. Einmal ließ sie die Lampe kurz aufscheinen, um festzustellen, ob auf den Stufen nach oben auch Teppich verlegt war und was so alles an Zeug auf den Stufen herumstand. Ihr war am Nachmittag einiges aufgefallen: alte Milchkannen, in denen Trockensträuße steckten, Bilderrahmen, Zinnkannen und anderer Kram.

Vorsichtig stieg sie Stufe für Stufe nach oben, gab nur langsam ihr Körpergewicht an den Fuß weiter, um lautes Knacken und Knirschen zu vermeiden. Eine Stufe knackte trotzdem ganz laut, so als bräche das Holz. Sie erschrak und spürte ihr Herz pochen. Die Tür zum Speicher war durch einen Holzriegel geschlossen, der sich leicht hochziehen ließ. Behutsam drückte sie die Tür halb auf.

Sie wartete. Nichts zu hören, kein sich verändernder Schatten. Ein nächtlicher Windhauch verfing sich über ihr im Dach und ließ ein kurzes Zischen entstehen, danach war wieder Stille. Sie nahm die letzte Stufe und trat in das Dunkel. Es roch nach altem, trockenen Holz, nach Staub und vergehenden Stoffen.

Die Leuchte in der Linken, ging sie in die Knie und nahm die Waffe aus dem Holster. Der Lichtstrahl, der in das Dunkel schoss, tat ihren Augen weh. Im ersten Moment zuckte sie, denn die aufrecht stehenden Stützbalken erschienen wie Gestalten im weiten Raum und der sich bewegende Lichtstrahl ließ die Schatten wandern. Gruselig.

Grobe, breite Bohlenbretter bedeckten die gewaltige Bodenfläche. Eine Querwand oder Abtrennung existierte nicht. Weit hinten schimmerte eine Kommode im kalten Licht. Ein alter Schrank stand gegenüber und daneben lagen zwei überdimensionale Leinensäcke, aus denen alter Vorhangstoff quoll.

Hier gab es nichts, was interessant gewesen wäre.

Leise schloss sie die Tür und stieg die Treppe hinab, verharrte eine Weile im Erdgeschoss, bis sie auf die Steintreppe nach unten huschte. Dort wartete eine moderne Kunststofftür mit einem Sicherheitsschloss. Vorsichtig drückte sie die Klinke nach unten und mit einem Klacken öffnete sich die Tür. Sie verzog das Gesicht. Es war laut gewesen, in dieser nächtlichen Stille.

Rote LEDs markierten den Lichtschalter neben der Tür.

Sollte sie einfach das Licht anschalten? Der Lenser tat es auch und wer wusste, was noch alles in Gang gesetzt wurde, wenn sie den breiten Schalter betätigte? Pumpen, Lüftungen, Sicherungen.

So alt die Fassade auch war – im Innern handelte es sich um ein hochmodernes Haus. Sie hatte einen Keller mit brüchigen Sandsteinen erwartet, Spinnweben an den Wänden, Lehmboden und diesen typisch modrigen Geruch.

Nichts roch hier. Am Boden lagen grobe Steinplatten, die Wände waren sauber verputzt und im Lampenstrahl erkannte sie mehrere Türen an den Seiten des Ganges. Hinter der ersten Türe fand sie Kisten und Kartons. Im nächsten Raum lagerten Lebensmittel – Konserven, Eingemachtes, Tetrapaks, Dosen, Gläser, Büchsen. Sie ging weiter und öffnete die Tür zu einem großen Gewölberaum. Hier roch es tatsächlich etwas muffig, aber auf eine nicht unangenehme Weise. Der Weinkeller. Die Flaschen reflektierten das Licht. Sie warf einen Blick über die Etiketten. Sehr feine und viele alte Weine lagerten hier. Ein Genießer und Kenner, dieser Laurenz Bohden – ohne Zweifel.

Vor einer Kiste Lilian Ladouys überkam sie Enttäuschung und Erleichterung gleichermaßen, und eine schwere Müdigkeit. Was hatte sie geglaubt hier finden zu können? Ein mittelalterliches Verließ, in dem Frauen gequält und zerteilt wurden?

Trotzdem prüfte sie alle anderen Räume, kontrollierte die Wände – das Raummaß passte. Sie ging nach oben, wusch sich im Bad und schlich leise zurück ins Zimmer.

Heftiges Vogelgezwitscher weckte sie. Ein paar Stunden hatte sie doch schlafen können. Es war noch grau draußen, denn die Sonne brauchte noch eine Weile. Sie stand auf und schauderte vor der Schönheit des Parks. Auf den Grasspitzen glänzten die Tautropfen und legten einen matten Schleier über das sonst saftige Grün. Hinten leuchtete die Fläche des Teichs, der sie magisch anzog.

Im Erdgeschoss war es ruhig. Ein Blick auf die Uhr zeigte vier Uhr zwanzig. Sie zog sich aus, holte ein Handtuch aus dem Bad, legte es über ihre Schulter und tapste geräuschlos hinunter, sperrte die Haustüre auf und trat hinaus in den Tag.

Sie fühlte die Frische auf der Haut. Der kantige Kies drückte, kniff und stach an den Fußsohlen, doch nach wenigen Metern kam der Rasen und sie musste sich beherrschen nicht laut zu juchzen, als ihre Zehen über die Grasfläche glitten und den kühlen Tau abwischten. Es kitzelte und stach, war kalt und heiß zugleich und entfachte alle Lebenssinne; ein unvergleichliches Gefühl, das sich auf den ganzen Körper übertrug und wie aus einem Märchen zu stammen schien. Sie ging langsam, genoss jeden Schritt und spazierte ohne langen Aufenthalt direkt in den Teich. Das Wasser war klar und kalt. Mit kräftigen Zügen vertrieb sie die Kälte. Ein paar Vögel flogen zeternd auf, sie wendete und schwamm zurück. So ging es hin und her, bis sie sich rundum warm fühlte. Wieder aus dem Wasser, trat sie an die Schaukel, prüfte die Kette, die Holzstämme und den Holzsitz, der von grünen Flechten gekennzeichnet war. Sie legte das Handtuch darauf und begann sanft zu schaukeln. Ab einem gewissen Punkt begann die Kette ein helles Quietschen zu erzeugen. Sie lachte darüber, und über sich, und über das Glück dieses Tages.

Eine Stunde später stand sie in der Küche, war frisch geduscht, angezogen und brühte Kaffee auf.

Aus dem hinteren Bereich des Erdgeschosses war schon Geklapper zu hören gewesen und das Rauschen in Wasserrohren. Laurenz Bohden war also wach. Ob er ein Frühaufsteher war, oder sie ihn geweckt hatte? Die Sonnenstrahlen berührten inzwischen die obersten Wipfel der hohen Bäume. Bald würde der Park in hellem Licht liegen. Da würde sie aber schon weit weg sein.

Ein Motorengeräusch irritierte sie. Sie ging ans Fenster. Es kam vom Einfahrtstor drüben, klang aber ganz anders als ihr Diesel. Gleich darauf fuhr ein dunkelgrüner Opel Omega Kombi bis vor das Haus und ein Typ stieg aus. Er hatte braune, lockige Haare, trug Jeans, ein helles Sommerhemd, hatte große Hände und sah müde aus.

Er erschrak und fuhr herum, als sie ein »Guten Morgen« aus dem Fenster rief. Es tat ihr leid, kaum dass sie es gesagt hatte, denn er erschrak sich wirklich sehr und blieb erstarrt stehen; sah sie an, wie eine Erscheinung. Lara Saiter lächelte und wiederholte, etwas leiser und weniger forsch: »Guten Morgen. Hab ich Sie sehr erschrocken?«

Er nickte nur, blieb stumm und holte Tüten aus dem Wagen. Semmeln, Brezn, Mohnstangen.

Sie setzte Milch auf. Warme Milch und warmer Kaffee gemischt, dazu ein Stück Zucker. Der Typ machte den Eindruck sich hier auszukennen und dazuzugehören, vermutlich war es der Neffe von Laurenz Bohden, und er sah überhaupt nicht aus wie ein gewalttätiger Verbrecher. Würde ein solcher einen Opel Omega fahren? Kombi? In Grün? Unvorstellbar. Viel zu auffällig.

Laurenz Bohden hatte das Motorengeräusch hergeholt. Er kam zeitgleich mit dem Opeltypen in der Küche an und stellte ihn als seinen Neffen vor – Maximilian hieß er und er reichte ihr artig die Hand.

Fester Händedruck, bemerkte sie, aber sprechen kann er nicht, der Maximilian.

Im Garten war es noch zu frisch, um so ganz angenehm zu frühstücken. Der Holztisch in der Küche tat es auch – sie saßen zu dritt da und schwiegen.

Komische Stimmung, fand Lara Saiter, und wusste nicht so recht, wie sie ein Gespräch in Gang bringen sollte.

»Bringen Sie immer so viele Semmeln und Brezn und Croissants mit?«, fragte sie frech. Denn woher hätte er wissen sollen, dass Besuch da war, wenn nicht durch ein Telefonat mit seinem Onkel.

Maximilian schüttelte nur den Kopf.

Ein rechtes Flirtmonster, dachte sie, und wendete sich an seinen Onkel. »Diese Fabrik, von der Sie gestern erzählt haben, die ist ganz in der Nähe, ja?«

»Mhm, gleich hinter dem Waldstück. Zurück zur Straße, ein paar Hundert Meter in Richtung München, bis ein fürchterlicher Teerweg rechts abzweigt. Ich nehme nicht an, man hat ihn in den letzten Jahren erneuert. Nach zwei, drei Minuten stehen Sie vor dem alten Industrietempel. Aber was wollen Sie dort, da ist nichts.«

»Ihre Erzählung hat mich neugierig gemacht und es ist ja ein besonderer Ort.«

Laurenz Bohden warf seinem Neffen einen verzweifelt wirkenden Blick zu und sagte auffordernd: »Frau Saiter ist von der Polizei.«

Maximilian ließ seine großen Augen für eine lange Sekunde auf ihr ruhen. Nach einem »Mhm« sah er wieder auf seine Semmel.

Bohden wendete sich an Lara und sagte entschuldigend: »Er hockt immer nur vor seinen Computern und konstruiert, was weiß ich nicht alles. Er geht nicht weg, macht keinen Urlaub, hat keinen Umgang mit Menschen, ist allein …«

Lara Saiter lächelte sanft und dachte: Er wird es auch noch lange bleiben, mit seiner grünen Karre und diesem kartäuserhaften Verhalten. Vielleicht hat er ja ein Schweigegelübde abgelegt. Sie fühlte einen ihr unbekannten Ärger darüber, dass er so gar nicht mit ihr sprach. So sehr konnte sie ihn nun auch nicht erschreckt haben mit ihrem Morgengruß, außerdem hatte sie angezogen und hergerichtet im Fenster gestanden. Wenn er eine halbe Stunde vorher gekommen wäre, nun gut, das hätte sie vielleicht verstehen können, oder wenn sie ihn, was ihr kurz durch den Kopf gegangen war, mit den Worten *Hallo, ich bin die Geliebte Ihres Onkels, wir werden uns nun öfter sehen* empfangen hätte.

Ein böser weiblicher Reflex nahm Besitz von ihr. Sie stützte beide Ellbogen am Tisch auf, ließ den Oberkörper zwischen die Schultern fallen, hielt die Tasse mit beiden Händen vor ihre Lippen, von denen sie wusste, dass sie schön waren, und fragte ihn mit großen Augen: »Was konstruieren sie denn so?«

Derartige Szenen hatte sie in manchen Filmen gesehen; in französischen Streifen wurden derartige Schnitte in unvergleichlicher Meisterschaft zelebriert. Fanny Ardant, Audrey Tatou oder Juliette Binoche brachten das auf wunderbare Weise hin. Sie war darin auch nicht schlecht und zauberte eine unschuldig bedauernde Miene auf ihr Gesicht, als er sich beim Versuch zu antworten am Kaffee verschluckte und nach überstandenem Erstickungsanfall mit zittriger Stimme etwas von Dächern und Brücken und Kuppeln, von Gewichten, Statik und Tragfähigkeit sprach.

»Klingt ja interessant«, log sie und deutete über ihre Schulter, hinaus in den Park, wo der Omega stand, »scheint nicht so gut zu laufen mit den Konstruktionen?«

Er hustete noch ein paar Mal und fragte dann: »Das Auto?«

»Auto? Ich meine den Opel.«

»Ich mag ihn.«

Das gefiel ihr. Dieses Schnörkellose, dieser Verzicht auf umständliche Rechtfertigungen und Erklärungen warum und weshalb und weswegen etwas anderes nicht. Sie strahlte kurz auf und hielt dann ihre Uhr ins Blickfeld. Es war halb sieben durch. Zeit zu gehen. Doch etwas fesselte sie an den Stuhl und machte es ihr schwer diesen Ort zu verlassen. Sehr schwer.

Als sie schließlich doch aufstand, erhob sich Laurenz Bohden ebenfalls; so wie es sich für einen Gentleman gehörte.

»Begleite Frau Saiter doch zum Auto, Maximilian. Ich würde das gerne übernehmen, aber mein Bein will heute schon wieder so gar nicht mehr. Gestern ging es besser.« Er ergriff über den Tisch hinweg ihre Hand, deutete einen Handkuss an und sprach eine Einladung aus, die sie stumm machte. »Ihre Anwesenheit und die Gespräche mit Ihnen haben mir gutgetan. Wenn Ihnen also wieder einmal danach ist, im Teich zu schwimmen, dann kommen Sie doch bitte vorbei. Ich freue mich jetzt schon auf Ihren Besuch. Und der Weinkeller ist auch gut gefüllt, wie Sie sich vorstellen können.«

Ihr kam etwas Belangloses über die Lippen.

Draußen ging sie am Opel Omega vorbei und ließ sanft ihre Hand über den rauen Lack gleiten, von der Front, über die Windschutzscheibe bis zum Heck. Maximilian ging hinter ihr.

»Rein gesellschaftstechnisch eine Katastrophe, dieser Kasten. Er vermittelt nicht annähernd einen Wert, der in dieser Gesellschaft noch als erstrebenswert gilt«, sagte sie und drehte sich um, »kam denn gar nichts anderes in Betracht? Ich mag kleine, schnelle Flitzer.«

Er strich mit den Fingerrücken zärtlich über das Dach. »Ich wollte ja so eine Superkarre kaufen und war schon kurz davor. Während der Vertrag zur Unterschrift vorbereitet wurde, hing ich am Internetrechner im Autohaus herum. Auf Facebook stieß ich auf einen dieser grausigen Sinnsprüche, die einen im Internet überall und ständig belästigen: *be italic, or bold – never regular*. Ich fand das ätzend – ständig dieser Zeigefinger, doch ja etwas Besonderes sein zu müssen … dabei ist es ja gerade umgekehrt: Die Italics und Bolds sind die Regulars. Ich bin einfach gegangen. Draußen in Freimann bin ich dann an das Schiff hier geraten. Fünfzehnhundert Euro! Und er hat Kopfstützen und Sicherheitsgurt und ist zuverlässig. Ist das kein Wert mehr in dieser Gesellschaft – Zuverlässigkeit?«

»Zuverlässigkeit. Soso. Würde mich interessieren, wie es sich anfühlt da drinnen, mit Kopfstützen und Sicherheitsgurt. Klingt ja richtig spannend.«

»Dann fahre ich Sie gerne einmal durch München. Aber ich muss Sie warnen. Sie werden nicht mehr aussteigen wollen.«

»Was zu bezweifeln ist. Rufen Sie mich im LKA an, sobald Sie einmal Zeit haben.«

»Sind Sie denn wirklich beim LKA? Sie haben doch gar keine Waffe, und das ist doch viel zu gefährlich in dem Job, oder etwa nicht?«

Sie kramte in ihrer Handtasche. Die Knarre, und wo sie sie trug, das ging ihn ja wirklich nichts an. Er würde es schon noch früh genug erfahren. Sie fischte eine Handvoll Patronen aus der Tasche und schüttelte sie in der Hand. Es schepperte dumpf. »Reicht das?«

»Sehen übel aus, die Dinger. Und die werfen Sie dann den bösen Buben nach?«

»Genau so mach ich das.« Sie steckte die Dinger in die Hosentasche und stieg ein.

Ihr Diesel rasselte sanft, als sie den Schlüssel drehte. »Auf Wiedersehen«, rief sie betont aus dem offenen Fenster, »warten Sie nicht zu lange mit Ihrem Anruf. Wer weiß, wie lange es der Karren noch macht.«

Jetzt fiel ihr der Abschied gar nicht mehr so schwer. Im Rückspiegel sah sie, wie er dastand und ihr nachblickte, bis sie über den Hügel verschwunden war. Hatte er sogar gewunken?

*

Genau wie es Laurenz Bohden beschrieben hatte, waren es nur wenige Kilometer bis zum Fabrikgelände. Auch seine Schilderung des Teerweges war keineswegs übertrieben. Langsam rollte sie dahin, bis sie auf einer Lichtung ein weites, freies Gelände erreicht hatte. Es musste nahe an der Isar sein. Ein verwilderter Kanal zog vom Wald her und brachte Wasser. Früher hatte man damit die Fabrik versorgt – Menschen, Tiere, und Maschinen.

Ein zerrissener Metallzaun sollte den Zutritt zum Gelände verwehren, doch die beiden Flügel des Drahttores standen weit offen. Ein lang gestreckter Ziegelbau mit harmonischen Proportionen lag in einer Senke, umgeben von Kieshaufen und wildem Buschwerk. Auffallend war die Dachkonstruktion aus Metall und Glas. Etwas war ungewöhnlich. Durch die großen bogenförmigen Seitenfenster war es nicht möglich den Innenraum zu erfassen. Etwas füllte das Innere der Fabrikhalle vollständig aus.

Langsam fuhr sie bis nahe an das Gebäude heran. Das Handy zeigte jetzt wieder Empfang. Sie wollte gerade zugreifen und Bucher anrufen, ließ es aber doch sein, denn was sollte sie ihm erzählen? Dass sie vor einer alten Fabrik an der Isar stand? Ein paar Informationen mehr sollte sie schon haben.

Einige Meter vor dem Tor stoppte sie und stieg aus. Ganz deutlich waren aus dem Gebäude Geräusche zu hören. Regelmäßige Geräusche, wie sie ein technisches Gerät erzeugte – ein Motor.

Seltsam. Sie drehte sich um und sah zum Auto zurück. Sollte sie nicht doch vielleicht anrufen? Ein Klappern am Eisentor ließ sie herumfahren. Ein junger Kerl stand da und grinste sie an. »Hallo!«

»Hallo«, antwortete sie, »wer sind Sie?«

Er lachte fies. »Na, die Frage solltest du mir doch eher beantworten, Lady.«

Lara Saiter verzog ihren Mund zu einem Grinsen. Wenigstens hatte er Lady gesagt und nicht Schlampe. »Das Tor steht offen. Nirgends ein Schild, das einem verbietet hierher zu fahren.«

Er zuckte mit den Schultern.

Sie deutete auf die Fabrikhalle. »Was ist das da drinnen?«

Ihm war anzusehen, wie sehr ihn ihre Frage beschäftigte – ob er darauf antworten sollte und falls ja, was.

Ist ein Sozialprojekt.

»Sozialprojekt? Klingt interessant. Was denn für eines. Ich bin von der Polizei, Landeskriminalamt, mich interessieren Sozialprojekte von Berufs wegen.«

Seine Blicke wanderten von ihr zum Auto und wieder zurück.

»Wieso Polizei?«

»Ich will mich hier nur mal umsehen. Ist ja nicht verboten, oder? Sind Sie hier der Hausmeister, oder so was in der Art?«

»Nein, bin ich nicht. Und ich darf niemanden hineinlassen. Außerdem kommen meine Chefs gleich. Kann nicht mehr lange dauern. Sie wollten ganz früh hier sein, weil wir heute Projekttag haben.«

»Mhm. Projekttag. Klingt anstrengend.«

Er wirkte jetzt unsicher. »Das müssen Sie verstehen, ich will da keinen Ärger kriegen. Die sollen das dann entscheiden, ob Sie in die Halle dürfen, oder nicht. Sie können aber im Büro so lange warten, wenn Sie wollen?«

Jetzt war Lara Saiter im Zwiespalt. Sie wollte unbedingt in diese Halle und gar nicht erst warten, bis noch mehr Leute hier aufkreuzten. Mit dem Typen hier konnte sie fertigwerden. Ein schlaksiger Kerl.

»Okay. Gibt's denn auch nen Kaffee, im Büro?«

Er wackelte und sah verlegen zu Boden. »Keinen guten. Ich brühe selbst. So eine moderne Kaffeemaschine zieht zu viel Strom. Aber mit Milch und Zucker …«

»Na also.« Sie wies mit der Hand zur Eisentür, die halb offen stand und er ging voraus. Sie fühlte ihrem rechten Bein nach und hatte die Bewegung aus dem Schießkeller präsent, ohne sie bewusst erinnern zu müssen: in die Hocke gehen, Waffe ziehen, seitlich fallen, schießen, zwei Mal, Augen offen halten, stabilisieren, Ziel erfassen, schießen, beobachten, stabilisieren.

Im Vorraum brannte eine blanke Glühbirne, deren Licht das leuchtende Rot der Ziegelwand herausarbeitete. Der Typ ging voran und öffnete eine weitere Eisentür.

Eisen, Eisen, Eisen, dachte Lara Saiter. Ein Wunder, dass sie damals die Wände aus Ziegel errichtet haben.

Sie folgte in den nächsten Raum. Kahle, diesmal verputzte Wände links und rechts. Vor ihr erhob sich eine hohe Wand. Seltsam. Eigentlich musste sie sich doch schon in der Fabrikhalle befinden. Hinter ihr kratzte etwas Metallisches über den Boden. Sie drehte sich herum. Zwei Metallwände schlossen sich. Sie sah eine Sekunde zu lang wie fasziniert auf die schweren Eisenplatten, die sich aufeinanderzubewegten. Keine Möglichkeit noch durch den enger werdenden Spalt zu gelangen. Mit einem lauten Knall stießen die dicken Platten aufeinander. Peng.

Schlagartig lief die Bewegung in ihr ab: Drehen, in die Hocke, ziehen …. wo war der Kerl? Es war schlagartig finster geworden in der Kammer. Sie blieb regungslos am Boden liegen, den Colt im Anschlag. Panik kroch aus allen Poren – und giftiger, ätzender Ärger. Sie hätte schreien, stöhnen, jammern und toben wollen. Gefangen.

Wo war sie hier gelandet?

Sie wartete, verschluckte den Drang zu schreien, bekämpfte den Reflex nach Handlung, nach Aktion, und zwang sich stattdessen zu warten. So lange, bis ihr Puls durch langes konzentriertes Ausatmen besänftigt war, sie ihren ganzen Körper spürte, wieder klare Gedanken fassen konnte und ihre Augen in der stockfinsteren Umgebung Schatten voneinander unterscheiden konnten. Hören konnte sie noch nichts. In ihren Ohren dröhnte, rauschte und pulste ein wilder Bach mit Stromschnellen, Wasserfällen und Strudeln. Die Übelkeit musste zurückgedrängt werden, erste Regel: den Speichel schlucken, nicht ausspucken – auch wenn es schwerfiel.

Der Kerl war aus dem Raum verschwunden, das war sicher. An der Wand gegenüber musste noch ein Auslass vorhanden sein. Vorsichtig stand sie auf und ging geduckt in die Richtung, wo sie ihn zuletzt gesehen hatte. Eisen. Sie fühlte raues Metall. Vorsichtig fuhren ihre Hände über die Flächen, bis sie einen Spalt ertasteten. Kein Licht drang hindurch. Das Ende des Spaltes konnte sie nicht erfühlen. Er verlief weit nach oben. Sie wechselte auf Brusthöhe zu den Seiten. Rechts entdeckte sie die Scharniere. Eine mächtige Eisentür, eher ein Tor. Wie hatte er es öffnen und schließen können, so schnell und leise? Vertrackt.

Als sie den Raum vollständig erfasst hatte, wählte sie die Ecke jenseits der Eisentür und hockte sich dorthin. Ecken gaben ein Gefühl von Sicherheit.

Wie lange würde es dauern, bis die anderen sie vermissten?

*

»Von Schlaf kann keine Rede sein«, stöhnte Bucher und eilte den Gang entlang. Es dauerte, bis seine Gelenke etwas gefügiger wurden. »Da machen die Gesetze und Verordnungen, tausend Regelungen über verbotene Vernehmungsmethoden – die sollten sich mal eine Nacht auf so eine Zellenmatratze legen, Mann! Die blanke Folter!«

Zenner ging neben ihm her. Er hatte auf einer Pritsche geschlafen und fühlte auch das Unbehagen in seinen Knochen. »Ihr habt wenigstens anständige Duschen! Da kann man nicht umfallen vor lauter Enge, wenn man drinnen bewusstlos wird, weil einem die Moose und Flechten den letzten Atem rauben.«

Bucher lachte kurz auf. »Ich glaube einmal im Jahr wird da ne Dose Domestos reingekippt, das muss dann halten.«

Zenner berichtete. »Alex und Armin haben sich gemeldet. Sie warten schon vor der Firma.

Was machen wir so lange? Es macht ja keinen Sinn auch dorthin zu fahren.«

»Frühstücken«, sagte Bucher und steuerte die Kantine auf umständlichem Weg über sein Büro an. Der Blick auf das Telefondisplay und sein Handy hatte ihm nichts angezeigt. Kein Anruf von Lara. Auch bei den anderen war kein Anruf, keine SMS, nichts aufgelaufen. »Brauch schon kein Frühstück mehr«, brummte er.

Sie saßen bei einer Tasse Kaffee in der Kantine und warteten auf den Anruf, der sie befähigen sollte aus dem Passivmodus zu entkommen. Etwas tun, das war wichtig, doch es musste zielgerichtet und sinnvoll sein, nicht irgendetwas. Bucher fühlte sich auf der richtigen Spur und es brauchte nur diese kleine Information – wohin waren die Kästen geliefert worden? Zum Verrücktwerden.

Das Handy klingelte. Hartmann war dran und machte nicht lange rum, weil er wusste, wie es sich anfühlte rumzusitzen und zu warten.

Bucher klang vorsichtig. »So weit im Süden?«

»Ja, es ist eine Fabrik. Ein stillgelegtes Eisenwerk. Armin ist gerade mit einem der Fahrer unterwegs und holt sich die Route. Die geben sie per GPS ein. Die Sekretärin zieht die von alten Sicherungs-DVDs, das geht hier ruckzuck, weil die gut organisiert sind und mithelfen. In einer Minute hast du die Route auf deinem Smartphone. Fahr schon mal los in Richtung Wolfratshausen. Ist ein elender Verkehr und bis wir aus dem Westen kommend bei euch sind, wird es dauern.«

Der Streifenwagen war gerade recht und Zenner in seinem Element. Auf der Pritsche, heute Nacht, hatte er nicht schlafen können. Dvořák lief. Sinfonie Nummer eins, erster Satz. Immer wieder. Danach war dann gar nicht mehr an Schlaf zu denken gewesen. Die Fahrt jetzt tat gut. Das Tatütata vom Dach her und das blaue Blitzen, das von überall reflektiert wurde – von Schaufenstern, Autoscheiben, Fahrzeuglack.

Bucher saß daneben und starrte auf sein iPhone.

»Ich weiß schon, wo wir hinmüssen«, sagte Zenner, »ich bin da draußen oft mit dem Radl unterwegs. Einmal habe mich verfahren und war mit einem Mal vor dieser Fabrik gestanden. Ein hoher Zaun hat das Gelände abgesperrt und jede Menge Hunde sind innen frei herumgelaufen. Rechte Beißer waren das, soweit ich mich erinnere«, er deutete nach hinten, »die Maschinenpistole ist übrigens im Rücksitz, nur, falls wir sie brauchen sollten.«

»Dieser Prack …«, Bucher klang skeptisch, »diese Type kann doch niemals so ein Ding aufziehen.«

»Glaube ich auch nicht. Das glaube ich inzwischen auch nicht mehr.«

*

Lara war ein paar Mal auf und ab gelaufen, hatte sich gelockert und das Ohr vorsichtig an den Spalt der beiden Metallplatten gehalten. Es ging wieder mit dem Hören. Ein Auto war gekommen. Der Motor, das Knirschen von Reifen auf den Steinen beim Bremsen. Ein schwerer Wagen. Stimmfetzen waren dünn bis hierher vernehmbar gewesen, verstehen konnte sie allerdings nichts. Es waren mehrere Menschen.

Sie ging auf die andere Seite der Kammer, nahm den Colt und klopfte vorsichtig die Metallwand ab. Es klang massiv. Gab es irgendwo eine hohle Stelle?

Sie wollte gerade weitermachen, da hörte sie ein Klopfen. Kam das von der anderen Seite? Sie wartete, lauschte. Wieder das Rauschen im Ohr und der Schwindel. Sie klopfte dreimal und zweimal: tocktocktock, Pause, tocktock.

Das Signal kam zurück.

Noch mal das Gleiche.

Wieder die Antwort. Wieder das Herzklopfen. Wieder die Ungewissheit.

Sie langte in die Hosentasche und spielte mit der Munition. Das Gewicht in den Händen, das blanke Metall, das Wissen um die ungeheure Gewalt dieser kleinen Dinger … zwei Trommeln hatte sie zur Verfügung. Damit musste erst mal jemand zurechtkommen.

Es gab ihr Mut und sie rief vorsichtig. »Hallo?«, und lauter noch einmal, »hallo!?«

Eine Frauenstimme antwortete vorsichtig: »Hallo.«

»Anne!? Anne Blohm!?«, rief sie unterdrückt. Dann musste sie schluchzen.

»Ja, ja! Wer bist du!?«, kam es aufgeregt, kippend zur Hysterie.

Lara riss sich zusammen und antwortete so ruhig, wie es ihr möglich war. »Polizei. Ich heiße Lara und hocke hier in der Kammer fest.«

»Ich komme«, klang es bestimmt.

Sie kommt? Woher denn? Schmilzt sie sich durch das Eisen?

Lara hielt die Waffe im Anschlag und wählte die Mitte der Kammer.

Klacken und metallisches Knirschen kam von der dunklen Wand. Sie sah einen kleinen Schatten, der größer wurde, einen Körper, der sich wand – so lange, bis eine ganze Gestalt wie aus dem Nichts da vorne stand. Eine Eisenklappe war da mitten in der Wand. Dahinter musste eine Art Schacht sein.

Der Lauf ihrer Waffe war in Richtung des Schattens gerichtet und sie war ein paar Schritte rückwärts gegangen, weil sie das Entsetzen gepackt und ein Zittern ihren ganzen Leib erfasst hatte.

Die Gestalt kam langsam auf sie zu und sie steckte den Colt schnell in die Hosentasche, streckte die Arme nach vorne, weil kaum etwas zu erkennen war und die Hände Informationen liefern mussten.

Anne Blohm zitterte am ganzen Leib. Sie zitterte schrecklich und schluchzte, als ihre Finger auf Lara Saiters Schulter trafen. Langsam drückte sich ihre ganze Handfläche ab und fuhr zum Hals, über das Gesicht, über die Brüste, jetzt mit beiden Händen.

Lara zog sie zu sich her. Sie küssten sich, fühlten mit den Lippen jedes Stück des Gesichtes ab. Das von Anne Blohm war rau und rissig, schmeckte säuerlich und bitter. Die Tränen liefen und netzten ihre Wangen. Salziger Geschmack kam dazu.

Anne Blohm genoss den aphrodisierenden Geruch, der von Lara Saiters Hals ausging: dezentes Chanel.

Sie trachtete danach mehr davon zu bekommen, als ihn nur zu riechen und ließ ihre Zunge über den Hals gleiten.

Liebkosen. Der Begriff dröhnte in ihrem Kopf und das Zittern ließ nicht nach und nicht nach. Liebkosen.

»Wo sind wir hier?«, fragte Lara Saiter und küsste zärtlich die Stelle, wo sie ihr ins Ohr geflüstert hatte. Es tat ihr selbst gut und sie sah einen Opel Omega in einem grünen Park stehen.

»Es ist ein Spiel.«

»Ein Spiel?«

»Ja. Es ist ein Spiel und wir sind auf Level eins.«

»Wie viele Level gibt es?«

»Ich glaube, es sind sieben. Ich bin aber nur bis sechs gekommen.«

»Ist der siebte so schwer?«

»Ich weiß es nicht. Ich habe vermieden dorthin zu kommen. Ich wollte Zeit gewinnen. Aber was machst du hier? Wieso?! Und woher kennst du meinen Namen.« Abrupt stieß sie sich weg, von dem, was ihr doch so gut tat, als wäre sie aus einem süßen Traum erwacht.

Lara beruhigte sie, erzählte in groben, schnellen Sätzen von den Ermittlungen – von ihrer Ansichtskarte.

Anne Blohm war paralysiert.

»Du musst mir das Spiel erklären«, forderte Lara Saiter sie auf und ging auf sie zu, griff an ihre Schultern, schüttelte sie sanft, »du musst mir das Spiel erklären.«

Anne Blohm sank zusammen und weinte. »Es ist so kompliziert und ständig ändert sich etwas. Es ist so schwer ... und immer die Schmerzen.«

Lara Saiter kniete sich neben sie und sprach auf sie ein; beruhigend, mit langsamen Worten, streichelte, küsste sie, wie eine Mutter ihr beunruhigtes Kind in den Schlaf tröstete, so ermutigte sie Anne Blohm voller Zartheit, derer sie fähig war, und doch mit einem spürbaren Nachdruck. Sie ließ nicht locker. »Du musst mir das Spiel erklären.«

Anne Blohm erzählte von den Gängen, den Türen, Luken und Schiebern, den Sackgassen, Kaminen und dem Tunnel. Von den Stromfallen, den Nagelkissen, der Heißluft und dem Monster – so nannte sie das Pendel.

»In den letzten Tagen ist es immer gefährlicher geworden.«

»Was ist gefährlicher geworden?«

»Das Pendel hat nun scharfe Klingen an allen Seiten und es schwingt in alle Richtungen – horizontal und vertikal, verändert auch seine Höhe.«

»Mhm. Und weiter.«

»Es gibt Waffen.«

»Waffen?«

»Ja. Speere und Armbrüste. Man kann sie verwenden.«

»Aber wozu?«

»Das ist hauptsächlich für diesen zentralen Gang, der im Zickzack bis zum Pendel reicht. Wenn du da reingehst, hast du zwar Ruhe vor den Nagel- und Stromfallen, aber es wartet jemand und schießt auf dich. Es geht ganz automatisch – du nimmst einen Speer, die Armbrust, und wehrst dich. Es macht einen grausam. Und an den Seitenwänden befinden sich Luken. Wenn die aufgehen, wird man von dort traktiert.«

»Wie traktiert?«

»Ja, auch beschossen und beworfen. Wenn man durch die Level kommt, findet man Bolzen zum Nachladen, aber das Ding lässt sich schwer spannen. Jede Ebene nach oben ist ein Level und jedes Segment nach vorne auch.«

»Jemand will also, dass man zurückschießt?«

»Ja. Er hat mich gelobt dafür. Sie wollen das.«

»Wieso sprichst du jetzt von sie? Sind es mehrere?«

»Es müssen mehrere sein. Es geht nicht anders. Ich habe aber nur ihn gesehen.«

»Kennst du ihn?«

»Ja. Von den Hunden. Er vermittelt die Straßenhunde und das Gelände hier draußen kannte ich von den Einweisungskursen. Sie geben die Hunde nur ab, wenn man vier Stunden Hundeausbildung macht.«

Lara Saiter stöhnte. »Ja, so funktioniert es.«

Ein Schlag erschütterte den Raum, gefolgt von einem Zittern. Es machte Angst.

»Das ist das Monster. Sie setzen es in Gang.«

»Dann beeilen wir uns doch und versuchen bis nach vorne zu kommen.«

»Das geht nicht. Es sind alle Schächte verschlossen. Sie müssen sie erst öffnen. Erst wenn wir den großen Raum erreichen, geht es los. Der ist hinter der kleinen Kammer da drüben. Wir kriechen durch den Schacht, er ist nicht lang, zwei Meter vielleicht. Komm mit!«

*

Andy Prack stand vor Lara Saiters Auto, als die Chefs kamen. Den Mercedes hatte er nach hinten zur Halle fahren wollen, wo man ihn nicht sehen konnte. In der Handtasche, die auf dem Beifahrersitz lag, hatte er nichts Bedeutsames finden können. Irgendwo musste sie ihre Knarre versteckt haben. Am Körper hatte sie keine getragen. Das Handy war in der Handtasche. Simkarte und Akku lagen schon im Fußraum. Er würde das Ding abfackeln, mit dem ganzen Auto. Die Batterie musste er noch abklemmen.

Er verstand die Aufregung nicht. Es war doch alles gut gelaufen und er hatte die Bullentusse eingesperrt. Nichts konnte passieren. Nichts war passiert bisher. Das Spiel konnte beginnen und es war noch herausfordernder als alle zuvor. Er freute sich darauf.

Nein, er verstand das Geschrei nicht. Speichel flog dem Chef von den Lippen, als er schrie: »Was ist das für ein Wagen!? Was ist das für ein Wagen!?« Er hatte den Kampfanzug schon an.

Sie hingegen stieg ganz gelassen aus dem Wagen. Das enge Zeug stand ihr einfach und ließ sie geil aussehen.

Sie schob den Chef sanft beiseite und fragte: »Was ist los hier, Andy?«

»Er macht nur noch Fehler, dein Hofnarr, nur noch Fehler!?«, schrie der Chef.

Andy Prack erzählte, was geschehen war. Die Polizistin war mit dem Auto in den Hof gefahren. Er hatte sie kommen sehen, die andere schnell gepackt und in die große Kammer geschleppt, wo sie schreien konnte wie sie wollte. Dann hatte er alles vorbereitet und die Schwarzhaarige in die kleine Kammer gelockt, wo sie jetzt hockte. Ihr Handy hatte er stumm gemacht und das Auto wollte er hinten an der Halle von der Batterie nehmen und verbrennen. Es war so einfach. Er lachte sie an. Dafür sollte er einen Extrabonus bekommen. Vielleicht durfte er heute einmal in den Gang.

Sie hatte aufmerksam zugehört.

»Woher weißt du, dass es eine Polizistin ist?«

»Hat sie selbst gesagt. Im Auto ist ein Funkgerät und ihr Dienstausweis, Lara Saiter heißt sie.«

»Ahh … Lara Saiter. Schau an, schau an. Sie ist also in der kleinen Kammer und in der großen Kammer ist die andere.«

»Ja.«

»Und wenn die beiden zusammenkommen, dann wäre das nicht gut, oder?«

»Ja wie denn? Dann müssten sie doch voneinander wissen.«

Sie sah ihn abschätzig an und entgegnete nichts. Ihr Gesichtsausdruck gefiel ihm nicht. Er drehte schnell den Kopf und sah nach hinten, wo der Chef immer noch nervös auf und ab lief. Weshalb nur?

Ihre Frage klang streng. »Hat sie eine Waffe dabei?«

»Nein. Am Körper hat sie ganz sicher keine getragen und im Auto habe ich noch nichts gefunden. Muss irgendwo versteckt sein, in einer Ablage, oder so. Das ist bei den Bullen so.«

Sie lächelte ihn an. »Gut so weit, Andy. Und drinnen ist alles vorbereitet?«

Er nickte freudig. »Ja, alles. Generator, Strom, das Gebläse, neue Gasflasche am Brenner, alle Züge geölt und geschmiert und der Kran läuft nun wieder in alle Richtungen. Ich habe es heute Nacht repariert.«

Sie legte ihm die Hand auf die Schulter. »Super. Dann können wir ja loslegen, ja.«

In Richtung Chef rief sie: »Alles in Ordnung. Beruhige dich wieder. Fangen wir an. Das Panterchen ist drinnen.«

Andy Prack drehte sich um und nickte dem Chef zu. Alles in Ordnung, es war alles in Ordnung. Die Chefin war eben aus einem ganz anderen Holz. Eine echte Kriegerin war sie.

Sie war schon wieder hinten am Kombi und holte eine Angeltasche aus dem Kofferraum. Der Reißverschluss des Dings hakte und sie nestelte daran herum.

Der Chef winkte ärgerlich ab. Offensichtlich fand er immer noch nicht alles in Ordnung. Was war bloß mit ihm los. Diese Nervosität kannte er nicht.

Andy Prack wartete auf weitere Instruktionen.

Sie hatte einen Stapel Speere aus der Angeltasche geholt und hielt einen prüfend in der Hand, tarierte ihn auf der Handkante des Zeigefingers aus. Er lag gut und vermittelte auf dem

Quadratzentimeter, den er auf der Haut auflag, alle Kraft und Schnelligkeit und Energie, die ihm inne war. Feine Arbeit.

Andy Prack schloss den Kofferraum des Mercedes und drehte sich um, als sie ihn rief: »Ach, Andy …?«

Die Sonne blendete ihn, als er sich umdrehte, und er führte die Hand zur Stirn, um mehr als nur die Umrisse von Schatten zu sehen.

Er lächelte und hörte das helle Zischen. Hatte sie wieder einen der Speere ausprobiert? So wie sie das immer tat, bevor das Spiel begann. Seine Augen wollten über das Gelände wandern; zurzeit waren doch gar keine Hunde hier? Er erinnerte sich an den wilden Mischling, für den sie einmal vier Speere gebraucht hatte und danach ganz erschöpft und ärgerlich war und so gar keine rechte Lust am Spiel mehr hatte. Das war dann auch viel zu schnell beendet gewesen, weil sie so wild und zornig das Pendel bedient hatte. Das Leben, das sie im Parcours laufen hatten, war chancenlos gewesen, denn für diesen Level war es noch nicht ausreichend trainiert.

Er sah die Chefin noch in der Haltung, die Kriegerinnen einnahmen, wenn sie einen Speer geworfen hatten und ihn bis in sein Ziel verfolgten. In Halbhocke. Sie sah ihn an; Zeigefinger und Mittelfinger ihrer rechten Hand wiesen auf ihn. So folgte sie immer einem Speer, den sie geschleudert hatte.

Die Spitze durchschlug seinen Kehlkopf, durchtrennte die Halswirbelsäule und schlug mit einem hellen Knall auf das Blech des Mercedes. Es entstand ein hässliches Geräusch, als er niedersank und die blutige Speerspitze über den Lack kratzte.

»Guter Wurf«, kommentierte Schott lakonisch, »nur leider eine Woche zu spät!«

Seine Frau ging zu Prack, kniete sich neben ihm nieder und sah ihm ins Gesicht. Gurgelnde Geräusche drangen aus seinem Hals und seine Beine bewegten sich langsam.

»Er hat die Kleine da drinnen. Verstehst du!? Diese Polizistin, die bei uns war, Lara Saiter!« Sie musste die Hände ballen, um die innere Erregung abzubauen, die sie ergriffen hatte.

Schott rang mit den Händen. Er hatte das Gefühl nicht mehr Handelnder zu sein, vermied aber jede Andeutung. »Ich schaffe die Autos weg ... und den Kerl hier. Manchmal ... also manchmal graust es mir vor dir.«

Sie zog eine spöttische Grimasse, stand auf und lief in Richtung Fabrik davon. In ihr brannte ein freudiges Feuer. Sie spürte Kraft.

Er rief ihr nach: »Sie werden das schwarze Pantherchen bald vermissen und einige Stunden später die Handydaten ausgewertet haben. Alles werden sie finden, alles hier!«

Sie ging unbeirrt weiter und er verstand sie nur schlecht, da sie ihre Stimme nicht anhob. »Sicher, sicher. Aber wir haben genügend Zeit unser Spiel zu Ende zu bringen. Danach wird hier nichts mehr zu finden sein. Nur noch Staub und Asche, wie geplant. Beeile dich.«

Sie verschwand hinter dem Eisentor, nahm mit schnellen katzenhaften Schritten die Wendeltreppe nach oben, immer zwei Stufen auf einmal, und legte am alten Steuerschrank den Hebel um. Beide Hände brauchte sie dazu, so schwergängig lief er im Lager. Sofort ruckte der Hallenkran, als sich der Kettenzug straffte. Ein dumpfes Klirren erfüllte das Gebäude und die Wände zitterten.

Lara Saiter erstarrte. Eine Erinnerung kam in ihr hoch. Es war die Erinnerung an den Traum, den sie vor Kurzem gehabt hatte. Das Zittern. Das hatte sie auch empfunden. Danach hatte sie diesen Biss an der Schulter gespürt.

Es machte ihr Angst und sie musste sich zusammenreißen, denn Anne Blohm war voran und rief sie. »Komm! Es geht gleich los!«

*

Schott zerrte an der Leiche herum. Einfach so daliegen lassen, das wollte er auch ihn nicht. So dürr der Kerl auch war, verlangte es einige Anstrengung, den Körper in den Kofferraum des Polizeiautos zu bugsieren. Zudem hatte er den Speer nicht herausziehen können, was die Sache kompliziert. Er fuhr hinter die Fabrik, unter das Dach einer windschiefen Halle, wo früher der Metallabfall aufgeschüttet worden war. Von dort rannte er zurück, wollte endlich dabei sein. Zwei Leben im Spiel, zwei giftige Mäuschen im Parcours – das war neu. Darauf konnte man gar nicht kommen. Glückliche Fügung. Er nahm sofort die Position am Pult ein. So viele Schalter. Prack kannte jede ihrer Funktionen. Er selbst nicht. Vergeblich suchte er eine Beschriftung. Er fluchte. Wie sollte er die Schächte öffnen und schließen, den Strom ein- und ausschalten, die Hitze steuern. Martha kam zurück und lachte ihn aus. »Wildcard heute. In der aktuellen Position ist alles ausgeschaltet, wir schalten alles ein.« Schnell sausten die Finger über die Schalter und Knöpfe.

Anne Blohm hatte auf das Rasseln gewartet, mit dem der Schieber den Gang freimachte. »Wir müssen los! Komm!«, flüsterte sie und nahm Laras Hand kurz in die ihre. Dann krabbelte sie durch den Schacht. Lara folgte. Im ersten Raum blieb Anne Blohm irritiert stehen und sah sich um. Etwas war anders heute. Die Hitze kam schon von hinten durch den Schacht, der Durchgang nach oben war offen und die LED an der Decke leuchtete auch schon.

»Was ist?«, fragte Lara.

»Anders heute.«

»Was machen wir?«

»Warten. Wir warten. Dort an der Seitenwand, da geht es. Nicht im Raum stehen bleiben.«

Lara klammerte den Griff ihres Colts. Die Griffschalen ließen sich fest packen, trotz ihrer schweißnassen Hände. Sie prüfte den Raum. Holzboden, Holzwände, Holzdecken. Alles mit Lochblechen bedeckt. Etwa zehn Meter lang, fünf Meter breit und gut zwei Meter hoch.

»Wieso gehen wir nicht weiter?«, flüsterte sie.

»Da stimmt was nicht. Ich weiß nicht, was los ist. Was, wenn die alles eingeschaltet haben?«

»Ich weiß nicht, was du damit meinst, was würde das bedeuten?«

»Überall Strom. Wir warten.«

Sie lauschten. Das Brummen des Generators drang gedämpft herein.

Mit einem Schlag öffnete sich eine Luke an der Seite. Laras Programm lief ab: Hocke – ziehen musste sie nicht mehr –, Ziel erfassen, stabilisieren, schießen. Zweimal drückte sie ab und das böse Knallen tat in den Ohren weh. Auch der Druck war zu spüren, den die Schüsse erzeugten. Worauf hatte sie geschossen? Eine Gestalt war im Hell der Öffnung zu erkennen gewesen. Sie hatte einfach draufgehalten.

Anne Blohm hatte aufgeschrien und war an der Wand kleben geblieben.

Jetzt sagte sie: »Komm, komm schnell. Sie schießen gleich auf uns.«

Lara verstand nicht. Sie war es doch, die geschossen hatte.

Martha Schott hockte am Boden, den Rücken an der Außenwand, die Armbrust in der Hand. Sie atmete heftig. Angst. Ihr Mann blutete. Eines der Projektile hatte einen Holzsplitter aus der Wand gerissen und ihm in die Kopfhaut getrieben. Er war hinter den Steuerkasten gesprungen, um Deckung zu suchen.

Seine Frau kam langsam wieder zu sich. Dieser elende Prack. Keine Waffe?! Von wegen. Ein kleines böses Ding. Sie kannte das Geräusch. Ein Sechsschüsser. Zwei hatte sie schon vergeudet. Je intensiver sie darüber nachdachte, desto mehr freute es sie. Das war endlich mal ein echtes Game. Sie sah hinüber zum Steuerpult, ging auf die Knie und spannte die Armbrust neu, was ihr Kraft abverlangte. Den neuen Bolzen legte sie mit einem Grinsen ein. Sie wollte dieser Polizisten noch ein paar Schüsse rauslocken.

Sie kroch neben die Luke. Blitzschnell brachte sie das Gesicht in die Öffnung. Sah zwei Schatten, hinten rechts, nahm den Kopf zurück, die Armbrust in die Luke und drückte ab. Sie mochte dieses Geräusch, wenn sich die Energie entfaltet und der Bolzen mit einem hässlichen Gezisch losschnellte. Blanke Mechanik und die Kraft äußerte sich mit einem heftigen Druck an der Schulter und zitterte von dort durch den gesamten Körper.

Anne Blohm war vorsichtig an die Eisenstufen getreten, auf denen die Kammer auf der Mittelebene zu erreichen war. Die fünfte Stufe führte Strom. So war das bisher gewesen. Aber war das heute auch so? Sie hatte Angst vor jeder Berührung. Lara Saiter wartete hinter ihr und fixierte mit der Waffe im Anschlag die Luke. Sie sah das Aufblitzen des Gesichtes, die Armbrust, und hörte den Schlag der Sehne. Sofort hatte sie sich zur Seite fallen lassen. Anne Blohm war schon in Sicherheit. Der Bolzen schlug in die Wand ein. Sie schoss einmal gezielt auf die Holzwand, einen halben Meter rechts unterhalb der Seitenkante. Da konnte sich die Gestalt jetzt befinden. Nach dem Schuss sprang sie auf die Eisentreppe. Die Hitze im Raum wurde unerträglich. Die fünfte Stufe ließ sie aus. Oben wartete Anne Blohm. »Wir gehen ganz nach oben, ganz nach oben.«

Martha Schott hatte sich sofort auf den Boden fallen lassen und war weggekrochen. Das Projektil riss ein beachtliches Ausschussloch in die Wand. Die Bleche minderten die gewalttätige Energie kaum. Noch drei, dachte Martha und schrie ihren Mann an. »Stell dich nicht so an wegen dem bisschen Blut. Sie gehen nach oben.«

Er kroch hinter dem Pult hervor und sprintete zur offenen Eisentreppe, die auf eine Galerie führte, von wo aus freier Blick und freies Schussfeld über die gesamte Halle bestand. Ein richtiger Ansitz. Er hatte die Armbrust und zwei Speere dabei.

Martha Schott war in die entgegengesetzte Richtung geeilt, dem Tor zu. Im letzten Drittel hingen die Steuerseile für den Kran. Sie setzte den Motor in Bewegung und zog heftig an den Seilen. Das Ding sollte schon in Fahrt gekommen sein, wenn sie die zwei giftigen Luder dorthin getrieben hatten. Ja, getrieben. Das gefiel ihr. Vor dieser Lara musste sie sich in Acht nehmen.

Anne Blohm wusste nicht mehr, wohin sie sich wenden sollte: den engen Gang nach unten, die Eisentreppe nach oben, oder geradewegs durch den schmalen Durchgang kriechen? Bot der Tunnel Sicherheit? Er war ihr zu gefährlich. Endspiel.

Alles konnte richtig, alles konnte falsch sein. Sie hörte das Schwingen des Pendels. Viel zu früh. Was war nur los heute?

In der Ecke des Raums lag eine Armbrust mit vier Bolzen. Sie nahm sie in die Hand und drückte den Spannhebel nach hinten. Nach oben, entschied sie.

Lara wartete unten. »Wo ist der Strom drauf?«

»Ich weiß es nicht mehr.«

Die achte Sprosse war es und sie quiekte kurz, obwohl sie nur kurz die Hand dagegengehalten hatte. Der Arm tat ihr weh und zeigte Lähmungserscheinungen.

Sie rollte sich auf die obere Freifläche und blieb da liegen. Nach vorne und hinten erhoben sich die höher angesetzten Wände der dritten Ebene. Sie befanden sich hier in einer Art großen Nut. Vorne sah sie die Eisenketten des Pendels von den Stahlschienen hängen. Lara Saiter kletterte ihr nach. Die überkragenden Wände zur Rückseite gaben Deckung. Lara blieb in geduckter Haltung und sicherte in alle Richtungen. Langsam richtete sie sich auf, um ihre Muskeln zu entspannen. Anne Blohm riss sie zu Boden.

Der Speer knallte gegen eines der Lochbleche an der Wand gegenüber. Sie robbten in den Schutz der hinteren Außenwand.

»Wir müssen zurück«, raunte Lara, »zur Seite hin haben wir keine Deckung.«

Anne Blohm überlegte. »Sie wollen uns nach vorne zum Monster treiben. Wir könnten in den ersten Vorraum. Da führt ein schräger Kamin runter. Aber aufpassen! An den Seitenwänden sind einige Lochgitter mit Ladung. Immer im Zentrum bleiben.«

Lara sah in Richtung Pendel. Seile waren an den Führungsketten verknotet. Jemand musste an ihnen ziehen, so wie sie sich spannten und entspannten. »Was soll das?«

»Durch das Ziehen wird das Pendel in elliptische Pendelbewegungen versetzt. Ganz schwierig, da auszuweichen. Sie verändern auch die Höhenposition und die Halterung fährt in den Schienen hin und her – einen Meter nach links, zwei nach rechts, wieder zurück. Ein widerliches Ding, ein Fleischwolf, nichts anderes.«

»Wenn ich da rüberkrieche, an den linken Rand, dann müsste ich doch auf dieser Seite die Länge der Halle überblicken können. Freies Blickfeld also.«

»Ja. Aber da warten die nur drauf. Man kommt da auch nicht runter. Alles mit Strom geladen und die Lochbleche sind an manchen Stellen aufgebogen – rasiermesserscharf.«

Lara hatte eine Idee. Sie kroch nach vorne und hob den Kopf blitzschnell über den Rand – links, rechts. Sie erschrak, denn ihr Blick traf den von Martha Schott, die an einem Seil hing und sich sofort fallen ließ. Lara schoss zwei Mal. Funken sprühten auf, als die Projektile auf das Eisen trafen. Ob sie getroffen hatte, konnte sie nicht sagen. Schnell robbte sie zurück und visierte das Pendel an.

»Was hast du vor?«

»Seil durchschießen.«

Mehrfach musste sie absetzen, weil sie zu sehr zitterte. Sie feuerte und kontrollierte anschließend. Eine Walze war getroffen, über die das Seil lief. Ob das reichte? Sie lud nach. Sechs in die Trommel, noch zwei in der Tasche.

»Darauf sind die natürlich nicht eingestellt, dass jemand mit so einem Ding auf sie schießt«, meinte Anne Blohm.

Martha Schott hatte die Schüsse mitgezählt und grinste. Sechs. Sie nahm die Armbrust hoch.

Anne Blohm kroch zurück und führte Lara Saiter zu einem Schacht, der schräg nach unten führte, einsfünfzig auf einsfünfzig. »Nicht an die Seitenwände gelangen.«

»Wieso?«

»Strom.«

»Okay. Was ist dann da unten?«

»Einer dieser Räume. Auf der linken Seite befindet sich eine Luke. Könnte sein, dass sie da warten. Aufpassen also. Geradewegs geht es dann in den großen Bereich – eine Art Vorraum. Du wirst es sehen – das Monster.«

»Lass mich voraus«, forderte Lara.

Es war schwerer, als sie sich vorgestellt hatte. Die Schräge erforderte eine gebückte Haltung und sie hatte Angst, die Seitenwände zu berühren. Pervers. Am Ende des Schachts wartete sie. Ihre Beine taten weh. Links hatte Anne gesagt, war eine Luke. Was sollte sie tun? Anne war hinter ihr.

Sie nahm den Colt in Anschlag, ging zwei Schritte zurück, um Anlauf zu haben und katapultierte sich mit wenigen schnellen Schritten auf den Holzboden des Raums, rollte einmal, brachte die Waffe in Anschlag und sah wieder in das kühle Gesicht von Martha Schott. Die feuerte eine Armbrust ab. Der Bolzen schlug knapp neben Laras Kopf auf den Boden und prallte gegen die hintere Wand. Lara schoss drei Mal. Der erste Schuss bohrte sich oberhalb der Luke durchs Holz. Das entsetzte Gesicht Martha Schotts tauchte nach links weg und sie ließ zwei Schüsse auf die Holzwand folgen, hinter der sie abgetaucht war. Sie hielt die Luke im Blick, die Waffe im Anschlag und ging seitwärts zum Schachteingang. Sie hörte Anne atmen.

Das erschrockene »Vorsicht!« vernahm sie noch. Dann traf sie der Schlag. An der rechten Schulter, von wo sich ein unendlicher heißer Schmerz in ihrem Körper ausbreitete. Sie blieb bei Bewusstsein, realisierte am Boden zu liegen, konnte ihn aber nicht fühlen; nur ein Schweben, genau, wie in jenem Traum. Daher glaubte sie nun wieder zu träumen und bemühte sich aus dem Schlaf zu erwachen. Immer wieder legte sie ihre Kraft dahin – und jedes Mal mit der Erkenntnis: Es ist kein Traum. Was hatte sie noch mal geträumt? Ihre Lebensenergie – sie war einfach davongeflossen. Jetzt war es also Wahrheit geworden. Sie fühlte eine unendliche Traurigkeit und ihre Kraft ließ nach. Kein Traum.

Schott hatte sich von der Galerie nicht mehr heruntergetraut. Jetzt, nach den neuerlichen Schüssen, war es ihm dort zu gefährlich geworden. Er stieg hinunter, linste um die Ecke. Vorne, an die Wand gelehnt, saß Martha am Boden. Sie hielt ihre Schulter. Sollte er zu ihr gehen?

Er traute sich nicht zu rufen. Einen Moment lang überlegte er, ob er rausgehen sollte, das Auto nehmen und …

Martha erahnte ihn. Sie wendete sich ihm zu und winkte ihn zu sich. Ihre linke Schulter war getroffen. »Streifschuss«, sagte sie.

Er klang ängstlich. »Wir müssen etwas tun. Und hier haben wir keine Deckung. Wäre es vielleicht besser …«

Sie unterbrach ihn streng und sah ihn verächtlich an. »Was machen wir denn gerade, mein lieber Angsthase, was denn? Wir tun doch schon was? Wenn du dich nicht so lange da oben verkrochen hättest, wären wir schon weiter. Bring das Ding zum Kreisen! Sie hat nur noch drei Schuss. Zwei Trommelfüllungen. Hätte ich nicht erwartet.«

Er hängte sich mit seinem ganzen Gewicht an das Seil. Mit einem schmatzenden Geräusch riss es und er stürzte zu Boden. Schützend hielt er die Hände über den Kopf, nicht wissend, was alles von oben herabfallen würde. Er wusste, wie lächerlich es aussehen musste.

Sie lachte zynisch.»Mein Held mit dem Geld. Was dachtest du denn, dass das hier sei. Ein Spiel? Dachtest du das wirklich? Mein Gott, es ist sooo ernst und hat nichts, aber auch gar nichts damit zu tun, dass es dich geil macht zu sehen, wie Frauen um ihr Leben kämpfen. Das alles hier ist die Erfüllung meiner Träume und ich hätte nie glauben können, dass es jemals geschehen könnte. Jetzt weiß ich wofür, jetzt weiß ich wofür ich so lange trainiert habe. Für dich war es reine Lust, für mich war es Vorbereitung. Ich werde nicht in einen Sarg gelegt werden, nach einem bedeutungslosen Leben voller Langweile, Überdruss und Abstumpfung. Ich bin glücklich und du! Streng dich an jetzt! Ich liebe diese Frauen, die da drinnen kämpfen und sie wissen … ja, sie fühlen das. Ich widme ihnen mein ganzes Herz und sie widmen sich mir.

Mir allein!« Ihre Stimme hatte sich zum Ende hin überschlagen.

Er rappelte sich auf und suchte den Gang ab. Kein Speer, keine Armbrust. Der Anzug, in dem er steckte – wie hatte er jemals so etwas anziehen können? Lag das daran, dass auf ihn geschossen wurde? Er stellte sich ernstlich die Frage, aus welchem Grund diese Polizistin auf ihn geschossen hatte.

Anne Blohm presste ihr Weinen aus dem Körper und zerrte Lara quer hinüber zum Vorraum. Das Monster war schon in voller Fahrt. Das Klirren der Kettenglieder und das Brausen waren nun dominant. Der Durchgang bot ein paar sichere Quadratmeter, denn die Heißluft, die im ersten Segment in die Räume geblasen wurde, kam nicht bis hierher, es gab keine Stromfallen. Wieso war ihr das bisher nie so bewusst geworden, wie sicher es dort war? In direkter Nähe des Pendels war der sicherste Ort.

Sie rüttelte Lara, die sie mit leeren, offenen Augen ansah. Ihre Schulter hatte das Blech berührt, das um die Kante gelegt war. Anne fühlte den Puls. Schwach, dennoch regelmäßig, aber vielleicht fühlte sie auch gar nichts mehr richtig. Sie massierte Laras Arme, die Beine, knetete die Schultern. Ihren Colt hatte sie vom Boden aufgenommen und in den Hosenbund gesteckt. Langsam hatte sie das Gefühl, Lara würde wieder zu sich kommen.

*

Zenner fuhr mit unverminderter Geschwindigkeit weiter, obwohl der Teerweg voller Schlaglöcher und Risse war. Er brauste durch das offen stehende Eisentor.

»Da ist ja das Ding«, sagte Bucher, als er die Fabrik sah.

Zenner hielt nicht am Eingang, sondern rumpelte über die brüchige Oberfläche und passierte die Fabrikhalle. »Erst einmal Überblick verschaffen, und Ruhe bewahren.«

Er wendete und wollte zum Eingang fahren, doch plötzlich stieg er in die Bremsen. Bucher wurde in den Sicherheitsgurt gedrückt. Gleich darauf wieder in den Sitz, als Zenner schnell rückwärts fuhr. Der Motor pfiff gellend auf.

Beim Wenden hatte Zenner im Rückspiegel ein kurzes Blitzen wahrgenommen. Ein heller Fleck. Unter der Halle standen zwei Autos.

»Lara!« Bucher wollte aussteigen, doch Zenner preschte schon wieder in Richtung Eingang. »Du von hier, ich komme von hinten. Deine Knarre ist okay?«

Bucher hörte es schon nicht mehr. Aus dem Gebäude waren Geräusche zu hören – dumpfes Klirren und Stampfen, darüber ein Pfeifen. Es klang nach schwerem Metall.

Zenner funkte nach Verstärkung und gab Hartmann den Standort durch, während er die Maschinenpistole von der Rückbank holte.

»Es hat geklappt«, flüsterte Anne Blohm, »es hat geklappt. Das Ding schwingt nur noch gerade durch den Raum. Das ist beherrschbar.«

Lara hörte die Worte. Sie wusste nicht wo sie war, weshalb und warum. Anne Blohms Hände taten gut, wie sie die Beine, Arme, Schultern und den Nacken massierten. Es dauerte, bis ihre Erinnerung wieder funktionierte. Anne Blohm erklärte, was geschehen war. »Kannst du dich bewegen? Nach diesen Stromschlägen fühlt man sich wie gelähmt, aber Bewegung hilft. Am Anfang tut es weh, aber es geht.«

Es schmerzte, als sie den Oberkörper aufrichtete und die Beine anzog. Gestorben war sie nicht. Darüber freute sie sich und musste weinen.

Anne Blohm drängte sie aufzustehen. »Wir müssen zum Tor, Lara. Hier drinnen können wir nicht bleiben, wir müssen zum Tor.«

»Du warst doch noch nie dort, hast du gesagt?«

»Aber hier können wir nicht bleiben.«

Bucher drückte gegen die Eisentüre, die nach innen schwang. Hinter der zweiten Tür kam ihm Hitze entgegen und ein unangenehmes Surren. Er stand in der Halle und sah nun die

Wirklichkeit gewordene Konstruktion vor sich. Gigantisch. Eng an die Holzwand gedrückt rückte er zur Ecke vor, um einen Blick nach vorne werfen zu können. Vorsichtig spitzte er um die Ecke. Ein Mann in dunkelroten Hosenanzug stand herum, schon älter, mit silbernem Haar. Spielten die hier Raumschiff Enterprise? Er wartete und überlegte. Zenner müsste schon am Tor unten sein. Was war das für ein gleichmäßiges Rauschen und Klirren, das von unten herkam? Er fand es jetzt ungeschickt, dass sie sich getrennt hatten. Vermutlich wartete der eine auf den anderen – doch einer musste den Anfang machen.

Er trat mit der Waffe im Anschlag aus der Deckung und rief laut: »Polizei!«

Der Mann mit den silbern glänzenden Haaren drehte sich um und hinter ihm tauchte plötzlich eine Frau auf. Sie hatte eine Armbrust im Anschlag und augenblicklich ließ sich Bucher rückwärts fallen. Der Bolzen schlug gegen die Eisentüre hinter ihm. Er war fassungslos. Zwar hatte er die Waffe in der Hand, doch die innere Einstellung abzudrücken, die war in ihm nicht präsent gewesen. Eher so ein abstrakter Gedanke. Das Geräusch des am Eisen aufschlagenden Bolzens hatte das geändert. Er schrie laut: »Lara! Lara!«

Ganz schnell ließ er den Kopf vorschnellen – die Situation prüfen. Der Gang war nun leer. Wohin konnten die zwei verschwunden sein? Den hinteren Ausgang blockierte Zenner. Nach oben konnten sie nicht gelangt sein. Blieb nur der Weg in die Konstruktion. Geduckt ging er nach vorne, langsam, auf Geräusche bedacht, die verräterisch sein konnten. Schwierig in diesem Umfeld. Was war mit Zenner?

Der hatte zunächst die nächste Umgebung gesichert. War über die Kieshügel geeilt, durch die hohen Gräser zur Halle gegangen, wo Laras Auto stand. Ein fürchterlicher Schrecken hatte ihn durchzuckt, als er das Bündel im Kofferraum entdeckt hatte. Lara!? Erst der zweite Blick machte ihm deutlich, nein, das war nicht Lara.

Mit entsicherter MP und einem jederzeit schussbereiten

Bewusstsein war er in Richtung des Tores geeilt. Je näher er kam, desto lauter wurden die metallenen Geräusche. Dem Tor näherte er sich von der Seitenmauer; wollte nicht von innen her sichtbar werden und ein gutes Ziel abgeben. Innen erkannte man ein großes Gebilde aus Holz, das die gesamte Halle ausfüllte und bis etwa vier, fünf Meter zum Tor heranreichte. Das musste früher eine Lieferanfahrt gewesen sein. Zu groß als Türe, zu klein für moderne Lkws. Eng an die Mauer gedrückt arbeitete er sich vor. Von Bucher war nichts zu hören.

Er musste da jetzt rein und drückte den Lauf der MP nach vorne. Etwas irritierte ihn. Ein helles Glitzern. Fäden. Wie Spinnweben. Er veränderte seine Position und fokussierte. Vom leichten Wind bewegt schwangen wirklich silberne Fäden im Tor und leuchteten ja nach Sonneneinstrahlung auf. Sein Blick folgte ihnen und erkannte ein ganzes Netz. Die gesamte Maueröffnung war von einem feinen Netz verschlossen. Das verwilderte Gras außerhalb stand hoch. Der grobe Steinboden der Fabrikhalle reichte bis wenige Zentimeter über das Tor hinaus. Er sah einen stärkeren Draht, an welchem sich die einzelnen Silberfäden bündelten. Eine Stromfalle? Konnte das eine Stromfalle sein?

Es dauerte eine Weile, bis er einen starken Ast samt Blättern abgebrochen hatte. Aus sicherem Abstand warf er das Ding in die Toröffnung.

Es knisterte, funkte und blitzte kurz auf. Die Geräusche, die aus der Halle kamen, veränderten sich. Es waren weniger geworden.

Vorsichtig, Schritt für Schritt, auf alles achtend, ging er durch das Tor. Sollte er durch die Tür in die Holzkiste gehen, oder außen entlang?

Er entschied sich für außen. Wer wusste schon, was in diesem Konstrukt versteckt war.

Bucher war inzwischen am Podest angekommen, das an der Außenseite aufgebaut war. Ein Kasten mit vielen Knöpfen und Schaltern, und drei Meter weiter ergab sich der Blick in einen offenen Bereich der Konstruktion. Er erinnerte sich an die Zeichnung an der Wand.

Jetzt sah er allerdings, aus welchem Grund diese Freifläche existierte. In ihr schwangen die schweren Ketten des alten Fabrikkrans hin und her. An seinem Ende befand sich ein Metallblock, der scharfe Klingen nach unten und zu den Seiten aufwies.

Mit einem dumpfen Geräusch, das für einen Augenblick alle anderen Töne überlagerte, waren die Lichter ausgegangen. Und auch die Kontrollleuchten am Schaltpult erloschen. Als wäre eine Sicherung durchgebrannt. Der Kran allerdings schwang weiter und der Motor, der auf den gewaltigen Schienen angebracht war, ratterte beiläufig.

In Richtung des Krans waren die zwei nicht verschwunden. Ein Stück zuvor hatte er eine Luke entdeckt, die offen stand. Drumherum waren Ausschusslöcher zu sehen. Die zwei mussten über die Luke ins Innere entwischt sein, doch dahinein wollte er ihnen nicht folgen und rannte zurück zum Eingang. Eine Eisentreppe führte auf eine Galerie, von der aus ein guter Überblick möglich war.

Lara Saiter und Anne Blohm waren erschrocken, als die LEDs erloschen und das Pfeifen des Heißluftgebläses schlagartig stoppte. Lara hatte gerade ihre Waffe in die Hand genommen und die Kraft ihrer Hände geprüft. Das Pendel blieb in Betrieb. Sie sah in den rückwärtigen Raum und nahm einen Schatten wahr, der zum Schacht lief. Mit einem hellen Schrei drückte sie Anne Blohm zur Seite und schoss zwei Mal. Holz splitterte. Funken stieben, als ein Projektil ein Stück Metall aus einem Lochblech fetzte. Sie setzte sofort nach, dem Schatten folgend, obwohl der Oberkörper mit jeder Regung Schmerzen verursachte. Der Schatten von Martha Schott prallte links und rechts an die Seitenwände und schnellte oben am Ausgang nach rechts. Lara schoss noch einmal, gezielt in die Holzwand auf der rechten Seite. Sie musste getroffen haben.

Martha Schott hatte mitgezählt. Zehn, elf … der dritte

Schuss hatte ihren Oberschenkel gestreift und sie war hart gefallen. Der Bolzen in der Armbrust hatte ihr Kinn dabei aufgerissen.

Schott versuchte in Richtung Galerie zu kommen und kletterte die Eisentreppe empor. Von der Galerie aus bestand die Möglichkeit zum Ausgang zu gelangen.

Seine Frau rappelte sich auf, nahm die Armbrust zur Hand. Sicher ging diese Polizistin davon aus, sie erschrocken, vertrieben zu haben. Doch jetzt, ohne Munition, gehörte sie ihr. Geduckt kehrte sie um und linste in den Schacht. Im schalen Licht des Ausgangs war niemand zu erkennen. Sie huschte nach unten, spürte keinen Schmerz, nichts dergleichen. Nur klebrige Wärme, die am Hals hinablief. Sie hörte Stimmen von unten – und wagte es. Sie schlich im Schacht zurück. Damit würden sie nicht rechnen.

Lara ließ die leeren Hülsen auf den Boden fallen, griff in die Hosentasche, lud die zwei restlichen Patronen nach und drehte die Trommel, um die Patrone vor den Lauf zu positionieren.

Anne Blohm hatte vor dem Durchgang gewartet.

»Der Strom ist weg. Sie sind hier drinnen.« Sie bewegte ihren Kiefer und fuhr mit der Zunge über die Schleimhäute, um Speichel zu produzieren, denn ihr Mund fühlte sich so trocken an. »Extrabonus«, sagte sie.

Lara verstand nicht.

Schott legte die Armbrust auf den Holzboden, kletterte nach, nahm die Waffe wieder auf und wollte in Richtung Galerie eilen.

Bucher sah ihn und rief nur einmal: »Polizei!«

Schott nahm die Hände hoch. Es sah aus, als wollte er die Armbrust ansetzen. Bucher feuerte zwei Mal kurz hintereinander, eine Dublette. Der erste Schuss traf Schott in der Leiste und sein Körper sackte nach rechts weg. Er schrie auf. Der zweite Schuss blieb irgendwo im Schulterbereich stecken. Er stöhnte einmal laut auf, schaffte es im gleichen Augenblick aber in den Treppenschacht zurückzukriechen, den er mehr hinabfiel, als dass er kletterte. Er wollte aufgeben. Jetzt wollte er aufgeben. Doch ihm fehlte die Fähigkeit zu rufen, zu reden. Sein Mund war wie verklebt. Im Raum lag ein Speer am Boden, den er aufnahm, weil er sich damit besser aufrecht halten konnte. Er lief auf die Luke zu. Er würde sich den Polizisten ergeben, wollte doch nicht mit ihnen kämpfen, wo es doch völlig aussichtslos war. Er sah eine Gestalt an der Luke vorbeirennen. Im Sonnenlicht, das durch die Fenster fiel, war die Uniform erkennbar. Er blieb stehen und hob die Rechte, mit dem Speer, um sich zu erkennen zu geben. Seine Stimme versagte wieder.

Zenner, der an der Luke vorbeigerannt war, hatte beim Kontrollblick nach links die Gestalt erkannt, auch wie sie die Hand mit dem Speer hob. In seinen Gedanken blitzte der Anblick der Leiche auf, die er in Laras Wagen entdeckt hatte. Es war kein Spiel hier und was kam, vollzog sich automatisch, geübt, trainiert. Der Feuerstoß aus der MP streifte Schotts linke Seite und drückte ihn gegen die Wand. Vom Oberschenkel bis zur Brust fünf Treffer.

Martha Schott hatte das Rattern der MP gehört. Sie stellte die Armbrust ab und schlüpfte über einen Quergang in den Tunnel. Mit dem Speer im Anschlag sauste sie nach hinten. Geduckt, federnd – wie eine Kriegerin. Die Schüsse waren von der Luke hergekommen. Vor dem Eingang in den Raum stoppte sie. Von der Luke her drohte ihr keine Gefahr. Ihr Held mit dem Geld war an der Wand zusammengesackt. Sie sah ihn für einige Sekunden an, den Feigling. Er stöhnte und hatte die Augen auf sie gerichtet. Ein Schritt nach vorne reichte, um den Speer mit Wucht zu werfen.

Zenner hatte nach den Schüssen gewartet und hob den Kopf für einen Kontrollblick in die Luke. Er wähnte sich in einem schlechten Traum, als er einen Mann an der Wand liegen sah, mit Speer in der Brust. Verrückt. War das vielleicht Lara gewesen? Aber sie hätte sich doch zu erkennen gegeben. Er traute sich nicht durch die Holzwand zu schießen und schrie: »Lara! Lara!«

Bucher, der vom Eingang her angerannt kam, stimmte ein: »Lara, Lara! Bist du hier?«

Martha Schott war zurückgehastet, im Zickzack dem Tunnel folgend, der ihre Idee gewesen war. Sie hatte eine schnelle Komponente haben wollen. Nicht immer nur kriechen, klettern und so. Ein von Hindernissen freier Raum sollte es sein, der Tempo in die Sache brachte. Sie nahm die Armbrust wieder auf.

Lara hatte die Rufe der anderen gehört und trat einen Schritt in den Zwischenraum, um zu antworten. »Hier! Hier sind wir, hier!« Sie freute sich und wendete sich wieder Anne Blohm um. »Sie sind hier …«

Die stand mit der Armbrust im Anschlag da, zielte auf sie und drückte ab. Der Bolzen flog an ihrem Kopf vorbei und sie vermisste das Geräusch, das entstand, wenn er in das Holz schlug und sich in die Materie hineinbohrte. Es hatte anders geklungen – weicher. Lara verstand nicht.

Sie drehte sich um und sah einen Körper, der sich am Boden wälzte. Martha Schott.

Der Bolzen steckte unterhalb ihrer Nase und hatte den Oberkiefer zerschmettert.

Sie ging langsam auf die Gestalt zu, die sich am Boden wälzte. Mit den Füßen stieß sie die Armbrust zur Seite, hielt den Colt auf Martha Schotts Kopf und drückte ab. Das Projektil schlug wenige Zentimeter neben dem Ohr in den Boden ein.

Dreizehn.

Akten

Es kamen unschuldige Tage, in denen der Sommer die Menschen mit seiner Wärme und seinen Farben und Düften gefangen nahm. Bucher sah diese Pracht verwundert, denn das Leben funktionierte wie ehedem, unbeeindruckt von den Ereignissen, in die er verwickelt worden war. Dieses frohe Gefühl, das so überraschend in der Welt war, zeigte ihm den Zwiespalt auf, den er lebte: einerseits das Brodeln der Stadt und die Aufgeregtheiten seines Berufes, im Gegensatz dazu die von ihm gewählte und von Miriam geteilte Einsamkeit im alten Haus über dem Lech. Er brauchte eine Weile, um Abstand zu gewinnen und seine Seele wieder zu nivellieren.

Auf der Dienststelle gingen sie ihrer Arbeit nach, ohne einander mit Fragen oder Gerede zu behelligen. Eine Woche war vergangen, seit jenem Geschehen in der Fabrik, und er saß in seinem Büro und starrte auf die Akten, die auf dem Schreibtisch verstreut lagen und darauf warteten, mit den abschließenden Berichten, Bildtafeln und Notizen versehen zu werden, so, wie es die Staatsanwaltschaft erwartete. Lara Saiter war gerade zu Besuch da gewesen. Sie hatte Kuchen mitgebracht. Hans Weiss war herübergekommen und sie erlebten ein träges von Floskeln und Phrasen geprägtes Gespräch, das keiner zu einer Diskussion führen wollte. Lara ging es gut. Das genügte fürs Erste.

Buchers Bürotür war entgegen der Gewohnheit geschlossen, was nicht Hartmann oder Batthuber galt, sondern allen anderen, die den Gang aufsuchten, und ihnen signalisieren sollte, dass er ungestört sein wollte. So saß er ganz für sich allein und kam mit dem, was er sich vorgenommen hatte zu erledigen, nicht recht vom Fleck. Seine Gedanken wanderten, sprangen – unkontrolliert.

Martha Schott lag noch immer im Koma, ihr Mann in einem

Kühlfach der Rechtsmedizin. Von den beiden ließ er schnell ab. Ein anderes Bild kam ihm immer wieder vor Augen. Es war die Szene im Haus der Blohms, als Andy Prack den Hund *Tampa* gebracht, und sie sich zur Begrüßung die Hand gegeben sowie ein paar Worte gewechselt hatten. Unfassbar. Niemals wäre er auf die Idee gekommen, dass dieser windige Kerl etwas mit dem Verschwinden von Anne Blohm zu tun haben könnte. Unfassbar auch die Gefühllosigkeit den Eltern gegenüber, ihnen derart kaltblütig zu begegnen. Ihm fiel wieder ein, wie sie seine Leiche aus dem Kofferraum des Mercedes gezerrt hatten, was sich wegen des Speers, der dem Kerl im Halse steckte, beschwerlich gestaltet hatte; da war er kurz von Mitgefühl für das schlaffe Bündel heimgesucht worden. Dieses Mitgefühl war ihm inzwischen abhandengekommen.

Verhaltenes Klopfen an der Tür riss ihn aus seinen Gedanken. Batthuber öffnete die Tür vorsichtig einen Spalt und sah herein. Buchers Blick signalisierte ihm, dass er eintreten konnte.

In Batthubers Augen blitzte es. »Voll der Abstieg«, sagte er lauernd.

»Was meinst du mit … Abstieg?«

»Na Lara.«

Bucher sah verdutzt auf. »Lara? Was soll mit ihr sein? Ihr geht's doch gut, wie wir vorhin gesehen haben.«

Eine Weile würde es noch dauern, bis sie wieder ganz fit war. Zwei Tage und zwei Nächte hatte sie im Krankenhaus verbringen müssen. Von welchem Abstieg sprach Batthuber da?

»Ich bin vorhin mit ihr runtergegangen und habe gesehen, wer da auf sie gewartet hat.«

»Ja – und wer hat da gewartet – King Kong vielleicht?«

»Nicht ganz, aber fast. Ein Typ mit nem Opel Omega, Kombi, in Grün. Stell dir das mal vor!? Opel Omega! Nix mehr Porsche Cabrio.«

Bucher zuckte gelangweilt mit den Schultern.

Batthuber war enttäuscht. Vielleicht zeigte Bucher mehr Interesse an der nächsten Neuigkeit. »Babette hat angerufen.

Sie ist aus dem Urlaub zurück und will ein paar Tage eher anfangen und uns beim Aufarbeiten helfen. Geht doch in Ordnung, oder?«

Bucher nickte. »Gute Nachricht.«

*

Eine Woche später saß er mit Hartmann und Batthuber und Babette Mahler im Besprechungsraum. Ihre glatten braunen Haare hoben sich hell von ihrem Teint ab, so braun war sie im Süden geworden.

Ihre Unterhaltung fand in leisem Ton statt. Es gab keinen Grund mehr die Stimmen zu heben, eine Meinung mit Nachdruck zu vertreten, um die Verfolgung einer Spur zu kämpfen, die man für wichtig hielt. Der Fall war abgeschlossen, wenngleich sich noch einiges ereignet hatte, im Verlauf der zwei Wochen, seit dem Zugriff in der alten Fabrik an der Isar.

Babette Mahler war die Akten zwar vollständig durchgegangen, um sich mit den Geschehnissen vertraut zu machen, trotzdem hatte sie immer wieder Fragen. Aus dem Spurenbericht des Transporters war sie nicht recht schlau geworden. »Was soll das mit den Spritzspuren von Tobias Siebls Blut, die man an der Seitenwand des Transporters gefunden hat?«

Hartmann kramte einen Bericht hervor und notierte etwas. »Das müssen wir noch zusammenführen. Der Tobias Siebl ist in dem Karren erschlagen worden … hier ist es … schau. Im Werkzeugkasten des Sprinters haben wir den Radschlüssel gefunden, kein Radkreuz, sondern ein langes, gerades Ding. Sein Kumpel, der Andy Prack, er hat ihn wohl in den Laderaum gelockt, der erste Schlag kam von hinten auf den Schädel. Dabei entstanden die Blutspritzer.«

»Aber wieso hat er ihn erschlagen?«

»Wir vermuten, dass der Siebl da nicht mehr mitmachen wollte, aus welchem Grund auch immer. Außerdem haben die Schotts ja gemerkt, dass es Siebl war, der unsere Ermittlungen in ihre Richtung lenkte. Verrückte Bande eben. Von Schotts Sekretärin haben wir erfahren, dass dieser Andy Prack der Frau gegenüber geradezu hörig gewesen ist. Ganz seltsame Beziehung, zwischen den beiden … Mutter, Geliebte, Freundin, irgendwie so was.«

»Und sie war es, die ihn mit dem Speer erledigt hat?«

»Ja. Wir haben nur Spuren von ihr darauf gefunden. Vielleicht wacht sie irgendwann einmal auf und erzählt uns alles.« Hartmann lachte böse. »Das Gericht hat inzwischen einen Betreuer für sie bestellt.«

Bucher erzählte von seinem Besuch beim Ehepaar Blohm. Frau Blohm war außer sich gewesen und hatte sich von ihm Unterstützung darin erhofft, ihrer Tochter ein Vorhaben auszureden. Ein Ansinnen, welchem er nicht nachkommen konnte und wollte.

Anne Blohm war nach ihrer Befreiung aus der Fabrik zunächst einige Tage im Krankenhaus zur Beobachtung geblieben und hatte anschließend zwei Tage im elterlichen Haus verbracht, wo sie es allerdings nicht aushielt und etwas überstürzt in ein Hotel ausgewichen war. Bucher wusste nur: Lara Saiter hatte sie von dort abgeholt und war mit ihr an einen Ort gefahren, den sie selbst ihm nicht preisgeben wollte. Sie hatte ihm gegenüber nur gesagt, dass *ihnen* dieser Ort guttäte, woraus er schloss, dass sie sich zusammen dort aufhielten. Vor drei Tagen war Anne Blohm im Büro aufgetaucht und hatte ihn darüber informiert, ihre Pilgerreise fortsetzen zu wollen. Sie fragte, ob sie *ihre Ansichtskarte* haben könne, was er verneinen musste, ihr aber eine Kopie in der Kriminaltechnik anfertigen ließ. Bis das erledigt war, hatte er zusammen mit Hartmann ihre Anwesenheit genutzt, um sie eingehend zu befragen. Auch sie machte keine Angaben über ihren Aufenthaltsort und meinte nur, dass es ihr gut gehe. Ihr Äußeres bestätigte das auch. Die lange Zeit und die Qualen während der Gefangenschaft waren ihr nicht mehr anzusehen. Bucher und Hartmann ließen sie zunächst erzählen, so, wie ihr die Dinge in den Sinn kamen, und zeichneten das Gespräch auf. Erst dann stellten sie konkrete Fragen, sofern diese sich zuvor noch nicht beantwortet hatten. Zum Schluss hin, als sie von ihrer Stabilität vollends überzeugt waren, zeigten sie ihr schließlich die Fotos von Kara Schieg und Nora Bender. Anne Blohm sah sich die Fotos lange an. Kara Schieg hatte sie nie getroffen. Bei Nora Bender war es anders. Die hatte sie ein- oder zweimal gesehen, draußen, auf dem Gelände der Fabrik, wo sie mit den Hunden eine Art Ausbildung oder Kurs machen mussten, bevor sie sie mitnehmen konnten. Andy Prack hatte diese Kennenlernkurse geleitet; sehr gut, wie Anne Blohm bemerkte, und diese Stunden draußen an der Fabrik hatten ihr Vertrauen in BlogDogs durchaus gestärkt. Tobias Siebl war bei ihrem letzten Termin dort aufgetaucht, was ihr wegen der Vorgeschichte unangenehm gewesen war, zumal er ihr dabei ein Kuvert mit Fotos zugesteckt hatte – die Fotos aus dem Gewölbe. Vielleicht glaubte er, sie mit diesen Aufnahmen doch noch für sich interessieren zu können. Es war das letzte Mal, dass sie ihn gesehen hatte. In der Fabrik war immer nur Andy Prack.

Während ihres Gesprächs fragte sich Bucher, ob es gut sei, was Anne Blohm da vorhatte – ihre Pilgerreise fortzusetzen. War das nach allem, was geschehen war, nicht verrückt? Doch – was sollte sie sonst tun? Im Haus ihrer Eltern leben, wo sie die Fürsorge und Angst ihrer Mutter erstickte? Sollte sie sich einen neuen Job suchen? Den kanadischen Professor aus ihrer Wohnung komplementieren, oder eine Therapie beginnen, wie es ihr vielfältig geraten worden war? Ohne, dass er es angesprochen hätte, schnitt sie selbst das Thema an und erklärte, sie könne nicht mit Menschen über ihre Erlebnisse sprechen, die nicht nachvollziehen konnten, wie schrecklich es gewesen war. Zuerst müsse sie sich mit sich selbst unterhalten. So formulierte sie es: Sie musste sich erst mit sich selbst unterhalten. Bucher kam zu dem Schluss, dass es das einzig Richtige war, was sie vorhatte. Und der Kontakt zu Lara Saiter tat ihr sicher gut, wenngleich seine natürliche Neugier schon gerne befriedigt worden wäre, was den Aufenthalt der beiden anging.

Sie hatten vereinbart, dass Hartmann sie nach Lindau fahren würde, wo sie ihm genau die Stelle zeigen wollte, an der Andy Prack sie in den Sprinter gelockt hatte – in einem kleinen Waldstück zwischen Weißensberg und Motzach. Von Lindau aus wollte sie dann mit dem Zug nach Frankreich fahren, um von Orléans aus ihren Weg nach Santiago de Compostela fortzusetzen.

So war er Tage darauf wieder im Wohnzimmer der Blohms gesessen und Anne Blohms Mutter hatte ihm schweigend zugehört, als er ihr ohne Umstände erläutert hatte, dass er weder das Recht noch den Willen hatte, sich in die Angelegenheiten ihrer Tochter einzumischen. Mit verständnislosem Blick hatte sie ihn an der Haustür verabschiedet. Tampa lag im Garten, im Schatten des Jasmins, der längst verblüht war, nagte an einem Knochen und sah kurz auf, als der den Gartenweg entlangging.

»Das macht die gar nicht falsch«, kommentierte Hartmann, als er, zurück im Büro, von seinem Besuch erzählte.

Batthuber reckte und streckte sich. »Ahhh, wenigstens haben wir den Scheiß mit der Fabrik vom Hals. Eine elegante Lösung, finde ich. Nicht wahr?«

Hartmann stimmte ihm zu.

Im Lauf der letzten Woche hatte sich ein Streit zwischen Stadt und Landkreis München, der Staatsanwaltschaft und der Regierung von Oberbayern aufgetan. Unter allen Umständen wollten die sich als zuständig Fühlenden vermeiden, die alte Fabrik zu einem Treffpunkt für Verrückte werden zu lassen. Die irrwitzige Konstruktion bot nach wie vor ausreichend Möglichkeiten für makabre Zusammenkünfte. Allein über die Kosten des Rückbaus und der Entsorgung konnte keine Einvernahme zwischen den Besorgten hergestellt werden. Alex Hartmann und Babette Mahler hatten zwei frustrierende Ortstermine unter Beteiligung aller Bedenkenträger erleben müssen.

Dann – am letzten Wochenende, von Samstag auf Sonntag – löste sich das Problem.

Ein einsamer Autofahrer hatte den Feuerschein gegen zwei Uhr morgens von der Straße aus bemerkt und per Handy den Notruf ausgelöst. Dummerweise war er als anständiger Bürger vor Ort geblieben, um das Eintreffen von Feuerwehr und Polizei abzuwarten. Letztere hatten ihn zu seinem Entsetzen kräftig in den Alkomaten blasen lassen, was ihn für die Dauer von zwei Monate den Führerschein kostete. Verärgert und wütend schwieg er anschließend. Hatte er mit seinem Anruf doch nur seine Bürgerpflicht getan, von der immer alle faselten, und da hätte er doch etwas Nachsicht erwarten dürfen. Jetzt wollte er auch nicht von den vier Gestalten berichten, die ihm einige Hundert Meter zuvor ins Scheinwerferlicht geraten waren. Vier erwachsene Gestalten waren das; eine Frau war ganz sicher dabei, und einer der Männer war der Haltung nach schon älter und hatte stark gehinkt. Sollten die Bullen doch ermitteln, bei wem und wie sie wollten. Er würde keinen Ton mehr sagen und damit unter Umständen Unschuldige in Bedrängnis bringen.

Vom alten Fabrikgebäude samt Konstruktion blieben nur Bruchstücke brandschwarzer Mauern, ein Skelett aus Eisenträgern und ein Haufen Schutt und Asche. Die Brandermittler kamen schnell zum Ergebnis einer vorsätzlichen Brandstiftung unter Anwendung erheblicher Mengen von Brandbeschleunigern. Einer der Sachverständigen war überzeugt: »Da wollte jemand ganz sichergehen.«

In einem Telefonat mit Lara Saiter erzählte Bucher ihr von den Geschehnissen und sie entgegnete nur: »Ach … mhm … naja … die Fabrik ist also abgebrannt.« So, als ginge sie das alles nichts mehr an, als würde sie mit dieser Fabrik nicht mehr als nur eine Erinnerung verbinden. Bucher nahm es zur Kenntnis und fragte nicht weiter nach. Wozu auch. Er fragte auch nicht, wo sie sich befand, mit wem, oder aus welchem Grund sie keine Reha oder Kur antrat. Kur? Das Wort allein passte schon nicht zu Lara.

Einige Tage später, kurz vor Dienstende, tauchte Batthuber in Buchers Büro auf und lieferte einen Stapel Spurenberichte und Analysen ab.

»Wo ist eigentlich Alex?«, fragte Bucher.

Batthuber druckste ein wenig herum. »Der … ja, der ist bei Weiss.«

»Mhm. Wieso bei Weiss?«

Batthuber suchte nach geeigneten Worten. »Naja, wegen seinem Urlaub.«

»Wegen seinem Urlaub … bei Weiss?« Bucher verstand das gar nicht. Er genehmigte doch den Urlaub und mit der Urlaubsplanung im Team hatte es noch nie Schwierigkeiten gegeben.

Batthuber wurde deutlicher. »Naja, er braucht ein wenig länger Urlaub … er will auf Tour gehen.«

Bucher wurde unleidig. »Welcher Urlaub, welche Tour … und was heißt *ein wenig länger*?«

»Ein paar Monate halt – er will pilgern gehen.«